# 迷宮遊覧飛行

山尾悠子

国書刊行会

cover illustration❖「真夏の夜の夢」アーサー・ラッカム
“A Midsummer Night's Dream” Arthur Rackham
装幀❖ミルキィ・イソベ

目次＊迷宮遊覧飛行

III

# 読書遍歴のこと

## 序文に代えて

　文を書き始めてから馬齢のみ重ね、ほぼ半世紀近くになる。途中で長い休筆期間もあり、そもそも仕事量も少なく、ここでようやく初のエッセイ集を上梓することになった。内容的にはやはり読書と創作に関わるものが多いが、ただし時おりの求めに応じて書いただけであって、こうして一冊に集めてみても、まとまりの無さは否めない。特に若い頃などは、たまにエッセイの依頼があると小説風の文を書いて渡していた時期もあった。エッセイのみならず、小説の依頼もあまり来なかったのだ。

　今回、せっかくの機会なので新たに自身の〈読書遍歴〉について書き、エッセイ集の補いとしてみては、と提案を受けた。たいしたことは書けそうにないけれど、思い出すまま、思いつくまま気楽に書いてみようかと思う。

手当たり次第に大量に読み、決定的な多くの出会いがあったのはやはり高校から大学生時代、主に七〇年代のこと。国内作家で言えば澁澤龍彥・倉橋由美子・金井美恵子・塚本邦雄・高橋睦郎といった特別な〈神々〉に対しては、永久拝跪せざるを得ない。そしてこれは何度も言っていることだけれど、大学図書館で真っ黒な装丁の『澁澤龍彥集成』に出逢い、天使や両性具有や世界の終わりについてのページを開いたこと。それがすべての始まりであり、何もかも澁澤経由で教わった、という世代でもある。特に美術方面についての影響は大きくて、澁澤没後、お墨付きでなく新規に知った画家を好きになっても大丈夫なのだろうかと、はっきりそう意識した訳でもないけれど、しばらく不安感があったことを覚えている。その最初はレメディオス・バロか、フリーダ・カーロあたりだったと思う。ついでにつらつら思い出してみれば、レオノーラ・キャリントンについては澁澤訳の「最初の舞踏会」の作家として知ったので、さいしょは画家とは思っていなかったなとか。ブッツアーティに関しては『タタール人の砂漠』を読むより前に、澁澤経由で画家として知った（「世界の終わり」）のだったなあ、などと。ブッツアーティについては、のちほどしっかり触れる予定。

さて、高校では倉橋由美子の布教活動に励み、大学ではコレットの布教に励んでいた。などとたまに冗談半分に言うことがあって、でも本当のことだったので仕方がない。文章、特に美文に耽溺するという初経験は高校時代の三島だけれど、ちょうど自決事件があったので、布教どころでなく。コレットはとにかく最初期のクローディーヌものが滅法面白く、むろん、若きコレットが夫から搾取されていた時期の扇情的な作であることは周知の事実だけれど（このあたり二回映画化されましたね、でもスリムなキーラ・ナイトレイよりマチルダ・メイが案外悪くなかったような記憶が）、それでもここまで潑剌として蠱惑的な少女ヒロインを他に知らないので。何よりコレットは描写の馥郁と豊かなところ（岡本かの子も同様の理由で好きなのかも）が好物で、他にも大好きな「ジジ」「ビラ・ヴェスタ」、真珠の首飾りの糸通しの描写が脳裏に焼きついてしまう小品「写真屋の奥さん」、「愛の隠れ家」等々の好もしい作が（いわゆる有名どころ以外にも）多くあり、とにかく好きなのだ——新婚早々の非常に若い頃に大病をして、友人シュオップから献身的な世話を受けたことがある、という驚くべきその経歴と共に。

さてさらに。『夢の浮橋』以前の倉橋由美子、休筆期間に入るより前の〈初期倉橋〉にはリアルタイムよりは遅れて出会ったが、まあ高校生のころとにかく好きで好きで。当時、女子高生の目から見れば「お姉さまイカしてる、素敵」と思えるような存在で（すでに休筆中で、ご本人の姿はまったく見えなかったけれど）、その頃の日記を見ると、〈初期倉橋風片仮名書きの文〉が滅多やたらと頻出しているのだった。それにしてもこの片仮名書き文というもの、アナタガタハ少シモ私ニ似テイナイ、などとちょっと差し挟めば、途端に倉橋風味になるのが愉快でたまらず、今でもたまにやってしまうことがある。やはりたいへん楽しい。初期作で好きなものは『聖少女』『スミヤキストQの冒険』『反悲劇』や「蠍たち」等々の有名どころの他に、たとえば「悪い夏」などもとても好きだ。『ヴェニスに死す』が下敷きの作とのことで、中年女流作家と若い女の作家との関係がナルシシズムの融合分裂また融合となって、もうぐちゃぐちゃになるところ、それから瀬戸内の島らしき場所への船旅の描写。他にも、「共棲」のKが飛び抜けてかわいい、などと言い始めると切りがない。ところで後年、分不相応にも『新編日本幻想文学集成』倉橋巻の編・解説の仕事を受けたとき、ちょうど河出文庫の『完本 酔郷譚』が出た直後のタイミングだったため、変にひねくれて、そこからは一篇も採らなかった。明らかな過ちであって、ずっと後悔している。

そして初・金井美恵子は、高校生のころに出た文庫『愛の生活』。以来ずっと変わらず、〈天才少女〉への憧れのイメージが基本となっている。大学に入って、現代詩文庫『金井美恵子詩集』からはリアルタイム。単行本『夢の時間』と詩集『マダム・ジュジュの家』も書店にあり、それから小説集『兎』と大型の薔薇色の詩集『春の画の館』がほぼ同時に出て大感銘を受け、特に後者からは直接影響を受けて、私は〈処女作〉「夢の棲む街」を書くことになった（この件は『山尾悠子作品集成』の著者インタヴューでも触れている）。長編『岸辺のない海』（冬眠前の一日に五回の食事のイメージ元はこれ）、そして『アカシア騎士団』『プラトン的恋愛』『単語集』『既視の街』『くずれる水』……と平然と連なっていくレベルの高さ、これこそが恐るべき世間というものの水準なのだ、と若いうちに思い知ったのは良いことだった。と、今でもそう思う。特に大好きな初期作のなかで、特別にどれか一篇のみ選べ、と無理強いされたとしたら、苦悶の果てに「降誕祭の夜」を選ぶかもしれない。文字通りの極北のイメージ、〈北極星の男〉の存在があるために。——ところで皆が大好き目白シリーズ、私も大好きだけれど、田舎者は大っぴらに好きとは言いづらい。目白が東京のどこにあるのか知らないので。

次は中学時代、詩の暗唱をするのに凝っていた時期があったという話。三好達治とか白秋とか、わかりやすいものを。さらに高校・大学では三島の美文の暗唱をしていた。文庫『獅子・孔雀』(今は『殉教』に改題)は、高橋睦郎解説を含めて当時の大切な一冊だったが、特に巻頭の「軽王子と衣通姫」の美文に耽溺し、書写でなく暗記・暗唱の方向へ行ったのだった。「崩りましし雄朝津間稚子宿禰天皇の皇后が下部どもに松明をかかげさせ、夜の深みを先皇の陵へと急ぐ時に、あやしい火が陵のあたりでかき消えたのを見た。」と始まって、延々と。天才少年時代の三島初期作品はほんとうに好きで、大学では続けて「中世」「中世に於ける一殺人常習者の遺せる哲学的日記の抜粋」あたりの文の暗唱をしていた。「その街は航海の記憶に充たされ、貿易風が吹きよせるや、巨きな船の帆のように膨張したのだ。かしこには財宝と海とが紺碧にかがやき、ここには爆竹と祭りとの絶え間がなかった。」（対句の修辞が良いと思うのは、露骨に三島経由）などと――しかし終始ひとりでやっていただけで、べつだん人に聞かせたことはない。のちに旧約「雅歌」の暗唱へ進んだのは、塚本の影響かも。高橋睦郎解説で初めて知った〈貴種流離譚〉なる魅惑のタームとともに、そこに在ったのはひたすら美しい世界なのだった。「でも作品として選ぶならば『豊饒の海』『癩王のテラス』『太陽と鉄』と、あと『近代能楽集』かな」、と当時の生意気満載日記にあり。隣のページに「西條八十みたいなのはどうも苦手だ」と謎のメモ書きあり。紀行文というものの魅力を知ったのも、三島によってだったと思う。

そしてたとえば、日記兼読書ノートの記録によれば、鏡花全集と松本清張全集をまったく同時並行に読み始めて読み終えているとか、シュオッブの存在はコレット全集（の中の「私の修業時代」）経由で知ったとか。多少は風変わりな履歴もなくはないけれど、学生時代の全集読みとしてはごく普通に鏡花全集の次は岡本かの子全集を読み、谷崎全集を読み三島全集を読んだので、やはりごく普通だと思う。少なめですね。鷗外など途中脱落したものはノーカン。全集ものでは他に三一書房の久生十蘭全集、文庫の夢野久作全集、どこの版だったかバルザック全集とか。他にもあったかも。中井英夫は大阪の『中井英夫作品集』（「虚無への供物」「黒鳥譚」「青髭公の城」「麤皮」が入った一巻本）がすでに出ていて、その後はずっとリアルタイム。ずっと読み続け、一度だけ羽根木のお宅に（大勢で一緒に）お邪魔したこともあるし、『秘文字』だってもちろん購入したけれど。でも田舎者には畏れ多く、近寄り難い上級都会人の創作、というイメージ。個人の感想ですが。久生十蘭のひたすら完成度を高めていく後期作なども、次元が違い過ぎて畏れ多いのだけれども。でも十蘭の場合は何しろ、初期の上々出来の少女小説やユーモラスな小説たちがあるので。宮沢賢治作品の芸術性の高さは頭で理解できても、東北人と自分は人種違いと思えたり。夢野久作については全然まったくＯＫ。チャカポコまで行くとちょっと付いていけないけれど、それ以外ならば西日本人の血に馴染む馴染む。さらに大陸へ繫がり広がっていく九州人のロマンチストぶりも大変よろしくて、マイベストはやはり「氷の涯」ですね。では小栗虫太郎は？　あの一種の悪文、ものすごく気持ちはよくわかる、と内心思っているかも。内田百閒、同郷の割にはあまり合わないです、すみません。ところで太宰治は中学生のころユーモア作家なのだと思い込み、けっこう熱心に読んでいた。「女生徒」「ろまん燈籠」「ロマネスク」「おしゃれ童子」「新樹の言葉」「富岳百景」みたいな読みやすいものから入った訳ですが。後年になってのマイベストは、やはりどうしたって「魚服記」一択。

そしてやはり、書いておかねばならないファンタジーについてのこと。というより、ここから懺悔タイムになるのかも。実のところ今まで内緒にしていたのだけれど、ケルト系ファンタジーというのがどうも苦手で（岡山県人とは人種が違うように思えるのだけれど、でもケルト好きな岡山県人はきっとごろごろいる）、さらにはゲドも指輪もハリポタも未読というきわめて粗雑な人間であるので、自身がファンタジー読者であるとはまったく少しも言えないのだ。ただし例外的に、小学四・五年時に読んだ『ナルニア国物語』の、特に最終巻『さいごの戦い』からは深刻に衝撃と影響を受けており、この件はけっこう口外していたため、新訳『最後の戦い』解説の依頼が来たときは即答で引き受けたのだった。でも実際書き出してみれば、あの恐るべき滅亡と世界終末幻視と「毀誉褒貶の激しい結末」とで出来た書について、情熱と思い入れだけで解説・説明できるものでなく。調べごとなどもしてみたものの、付け焼刃で足りる筈もなかった。ジョージ・マクドナルドすら読んでいないようではそもそも駄目なのであって、ルイスはマクドナルドの信奉者なのだった。

「『北風のうしろの国』は『ナルニア国物語』の結末に大きな影響を与えた」と某所で指摘があるのを見て以来、ずっと後悔と反省の日々を送っていますが、でもしかし。不肖私も作家のはしくれ。その後、拙作『山の人魚と虚ろの王』で、問題のあのラストを踏襲させて頂いたのだった。「子どものころ読んだ本で、そんなのがあったな」などと、作中人物にとぼけたことを言わせながら。

さらに懺悔は続く。シュオッブのこと。

シュオッブとは八四年の『フランス世紀末文学叢書』で栞文を書いて以来のご縁だけれど、ただしその全貌を把握したのは、『マルセル・シュオッブ全集』刊行後になって初めて、ということになる。そのため全集刊行時、（宣伝用に）事前に書いた文のあれこれは、理解が不充分だった面が大きいのだ。白状するならば重要な作を未読だった訳で、ところで某シュオッブ専門家曰く「シュオッブ読者は大まかに言って『架空の伝記』派と『モネル』派に分かれる傾向がある」とのこと。私はまあ前者かな、しかしこういうことではいけません。全集通読後、大いに反省し、「眠れる都市」「地上の大火」に衝撃を受けた学生時代の初心に立ち戻った上で、繰り返し読み込まねばと心に誓ったのだった。

懺悔コーナーは他も言い出すと切りがないので、一応ここまで。若かった頃の生意気全開等についてはもはや他人ということで。ついでに、近年柄にもなく何度か「帯文」なるものをお引き受けしましたが（本書にも何故か収録を）、胸に手を当ててみて、ここまでとさせて頂くことになっています。

さて、改めて子ども時代を思い返せば、ごく普通に少年少女世界名作文学全集や児童名作文学全集などを読み、海外少女小説もよく読んでいた。モンゴメリはもちろんほぼ全部読み、アンは「夢の家」と「リラ」が好きで、翻訳が遅れていたエミリー最終巻が出たときは、夢のように嬉しかったものだ。『丘の家のジェーン（ジェーンの願い）』なども魅力のある良い作ですね。キャサリン・マンスフィールドは児童向き世界名作全集のなかに何故か一巻丸ごと入っていて（「風が吹く」「園遊会」「人形の家」とか「あどけない恋」「眠い子」等々、子どもや若い人の話ばかり集めたもの）、この作家はのちのち訳者違いでせっせと読み比べることに。クリームパフとはシュークリームのこと、とこれで知ることになったものだ。ポール・ギャリコは「ハリスおばさん」シリーズが読み始め。ついでに初・川端康成は少女小説文庫の『乙女の港』。何しろ百合小説なので強烈に印象づけられたのだけれど、今ではお弟子さんの作と認定されているそうですね。また『しろばんば』など、まっとうな井上靖もよく読んで、のちに西域ものへ進むことに。小川未明によるトラウマ。佐藤さとる『だれも知らない小さな国』。国際児童文学賞全集も揃えて読み、特にエリザベス・グージ『まぼろしの白馬』は愛読した。このあたりは紛れもなくファンタジーですね。「姫、かかる場合にケチケチするのは面白からざる了見ですぞ」とは小人の料理人マーマデュークの台詞。今でもしばしば食材の買い出し中に思い出す。――本だけはたくさん買ってくれる親だった。鏡花と松本清張、という妙な取り合わせは父親の影響。

学生時代に話を戻す。京都書院河原町店の二階で塚本邦雄の高額本や高橋睦郎の詩集に出会い（澁澤龍彥の尻尾のくねったサイン本もここで買った）（高橋睦郎「第九の欠落を含む十の詩篇」の衝撃！）、高校時代から噂のみ知っていた森茉莉には一階で出会った記憶がある。田舎の書店にはややこしい本は存在せず、むろんネット書店などなかった時代のこと。棚差しされていた『恋人たちの森』の黄色っぽいベージュの背表紙を発見したときの光景は今も目に残っている。三島の「禁色」などはすでに読んでいたので、同性愛描写には特に驚かず、とにかくハムの漢字表記〈燻腿肉〉に格別の感銘を受けた。服装や食べ物に関する普通でない描写、端役の登場人物たちまでフルネームの名を持っていること等々、総じて「子どもの感覚で書いていても、徹底していれば良し」というような生意気な感想を持った。ただしそれもこれも、明治の文豪の娘としての生活教養や豊かな経験値が根底にあってのこと。むろんすっかり魅了されたのだった。

――それから京都で初めて出会ったリアルタイムの赤江瀑。当時のオンリーワンの鮮烈さは紛れもなかったし、その後思いがけずご縁ができて、何度も文章まで書くことになったけれど。でもあの濃厚な耽美の世界、じぶんとの近しさを感じる訳ではないですね。

学生時代の話をどんどん続けることにする。現代短歌のこと。

何もかもに憧れ、魅了されてしまう青春時代、食事を抜いてふらふらしつつ高価な新刊書を買う、という経験をした相手が塚本邦雄だったこと。これは今まで何度も言及した。初・塚本は『連弾』で、歌集でなく小説から入ったのだが、とにかく毎月毎月続々と箱入り豪華本の新刊が出ていた時期のことで、書店へ行くたび心悸亢進し、アドレナリンが出まくったのだ。大学図書館にはちょうど出たばかりの『現代短歌大系』全巻がずらりと並び、でも周囲には現代短歌を好む者はひとりもおらず、何やら自力でこっそり金の鉱脈を掘り当てたような気がしていた。――関連で須永朝彦氏のこと。初・須永は『就眠儀式』『天使』の二冊で、これはたしか三月書房で。何しろ当時はどっぷり塚本読者だったため、初読時はとにかく「これはいったい?・」と思った。塚本のお弟子さんとして出発した方とは知らなかったし、酷似する箇所ばかり悪く目についたのだが、でもやがて、こちらはこちらでまったくの別世界と見るようになった。あらゆる影響を受けつつも、誰にも似ていない小説を書いた作家、と今でもそう思う。個人的には美少年も吸血鬼も憧れの対象ではないので、最良の須永読者を自称することはできないのだけれど。

ついでに思い出したので書いておくと(全然たいしたことではない)、SFの世界に出入りするようになっても現代短歌の話ができる相手はおらず、あるとき確か工作舎系だったか、女性の編集さんと会って話をし、すると別れ際に「私はこれから、くずはらたえこさんのところへ行くんですよ」と。それまで塚本も葛原も知る者はいない世界でずっと生きてきたので、その名を耳から聞くのは生まれて初めてのことだった。「えっ、それはあの、もしかしてターバンの素敵な……」「そうですよ」と相手はにっこりし、立ち去っていく後ろ姿を呆然と恨めしげに見送ったことを覚えている。が、あのとき図々しく、何とか同行させて頂くことはできまいかと頼み込んでいたらどうだっただろう。仮に実現していたとしても、邪魔にならぬよう小さくなって、「ファンです」とサインをせがむのが関の山だったろうけれど。「黒歴史」の歌集など出してしまうよりもずっと以前の話。

妖精文庫で好きなのは『耳らっぱ』『輝く世界』『フォカス氏』。ボルヘスはほんとうに「遠近法」を書いている最中に初めて「バベルの図書館」を読んだ。今のように文庫で何でも読める時代ではなかったのだ。デュ・モーリアとボルヘスが抱き合わせで世界文学全集の一巻となっていたことがあるような時代。

SFの話をしていなかった。高校の文芸部の女の先輩でSF専門誌を貸してくれるひとがいて、それから縁があってSFの場で創作をするようになり、数年で縁が切れて読むこともやめてしまうまで、SFは合計二百冊くらいは読んだかなと思う。『闇の左手』は澁澤経由、両性具有の描き方に興味があって読んだだけで、ル・グィンはそれ一冊しか読んでいないのだが、感銘を受けた証拠に今も登場人物名を覚えている。ゲンリー・アイとエストラーベン。当時の拙作「堕天使」の元ネタはブラッドベリだったような記憶もあるけれど、はっきりしない。とにかく初期荒巻義雄氏が好きだったのと、当時読んだなかでは『宝石泥棒』のロマンチックさなども好きだった。バラードなどの短編なども。また作風が違うので影響は受けなかったけれど、〈若き天才・筒井康隆の疾走〉をリアルタイムで目撃できたことは、同時代の一読者としてスリリングな体験だった。何しろ景気の良かった時代のことで、その場に出入りできたのはほんの短期間だけだったけれど、一流ホテルのパーティー会場（作家より銀座のホステスの数のほうが多そうな）やら、西銀座の有名文壇バー「眉」「茉莉花」等の社会見学もできたし、とにかく立派なかたがたとお目にかかれて、祇園のお茶屋遊びに連れていって頂いたことも。何というか、若い頃に一度でも派手な遊びを経験できると、それでけっこう気が済んだようなところもある。直後のバブル全盛期に私は仕事から離れ、田舎で地味に子育てしており、それでも息子たちは何とか一人前にすることができたので（色々やらかしてくれたけれど）、休筆しただけのことはあったと思う。いやまあ、そう簡単に括（くく）れる話ではないけれども。

脱線した。初期活動期に出会い損ねて、少し遅れて出会ったのがエンデとマーヴィン・ピーク。エンデは『鏡のなかの鏡』限定かも。あんなものは百回生まれ変わっても私には書けない。一種の理想。『ゴーメンガースト』については言わずもがな。

ところで、むかし人気があって誰もが読んでいたロレンス・ダレルやアイリス・マードックなど、最近は見かけないのでは。『アレキサンドリア・カルテット』（初訳時はこの表記）が復刊したのは知っているけれど。長編型のマードックはどれを読んでも本当に面白く、もっとも有名な『鐘』『砂の城』の他に好きなのは『魔に憑かれて』『ユニコーン』『ブラック・プリンス』あたりとか。ケイト・ウィンスレットとジュディ・デンチが本人役で映画化（「アイリス」）されましたね。美貌のアナイス・ニンはずっと変わらず人気があってよろしいこと。シルヴィア・プラス『自殺志願（ベル・ジャー）』は当時の必読書。高橋たか子『誘惑者』『人形愛』なども。このあたりは挙げだすとまったく切りがない。──ところでダレル、ニン、倉橋由美子といった名を並べてみると、（禁断の同性愛に加えて）近親相姦もまた禁忌にして魅惑のタームでしたね、当時は。他にイヴ・ベルジェ『南』、ジャン・ルネ・ユグナン『荒れた岸辺』とか。私の知らない作が他にも多々あることでしょう。ついでに書いておくと、高校生の頃に観た映画「渚の果てにこの愛を」が最近急にリバイバル上映され、円盤化もされて驚き喜んだのだけれど、これの原作本（訳書は映画と同題名）もまた不思議な雰囲気のある小説で、たいへん好きだった。懐かしの三輪秀彦訳で、これも近親相姦ものの系譜。さらに思い出したので書き足すならば、こちらはレズビアニズムの小説だけれど、ハヤカワ文庫に入っていたフランソワーズ・マレ＝ジョリス『春の訪れ』、好きでしたね……これも三輪秀彦訳。

さて、ややこしい作家ブッツアーティについて書くまえに、休筆期間中のことをもう少しだけ。何しろ仕事を再開できる当てはなく、小説の話をできる相手もなく、子育ての合い間に図書館通いをして新刊本を山盛り借りてくることだけが楽しみだった。当然あまり難しい本は読まず、エンタメ系をけっこう読んでいて、当時流行りのモダンホラーには大いに嵌った。キングとかですね。結婚直後の頃には何故か田辺聖子さんに大嵌りしていたり、一貫性のないことだけれど、そののち何故か笙野頼子氏からの強力電波を受信してしまい、最初の単行本『なにもしてない』からずっと読んでいた。やはり初期のものが特に好きで、『硝子生命論』『太陽の巫女』『パラダイス・フラッツ』『増殖商店街』『東京妖怪浮遊』等々、そして何より『母の発達』。ミルハウザーも何故か（何故でしょう）さいしょからその存在を知っていて、読んでいた。初期の未訳長編『モルフェウス大王の宮殿より』、正座してお待ちしています……

国書刊行会『日本幻想文学集成』『バベルの図書館』は普通に（本名で）定期購読していた。後者の刊行途中で、まさかじぶんの旧作が収録されることになろうとは夢にも思わずに。そういえば『世界幻想文学大系』のほうは、途中の読みづらい巻で挫折して、未だ全巻揃わず。短編集はどれもたいへん面白いですね。

活動再開後の読書歴については——、これはちょっと、簡単にまとめて言うことはとても無理。それに若い頃は、積読本などというものは一冊も存在しなかったものだけれど、今ではもう。仕方ない、ブッツアーティに行きましょうか。

さいしょに澁澤経由で画家として知ったこともあってか、数年まえに翻訳出版された『絵物語』、本人が本職と称する絵と短文とが見開き毎にセットになった大型本で、これがものすごくたいへんに好きなのだ。澁澤本ではモノクロだった「世界の終わり」などもカラー図版となっており、鮮やかな深紅の色調はまったく思いがけず、衝撃を受けた。そしてさらに。先に出ていた本人の絵入りの本『モレル谷の奇蹟』に続いて、「やはりサディストなのか？　本物のサディストなのか？・」と妖しく心は騒ぐのだったが、でも長編『ある愛』（今や稀少本）を読んでいれば、女性観が普通でない御方であることは充分わかっていたのだ。代表作『タタール人の砂漠』や「七階」「なにかが起こった」「コロンブレ」「竜退治」「バリヴェルナ荘の崩壊」等々の大量の見事な短編群を読んだだけでも、充分にフェイバリットな作家であったのだけれど。これらだけでは、作者の顔や体温があまり感じられないタイプの作家と思えてしまう。それは悪いことでは少しもないけれども。『絵物語』、歪んだ冷酷さを含むがゆえの完成度、好まないひともいるだろうけれど、見事な書物と思うので、ちょっと高額ですが推しです。

ところで未訳作の翻訳がどんどん進んでいるブッツアーティ、柴田元幸訳のある「落ちる娘」が本人名義の短編集に未だ入っていませんね。これから入るのかな。最良作のひとつでしょう、是非ともどこかに入れて欲しいところです。

思い返せば好き嫌いだけで生きてきて、気が向いたときのみ我流の創作を少量行ない、読書に関しても評したり論じたりに向いていないことは確か。自作に関してならば、いくらでも喋るのだけれど。そういえば『ラピスラズリ』刊行時、ネットで宣伝用のエッセイを書いたのだけれどどうしても見つからず、本書収録はできなかった。たしか「青金石」について、聖フランチェスコは没年の春先には未だアッシジの司教館にいて伏せっており、ポルツィウンクラに戻ったのは死の直前になってから、ということに触れた覚えがある。一応、資料調べはして、その上で大嘘から書き始めたのだ。

書き忘れた鏡花のこと。これも懺悔のうちに入るかもしれない。鏡花については卒論を書いたという小さな縁はあったものの、ずいぶん年取ってからようやく発言の機会を得て、喜び勇んで初期偏愛作について語ることができた。しかしほんとうに好き嫌いで読んでいるだけなのであって、特に、最晩年の縹渺たる世界に到達するまでの過程などまるで読み込めていない。この先個人的に読み込んでいく予定の作家をひとりだけ選べ、と言われたら、やはり迷わず鏡花になると思う。

——などといくら書いていても切りがない。いちどきにすべて網羅するのはとても無理だし、マンディアルグやグラック、ユルスナールにカルヴィーノにシュルツ、ついでにラヴクラフトも忘れていたなとか、それこそいくらでも。けれど、今回はこのあたりで。若いころ当然読んでしかるべきだったのに、年取ってようやく読み始めた作家も実に多いのだ。――読むべき本の多さ、じしんの教養のなさ、そして何より、現時点までの仕事量（特に創作方面での）のあまりの少なさこそが最大の問題ではないのか。まったくもって道半ば、と思う。

二〇二二年初秋　長く相棒であった老犬の旅立ちの後に記す。

# I

# 月光・擦過傷・火傷

硝子で出来た城にひとりで住んでいる子供がそこから出ていこうとして果たせない話、というのが覚えている限りでいちばん最初に創った「お話」だと思う。「女の子」の夢見るお話として定型であるのかどうか分からないが、そこから出発して今日に至るまでの歩行距離はほんの数歩であるような気がしないでもない。

「言葉の世界」にあるとき出逢ったことだけが異変だった。硝子という言葉に出逢い、言葉で城を築く作業を覚えた頃から、増殖する天使や冷えていく水や空洞宇宙を運行する天体や影盗みや繭の森や廃墟世界や透明族や世界の中心で眠っている美女や……がノートや原稿用紙の上に産まれた。辞書の中に支那があり、あるいは言葉による月齢の支配地を測定した。月光を出発点として、擦過傷・火傷・燐・真空・炎色反応・眩光・鉱脈・二重露出・ぶれ・感熱・感光・網膜・もういちど火傷――

誰かの心に届くものとは思わずに、城を築いては壊す作業を繰り返したが、一冊の書物として新たに築き直された城が誰かの心の領土に影を落とすことを想像してみると、嬉しい。

# 綺羅の海峡

赤江瀑

講談社文庫『花曝れ首』(『熱帯雨林の客』改題)が発行されたのは昭和五十六年八月のことだから、解説を書かせていただいた御縁で赤江氏にお目にかかったのは、もうずいぶん昔の話になる。八月も末の下関は、晩夏の陽光燦爛として、駅に降り立った時から只ならぬ気配を纏わらせていたことを覚えている。『海峡——この水の無明の真秀ろば』が上梓される二年前だったのが、つくづくと残念なことだったが。

昭和五十六年夏以前の作品について、と注を付けねばならないのがいかにも古いが、『花曝れ首』の解説で、私選による赤江瀑短編ベストファイブを掲げるという暴挙をしでかしたことがある。「花夜叉殺し」「花曝れ首」「禽獣の門」「夜の藤十郎」「罪喰い」「春喪祭」「阿修羅花伝」等々、どだい氏のどの短編を持ってきて任意に並べたところで、充分説得力のあるラインナップになってしまうのだから私選も何もないものだが、そうせずにはいられなかった。というのも、解説（などと称するのもおこがましいが）を書かせていただくにあたって、まずは愛読者から作者へ捧げる花束として、蠱惑の作品群のタイトルを列挙せずにはいられなかったからである。それに、読者のそれぞれが自分好みの作品リストを作りたくなる作家、といえば個性の際立つ魅力を持つ作家に限られてくると思うが、赤江瀑などはその筆頭のひとりではあるまいか。

（ちなみに前出のリストは、「殺し蜜狂い蜜」が入っていないのが駄目、読めていませんね、という評がプロアマ共に多かった。申し訳ないが、蜂は怖いので苦手なのだ。）

思いもかけず氏にお目にかかれることになった時、はっと思い出したのがそのベストファイブ。いくらなんでも生意気が過ぎたのでは？　と気になりだして悶々としたものだったが、当日、海峡に面した料亭に現われた赤江氏は、案に相違して〈含羞のひと〉という佇まいでいらっしゃった。これはこちらの勝手な印象で、失礼な言いかたかもしれないが、作品の感じから気やすい雰囲気のかたではよもやあるまいと思っていたので、丁寧なご挨拶を頂いて恐縮してしまったのを覚えている。

さて、海峡の夜に灯火が映る頃あいになって。

下関の夜には〈赤江瀑の世界〉が潜んでいた。

隠れ家めくそのK＊＊という店の名は、赤江氏の命名によるものだそうで、華麗な名と同様、そこは赤江瀑の世界そのものに見えた。闇の眷属を率いる魔界の住人らしきご主人がそこにはいて、もとは歌舞伎の世界にいらした方、川端康成に可愛がられたこともあると伺った。そのご主人が、ぽんぽんと歯切れよく氏に向かって作品の批評をぶつける様子など、まるで赤江作品の一場面そのまま――たとえば「刀花の鏡」のメンバーズクラブ《夏高》に、ひととき滞在を許されたような具合なのだ。作中の登場人物たちのさざめく会話が聞こえてくる中に、当の主役の赤江氏が穏やかな微笑を浮かべて座っていらっしゃるといった按配で。

この印象は強烈で、愛読者なら誰しも羨むに違いない。

同行の担当氏たち共々、話題はひたすら赤江世界のあれこれなのだったが（「夜の藤十郎」のラストの一行！についてとか）、特にその中心になったのが上梓されたばかりの『舞え舞え断崖』だった記憶がある。表題作の老女二人のダイアローグ――玉子酒をこぼして啜ったり、ごぼう漬けを刻んだりしつつ、連綿と続けていく会話部分の洒脱な味わいが皆の賞賛の的になり、すると〈含羞のひと〉の佇まいのまま聞いていらっしゃった赤江さんが、

「そういうの書くの大好き」と、少年ぽいはにかんだ笑顔でおっしゃった様子は、今も印象に残っている。

興が乗ると筆を振るうという氏は、筆と硯を取り寄せてしきりに試し書きをなさって

いたが、今日は調子が出ない、と結局取りやめになったのは残念なことだった。『舞え舞え断崖』の署名本はしっかり頂いたが。よほど興奮したのか、ホテルに戻って「横顔の絢爛たりし赤江瀑」などとノートに譫言（うわごと）を書きつけたことだった。

インタビューも対談もお嫌いで、お目にかかる機会を持てたのは幸運な部類、ということを後になってどこかで聞いたが、本当かどうかは知らない。

それにしても心残りなのは、やはり『海峡』が書かれた後でお目にかかりたかった、この美しい作品への賛辞を直接作者に捧げたかったということである。腐爛魚解体地下作業場の、シャワーとゴム作業着のイメージ、海峡連絡船から飛び込んでいくアクロバット芸人のランニングシャツのイメージ等、あの鮮やかでエロティックな記述部分のファンの一人として。「夢を見るにも資質と才能が必要だったのか」と初読の際に深く思ったことだったが。

話は元にもどるが、文庫『花曝れ首』の解説を、という話を頂いた時、それなら是非書かせて下さい、とふたつ返事でお引き受けした。泉鏡花風のストレートな幻想小説だと私には思えるのだが、この優れた作品に御縁を持てたことは幸運だったと思う。

以前には好きな短編リストの二番目にこれを置いたが、今ならば筆頭に置く。（『海峡』は短篇ではないので別。）

化野（あだしの）の小雨にけむる竹細工屋（の裏座敷というところが秀逸）に、ふいと二人の色子が出現するシーンの視覚的な鮮やかさ、花の顔容（かんばせ）に噴く血潮の耽美、そして何よりも傷心のヒロインに寄り添う幻影たちの人懐かしげな温かみといったらどうだろう。幻想の資質も人によりけりで、時に血の通わない非情さを感じる（幻想的）作品が世にはないでもないが――そして血が冷たい感じも好みではあるのだが――赤江氏の資質に、泉鏡花のそれと共通するものを感じるのは、この人肌の温かみのせいではないかと思ったりもする。

下関の一夜でも、鏡花の「天守物語」がしきりに話題に上っていた記憶がある。ところで私は舞台の方面にはまったく暗く、活字オンリーの狭い認識のなかで赤江氏は〈戯曲の人〉ということになっているのだが、さて新作長編『星踊る綺羅の鳴く川』がまさに赤江版「天守物語」であり、舞台の魔を題材としつつ言葉の綺羅を尽くした戯曲世界であることは、当然すぎるほどの帰結であるようにも思われる。

魔族の跳梁はより絢爛に、心は人恋しく懐かしく。

下関での別れ際、みずから握手を求めて差し出してくださった手は、とても温かかったと記憶する。

# 教育実習の頃

教職課程はとったが教師にはならなかった不埒者なので、本当はこういうことを書く資格はないのかもしれないが、教育実習に行ったのは昭和五十一年、もう二十年以上も昔のことになってしまった。

ちょうど実質的な処女作が掲載された雑誌が店頭に出たところだった、という個人的な事情もあって、その頃のことを思い出すと、一種熱に浮かされたようなイメージとして映像がよみがえってくる。大学四年の情緒不安定な五月、京都御所の緑あふれる森を見ても鬱屈し、河原町筋は観光客でひたすら騒々しく、ゼミ仲間も卒業後への不安で顔に影が射しているように見えた。卒論は泉鏡花を選んでいて、これは入学当初から迷わず決めていたので準備の手間がなく、唯一苛立ちの種にならずにすんだのはラッキーだったが。

実習は母校である県立岡山S高校でお世話になった。最初、指導をお願いする「現国」のA先生に挨拶するために職員室へ行った時のことは鮮明に覚えている。

実になんとも見覚えのあるシガレットホルダーを手にした先生は、「あんたが来ると思よったわ」「どの学年にもひとりくらい、将来実習生として戻ってきそうな生徒の見当はつくから」――顔を見るなりそうおっしゃり、続けて指差されたタイミングが実によかった。「今の学年だとアレが来る」

見ると、おりしもやたら元気のいい女子生徒がひとりいて、他の教師を相手に教科書をばしばし叩きながら（本当に叩いていた）質問の真っ最中なのだった。――後で考えると、これは先生の恒例の儀式だったのではないかと思えなくもない。「あんたが来ると思った」「今の学年だとあの子が」教え子が帰ってきた時の決まったセリフだったのかもしれない。

が、とりあえず教材の説明をうかがうと芥川龍之介の「枯野抄」だそうで、芥川は不勉強なことにあまり読んでおらず、慌てふためきながら実習期間が始まったのだった。

――何となく実習生は自分ひとりと思い込んでいたら、案に相違して、同窓会もかくやという顔ぶれで同級生たちに再会できたのは心強いことだった。英語が三人、音楽がひとり、他の教科が何人か。実習生用にあてがわれた空き教室にたむろして（授業の番がくると、指導教諭の後について「刑場に引かれていく囚人のように」出て行くわけだ）――そこで準備をしたりだべったりしていた時に、「最初の授業のテクニック」なるものが話題になった。

「教科によるけれど、生徒の気持ちを摑む芸の見せどころってものがあるでしょ?」

と、音楽の実習生が言い出したのだった。

たとえば英語の実習生ならば、のっけから英語オンリーの授業という芸をご披露できる。音楽ならば、自己紹介がわりに一曲弾きます、という最強の芸がある。この音大の学生は、若いのに説教好きという爺むさい男だったが、自己紹介がわりのショパンのポロネーズが絶大な効果を示したらしく、純真な高校生たちの尊敬を勝ち得てしまったのである。

で、国語はこの場合実に〈芸〉がないね、と私は皆の同情をかったのだった。

内心では、「私に読めない漢字はない、かかってきなさい」とか、「大学の図書館はすでに食い潰した。読んだ本の数では高校生ごときに負ける私ではない!」（その割に芥川は読んでいなかったが）と思っていても、しかしとりあえずお眼に掛ける芸がない。

いま考えると、芸とは言わないまでも教材以外の仕込みを工夫して、生徒の興味を惹くくらいのことはやってみればよかったと思う。が、そこまで気が回らなかったというか、あるいはくだんの「店頭に出ている処女作の掲載誌」のご披露という手もあったが

（芥川よりはＳＦのほうが生徒のとっつきはよかったかも）、でもそういうあざといことは恥ずかしい、と思う程度には私も若かった。規格どおりの退屈な授業しかできず、その点では生徒に申し訳なかったと後悔している。

はにかみながら実習生部屋に話をしにやってくる生徒はなんとも可愛く、「ちょうど県立普通科三校対抗戦で優勝したばかり」というタイミングの校内にはスポーツマンシップがみなぎり、もともとが温和な校風の母校は居心地がよかった。食堂のうどんの味が昔のまま美味だったとか、しかし仲良し二人組のおばさんのひとりが亡くなっていて、残されたひとりが愚痴っぽくなっていたとか、記憶に残っているのは仔細なことが多い。「五月の午後、五時間目が体育で六時間目が国語」という恐怖の居眠りタイムにかちあって、血の気が引いたりもしたが。昨日までの友好的な雰囲気はどこへ行ってしまったの？　という授業が終わった後、遅くまで学校に居残って、長い反省文（指導教諭に提出する日誌ですね）を書いたのを覚えている。

長い一週間が終わって京都に戻ると、全国各地から帰ってきたゼミ仲間の報告会が待っていた。ありがちな失敗談やらトンデモな噂話、意気投合した生徒たちと別れがたくて泣いた話など、このあたりは今も昔も変わりがないことだろう。何故教師にならなかったのか？　と質問されると「ひどい悪筆に絶望したから」と答えることにしているが、卒業後教職についたまじめな同級生たちのほかにも、身辺に国語の教員の知人が多い、というのはご縁なのかもしれない。子供は現在中一と中三、次男は「得意科目は国語」（自己申告）だそうである。というわけで（?･）最後にちょっと私信をお許しください。

高校の部活の先輩でＳＦの布教活動をなさっていたＳさん、私を悪の道に引き込んだのはあなたであるとも言えるのですが、某高校で国語を教えていらっしゃると聞きました。もしこれを読んでいらっしゃったら、分かりますか？

（注）この文は中学・高校の国語教員向け雑誌に書きました。

# 東京ステーションホテル、鎌倉山ノ内澁澤龍彦邸

◆ホテル

東京駅構内の東京ステーションホテルは、内田百閒も愛用したという赤煉瓦のレトロなホテル。その程度の予備知識だった。駅の中のホテルというのなら、アナウンスや列車の響きが部屋の枕元まで伝わってくるのだろうか。列車のホームを直接眺めることができると聞いたのは本当だろうか。想像しながらチェックインしたのだったが、三階のシングルルームに関しては、建物と建物の隙間を這い回るダクトしか見えない部屋だった。少し残念。

それにしても、さほど広くはない代わりに、迷路状の構造を持つホテルなのである。エレベーターで直線的に行ける構造はどこにもない。二階の宴会場へ向かうには、丸の内南口構内を見下ろす回廊状の通路を歩いていくのだが、その奥にはバーやレストラン

があり、さらには南口から直接上がっていくことのできる通路もどこかにあるらしい。方向音痴なので、分かれ道に差し掛かるたび指さし点検をした。廊下は赤絨毯敷きで、シャンデリアのデザインなども古めかしく、関東大震災にも耐えたという建築は暗くて重厚なのである。

会場数時間まえの薄暗い宴会場には、だれもいない。クロスを掛けたテーブルのセッティングだけが済んでいるが、ほかは空っぽの閑散とした部屋。「山尾悠子作品集成刊行記念祝賀会」——案内板を見て、「帰ろうか」と一瞬だけ思った。七月三日の午後、その部屋で署名本を作って過ごした。窓の外はとつぜんの激しい雷雨、新幹線のなかではずっと快晴だったのに。場所によっては雹まで降ったらしい。その間、出入りするホテル従業員や国書刊行会のかたもいたけれど、このままずっとひとりで誰も来なければいい、とナーバスになって考えたりしていた。やがて窓の外が明るくなり、七月の遅い午後の陽射しが戻るとともに人の出入りが増え、いつの間にか祝賀会は始まり、そして過ぎていった。初めてお目にかかるお客様が多く、でも懐かしい顔も次々に現われる。是非お目にかかりたいと思っていた方々も来て下さって、一生に一度の思いをさせて頂いた。無我夢中で過ごした、くらくらする極彩色の数時間。

——翌日、会場のまえを通ると、無人の部屋は元通り時間が停止したような薄暗い空間に戻っていた。あれほどの人々で賑わっていたというのに、ホテルという場所はみな、そういうきらびやかな記憶を隠している場所なのだろう。

◆鎌倉

前年八月の、澁澤龍彥十三回忌の法要で訪れて以来の鎌倉。

山ノ内の澁澤邸といえば、グラビア写真で隅々まで馴染みのある、ただし別世界の王国のような場所だと思っていた。若かったころ、連れていってあげようかと言って下さる編集者もいたけれど、あまりにも畏れ多くてとても承知できることではなかった。ただ、前年お目にかかることのできた龍子夫人からのお誘いもあり、これも滅多にないご縁と思い、国書担当さんたち同行のうえ恐る恐る聖域に踏み込むことになった次第なのである。

急な坂の上の白い家。写真で見たとおりの書斎やサロン、四谷シモン作の有名な少女人形に真っ白な天使人形、頭蓋骨や貝殻や鉱石ラジオや絵画や――小鳥の絡繰り仕掛けのオルゴール、陶器で丸く囲まれた壁の凸面鏡――隠し部屋めく雰囲気の細長い書庫があり、古本の匂い、保存されたままの資料の山。これも写真で馴染みのある庭は、少し手が入って壁泉や石畳があしらわれ、盛りの紫陽花やアガパンサス、ギボウシなどブルー系の花が多かった。崖の多い鎌倉の、湿っぽい空気の色。

龍子夫人の仰るには、ここを訪れる客は必ず自分の本が書棚のどこにあるのか探すのだそうで、国書刊行会Ｉ編集長はデスクの文書のなかから「フランス世紀末文学叢書」の企画書を新たに見つけ出し、私は書斎の書棚の隅にじぶんの文庫本を発見。ついでに二階の書庫に別冊新評が揃っているのも見た——それにしても、夕闇に灯りがともる頃合いになってからの、この書斎の湿っぽく懐かしい居心地の良さといってはなかった。縁飾りのある重々しいカーテンの内側は、さながら書物に埋もれた穴倉といった塩梅。デスクの主はいつお戻りになるのか。

木々がざわめき、夜、再びはげしい雷雨が来た。「王子は城の台所でピーマンを炒めて食べました」「最後の物語はこうして最後まで書かれることになりました」——雨音に包まれた畳の座敷で、そんな昔語りをしみじみ伺っていると、まるで鎌倉の土地の精霊が語ることばを聞いているようだった。雷は驚くほど近くにも落ちたのだから。

二〇〇〇年七月四日。東京では水が出て電車が止まった日。

# ボルヘスをめぐるアンケート

A――私のボルヘス作品ベスト3

「円環の廃墟」

「砂の本」

「バベルの図書館」

B――私にとってのボルヘスの魅力

映像として想像してみる。「中央に巨大な換気孔がつき、非常に低い手摺をめぐらせた不定数の、おそらく無数の六角形の回廊から成っている」という図書館の映像を。少なくとも数世紀を経てなお存続する蔵書の背表紙を、その無表情な列を、古書の匂いを想像する。各階にふたつしかないランプの乏しい光量を、想像上の画面に加えてみる。

六角形の換気孔の直径は何メートルくらい？　前後の記述から考えて、そうむやみに大きくはない筈。従ってこの世界は無限であると同時に、閉所恐怖症気味の翳りを持つ。たぶん腿あたりの高さの手摺は古びた飴色であり、その手摺を撫でながら図書館員であるわたしは回廊を歩く。螺旋階段が上下に貫通しているホールで、薄暗がりの奥に光るものを見る。鏡は回廊の灯りを反射し、すべてのものを二重にし、盲目の図書館長である老人の姿が一瞬だけそこをよぎる。

# 人形国家の起源

笙野頼子『硝子生命論』

最初に言ってしまうが、すでに数多い笙野氏の著作のなかでも、もっとも初期の作風を別格として愛するファンである。進化し続けている最前線の作家に向かって、失礼な言い草だとは承知している。特に現時点では集大成的な最新傑作『金毘羅』の存在があるので、間抜けな発言にますます忸怩たるものがあるのだが、しかし個人的な出会いのタイミングというものにはどうにも無視し難いものがある訳で、私にとっては書店の新刊の棚で『なにもしてない』を見た時の、妙に後を引く印象がすべてを決定づけてしまったのかもしれない。そう思うことがある。

名前を聞いたことがない純文学作家の本、しかも地味そうなと漠然と思い、一度は前を通り過ぎたのだった。が、さてそれからというものの、どうも気になって気になって仕方がない。だってなにもしてないって、ナニモシテナイ、それはいったい誰のことですかね、などと数日ぶつくさ言いつづけ、終いに書店へと取って返すことになった。当時子育て休業中の人間だったので、世間的にはナニカシテイルと認知されていたのかもしれないが、本人的には紛うことなくナニモシテナイ人間だったのだ。――著者が学生時代のほぼ同時期に同じ土地の空気を吸っていたひとであることを知り、やがて傑作短篇「虚空人魚」に出会うに至って、おやこれは何やら同属のスメルと勝手に思った。「海獣」や「冬眠」のひたすら陰鬱な描写も好むところだ。その後、見る見るうちに巧みさと力強さを増していった多くの作品群には、むろんのこと瞠目しっぱなしであるが、やはり格別の思い入れがあるのは初期の頃の作である。著者初の連作長篇『硝子生命論』もそのひとつ。

それにしても、誇らしくも見事に名づけられた本であることよと、何度でも繰り返しそう思う――『硝子生命論』とは！　作者の精神の在りようが、高い旗のように掲げられた書名。

失踪した〈死体人形〉作家ヒヌマ・ユウヒとは誰か、何者なのか――彼女を巡る四篇の連作が、互いに補完しあいながら次第次第に観念の王国を形づくっていくさまは圧巻というよりなく、どのパートをもそれぞれに私は愛する。「第1章・硝子生命論」「第2章・水中雛幻想」「第3章・幻想建国序説」「第4章・人形暦元年」、こうして目次を書き写すことが快楽であるほどに。恋愛の対象としての人形、女の側からの人形愛がここでは扱われているが、高橋たか子の「人形愛」に見られるような官能性は注意深く排除され、現実（性差社会）への苦い絶望から出発して幻想国家の建国をめざすまでがきわめて構築的な精神をもって描かれている。

ところで、近作の『水晶内制度』が発表されている現在、『硝子生命論』が笙野式幻想国家あるいは女人国幻想の起源的作品であることはすでに明らかになっている。よもや別作品でユウヒや無性（『硝子』の語り手である〈私〉の名）に再会することになるとは、思ってもみなかった読者も多いのではなかろうか。（女人国家ウラミズモを舞台とする『水晶内制度』では、小説「ガラス生命論」は建国者にインスピレーションを与えた本として登場し、作者の無性は何と建国功労者とされているのだ！）——猥雑さをも合わせ孕んだ豊穣多産な女人国ウラミズモ、そこへ流れ出していく大河の水源地として『硝子生命論』の位置が確定している現在、あとはこの水源がいかに純粋な透明さを湛えているか、その味わいがいかに無垢であるかをじっくり歎賞すればいいだけだという気もする。人形に託された幾つもの物悲しい物語を、子守唄のように聞きながら。

……遠い昔、男に絶望した女達が男達に形だけは似せた人形を作った。人形達は男達に似てはいけないので全て生まれながらに予め殺されていた。が、どこかに人形を人形のままで生かして、女を蔑まず、虐げない新しい生命体を作り出す女神が存在すると聞いて、ある日何人かの人形を愛する女達が船出をした。船には生贄の羊が積まれていた。羊の血は前の世界を殺した事を意味していた。女達はなにもかもを捨ててきたために神に会う事が出来た。（略）

味わいとは、たとえば文章。過去形の文末が連なっていくことの多い、固い印象の初期笙野文体を私は好もしく思う者だが、特に『硝子』の前半部、綿密にして足が地に付いた描写体の文章と観念性との相性のよさはどうだろう。観念的でいながら具体的な手触りを持つユウヒの造形に、私などは作者と実在の創作人形作家との交流が本当にあったのではとつい妄想してしまったほどだ。（後になって笙野氏のエッセイを読んだところ、単に四谷シモンの教室の人形展を見て、ということらしい。なるほど言われてみれば、〈本物のアンモナイトを額に埋め込んだ少年人形〉の描写はシモンドールだ。）あるいはまた、散文詩のように美しく印象的な文章――〈生きていた、そして死んでしまった硝子を見た事がある。〉〈死体人形を所有したがる者達の心の中で際限なく割れ続けるそれらの硝子は、かき曇り汚れ果てどろどろになり、内臓よりももっと激しい腐敗感覚に満たされ、そのくせ、冷たく、臭わなかった。かつてはガーネットのようであった血液を乾隆硝子の紅を帯びた黒血と化し、硬化して半透明になり曇りにまみれた硝子の死肌を形成した。〉――大雨の日、〈私〉がヒヌマ・ユウヒ死体人形展を訪れた折に近くの換気扇から吹き寄せてきた「激しい、チャーシューのたれの匂いと熱気」などをも点綴しつつ、〈私〉とユウヒとの交友は細やかな口調で語られていく。そして――

連作第三章冒頭、〈記憶の中のそこは、上京区と北区の境にあるK通りの、少し歩けば鴨川に出るというあたり〉――ああそこなら私ノ記憶ノ中ニモアルとつい思ってしまう――ユウヒの顧客のひとり、紫明夫人がユウヒを偲ぶ会を催すために入念に選定した場所のことだ。連作のここに至って、にわかに緊迫したストーリーが動き始める訳だが、そのきっかけは開国神話の起源となる場所として聖地京都が選ばれた瞬間だったのではないか、そのようにすら思う。ユウヒの注文制作品として前半部で紹介された人形の中ではもっとも強烈な印象を与える「ミート皿」、オーナー紫明夫人の「異様にはきはきした京都弁」、次第に若い猫のイメージへと変身していくみゆと金花、「仮面の人」電気仔羊など、これほど見事な物語人物たちを躍動させることは書き手にとっても初めて、という勢いがこの章には漲っているような気がする。その名もレディスホテル〈硝子の館〉へと場を移し、幻想的殺人事件の場面へと強引に空間を変質させていく作者の手並みは大変な力技で、これならば確かにユウヒは戻ってくる。犠牲の仔羊を人柱とし、〈あの方〉としか呼びようのない存在と化して。

殺人の翌朝、ドアを開けた〈私〉が直面する「目も眩むような光」「世界を満たす真っ白な光」のように純粋に美しい小説場面を私は他に知らない。そして、小説としては短く祈禱文としては長い終章を読み終えたのち、胸に残るのは絶望しつつなお切なく憧れる感情、一冊の本と化して瞑目した〈私〉の蒼褪めて美しい顔のイメージである。

# 歪み真珠の話

この文は『歪み真珠』発売時、ネット書店での購入特典であるネット配信用エッセイとして書きました。

■のっけから先日東京で行なったサイン会の話で恐縮です。
　この話題はこの場ではふさわしくない、だってサイン会は会場の書店で本をお買い上げ頂くことが参加条件になっている訳ですから、当日お越しいただいたお客様とこの特典エッセイを読んで下さる方々とは重複していない筈。それでもこの場をお借りして再度お礼申し上げたい、というのは、サインとこの駄文の両方が目的で二冊お買い上げ下さる方がいらっしゃるように伺いましたので。お礼と言うより申し訳のないことで、お詫び申し上げるべきですね。

「一生に一度くらいはサイン会をやっておくべき。じぶんの読者と直接対面してみるのもいいことでしょう」と説得を受けてのことでしたが、なるほど昔からの読者の方、『書物の王国』や『作品集成』『ラピス』からの読者だという若い方が混在していることは実感としてよくわかりました。返すがえすも悔やまれるのは、紀伊國屋のほうでは用紙の裏にメッセージを書いて頂いたのに、東京堂ではそれをお願いしなかったことです。私、昔からファンレターというものをほとんどもらったことがないので（いやほんとに）、たぶん私の書く小説は「この作者に手紙を出そう」とは思わせないような近づき難いところがあるんだろうなあ、とじぶんでも思いますが、とにかく今回頂いたメッセージは大切に読み返しています。驚くほど遠くからわざわざ来て下さった方もいらっしゃって、もっとお話しすればよかった、愛想がなかったんじゃないか、感謝が足りなかったのでは、などといろいろ悔やまれます。一生に一度、というのはたぶんそのとおりになると思うので、何だかそっけないサイン会で物足りなかった、と思われた方がもしもいらっしゃいましたら、珍しいものを目撃したということでご容赦の程を。

頂いたお花はすべて持ち帰り、薔薇だけはその後ドライフラワーにしましたが、萎れた花を取り除けたりしながら現在まだ花瓶に残っています。お菓子おいしく頂きました。ありがとうございました。

■矢川澄子さんと「アンヌンツィアツィオーネ」のこと。

矢川氏とは結局、お目にかかる機会を逸したままに終わってしまいました。チャンスは一度だけあった、『山尾悠子作品集成』の出版記念会の折に、国書刊行会礒崎編集長の計らいでご出席頂けることになっていて、敬愛する先達にお目にかかれるのをたいへん楽しみにしていたのですが、当日になって体調不良との連絡が。それでも後でお手紙を頂いたときには嬉しくて、びっくりしたものです。私などに手紙を下さるとは。しかも「幻想文学」誌に掲載された拙作の感想まで書いて下さっていて、赤面するやら身悶えするやらしながら返事を書いたものでした。

翌々年に訃報を聞いたときはとにかくたいへんショックで、そしてさらに後になって氏の遺作「受胎告知」を読んだときに、あらっと驚いた。これはもしかして拙作「アンヌンツィアツィオーネ」がひとつのきっかけになってお書きになったのでは、と思われたので。種本が同じなのですね、矢川氏が作中で書名を挙げていらっしゃるとおり、矢代幸雄の名著『受胎告知』です。

「アンヌン――」は一九九九年二月、季刊「幻想文学」54号に掲載されたもので、この号の特集は「世の終わりのための幻想曲」と、そして「山尾悠子小特集」。これはそのころ長く疎遠になっていたSF作家クラブを代表して野阿梓さん（当時面識なし）が電話を下さって、べつだん廃業したつもりはない、というようなことをもそもそと申し上げたところ、「幻想文学」東雅夫編集長に掛け合って下さった、というたいへんありがたい経緯によるものでした。で、「世界の終末」特集に合わせた内容の新作を、ということになって、はたと困った。というのは、たとえて言うならば〈燐寸デ世界ニ火ヲツケタイ〉といったような思想はそのときすでに持ちませんでしたので。

こういう場合に人間が何をするかというと、大昔の学生時代の創作ノートなどを持ち出してくる訳です（笑）

矢代幸雄『受胎告知』は大学の図書館で借りてたいへん面白く読み、じぶんでも書店で買い求めたもので、今でも持っていますが昭和四十八年新潮社発行の改訂版のほうです。受胎告知の天使はガブリエルで死の告知はミカエル、百合と棕櫚の象徴などといったことが面白く感じられ、また澁澤チルドレンとしての両性具有好みもあり、これらをミックスしたような覚え書きがノートにあったのを幸いに小品としてお茶を濁した訳ですが、さてここで矢川氏の「受胎告知」です。初出は「新潮」二〇〇〇年二月号。

感想を書いて下さったのは「夜の宮殿と輝くまひるの塔」のほうでしたが、文面のニュアンスから察して「アンヌン――」も読んで下さったようです。教養の深い矢川氏のこと、おやこれは矢代幸雄、とすぐにお気づきになり、ごじぶんの書架から取り出して読み返された――それが「受胎告知」をお書きになるきっかけのひとつになったのでは。この推測がもしも当たっているならば、名誉に思います。

矢川氏の蔵書ならば改訂版ではなくて元版、昭和二年発行の警醒社版のほうでしょう。そしてそれは「受胎告知」の作中に描写があるように、父上の蔵書を受け継がれたものなのでしょうか。

訃報は頭上から岩が降ってきたような衝撃でした。ご冥福を心よりお祈りいたします。

■歪み真珠の話。

バロックとは歪んだ真珠の謂、というイメージと語感が好きで本のタイトルにしてしまいました。気分的なものに過ぎないので、「みずからバロックを名乗るとはおこがましい」とか、「バロックとはこのようなものではない。以下蘊蓄」といった〈突っ込み〉が入るのではと内心びくびくしています。

十五篇という数は最初の計画のちょうど半分で、時間切れでここまで。よって『歪み真珠Ⅱ』に続く——と言いたいところですが、こんなに辛くて効率の悪い仕事は二度と御免だ、という気持ちが現在のところ強いので、次作は短めの長編になります。いや、掌篇集を書き下ろしで、とじぶんで決めた時点で困難な作業になることはよく承知していたのですが。

むかし掌篇集をまとめたくて叶わなかった、というのは分量の足りないぶんをいちどに書き下ろすのがどうにもたいへんで挫折してしまったからでした。『作品集成』の中の「掌篇集・綴れ織」と題したパートがそれで、「眠れる美女」「傳説」「月齢」「天使論」あたりに「童話・支那風小夜曲集」「私はその男にハンザ街で出会った」などを加えると、おおやたらゴージャス（笑）、でもこのクオリティで一気にまとめて書き足すことは若かった当時でも難しかった。

十枚の小宇宙を十個つくるよりは、百枚のものをひとつ書くほうが圧倒的に楽。それでも今回できるだけ多く、できれば三十本という〈数〉を書きたいと思ったのは、「可能な限り傾向がばらばらになること」が主な希望だったからです。ひとつの方向だけを選んで長編を書くということは、今回はやりたくなかった。この目論見に関しては、十五という数はいかにも中途半端になってしまいました。何より傾向のばらけかたが足りない。

書きかけのまま完成に至らなかった原稿が何本か最後に脱落して、残ったのが十五篇（「〇〇性について」は数篇のシリーズになる筈だったのが残念）。三十あれば、中に「影盗みの話」のようなものが混じっていてもあまり目立たないかなと思ったのですが（いやずっと喋りたかったので）、勢いであまり気に入っていない「月暈館」（「幻想文学」58号掲載）の代わりに「火の発見」を入れてしまいました。この火のイメージは密かにお気に入り。
■それでも十五篇のなかのどれを気に入って下さったか、教えて頂けると作者は喜びます。
本人がもっとも気に入っているのはやはり「人魚でいっぱいの海」ですね、エピソードの断片を積み重ねていく書き方がいちばん性に合うと思うので。あと、「ドロテア」のラストのあたりがわりとうまく纏まったかな、と思うのでそのあたり。これはイタチが逃げて終わる話なのだ、と最初から決まっていた訳ですが、イタチは一応ちゃんと逃げましたね。首もころりと落ちたし。

改めて見直すと、全体に〈語り口〉を意識したものが多いようです。

■女性の一人称のこと。

二十代から間を飛ばして、いきなり歳を取るというかなり珍しい状況下にありますので、不都合やら葛藤やらはやはりいろいろとある訳です。

いろいろある中のひとつに女性の一人称問題というのがあって、私、若いころには女性の一人称で小説を書くということに抵抗があってまったくできませんでした。これははっきり自覚があって、何故か?ということも考えたりしましたが、とりあえず『作品集成』の中にはひとつもありません。「遠近法」の〈私〉には性別の指定がないし、あとは「月蝕」の最後に女友達の〈私〉がちょっとだけ出てくるくらい。十八歳のころSFコンテストに応募した原稿が女性の一人称だったような記憶がうっすらとありますが、これは有史以前ということで。(ところで、私の経歴ではよく「大学在学中にコンテストに応募した」と紹介されていますが、正確には大学入学直後の四月末が締め切り

だった訳で、折しも新歓コンパで何かやらかしたりする時期ではありますね）
歳を取ったのだから女性の一人称で小説が書けなくてはならない、という理屈はべつだんない訳ですが、それでも『ラピスラズリ』を書いていたときに困ったことが。「トビアス」は女性の一人称で、という指示が頭上二十センチからやってきたのですね、何だその頭上二十センチというのは。とにかくこの種の指示はその場所からやってくるので、逆らえないという設定になっています。

これを書くのはとにかく厭だった。『ラピス』を書きわずらったことの理由のひとつにこの女性の一人称による「トビアス」に取り掛かるのが厭で厭で、最後の最後になって泣き泣き書いた、ということが大きかったのですが、あれは要するに、思い切り厭そうに遠回しなやり方で性嫌悪について語っている訳ですね、冬眠者のイメージについて考えるとき、どうしても男女の性差を避けては通れなかったので。女の場合のみ〈穢れた者〉というイメージがつきまとうのは何故か。

いろいろの不都合やら葛藤、のなかに「今いるここは、もしかして〈性あり〉の世界ですか？」というのがありまして、昔そういうものはなかった。いいえありませんでしたとも（笑）。「おれは騎馬の男である」で始まって「おれは悶絶した」で終わる散文を書く、などということをやっているほうが気持ち的には楽な訳ですね、葛藤がないから。で、「トビアス」はとにかく泣き泣き書いた。あまり厭だったので話をはしょりまくり、登場人物は減るわ（古本屋の場面をはぶいたので店の主人が消えた）、「冬の花火」に該当する絵を主人公が眺める場面がなくなるわ（古本屋で見せてもらう筈だった）、もう散々でしたが(注1)、さて今回は「ドロテアの首」ですね。これも頭上二十センチから指示が来たので、一人称は変えられない。

げー既婚者、人妻、未亡人だよ、私に書けるのか、などとがさつな独り言を言いながら書き出してみたところが、あらら、案に相違して何とか折り合いがついたような気が。書いていてそこまで抵抗がなかった。おやおやどうしたんだろう。『ラピス』からさらに歳を取ったためか、ともあれ、これで何やらひとつ決着がついたような気がするのはめでたいことだ、とじぶんでは思っていたのですが。

ところが！（この項続く）

■女性の一人称問題にいちおうのけりがついたと納得していたのも束の間、先日のサイン会でメッセージを書いて下さった中の、何と二名様（どちらもお嬢さん）が「ドロテアの〈私〉は実は男なのではありませんか」と。

ええええどうして（笑）

夫がいると言っている時点で、普通に性別は確定しているつもりでしたが。すると何ですか、私の書く一人称の女性は女らしくないと（笑）。でも、愉快がっている私ですが。

うーん夫がいるのに男って。言われてみれば確かにあの〈私〉は名前を明らかにしていないし、直接話法で喋っている箇所も一箇所しかない、なるほどさほど女っぽい喋りかたはしていません。でも従兄弟からの手紙ではっきり「女であるあなた」と言っていますよね。従兄弟は女女とことさらに連呼するような厭な男、ということで。

あの〈私〉は、村の女の子からたいへん興味を持たれるような立場の人なんじゃないかと思うのですが。村の若い衆でははなから相手にならないので、かえって普通に話ができる、ような。

ということで、よろしいでしょうか?

果たして決着はついているのか否か、事態は俄かに風雲急を告げているような気もしますが、でも本人的には納得がいったので、この先とりあえず女性の一人称で小説を書くことはあまりなさそうに思います。頭上の人もそう言っているので、二度とないかも。

■幾つかの絵のこと。

「美神の通過」の元になった絵はバーン・ジョーンズのこれですね［❖1］。まんま、ですね。

実に奇妙な絵なので、どういう意味があるのか手元の本などで調べてみたのですがち

❖1

❖2

ょっとわからない。同時期に描かれた代表作のひとつ「ヴィーナスの泉」（野原の泉の周囲に集まった娘たちが水鏡を覗き込んでいる、華やかな色彩の絵）から派生した鬼子のようなイメージではないかと思うのですが。

「娼婦たち、人魚でいっぱいの海」の女王娼婦の場面はこれ。デルヴォーの「水浴するニンフたち」［❖2］。荒れた海と空、背景に火山っぽい山、奇妙な建物。大きいサイズで見るとちょっと生臭い（笑）

❖3

絵画のイメージを利用したのは今回この二点だけ。

ついでに書いておくと、『白い果実』の個人的脳内挿画はこれでした。レメディオス・バロの「逃亡」［❖3］。私は実にぴったりだと思うのですが、どうでしょうか（岩山はグローナス山ということで。ただこの女性は女学校の制服姿なので、アーラの服装としてはちょっと違うかも）、でもイケズな礒崎編集長曰く（思いっ切り厭そうな口調で）「少女趣味！」なんだそうです。

■で、次作は「おれは悶絶した」系になる予定、ということ（笑）

（注1）これらは文庫化の折に無事書き足すことができました。

# 『夢の遠近法』自作解説

## 『夢の棲む街』

これは同志社大学在学中の三年次に書いた、実質的な処女作ということになる。まったく唐突にこのような風変わりな小説を書いたことにはそれなりの経緯がある訳で、最初のきっかけは大学入学直後の一九七三年四月末、出来心でＳＦの小説新人賞に（別の作を）応募したことだった。

友人間で雑多な種類の本のやり取りがあった高校時代、中のひとりに熱心なＳＦファンの先輩（ちなみに女性）がいたということ。岡山から京都に出て、まず探訪に出かけた街の書店でＳＦ専門誌を手に取って、滅多にないコンテストの締め切り直前だと知ったこと。それもこれも縁だったと言うしかない。熱に浮かされたような気分で投稿した

ＳＦもどきの小説（「仮面舞踏会」というタイトル）は最終候補に残り、二年ほどして急に活字になった。この二年は大きかった。当時の田舎の書店と京都の書店に並ぶ本はまったく様相が異なっていたし、大学の図書館や国文の書庫には文字通り書物の海があったから。また書いて見せて下さい、プロの編集者に言われて二十歳の学生は舞い上がり、それから改めて自分が小説を書くことの意味を考えたのだった。ＳＦでなくてもいいのでは、とそのとき思った。今度はコンテストではないのだから何を書いてもいい、何でも書ける、小説は自由だと。

だから私の最初の小説は「夢の棲む街」だと思っているし、恩義についてはＳＦ側にある。

処女作には書き手のすべてが凝縮されるという説があって、しかし一方で一生に一度しか書けない種類の小説を書いてしまうこともままある訳で、「夢の棲む街」の場合はその両方に当て嵌まるのかもしれない。ともあれこれは当時の私のすべて、京都という街、泉鏡花から倉橋由美子、澁澤龍彥まで読書してきたことのすべて、言葉を用いて架空の世界を構築しかつ崩壊させること、散文詩風の文体を意識すること、街や海や天体や人魚、天使に至るまで想像力に限りはないこと、エピソードやイメージの断片を積み重ねる短編型の体質、すべてがここにあり、同時にこれは決定的に一生に一度の小説であって、このようなものを二度書くことは決してできないのである。

## 『月蝕』

「夢の棲む街」の次にこれを書いたことには意味があって、架空の世界の次には現実のこの世界を言葉で再現することもできるのだろうか、と自然に考えた訳だった。学生の眼で見た京都の街は大量の魅惑的な固有名詞で出来あがっていて、地図をなぞってみたりするうちに何ともお気楽な小説ができた。というのは、明らかに当時の底抜けに平和な学生生活を正直に反映しているからで、拙いなりに空気感のようなものは表現できているのではないかと思う。この小説に「月蝕」というタイトルをつけたセンスは、そのころ血道を上げて読み耽っていた塚本邦雄の小説の影響だと思う。

「夢の棲む街」を書いた時は、まず現場の理解が得られるのかと心配だったものだが(何しろどう見てもＳＦではないので)、しかし案ずるまでもなく、この時の担当さんと編集長は最良の理解者だとわかったし、安部公房氏がこれを読んで褒めて下さっていることも教えてもらった。まだ誰も私のことを知らず、四回生になっていたので将来への不安はあったものの、それ以外に心配事もない世界は翳りなく進行しつつあった。苦労などまだ何も知らなかった、これは昔むかしの子供時代のこと。

## 『ムーンゲイト』

ファンタジー系列。中編の長さで架空の世界の物語を書くことも好きだった。何はともあれ架空の世界が好き、という気質は生来のものなのか、読書からやって来たのかもしれないが、ＳＦ・ファンタジー系の読者としては今ひとつ浅いままで終わってしまった。波長の合う作家がいるかいないかの問題なのだが、その中では荒巻義雄氏の初期作品（特に『時の葦舟』）とＪ・Ｇ・バラードの短編の幾つかがたいへん好きだった。当時は自分の作風全般をファンタジーなのだと思っていて、幻想小説という呼称は今ほど一般的でなく、後者を自分に重ねて意識するのはもっと後になってからのことになる。

この月と水の物語を書いているあいだは、とにかく生温かい水を冷たくすることを考えていた。物語の進行とともに水温は低下する。同じ夜の遠くには真夏の観光都市の喧騒があって、祇園囃子や大文字焼きの街灯り。

『遠近法』

これは初出誌の都合で枚数制限があり、入りきらなかったものを後で「遠近法・補遺」と題して別に纏めた。「誰かが私に言ったのだ／世界は言葉でできていると」という二行分かち書きのフレーズが「補遺」に出てくるが、比重はもちろん一行目のほうにある。

無限に連なる建造物というイメージは特に独創的なものではなくて、ただし想像力の質、がキーになっている小説だと思う。書いている最中に「バベルの図書館」との（表面的な）相似に気づいて狼狽したこと、などは以前にも書いた。相手がたまたまボルヘスという高級ブランドだったことは幸運なのかどうかよくわからない。超小型天体の運行する垂直世界が次第にかたちを成していくと、後は想像力の器械体操をやっているような感じがしなくもなくて、これはこれで脳の働きがよく活性化している感覚があって自分では面白かった。

作中に出てくる騙し絵の天井画は（これも何度も書いたが）当時の新刊、澁澤龍彦『幻想の彼方へ』に収録されているもの。ずっと後になって人づてにご本人から声をかけて頂いた時は、感激して食事が喉を通らなかったものだ。

『パラス・アテネ』

若さの勢いというものが存在するとして、本作の文章が「たいへん勢いよく書かれた文章」であることだけは確かなのではあるまいか。それはともかくとして、当時の設計図（ずいぶんと気負った）がノートに残っているので、ここに掲げて解説の代わりとしたい。「パラス・アテネ」から始まる四篇の中篇をもって連作『破壊王』とする設計図で、本人は書く気満々、途中で何事もなければ普通に完走していたと思う。（未完とな

った事情については『山尾悠子作品集成』巻末インタビュー参照のこと）

| | | | | |
|---|---|---|---|---|
| Ⅰ　パラス・アテネ | 冬→春 | 狼 | 赤 | （サロメ） |
| Ⅱ　火焔圖 | 夏 | 馬 | 紫 | （芸能神の貴種流離） |
| Ⅲ　夜半楽 | 秋 | 鷹 | 黒 | （盗賊と芸術家） |
| Ⅳ　饗宴 | 冬→春 | 蚕 | 極彩 | （祭典／輝く飢餓） |

結局書かなかったのは、このうち最後の「饗宴」のみ。「火焔圖」「夜半楽」までを書き終えて、連載はそこで中断することになった。少し後になってから「饗宴」の結末部分だけを掌篇の長さで書き、これには「繭」とタイトルをつけた。（以上すべて『作品集成』収録）

ひとが糸を吐いて巨大な繭となる、というイメージを当時はずいぶん気に入っていて、このイメージの行き着く先は「真っ暗な繭の森に至り、じぶん自身に出会うこと」しかないと思ったのだが、さてどうだろうか。

## 『童話・支那風小夜曲集』

欧米小説に見られるシノワズリについての紹介文を読んだのがきっかけでこれを書いた。谷崎潤一郎の「人魚の嘆き」などは大いに愛読していたので、小説で支那趣味をやるならば英文よりも漢字文化圏の日本語のほうが圧倒的に有利でしょう、とそのとき考えたのを覚えている。とにかく漢字漢字、という訳で、結果としてこれは(ごく小規模ながら)広辞苑の中の支那趣味といった体(てい)になった。またエキゾチシズムを扱うには比較対照をもってするほうが効果的ではないかと考え、和漢洋の混在ということも意識して行なってみた。

普段はアイデア先行型の小説を書く人間ではないが、中の一篇、中国に吸血鬼がいたらというアイデアに関しては珍しく独創的なのではないかと思う。

などといろいろ考えながら書き始めたが、書いている最中は単純にただ楽しかった。その心踊りが読者に伝わるようならば嬉しく思う。

## 『透明族に関するエスキス』

言ってみるならばアニメーションかCGによる動画のようなイメージがまず頭の中にあって、それを一心不乱に文章で表現してみせるから、読み手のほうも合わせてイメージを想起する作業を行なってほしいのだが、などと考えながら書いた。そのような面倒な読書は御免蒙る(こうむ)と言われそうだなあ、とも考えたが。
一心不乱に文章にするには一心不乱にイメージで頭を満たすことが必要で、そこで私の頭は風と水に浸され、緩い流れに押し倒されながら気泡を吐くと侏儒の群れは敏感に反応し、マリのようにぶつかり合っては街の空へと上昇を始めるのだった。それらはとても確実にそこにあるように思われた。台詞(せりふ)部分の前後を一行空きにして全文ひらがな表記にする、といった細々した工夫をするのは楽しかった。
東欧製の人形アニメーションなど当時は知らなかったが、この「透明族」は何となくそんな感じかと思う。

『私はその男にハンザ街で出会った』

若い頃は小説を書くのに下書きをする習慣があったが、これは珍しくぶっつけで、徹夜して一晩で書いた。内容的にも文章の感触から言っても、いかにもそんな感じだと思う。その日はちょうど卒業後初めてのゼミの同窓会があって、上賀茂の小ぢんまりした料亭だったか、茄子づくしのコースを食べさせてくれるというので勇んで馳せ参じ、とんぼ返りして夜の十時くらいから書き始めたのを覚えている。締め切りをうっちゃって遊びに行っていた訳である。

書き始めると学友たちとの久々の再会の興奮や歓談の余韻は消えて、夜の京都駅の印象も新幹線の車内の印象も消え、あとに小説と私だけが残った。深夜の孤独と登場人物の歩行のリズム、分身のイメージにまつわる嫌悪に裏打ちされた酩酊感がそこにあった。余計なことはあまり考えずにひと息に書いた、即興演奏には即興演奏の良さというものがあるだろうが、この小品の場合は（敢えて言うならば）リズムに乗った文章が長所になっているのではないかと思う。実のところこの点は結構気に入っている。

指導教授が亡くなられ、ゼミの同窓会はそれきりになってしまった。泉鏡花で書いた卒論はコピーを取らずに提出したので残っていない。

『傳説』

散文詩でもかまわないのでは、と開き直って書いた。閃き、幻視（ヴィジョン）、何と呼べばいいのかわかりかねるものがある日やって来て、これを創作のかたちにするには普通の小説の書き方では難しいと考えたので。そこで綿密に準備することから始め、まず内容に見合う文体を選択し、高揚感を持つことが必要だったので意識的にテンションを上げた。一生に一度くらいは神懸り的な小説を書くという経験があっても特に悪くはないと思うが、これを書いている最中は十指はぱりぱりと放電し、歩いても足裏は床を踏まず、家人は大いに困惑したのだった。

「と思え」のリフレインは夏目漱石「幻影の盾」の冒頭部分からの拝借。内容に合わせてワグナー関連の音楽用語を使ってみた。「涯ての涯て」「虚しく虚しく」「絶え間なく不断に」「無限に永劫に」といった二度繰り返しの多用、そして愛孤独永遠死などの普遍的用語を一生分くらい乱用することには大層な快感があった。よく見ると高橋睦郎「第九の欠落を含む十の詩篇」からやって来た語彙が散見され、バラードの短編「時間の庭」のイメージも少し混じっていたりするが、とにかく最後まで押し切っている点はある意味力技だと思う。

空中浮揚していた人間もいずれは地上に帰還する。この後しばらくは歩くのに足が縺(もつ)れて困った。

## 『遠近法・補遺』

という訳で、文庫版では本作を収録することになった。「誰かが私に～」のフレーズはこちらにあります。

「遠近法」と「遠近法・補遺」とのあいだには五年ほどの時間の経過があって（二十二歳と二十七歳）、そう思って見比べるならば、両者の文章の質にはけっこう違いがあるのがわかる。後者のほうにより凝った修辞が多いのが特徴といえば特徴で、「書いた本人としては後者のほうが気に入っている」由。「遠近法」は掲載誌の都合で枚数制限があり、その折に入りきらなかったあれこれを「補遺」としてまとめた訳だが、さらに二十年近くを経て「火の発見」を新たに書き加えることになるとは思わなかった。（「火の発見」は『作品集成』及び『歪み真珠』所収）

書いた本人の思い入れなど考慮に値しないのかもしれないが、「遠近法」関連で個人的に気に入っているパートは〈月面上の男〉〈蝙蝠男と巨大な右手〉、そしてこの〈太陽の異常燃焼による火の発見と喪失の顛末〉であるので、併（あわ）せて読んでもらえると作者は喜ぶという次第。

## 『月齢』

ひとつのイメージを中心にして正しい磁力が発生すると、磁石に吸い付く砂鉄のように大量の言葉が付着してくるものだが、これを書いた時は特に吸い付きがよかった。月光、擦過傷摩擦火脹れ燐滴り炎色反応真空沸騰鉱脈網膜肺胞照射角度位相眩暈希薄貧血麻痺痙攣痘痕旱魃夢遊病繰り返し、谺——月下の荒れた土地のイメージには微量の月面上のイメージが混じる、のがミソだと思う。

「おれは騎馬の男である」で始まって「おれは悶絶した」で終わる散文を書く、などということをひとりで面白がっている人間はやはり浮世離れしているのかもしれなくて、これほどあからさまに浮世離れして修辞だけで出来上がっているような創作は空虚である、そういう見方も当然あるかと思う。しかし書いてから数十年も経ったから言うのだが、文章のあるところに全くの無意味はない訳で（例外はあるにしても）、たとえばここにはアナタガタハ少シモ私ニ似テイナイ、という若年の書き手の精一杯の主張があったりする訳である。

## 『眠れる美女』

「執筆者全員均等に、原稿用紙五枚が持ち分。その五枚でできる完璧を」と誘惑者よろしく唆してくる編集さんがいて、こちらもすっかりその気になって自分流に書いてみたのがこれ、ということになる。ウィンザー・マッケイの『夢の国のリトル・ニモ』が好きで、そのひとコマの絵が発想元。初出では「美女」というタイトルだったが、のちに季刊「幻想文学」誌の別冊「幻視の文学１９８５」に再録された折に改題した。

この「幻視の文学１９８５」は、澁澤龍彥による〈幾何学的精神〉の提唱の場となったことでも（一部では）知られている。――「夢みたいな雰囲気のものを書けば幻想になると信じこんでいるひとが多いようだ。もっと幾何学的精神を！　と私はいいたい。明確な線や輪郭で、細部をくっきりと描かなければ幻想にはならないのだということを知ってほしい。」（第一回幻想文学新人賞講評一部抜粋）

中井英夫・澁澤龍彥両巨頭から講評が受けられる新人賞、というのも（今の目で見ても）何とももののすごいものであって、タイミングが合って応募できたひとが実にうらやましいのだが、さてこの〈幾何学的精神〉なるもの。短い講評の文中では記述も少なく、言わんとするところは推し量るしかない。そこでこちらも勝手に推し量った上で言ってしまうのだが、たとえばこのごくごく短い「眠れる美女」という創作、これに何か見るべきものがあるとしたら。それは描かれた内容でなく、骨格となる（紛れもなく、コテの）幾何学的精神である、と密かに信じているのだがどうだろうか。内容だけを見るならば、シンプルな〈残酷童話〉であるに過ぎないとも言えるのだが。

以上、同じ書籍に掲載された縁で言ってしまうのだった。

『天使論』

「事実でないことは一行も書いていない」スケッチ風の掌篇。これを書いた頃を境に、長い休筆期間に入ることになった。最後の京都。

# 架空の土地を裸足で旅する快楽

間宮緑『塔の中の女』

架空の世界を一冊丸ごとかけて描出する労力はたいへんなものだろうが、読むほうにとってもたいへんだ。何しろ脳の使う場所が普段とは全然違うから。架空の世界を嫌う者はひどく嫌う、今も昔も。でもそれは〈紙魚〉に喰われた脳なのかも、そのようなことをふと考えた。

この本に目次のページはない。あってもいいのにと思うが、なくても別段かまわない。読み始めると、短くて二ページ、長くて十数ページの断章が無数に連なっていく印象があり、章のそれぞれが詩的な印象の小表題を持っている。たとえば「荒れ地の図書館／エレクトラ／偽詩人たち／扉のない部屋／双眼鏡／計画と侵入」「春／城壁の内側へ／公爵の問題／機械棟／女技師たち／給水塔／収税吏」といった按配、この種の構造性や想像力の方向に嗜好を持つ者にとってはたまらない仕組みになっている。すでにして気配充分に匂いたつのは異色の才能の存在である。

　エレクトラとオレステスの姉弟による復讐譚、というギリシア悲劇からやってきたストーリーの骨格は、数ある〈おはなし〉のひとつとして選ばれたものに過ぎない。そのことにはじきに気づくので、構わずどんどん読み進む。何しろ冒頭で〈ガラクタ公爵〉が登場し、この長編小説の向から方向を決定づけているのであるから、ピュラデスやヘルミオネといった登場人物名とあんかけ豆腐といったコトバが平然と混在する世界はいっそ小気味よく、妙に居心地がいいのだ。「公爵は全身これガラクタで出来ていて、頭、胸、腹の区別がない。堆積した洗濯物と、ぼろ布と、黄色く日焼けした紙の束が綯い交ぜになっていて、動くたびにそれらががさがさと摩擦する。」文章は的確でイメージがするすると抵抗なく頭に入ってくる。だからふと気づいてみると、発達した肋骨や尾鰭を持つ〈紙魚〉の怪物が室内のそのあたりの物陰に潜んでいて、確かな気配を持っていたりする。それは二つの鼻の穴から「ぷすんと空気の抜ける音を立てる」。

　過剰なあまり畸形のイメージへと傾く想像力が突出する場面は多いが、しかし主人公の〈僕〉、オレステスの基本となる歩みかたは意外なほど真摯で古風だ。書名と各章の小表題に付されたエスペラント語の存在が指し示す古式ゆかしい理想主義にも似て、天才肌の友人との葛藤があり詩作と鋤鍬による労働の共存があり、そしてこの小説には土地と地形に関わる記述、描写が実に多い。そう気づくころには、我々もまた旅する裸足のあしのうらに埃っぽい土の感触を持っているのだ。

公爵に復讐せよと命じる姉エレクトラと別れ、いよいよ街に入った〈僕〉はまず農夫としてきわめて誠実に働き、汚物に塗れた重労働の褒賞として城に入ることになる。奇妙な住人たちと生活を共にし、夏至祭りのための戯曲を書きつつ罐を焚き給水塔の管理をする、すべての描写はやがて小説の白眉と云ってもいい〈昇降機(リフト)〉上昇場面のリアリティを確実に支えることになる。この場面だけで費やされる章が何と数章、架空の世界についての記述を読む愉悦、あるいはコトバという空虚な道具を用いて築かれた幻想的な小説が一気に充実する瞬間とはおよそこのようなものである筈で、この場に至るまでの長い道のりが凝縮し上昇のエネルギーと化す様は圧巻だ。油圧の力でもって確かに軋む昇降機の箱、暗闇に現われる〈塔男〉たち、〈ジリリ！〉と鳴り続けるベル、祭りの狂騒も分解される部品の油汚れも何もかもが細部に宿る神々と化しつつ、やがて寓意の迷路にさまよいこんでいくようなところもあるにはあるのだが、しかし嵐のようによく活性化された若々しい脳細胞の働きは確実に心地よい疲労感を読後にもたらす。

俗に云う〈読者を選ぶ〉タイプの小説かもしれない。けれど選ばれた読者としてはきわめて満足な、滅多にない魅力のある小説だと思う。

# 美しい犬

王国とか塔とか天使とかのふわふわしたタームを偏愛しつつ、架空の世界の小説を書くことを多く行なってきた。と言っても寡作が売り物で、著書はわずか数冊、ずいぶんと長い育児休業のブランクまで挟んで、多くも何もないものだが。そのなかでほんの何度か、日本もしくは日本と思われる架空の場所を舞台に設定した短い小説を書いたことがある。休耕田とか旧国道とかマツクイ線虫といったコトバでできている世界、畑で霜に覆われた白菜が茶色に腐って萎びつつ輝くような世界。

「たったそれだけで足りますか」

「個人的な小さいもの限定だからいいのです」とりあえず答えておくことにする。

犬をつれて歩く、犬をお供にしてどんどん歩くこと。若くて懐が涼しかった学生の時分にもやたらよく歩いた記憶があるが、その頃はいつも空腹が道連れだった。今ではお供の犬がいっしょで、いい身分だと思う。

自宅から一時間半かけて行って帰るコースはあらゆる方角を踏破して、しゃかしゃか音の鳴るイヤホンを耳に突っ込んでいてもさすがに飽きてきた。この頃では目先を変えて、たとえば車で十分ほどの倉敷美観地区まで出張っていくことがある。観光地に行くのだから犬のトイレは家の周辺で済ませておいて、さてと西に向かって車を走らせる。犬はまだ若くて、他愛なく有頂天に舞い上がってしまう洋犬なので、いつもの市営駐車場に近づくまえからヒンヒン悲鳴のような声を洩らして騒いでいたりする。

お静かに、などと言ってみてもまるで無駄だ。

中学生のころ林芙美子の「美しい犬」を読んで、子供だったのでしっかりトラウマになってしまった。飼い犬は必ず幸せにしてやらねばならないと思う。そして気づいてみると、犬を幸せにしてやるのはいとも容易いことなのだった、何しろにんげんとは訳が違うから。

トレーニングにも通ったというのに、びんびんにリードを引っ張る、忙しく街路樹から街路樹へと飛び移って根元の臭いを確かめる。横断歩道を渡ってみやげ物屋のまえを通過しようとすると、寝そべっていた巨大な黒犬がむくりと動くので、飛び上がらんばかりに驚く。短足犬のくせに大仰な反応であからさまにびっくりするので、周囲が失笑するほどだ。白い石畳の通り、いつものことだが倉敷に来るたびに激しくアウェー感を感じる。岡山市中心部の烏城のほぼ内堀に近いあたりで育ったのでこれは仕方がない、アウェーだアウェーだとしつこく思いながら、平翠軒や町家喫茶になった三宅商店、蟲文庫などを観光客の目で眺めながら通る。美観地区は倉敷川の水路と柳並木に面した広い通りが有名で美しいが、観光の人出が多いときには邪魔になるので、裏通りや路地を選んで歩く。大原美術館の特徴のあるシルエットや有隣荘の黄色と緑が混じった瓦屋根がちらちら見通せるような道、あるいは古い商店街の通り、阿智神社の参道の外周など。駅を挟んだ向こう側には新しくアウトレットとショッピングモールができたばかりだ。芸文館の芝生の広場は何故だか妙に風当たりがつよい場所らしい、クラフトフェアがあるたびにテントの並びが突風を受けて、ぱりんぱりんと景気よくうつわが割れる音に黄色い悲鳴が混じる。

犬は陽射しのあたる民芸店のショーウィンドウの縁に前足をかけて、薄暗い店内をじっと覗き込んだりする。激しく尻尾を振るときには大きな尻ごと揺れている。商店街に面した参道の起点まで差しかかると、以前に来たことを記憶しているらしい、石段を登ろうと催促してこちらの顔を斜めに見上げてくる。

田舎で隠棲していると田舎の風景ばかり感心して見ている。

ここはどこだいったいどこなのだと迷い込む住宅街、森林公園のはずれに屋根らしいものが見え、行ってみると重機が動く造成工事の現場に出たことがある。山地の続きだとばかり長年思い込んでいたが、大規模な団地がその奥に隠れていた。今風の小洒落た住宅が並び、二車線の道路にはバス停まである。騙されていたような気分で長い下り坂を降りていくと、視界が拓けていきなりの大光景があった。山あいの谷間がU字型に大きく抉れて、コンクリートの防護壁いちめんが夕陽を浴びていた。西に向けて傾斜した宅地のすべてが左右にすぼまる額縁となって、つい近くの倉敷の球場を眼下に見下ろしている。平衡感覚が狂うような、妙な具合に劇的な眺めで、遠くに霞んだビル群のシルエットもある。

先代の気難しい雌の柴犬はいつまでも遠景に見入っているのが好きだったが、二代目は道端でとぼんとして、下から吹き上げる強風に耳を煽られている。若いのに爺むさい顔、ごつごつと筋肉が肌に浮き出た真っ白いからだで、両耳と尾の付け根部分だけが濃い茶色だ。馬鹿げた服を着せると実に似合う、じぶんでも服が好きらしく、前足を順にあげて袖口に通す。

考えてみれば倉敷とはまるで縁がないわけではないのだった。覚えていることも少しはある。

女のひとの名前は子供のころの同級生の名前のようなのがいちばん好きだ。サナエさんみどりさんチエちゃんゆりちゃん、ふじこさんの漢字は富士子さん。ちゃーちゃん、と皆に呼ばれていた従姉妹の名前は実際は何だったのか。ようこ姉の漢字は何か。

六十にもならずに死んだ父の親族とは疎遠になって久しいので、名前を確かめるどころか生きているのかどうかもわからなくなってしまった。縁が切れた親族とは何の葛藤もなく、ただ思い出があるばかりだ。烏城の内堀に面した幼稚園の園長として父とそのきょうだいを育てた祖母はもちろんとうにいないが、若くして寡婦になったひとだと聞いていた。当時としては珍しい大卒、奈良女子らしいが、どういう出自のひとだったのか今となってはまったくわからない。おへちゃで多趣味で偏屈な祖母と私の顔はどう見てもそっくりだ、子供心にそう思っていたが、口に出して指摘する者がないのが不思議だった。絲野という古めかしい名は物珍しく感じられ、祖母が記名するときの力の入った筆跡からは名に対する愛着や自信が窺われた。腸チフスでそれこそ二十代の若死にをした年下の夫、つまり祖父は薬剤師で倉敷の出身だったそうで、確かに倉敷の旅館のような場所で法事があったのを妙によく覚えている。中庭に面した広縁で、女ばかりのいとこたちと松葉の首飾りをつくって遊んだ。つくりかたを教えてくれたのはいちばん年嵩のようこ姉だ。嫁ぎ先が没落して離縁することになった伯母の娘で、再婚先にはつれていってもらえなかったのだと、ずっと後になってそう理解した。

「美しい犬」はどこで読んだのだったか、確か中学生向きの文学選集のようなものに入っていた気がする。記憶のなかの「ろまん燈籠」や「女生徒」、落葉松林や古刹の石畳についての詩に近い場所に「美しい犬」はあって、犬の名はペットだ。最近になってネットで読み返す機会があったのだが、名はそれまですっかり忘れていた。未明の「月とあざらし」などもそうなのだが、トラウマ小説というのは何しろ恐ろしいもので、懐かしさ半分、ほとんどまともに正視できないほど動揺してしまうのだった。

そしてまた倉敷まで行ってきたのは、今日は珍しく用事があったから。犬はこういうときには大人しくケージに入って留守番をする。他に十六歳になる猫もいて、これは絶対に二十年生かしておくつもりだから、フードも早めに腎臓病の療養食に切り替えたし、若いころと見た目も変わりなくすこぶる元気だ。

猫は近所の女の子からもらった。

ひところはこのあたりでもいわゆる〈疎開人口〉が増えていたことがあった。娘、あるいは息子の妻が赤ん坊や幼児をつれて逗留するケースが多く、いとこ同士を受け入れて保育園状態だと鼻息荒く自慢していた五十代六十代世帯もやがて静かになり、今は犬を散歩させている。東京にいてちょうど卒業間際だった息子はもともとが帰省する予定で、その翌々日には新幹線で帰ってきた。卒業式もなくなり、大学OB戦の全国大会も流れ、暇だ暇だとぼやきながら挨拶回りや夫のゴルフに付き合わされていたが、独身寮に引っ越すからと三月末には東京へ戻った。入社式は予定どおり行なわれたらしい。その後何度かボランティアにも行ったそうだが、これはすでに別の世界へ移行してしまった人間のような心持ちがする。

言い付かったお使いを済ませて、車で美観地区のあたりを通過する。アイビースクエアのまえも通過、ついそこの市民会館ではしばらく前にシルヴィ・ギエムの公演があった。復興を願う「ボレロ」、この地でも演目に加えてくれたのは嬉しく、観に行けてよかった。

「有隣荘の使用人の息子と同級で」

穏やかな口調で話して聞かせてくれたのは、先般亡くなった舅と親しかった仏具店の老社長だ。穏やかな顔と声、長く勤める専務さんがいつもいっしょで、ふたりとも他に見たこともないほど立派な珠を連ねたお念珠を手首に巻いている。「大きな犬が何頭もいましてね。犬番がいて。犬の世話をするだけの、専用の使用人だった訳ですね」

源右衛門窯の藍染の茶器でお茶をいただく。

支店は何軒あるのかよくわからないほど多いが、さいしょの古く燻ったような店は旧商店街にあり、母堂が長く店番を勤めていらしたそうだ。薄暗いアーケードの奥手にはしばらく行っていないが、寂れに寂れてシャッター街の迷路のようになった光景を何度か目撃した覚えがある、でもそれは夢だったような気もする。狭い道筋が真っ直ぐでなく、微妙に曲がり続けているので、分岐点で立ち止まると閉じたシャッターとアーケードの天井以外に見えるものは何もなかった。それでも縮緬細工の手芸教室や純喫茶などが並ぶ明るめの入り口あたりには普通にひとの流れがあるし、代替わりしたのか観光客向けに改装した店が何軒もある。若いアーティストのためのギャラリーが出来たりもしている。ものごとは衰退に向かうばかりではないと思いながら、今日も美味しいお茶を飲む。

二代目は室内で飼っているので、叱られるとソファーの後ろに潜り込んでしまう。テーブルを動かしソファーを動かして、苦心惨憺引き摺りだす。

「まア、ペットがこんなところにいたよ」

無人の別荘に入り込んで、元の生活や主人のことを恍惚と思い浮かべながら死んだ美しい犬は、春先になって発見されるのだ、ＴＶニュースで見た犬猫のように。

お供の犬がいなければ歩くことのない道、犬は鳥居を潜れず参道にも入れないので、鶴形山の外周の公園になった道を何度も登った。注連縄が掛けられた神石があり、思いがけず古くて巨大で神々しい藤棚があったりするこの裏手の道筋は、いつも何かの気配がばりばりと音をたててやってくる場所だ。灰色の塀で区切られた墓地が道沿いに続き、学校や病院のある町並みが見渡される。美術館があるので空襲を受けなかった町。いい頃合いで引き返し、夕暮れの商店街に戻る石段を見下ろすと、眼下のアーケードに灯が入っている。そこだけ明るい灯が漏れている。この不思議な場所が好きで、そして小さな小さな小説に書いたことがある。

# デルヴォーの絵の中の物語

ミシェル・ビュトール『ポール・デルヴォーの絵の中の物語』中山憲一訳（朝日出版社）を読んだ。昨年出版されたもので、出たときすぐに入手したのだが、はるか以前の八二年、同じ版元からビュトール『文学と夜』が出ていたことはまったく見逃していた。こちらは清水徹・工藤庸子訳で、箱の外装はデルヴォー画、内容は「文学と夜」「ポール・デルヴォーの夢」「影の夢」の三つのパートから成っている。この度の『絵の中の物語』は、そのうち「ポール・デルヴォーの夢」のパートの新訳ということであるようだ。デルヴォーの絵の数々と、それぞれに添えた小説とのパート。しかしまあ、八二年にこのような本が出ていたとは。当時二十代だった頃のじぶんに教えてやれば、どれほど興奮逆上していたことかと思う。ということで、以下はデルヴォーへの個人的思い入れについて。

デルヴォーの絵のあれこれを選んで物語風の文章を添え、一冊の本とすればさぞ楽しいことだろう——これは誰もが思いつきそうな考えで、私なども一時期あれこれ妄想してみたものだった。しかし現実には版権のこともあるだろうし、それに何といってもあれは無数の裸女がさまよう男の夢想の世界であって、女の物書きの出る幕ではなかろう、とも考えていた。従って、新刊案内で『ポール・デルヴォーの絵の中の物語』という書名を見たとき、おお、とまず驚き、しかも著者がビュトール。『心変わり』と『時間割』をむかし読んだきりで、ヌーヴォー・ロマンの作家というキーワード意外に知識がなく、ともあれすぐさま入手・読了して深く満足し、ビュトールについても後記で紹介のある「牡蠣の夢」などは是非読んでみたいと思った。そして何より、むかしむかしのネットもなく簡便な新刊情報もなかった時代へと思いは馳せるのだった。

デルヴォーの絵画についてのこと。いかにも癖がつよいので、いつかは鼻につくのかと思っていたけれど、結局のところぴりっとも飽きることがないあれらの絵について。そういえば、ラウル・セルヴェのアニメーションによるオマージュ作品があって、これはデルヴォーの「夜の汽車」で描かれた列車の待合室が舞台で、こちらのタイトルは「夜の蝶」となっている。球形ガラスのシャンデリアや腰板のある壁、大型の鏡、両脇にカーテンを束ねた出入口、そうした室内の誂えは絵のままで、ただし登場人物に改変が加えられており、乳房の部分だけを露わにした女ふたりが画面の端に腰かけている。

そしてひらひら舞い込む蝶の動きに誘われて動き出し、踊り出す女たち――わずか数分の短編アニメーションだが、デルヴォーの絵画世界に即き過ぎず離れ過ぎず、魅力のエッセンスをうまく抽出していると思う。

このようなオマージュ作品まで知ることができ、しかも円盤で所有できるとは。まったくむかしの若い頃には考えられなかったことで、そちらの方向へとやはり話は進んでいくことになる。

国内初の作品展は七〇年代にあったそうで、澁澤龍彦の本でも紹介されているのは知っていたが、個人的なデルヴォーとの最初の出会いは八二年、懐かしの「ベルギー象徴派展」ということになる。年末に東京まで行き、翌年の春先には神戸に巡回してきたのでまた行った。クノップフの華やかな大作が特に目立ったこの折の展示品には、「夜の美女達」などデルヴォーも加わっていて、ついでに書いておくとグザヴィエ・メルリの「秋」もここで見たのだった。のちに図々しく自著の装丁に使用することになるとは思いもしなかったが。このときの図録は購入したものの、デルヴォー単独の画集は当時の地方の書店では見当たらなかった。『骰子の7の目』シリーズにデルヴォーの巻があることを知り、最寄りの老舗書店で取り寄せを頼んでみたが、前払いを要求され数箇月待たされた挙句、発売遅延だとたばかられた恨みは今も忘れない。じれじれ焦がれて思い詰め、そしてついにやってしまったのだった。濃い紫の布装の大型本、三キロを越える重量級の画集。

裏表紙の見返しに鉛筆書きの丁寧な筆跡で数字のひと並びが残っている。ブランドバッグの値段ならかわいいものだが、当時二十代の一般人が購う本の値段としては法外、この数字には今でもびびる。新婚のころ都合で半年ほど市川に住んだことがあり、ブリュッセルで発行されたこの画集には千葉のどこかの書店で出会った。作りたての初クレジットカードを持っていたこともいけなかった。これ使えますかとおずおず尋ねると、カウンターの妙にしゅっとした店員はこともなげに受け取ったのだった。

焦がれるほど欲しいと思い詰める本も今ではなくなった。デルヴォー展はあれから何度もあったし、近場の姫路市立美術館にはまとまったコレクションもある。それでも古びてあちこち染みが浮いたページを繰ると、値段だけあってさすがに鮮明な印刷の作品が多数貼り込みになっていて、見飽きることがない。

「月の位相Ⅰ・Ⅱ」「不安な町」「こだま」「眠れるヴィーナス」「メランコリア礼賛」、タイトルの一部を書き写すだけでうっとりする。「寺院」や「水浴するニンフ」が特に好きだ。言葉で置き換えることのできる多様な事物でできあがった絵画、月光瓦礫死火山路面電車変電所、加えてビュトールの手で〈導きの女〉〈乳輪の大公爵夫人〉〈掌の伯爵夫人〉その他の華麗な名づけがなされ、絵の女たちを際立たせた。でもやはりこれは男の夢想であって、じぶんには本当のところはわかっていないのではと、ふと不安になってしまうのは避けがたいのだけれど。

# 私が選ぶ国書刊行会の三冊

❖『セラフィタ』バルザック　沢崎浩平訳（世界幻想文学大系6）

❖『黄金仮面の王　シュオブ短篇選集』マルセル・シュオブ　大濱甫訳（フランス世紀末文学叢書2）

❖『架空の町』東雅夫編（書物の王国1）

まずは国書刊行会四十周年誠におめでとうございます。以下はごく個人的な思い出。焦がれるほど、夢に見るほど読みたいのに手に入らず焦燥する本というものが昔はあって、長らく入手困難だった『セラフィタ』の新訳がついについに発売された時、かえって脱力してしまったことを思い出す。「シュオブの月報を書きませんか」若かりし礒崎編集長から初めての電話を頂き、僭越なのではと心配してあれこれやり取りした懐かしい記憶。「眠れる都市」や「地上の大火」について語らせて頂けるとは。書物の王国シリーズ、ここで複数の拙作を採って頂いたのはさすがに身贔屓だと思うけれど、これはまったくどうかと思うけれども、そうした個人的な事情を別にしても、当時このシリーズは幻想文学畑の叡智の結晶として輝いて見えたものでした。

　クラテール叢書バベルの図書館日本幻想文学集成魔法の本棚、きりがないので書ききれない知的恩恵の数々に感謝しつつ、国書刊行会がますます洗練と変態度（！）を極め続ける出版社であることを期待しています。

# 仮面の下にあるものは　長野まゆみ『45°』

ひとが変わるとはどういうことだろうか。仮面の下に隠された顔はもともとひとつだけではなかろうし、変わったように見えて核心の部分は何も変わっていないのかもしれない。経年変化は当たり前のことであるから措くにしても、決定的な変化とは無縁に見えていたひとが思いがけずふっと変わった。何が起きたのか。

『45°』は九篇の短篇から成る連作小説集。表題作「45°」を雑誌掲載時に読んだとき、おや、と少しびっくりした。「雨宮(あめみや)は駅前のモスバーにいる。二階の窓ぎわのテーブル席にすわり、おそい朝食をとっていた。ライスバーガーとペットボトル入りの玄米茶を選ぶ。低カロリーで低価格のけちけちした組みあわせだ。」普通の作家が普通に書くような書き出し、この時点でもう一度作者名を見る。《長野まゆみ新連載連作小説》に間違いない。こういう文章も書き分ける作家だったかどうか、記憶を探ってみてもどうやら新機軸の予感。考えつつ読み進むと、いつもの美意識による偏りがまったく感じられないことにすぐ気づく。――駅前ロータリーを見下ろす店内で、《雨宮》は背後の席についたふたりの客の会話に耳をそばだてる。視点となるこの人物は姓と年齢と《聞こえすぎる耳》の悩みを持つこと以外はほぼ正体不明である。聞こえてくる会話の片方の人物はアドバルーンの浮揚員という聞き慣れない職業、もうひとりはビルの三階から落ちて記憶を失った過去を持つという。長い年月ののちに事故の目撃者となり得る人物を探し当て、対面の運びとなったらしいのだ。詳細に語られる都市生活の細部、そして面妖な会話の行方を余さず聞きおおせたいとじれじれ焦燥する話の運びがまあ上手いこと。ついでに「がれき」「テレビであの光景を目にしたとき」との言及にも目が留まる。ありふれた日常に潜む怪異を一瞬にして現出させる捻った結末も鮮やかで、この一篇だけ読めば中井英夫あたりのスタイル偏重主義を想起させる上出来の都市怪談と見ることもできるだろう。これが連作の始まりというなら先行きはさぞやと期待したものだが、結果はあっさり予想を上回り、『45°』はこの作家にしか書けない《不思議》の魅力を放つ短篇集となった。

美意識に縛られ人工的閉鎖的な世界を多く扱ってきた作家が、初めて自縛を解いた結果として新境地を切りひらいた。などと図式的に（陳腐に）言い切っていいものかたいへん迷う。

単行本の目次ページには一見して不穏な印象のタイトルが並ぶ。「11：55」「45°」「／Y」「●」「十二」「W. C.」「2°」「×」「P.」——強く意志的なタイトル群、読みが付されていなければ読むこともできないような、多分に韜晦的な。思い起こせば初期の『野ばら』『夏至南風』『鉱石倶楽部』あたりから、もうずいぶん長く読んできたことだと感慨を持つ。

連作と言っても特別な縛りはなく、少しずつ似通ったテイストの作品が互いに響きあい、さわさわと音の枝葉が茂っていくような按配。ミステリータッチの「11：55」、まとまりのよい佳品「45°」の次あたりからストーリーは次第に錯綜し曖昧に揺らぎながら都市とにんげんとの複雑な関わりを描き出していく。《三つ又の橋》のイメージから次々に謎が派生していく「／Y（スラッシュワイ）」、子どもの世界に双子の入れ替わりというモチーフが混じり込む「●（クロボシ）」など、多く扱われるモチーフは一見普通に見えて謎の多い人物たち、記憶の改竄、双子や男女の入れ替わり、性的曖昧さあるいは性的倒錯。二転三転、あるいは急転直下やって来る結末。そして過剰なほどみっしりと犇く《現実》の細部描写はファンタジックな異世界を量産してきたことの（幸せな）反動かと思えるほどだ。何となくM・C・エッシャーのトポロジー世界を想起する。あれも大量の具体的な事物の組み合わせから成っているから。

語りのリズムがこれはもうキレキレ、小曲ながら難曲の記譜を思わせる「十一（加滅）」が好きだ。「（鳥口で引いた五線譜の）インクが乾くのを待つあいだに」「ちょっと古い話を」と語り出される三人の男女の話。幼馴染の三人が熱中するなぞなぞ遊び、それが語りのリズムの基調となり、イメージは一瞬たりとも停滞することなく先へ先へと変転し続ける。脱皮する蛇の眼の鱗、９９９と九九九、遠い天体から届く光やパルス。「ぼくたちはすでに、三人で可能なペアの組み合わせはぜんぶ試していた。」

「特定の音に特定の色が見える人がいるという。／雨音でも鳥のさえずりでも話し声でも、すべての音が音符に見える人がいるという。／PSR B1919＋21の電波パルスをスピーカーにつなぐと、二点ホの音が聞こえてくる。ヴァイオリンの第一弦の音だ。」茂る音のなかから三人の新たな関係が浮かびあがる様は、《耳には聞きとれない音を、わざわざ楽譜に書いた》超絶技巧のよう、などと密かに思う。

ゴージャスなほど多くのイメージが詰め込まれた「P．（ピードット）」。《死神との契約》をテーマとして語られる妙にリアルな都市怪談が、いきなり「着ぐるみのウサギ」に着地していく終盤の幸福な展開が素晴らしい。幸福感、がここで普通現われるだろうか？　ところがそうなるのであって、小さく軽やかな着地点（記号のピリオドみたいだ）も好もしい。

長い年月のあいだずっと視界のうちにある作家、というものについては読者としていろいろ思うものだ。長野まゆみという作家については大容量の才能と意志と頑固と偏頗のひと、という印象を持っていたのだが（違うかな）、方向がちょっと変わればたちまち膨大なエネルギーでもって新しい何かが動き出す。絵空事を扱った創作は幼稚で、《現実》に目を向けると褒められるのでは腑に落ちないが、もちろん作家は百も承知のことだろう。変幻自在ぶりは自由にあらゆる方向へ向かう筈、そのように期待している。

## 第四回ジュンク堂文芸担当者が選ぶ「この作家を応援します!!」フェアへのご挨拶

知る人ぞ知るマイナー作家、などというものをずいぶんと長く続けています。帰属ジャンルが曖昧で、寡作である上に、途中で二十年近い休筆期間まで挟み、我ながらぱっとしない経歴であることよと慨嘆に堪えません。今回、ジュンク堂応援作家に選んで頂いたことを知り、まずはたいへんに驚きまして、とても嬉しく光栄に思いますとともに、私などでほんとうによろしいのでしょうか、と怯む気持ちも正直なところあるのでした。長い休筆期間中も忘れずにいて下さったような読者層もある一方で、極端に読み手を選ぶと言われても仕方がないような作風ではありますので……

書店員さんから支持を頂くというのも滅多にない経験で、内心どきどきしています。地方の書店でじぶんの本をあまり見かけないのは当たり前、というマイナー一直線の人生だった訳ですが、というか、地元のジュンク堂岡山店がつい先日閉じてしまいましたね。駅近くにイオンが来る影響で。幻想小説棚に私の本を揃えて下さっていたのに。さみしいです。

＊

思い起こせば経歴のさいしょ、小説を書き始めたのは学生時代のこと。当時は縁があってＳＦの場所で書いていました。七〇年代後半から八〇年代の初めまで、ちょうど賑やかなＳＦブームの現場に居合わせた訳で、巨星ひしめくその場所は眩いばかりにきらびやかな別世界であった、という印象が懐かしく残っています。

ことばだけを材料として緊密な架空の世界を構築し、かつ破壊すること。昔は主にそのようなことを考えて書いていました。しかし現実離れ・浮き世離れした小説などというものが当時はいかに厳しい風当たりを受けたか、今では何でもありの世の中になっていますから、理解してもらうのは難しい気がします。それから結婚と二度の出産という人生の多忙期に休筆状態となり、地方在住だったこともあって、本人の知らないところで〈伝説の作家〉扱いになっていたとずっと後になってから聞きました。（格好よく聞こえるものの、実体に即してはいませんね。）そして思いがけない成り行きで『山尾悠子作品集成』発刊の運びとなり、私の人生には意外な僥倖もまた多いように感じるのですが、その状況は現在も続いているような。

復帰後は主に幻想小説ジャンルの扱いで、凝った装丁の本をぽつりぽつりと出させてもらっています。もとより遅筆寡作の身の上ですから、理解ある編集者と版元に恵まれ支援して頂ける幸せを嚙みしめている訳ですが、ところがここへ来て、また少しだけ風向きが変わってきたような。もう少しだけ活動の幅が広がるかもしれないので、感謝を胸に、今少し頑張ってみようかと思っている現在です。

＊

自作の紹介を少しだけ。まず手に取って頂きたいのは文庫の『ラピスラズリ』から。と言いたいところですが、できれば初期の主要作を集めた見本帖のような『夢の遠近法』から順に読んで頂けましたら嬉しく思います。最近刊の『歪み真珠』あたりも短いものが多く、比較的読みやすいかと思います。大部の『山尾悠子作品集成』は最終兵器ということになっていて、発刊以来十数年を経て現在五刷、やはりじぶんは幸せな作家だと思っています。

＊

近況報告。（早口で）昨年から文芸誌で「連作」と銘打って、奇妙な小説を書かせてもらっています。現時点で前篇までが終わり、続きの後篇が残っています。〈架空の秋篇〉の後篇は別タイトルになります。国書刊行会による美麗な装丁のロマンティック小説の新刊も早く出したいですし、エッセイ集を纏める予定も。あとは書くだけ。

以下はペーパー第二弾、題して「竈の秋」が続きます。

竈の秋

「竈の秋」というタイトルで文章を書きたい、と以前からずっと思っていたのだった。これは拙作『ラピスラズリ』を構成する連作五篇のうち一篇のタイトルで、要するに自作について語るのがけっこう好きな訳なのですが、悪趣味なのでは、という問題はともかくとして。何故『ラピス』の中でも特に「竈の秋」なのか。——ざっと見るならば、「銅板」「閑日」「竈の秋」「トビアス」「青金石」と順に並ぶうち、真ん中の「竈の秋」の分量だけがバランスを逸して長い。他は掌篇もしくは短編の長さであるのに、これだけが二〇〇枚ほど、つまり中編の長さ。そもそも「銅板」を導入とする最初の三篇がひとかたまりで、「トビアス」は変奏、「青金石」がテーマ、といういかにも妙な構成なので、各篇の長さのばらつき・揺らぎもまた当然のことながらあるのだった。

などと書き出してみたものの、このスペースではいかにも紙数が足りない。仕方がないので、以下はごくかいつまんだ覚え書きになります。内容についての懇切な紹介などはここでは致しません。

◆『ラピス』の中核は何といっても「竃の秋」なのであって、たとえば「銅板」は単なる導入。乱暴に言うならば、(作者的には)あってもなくてもかまわない部分。「銅板」は「銅板」で別に見れば、という意見もあるかもしれない。

◆「竃の秋」とその前日譚である「閑日」。これは少女とふたりのゴーストについてのものがたり。

◆読んだひとはたいていマーヴィン・ピーク『ゴーメンガースト』およびトーベ・ヤンソン(の冬眠のイメージ)を想起する筈で、それは確かにそのとおり。

◆ストーリー等はかなりどうでもよくて、全体にひとかたまりのイメージになっていればそれでいい、という作者の態度。その他まったくよろしくない態度について、あまり反省はしていない。

◆個人的に気に入っている部分。温室の描写。階段室の描写。台所と竃の火と料理についての描写。描写描写描写。灯りがひとつだけ点った部屋で別れ話をしているところ。変化していくゴースト。深夜の台所。たいへん気合が入った少年の独白。温室番がじぶんの温室へ戻っていこうとして、燃え上がる木を目撃するところ。

◆「……振り向いた姉妹の顔は眉を顰めて暗がりに漂う花のよう、……」

◆ゾンビといえばゾンビな「森の住人」。スーパーマーケットなどで元気に群れるタイプより、森の腐葉土に埋もれて大人しく朽ちていくタイプが好み。
◆とにかくこの場面までたどり着けば終わる話。と最初から決まっていたので、ついにたどり着いたときには本気で嬉しかった「焚き火をする庭師の老人と荷担ぎとの対話」の場面。何故か「ようこそお帰り」と、どさくさに紛れて久生十蘭の台詞を口走る老人。まあたいしたことはないです。
◆「トビアス」と「青金石」について。「トビアス」の場所のモデルは一応、倉敷中心部かも。「寮」に該当する家は存在しない。愛惜という感情について。
◆五篇のなかでさいしょに書いたのは、最後の「青金石」。従って、「青金石」での態度が全体へ影響を与えている筈。というのも――
◆「青金石」を書き出すに当たって、当初はかなり不安だったこと。何しろ名高い聖人のところへ赴いて、二人きりで(サシで)話をし、掻きくどき、その結果として相手の心を動かす、ということをしなければならないので。そして当然のことながら、ここで相手の情に訴えるということに。
◆情に訴える。冷酷非情なこの私が。と密かに動揺する作者なのだったが、さて、『ラピスラズリ』という作にもしも何か取りえがあるとしたら。
◆たぶん、どこか必死であるところ。長い休筆期間より以前の、若さに任せて書いていた頃にはあまり持ち合わせなかっただろう、差し迫った何か。うまく伝わらないかもしれないけれど、普通ではないほど長いスパンで連絡が途絶し、忘れられていると感じていた年月の孤独。自分で言うのも大げさですが。
◆読者の心に残るものが何かあればと願いつつ。今回はここまでに。

# 『マルセル・シュオップ全集』

むかし澁澤龍彥と多田智満子を経由してシュオッブを識った。「眠れる都市」「大地炎上」の眠りと滅び、ほの暗い架空世界の有り様はその後ながく私の創作の指標となった。シュオッブの名を密かに識る者は幸いである。その名は書物の森のもっとも秘密めく径の最奥手、ポオやボルヘスやコルタサルや——の隆々たる奥津城が火影を伸ばすあたりの行き止まりにある。〈恐ろしい流星の到来〉がかつてこの地を聖別した。シュオッブ全集の名が刻まれた稀少な書物に出逢う読書家は幸いである。特別な作家の特別な本というものは確かにあるものだ。

# シュオップ、コレット、その他

シュオップ本人に関して、たいへん好もしく思っているエピソードがある。ずっと以前、国書刊行会版『黄金仮面の王』月報に拙文を寄せたことがあるのだが、その折には書きそびれてしまった。もしかしたら誰でも知っているエピソードなのかもしれないが（近年になって文庫でも読めるようになった）、それでもずっと心残りになっていたことでもあり、この機会に書いておくことにする。

＊

私の年代ではちょうど学生時代に二見書房のコレット著作集が出て（七〇年代のこと）、全十二巻の分量でコレットに親しんだひとが多いのではないかと思う。――と、話はまずここから始めなければならない。栗色がかった焦げ茶の地に薔薇色と金の印字という巴里っぽい装丁も洒落ていて、大学図書館で借り出しては美味芳醇な読書を楽しんだものだ。円熟期の代表作として有名な「青い麦」「シェリ」等よりも、初期の少女もののほうに強力な魅力を感じた、というのはやはり当時の若さのせいだったかもしれない。一連の「クローディーヌもの」には大いに悩殺されたもので、以来、コレットといえば熟女の皮を被った不安定な少女であるような印象をずっと持ち続けている。

そのコレットの回想録「私の修行時代」(たいへん面白い)に、ごく若い無名時代に出会った親しい友人という立ち位置で――我らの――シュオッブが登場する。澁澤龍彦経由で「眠れる都市」「大地炎上」などはすでに読んでいたので、このふたりの組み合わせは意外であるように思われ、名前が出てきたときにはかなりびっくりしたものだ。ずっと年長の作家ウィリーと結婚した田舎娘コレットが巴里へ出て、大病を患っていた頃、そこへ話し相手としてシュオッブが頻々と通ってきてくれたというのだが、つまりクローディーヌものの世界にいきなり異分子が割り込んだような按配。シュオッブは当時三十歳ほど、病人の枕元でディケンズやトウェイン等を朗読し、さらには未訳小説まで訳して聞かせる懇切さであった由。いささか意地の悪いコレットの回想ぶりのなかからも(だからこそ)生き生きと伝わってくるものは多いと思う。著作集は結局全巻買い揃えたので、今でもこうして書き写すことができる――長いのでほんの一部分だけ。

「（略）私は彼の作品よりも優れているそのたいした博識の恩恵を受けた。すでに弱々しくなって歩くのにも骨が折れたのに、私たちの住む四階まで日に二度も三度もよじ登ってきて私のために話をし、訳してきかせ、気前よく時間を浪費してくれたが、私はべつに驚きもしなかった。彼をまるで自分のもののように扱っていたのである。二十歳のころには、法外な贈り物もまるで王侯のように受けるものだ。

マルセル・シュウォブのたった一つの肖像は、サッシャ・ギトリの描いたものだが、よく似ている。目尻はまるで矢尻のようで、青く恐ろしい瞳は熱に融け、唇は秘密をくわえこみ、このうえなく楽しみながら、この秘密に磨きをかけて研ぎあげているのである。まるで甲冑の面か装飾仮面のように、友情の表現さえ掩ってしまいかねないこの悪人づらを、私は三年の間見つづけたのだった。」（佐藤実枝訳）

二〇〇六年刊ちくま文庫の工藤庸子訳『わたしの修行時代』では、このさいごの部分が「なんとも凄みのある顔」と訳されている。しかし何しろ「悪人づら」のインパクトは大きくて、長年のあいだずっと印象の中心に残っている。ちなみにシュオッブが少しだけ登場する短篇「軍帽」などもある。

＊

その後のシュオッブが人気女優マルグリット・モレノと結婚したこと等、特にコレットに限らず交友関係は広くて賑やかだった、ということは最近になって初めて知った。作風から色濃く感じられる孤高のイメージは当てにならないものだ。凄みのある悪人づらにして弱者への眼差しはいとも優しく、稀に見る博識を謳われたこの男シュオッブは——などと調子よく書き出してもみたくなるが、我々はすでに多くの著作を通してかれを識っている。個人的には「眠れる都市」「大地炎上」の二作が何しろ大きかった、ということは以前にも（力を込めて）書いた。——眠りと滅び、現世から隔絶したほの暗い架空世界というものに生まれて初めて出会い、心震えた読書体験を思い出す。膨大な博識を誇り、千変万化目まぐるしい短篇小説群をものする作家がふと前例のない世界を想像し、創造した不思議を考える。

フランス世紀末文学叢書の月報に拙文を寄せたのは何しろ大昔の若いころのことで、不勉強なことに「架空の伝記」はそのとき未読だった。文体の粋を凝らしたこの伝記集の——知性によって厳密に統括され、きりきりと組み立てられていく文を読む快感——なかでも特に「悲劇詩人シリル・ターナー」を既読であったなら、さぞかし暑苦しく賛辞を書き連ねていただろうと思われる。まったく唐突なのだが、ユルスナールの短篇「斬首された女神カーリ」に於けるインドラの女神殺害場面の文章と「シリル・ターナー」の末尾部分とは叙事詩的超絶美文体の双璧、と密かに（勝手に）思っていて、そう言えば「女神カーリ」訳者の多田智満子はシュオップとユルスナール両方の訳者だ。――「恐ろしい流星が月の下で旋廻した。それは不吉な廻転運動によって勢いづいた白い火の球だった。それは金属的な光沢で彩られたかのように見えるシリル・ターナーの家のほうに向かった。黒衣をまとい、黄金の冠を被ったその男は玉座の上で流星の到来を待ち受けた。舞台の戦闘場面に先行するような警報喇叭の陰鬱な音が響いた。シリル・ターナーは気化した薔薇色の血からなる薄明りに包まれた。喇叭手たちが闇のなかに立ち上がり、葬送の曲を吹き鳴らした。こうして、シリル・ターナーは知られざる神のもとに向けて、天のもの言わぬ渦のなかに突き落とされた。」（大濱甫訳）

倉橋由美子『偏愛文学館』のシュオップの項でも、特にこの部分が名文として紹介されていて、密かな愛玩物を人目に曝されてしまったような、ちょっとした嫉妬心にかられたことは内緒だ。――ともあれ、シュオップ全集企画について担当氏にお伺いしてから幾星霜、この度の発刊は長く待ち望んだことでもあって実に嬉しい。シュオップ愛好同盟者が密かに地を這う苔のように着実に増え続けることを願ってやまない。

＊

そして今一度このことを。まだ小説も書かず、無名の二十歳の小娘（ただし人妻）であったコレットが「彼（シュオップ）をまるで自分のもののように扱っていたのである」と後になって回想する。それだけ魅力のある女性だったということなのだろうが、このエピソードの何とも言えない甘やかさ——我が儘な病身の小娘を甘やかすだけ甘やかした、博学多才の三十そこそこの男がすなわちシュオッブであったのか。「モネルの書」「少年十字軍」「架空の伝記」に至る畢生の創作を終えた身の上で、などと妄想は尽きない。萌えるとはこのことか、と思う次第。

# マルセル・シュオッブ全集のこと

現在ただいま、身辺での話題は何といっても国書刊行会のマルセル・シュオッブ全集（全一巻）、ということになっている。この稿が活字になる頃には無事刊行されている筈で、かく言う私などは国書の担当者が同じというだけの縁なのだが、この担当I氏という人物がとにかく国内きってのシュオッブ専門家。国書出版局長と『バベルの図書館』日本分館室長を兼ねるという複雑怪奇なかたでもあって、この度の全集ではみずから解題を担当なさり、そして私も挟み込み冊子に短文を寄せるなどささやかに関わらせて頂くことになった。この版元らしい美麗にして秀逸な装丁もまた刊行を待つあいだの楽しみとなっている。

思い起こせば三十年以上も昔、同じく国書の仏蘭西世紀末文学叢書の一冊、『黄金仮面の王』の月報に文章を書かないかと電話を頂いたことがそもそもの縁の始まりだった。

こちらも若かったが、電話の向こう側には若き日のI氏がいたのである。――「でもシュオッブといえば、澁澤龍彥に多田智満子など錚々たる玄人筋の好む作家ではありませんか。馬の骨が文を寄せるなど」「いやいや」というような会話があり、それにまだ読んでいないものが多いし、とさらに渋ると、森開社の瀟洒な大型本『少年十字軍』をプレゼントして下さるということに。これはもちろん大事にして、今も白く美しく手元にある。

さらに個人的思い出ばなしが続くが、私の（実質的）処女作で二十歳の頃に書いた「夢の棲む街」というのがあって、これを書いた時点で確実にシュオッブを読んでいたと断言できる。というのも、「眠れる都市」の文中から拝借したフレーズが紛れ込んでいるからで、〈泡立つ紺青の大洋〉というフレーズが確かそれだったたか。なにぶん大昔の若気の至りで、大目に見てやって欲しいと願う。太っ腹なプレゼントを下さったI氏だが、巡りめぐって数十年後、『山尾悠子作品集成』を出して頂くことになろうとは当時思いもしなかった。

だから、国書でシュオッブ全集を出してほしいという要望はその後の長いつきあいで当然話題にしていたし、しないほうがむしろ不自然なのだった。同様の要望者はもちろん他にも多かったと聞いている。

南柯書局のシュオッブ小説全集（全五巻予定）は『少年十字軍』『モネルの書』『架空

の伝記』の三巻までで止まり、それらも今は高価な古書として入手できるのみ。国書の『黄金仮面の王』も他社のシュオッブ本も品切れであるし、しかし翻訳者が見つからず新しい全集はとても無理、という事情があったらしい。その後事情が好転し、めでたくもこの度の刊行に漕ぎ付けた由なのだが、さて改めて考えてみれば、シュオッブという作家を昔からずっと知っているようでいて、本人に関する情報は実に少ないのだ。そこで遅まきながらネット検索など行なってみると、まったく知らなかったことに、若い晩年に当時の人気女優と結婚していたとか。しかもサッシャ・ギトリの映画「とらんぷ譚」の洒脱な老伯爵夫人こそが〈その後のシュオッブ夫人〉であったとは、驚かされるばかり。個人的には若い頃に読んだコレット回想録のなかに印象的な交流エピソードがあって、好感を持っていたことが思い出される。無名時代のうら若いコレットが新婚早々大病を患っていた頃のこと、そこへ友人のシュオッブが〈いささか尋常でないほど〉面倒見のよい話し相手として通ってきてくれたというエピソードで、情に厚いひとだったのだなと好もしく思っていたのだった。

この度の全集刊行で改めて人物と創作両面への興味を呼び覚まされた訳であって、たとえば昔の澁澤龍彥によるシュオッブ解説では〈近代的な怪奇作家〉とかれを呼んでいるが、この理解はやはり少々古いのであるらしい。多くの文学者に及ぼした影響なども意外なほど大きいのだそうで、その他諸々、詳しくは全集解説・解題で。初翻訳作品等も含めて、とにかく実に楽しみな現在なのである。

（追記。——などと書くうちに発売日も迫り、立派な造本の見本到着。新発見の作と前評判の高かった小品「マウア」の結末部分の鮮烈さに心底驚く。やはり只者ではなかったとの思いを新たにしつつ、今日はいよいよシュオッブ全集解禁日。六月二十四日記す。）

## 荒野より　〈新編日本幻想文学集成〉編者の言葉

先の日本幻想文学集成刊行の折には定期購読を申し込んでいた。ちょうど地方で逼塞中だったという個人的事情もあり、毎回届けられる各巻は大げさでなく天上からの甘露の滴りとして受け止められた。未読の作家との出会いも嬉しいものだったし、また唯一の女性編者である矢川澄子氏の編と解説がとりわけ興味深く、大いに感銘を受けたものだ。——そしてめでたくもこの度の新編発刊となった訳だが、それでもこのことに全く触れずにおくのは無理がある。「何という女性率の低さ!」

物故作家のみを対象とする、という条件で近代日本幻想文学の系譜を振り返るならば、女性の存在感はこれほどまでに薄かったのか。「幻想」の規定によって見方は変わる。捉えかた次第で、森茉莉・野溝七生子・尾崎翠らのラインも充分「こちら側」のひとたちとなる。香気滴る彼女たちを加えても、なお荒涼と風の吹きすさんでいた荒野——思うところが多かっただろう矢川氏の名解説を読み直すと、感慨が深い。

そして倉橋由美子というひとは、様々な意味で「現代」女性表現者たちの孤独な先駆けであったのだなと、改めてそう思う。今回は幻想・架空の世界を扱った作品を重点的に読み返すことになったが、高校時代、箱入り本の『妖女のように』『聖少女』など抱いて布教活動に勤しんだことを思い出した。今の子たちは『酔郷譚』あたりを抱いているのだろうか。

# 変貌する観念的世界

あるいは両性具有者の憂鬱　倉橋由美子

「ではあなたの固執なさるどこにもない世界とは？」

「あたしのみる世界、いいえ、あたしの創造する世界ですわ。幻のような、この世界にたいして蜃気楼であるような、異次元の空間にうかぶ入口も出口もない都市のような、贋物の世界を構築すること……」

「つまりあなたは虚構を借りて現実をえがきだすわけね」とMは上機嫌でいう。Lは切断するような調子で否定する。

「その反対ですわ。まるで奇蹟的な誤解のなさりかたですのね」

（「どこにもない場所」）

かつて倉橋由美子はこのように書き、このように書く女はそれまで国内に只のひとりも存在しなかった。時代は一九六〇年代、〈女としては珍しい才能〉が褒め言葉だった頃のこと。

どこにもない場所、「反小説」「反世界」「カフカ、カミュ、サルトル、ボードレール、ランボー、ヴァレリーなどが当時（学生時代）のお気に入り」「わたしにとって問題なのは、なにを書くかということよりも、いかに書くかということ」「《世界》を拒絶する小説」――倉橋由美子は一九三五年生まれ。六〇年安保の年、明治大学学長賞受賞作「パルタイ」が評判となって文芸誌に転載され、華やかな文壇デビューを果たした。「パルタイ」は当時の〈政治の季節〉をスタイリッシュに切り取ったものと見なされ、仏文科在学中だった倉橋の清新な才能は一躍注目を集めることになった。その後の創作活動も順調に進み、女流文学賞受賞等の評価を重ねたが、一方で作風の〈前衛〉度はいよいよ明白なものとなったため、一部頑迷な評者からの反発をまねくことにもなったようだ。――「パルタイ」別世界バージョン風の「貝のなか」、〈雑人撲滅〉なる観念をグロテスクな架空世界のなかに描く「非人」、〈カフカ―安部公房〉タイプの小説と自ら言う「蛇」、そのカフカ本人を作中人物とした「婚約」、ジュネ風「密告」、「囚人」「どこにもない場所」「人間のない神」「輪廻」等々、これら最初期作品群にはヒトラーやスターリンをモデルに用いたSF風の創作さえ含まれる。ほとんどの登場人物はアルファベットの記号として扱われ、作品空間は現実離れして、何よりその架空度をきわめた。現代ものの初長篇『暗い旅』、「死んだ眼」「夏の終り」といった作品も平行して書かれていたわけだが、こちらも何よりスタイル重視、人工的観念的作風であることに何ら違いはないのだった。

当時、男の作家ならばシュルレアリスムの作風で先行していた安部公房がいたし、埴谷雄高のような作家も厳然と存在したわけである。しかし倉橋に少しでも似た作風で先行する女の作家というものはいない、ほとんど不審に思われるほどだが、どう見てもまったくいない。〈ブッキッシュな作家〉を自認する倉橋はまず読むことにより書き始めたが、カフカ等々〈お手本〉に用いたという国内外の作家名のなかに女の名はない。——敢て〈幻想寄り〉という条件で当時の国内女性作家を挙げてみるならば、やがて倉橋と時代の併走を始める河野多恵子、高橋たか子、吉田知子、やや年齢が下がって金井美恵子といったところか。無理やり過去を思い出してみても、近年になって再評価された尾崎翠、野溝七生子など。全く傾向は違うが森茉莉。日本幻想文学集成の過去巻に含まれる女性作家は岡本かの子、円地文子のわずか二人のみである。国内女性表現者たちの表現の多様化を見るには、ごく最近の八〇年代もしくは九〇年代まで待たねばならなかったのだ。

冒頭で触れた倉橋作品は六〇年代始めに書かれたごく一部のものに過ぎないが、そのデビューから七〇年代前半までの活動期を仮に〈初期倉橋〉と呼んでおくことにする。そこで小休止して育児休業というべき休筆期間に入るからであり、休筆明け以降の後期活動とは作風の違いが見られるためでもある。都合のいいことに、この〈初期倉橋〉を総括する評言というものがあるので、先回りして並べて掲げておくことにする。

「近代日本の小説も、遂にその前衛を持つところまで生育した。そして真の前衛とは、伝統との密通による、異種交配の産物でなければならぬ。——硬質の知性と柔媚な感性、男性の精神と女性の肉体との両性具有者である倉橋由美子は、魅力に満ちた怪物を次つぎと生んで、私たちを恍惚たる思いに誘ってくれる、当代きっての前衛作家である。」(中村真一郎)

「観念の卵。抽象の芽。これを日本の風土で育てるのは至難の業だが、倉橋由美子さんは終始一貫、小説のなかで観念の卵をあたため、抽象の芽に水をやってきたのである。それだけでも、私たちが彼女の味方にならねばならない十分な理由があるというものだ。彼女が女性であるということ自体、一つのパラドックスではないか。若者諸君、今こそ私小説を蹴っとばして、倉橋さんの全作品を座右に置きたまえ。」(澁澤龍彥)

「倉橋由美子さんの「パルタイ」に私が推服したのは、その主題よりむしろ知的に明晰な文体にかかっていた。しかし、その後倉橋さんは主題にも文体にも幾変貌をつみかさね、たとえば「夢の浮橋」のような芸術的な渾熟にまでよく到達し得たのである。いわ

ばこの変貌の美学にこそ、倉橋さんのまぎれもない現代性がいちばん鮮やかに保証されているると思う。」（平野謙）

これらは七〇年代半ば、ちょうど休筆期間中に刊行された『倉橋由美子全作品』の推薦文である。前衛、両性具有、観念・抽象、パラドックス、そして変貌といったキーワードが散見され、あるいは時代の空気の色などさまざま伝わってくるものは多いと思う。ここに澁澤龍彥の名が、という驚きは当時でも大きかったように記憶する。

急いでざっと振り返るならば、〈どこにもない場所〉〈存在の重力を欠いた場所〉創出をめざす〈反小説〉の流れは倉橋独特の〈K―L型小説〉というものを産み出しており、その典型として絶大な拍手を浴びた「蠍（さそり）たち」、また「パッション」「夢のなかの街」「宇宙人」「妖女のように」「結婚」等々の充実した多くの短篇中篇群、近親相姦を現代の〈暗い愛〉としてえがく長篇『聖少女』といった豊かな実りをもたらしていた。〈書く〉ことに対してきわめて自覚的であった倉橋はこの時期「反小説論」と題する充実した文学論エッセイを著しており、そしていよいよ『スミヤキストQの冒険』が登場する。「到着あるいはプロロゴス」で始まり「逃亡あるいはエクソダス」で終わる思弁の流れが見事、架空の島の感化院を訪れた〈スミヤキ党工作員〉Qの思想的冒険をえがき――つまり七〇年安保の世相のパロディ小説でもあったらしいのだが――これは初期倉橋のひとつの到達点でもあった。その刊行から間を置かず、『反悲劇』『夢の浮橋』と大きな山が続いていく初期終盤、このころがあるいは作家としてもっとも熱量の大きい季節であったのかもしれない。

つまりそのころ結婚と海外留学という人生の節目を経て、倉橋は〈ひときわ大きな文学的変貌を遂げた〉と見なされたわけである。〈前衛〉の旗手の唐突な〈古典回帰〉、そう見るのは粗雑に過ぎ安易に過ぎるだろう。そして休筆期間に入るのだが——


いったん話を変える。

今の若い読者が持っている倉橋由美子という作家の印象といえば、活動後期も終盤にかかり、〈文壇とは距離を置いて超然とした孤高の作家〉のイメージではないかと思う。文壇を世俗と言い換えても同じことだろう。後期倉橋の仕事としては、休筆明けの『城のなかの城』に続けて『シュンポシオン』『アマノン国往還記』等の大作があり、『大人のための残酷童話』『倉橋由美子の怪奇掌篇』の一般的ヒット、名小説論として特に名高いエッセイ集『あたりまえのこと』、多数の翻訳、そして何より〈桂子さん・慧君サーガ〉とも呼ばれる夢幻の作品群がある。二〇〇五年、惜しくも享年六十九歳にて逝去。健康状態の不調と折り合いながらの作家人生であった由だが、あとに遺したものを見ればば悠々たる充実ぶりであったといえるだろう。

年齢をかさね、もはや女はひとりだけという〈単騎先駆け〉でもなく、〈架空の世界〉に対する頑強な抵抗も急激に薄れた。一見しただけでは表面に現われ難いことでもあるのだが、現実離れして架空度のたかい小説を頑なに否定する層というものはかつて男社会にこそ根強く存在し、そもそも男社会でない社会というものが存在しなかったわけである。「銀座〇丁目で降りて△番目の角を曲がる。暖簾を分けてカウンター席に着く、と匙で掬った雲丹が出たので早速口に含む。ああ何と見事なこの描写、情景がありありと目に浮かぶ。唾も湧く。」式の地に足が吸いついた人種こそが社会の層を成す、と言うのも少々言い過ぎだが、しかし今ではそれらの過去が嘘だったとでもいうように、〈何でもあり〉と化した創作界の現場の有り様――それはそれとして晩年の作家の目には遠い彼岸の出来事として映っていたかもしれない。

　未だ若い時分の倉橋はしきりに先を急いでいたようで、時間の流れを早回しにしたかのように「雑人撲滅週間」（「パルタイ」以前の明治大学学長賞応募作）から始まって「神神がいたころの話」（『反悲劇』最終話）へ登りつめるまで、一気呵成のわずか十余年。〈出現が早過ぎた特異な作家〉が、〈何でもよく見え過ぎる〉目を持っていて、しかも何より女に生まれついたことの苦闘――そのようなものが初期倉橋の軌跡には凝縮して煮凝っているように思えてならない。後期、特に終盤期の倉橋が、優美にして高雅な〈桂子さん〉一族のみを相手に夢幻の世界で遊んだのも道理、とここまで来たところで個別作品を見ていくことにしたい。

## 貝のなか

「パルタイ」後の一作目。「苦しまぎれに思いつく手」として「とりあえず『パルタイ』を模倣しておこうと」などと本人は弁明しているが、実際の女子寮経験を元にしたというこの小説空間の在りようには匂いのきつい隠花植物めいた面妖な魅力がある。しきりに匂いに関わる描写が現われ、主人公の「わたし」は「つよい芳香を放つ」百合を「かれ」に贈る。女子寮ものということばがあるのかどうか、V・スジコ、P・イクラといったグロテスクな同室者たちへのいかにも若々しい同性嫌悪ぶりが興味深い。〈女としては珍しい〉知的観念的作風に見合わず、倉橋由美子がきわめて魅力的でフェミニンな作家であったことは誰もが指摘するところでもある。今風にいえば〈只事でなく女子力が高い〉といったところか。現代風俗で華やかに彩られた『聖少女』の〈未紀〉の造形などその典型だろうが、あるいは〈架空の島の感化院で、手術台に横たわる巨大肉塊である院長の全身毛剃りを行なう看護婦サビヤ〉(『スミヤキストQの冒険』)といった具合に、観念的でありながら優れてエロティックであるところ。また〈ほぼ改行なし地の文のみ、カフカの断章風スタイルで描かれる死刑執行人の日常〉(「死刑執行人」)と〈俗物の指導教員を遊戯的に翻弄する女子大生についてのスケッチ風短篇〉(「ある遊戯」)が平然と同居する眺めなど、さすが並みの女子力でなく、両性具有だのパラドックスだのと男たちから賑々（にぎにぎ）しく評されるだけのことはあるのだった。ここまで格好よく極端な作家の例を他に知らないが、ただしこの種の極端さは初期限定のようでもある。というのも、《少女》から《老人》へのジャンプ〉〈男性化の願望〉といったことをしきりに口走る作者が早々に軌道修正を行なっていったために他ならず、優れてエロティックであるところもフェミニン度も結局終生変わることはなかったのだが、しかし倉橋の美質のひとつである〈少女〉文学については今少し長く読んでいたかった。そう思わなくもないのだった。

囚人

プロメーテウス神話を扱った寓話風の一篇。〈K—L型〉がさいしょに登場した作品でもある。

初期倉橋といえば何しろ〈K—L型小説〉であって（本作ではその型は未だ十分には確立していないのだが）、この件についてはよほど気に入っていたのか、作者本人が繰り返し何度も説明している。すなわち——「KとLは双子のきょうだい」「同じ胎内で抱合っていた」「つまりKとLの意識は身体なしに媾（まじわ）ることができる」、あるいは「この私の小説の双生の神神、KとLの属性はと言えば、存在しないことを目指している存在、あるいは行動しない認識者であるということに尽きる」「ところでLに対してSという男、Kに対してMという女は、いずれも社会的動物そのものであるような人間を代表する」等々。
Kから派生したQを含めて、初期倉橋作品の大半がこれらキャラクター化した記号的登場人物の往来で出来上がっている有り様には何ともめざましいものがあり、まったく特異で個性的、ナルシシズムの表われと見ることもできるのだろう。後期倉橋の代名詞ともなる〈桂子さん・慧君サーガ〉と幾分か共通するパターン、と言えば言えるのかもしれない。

## 夢のなかの街

作者の故郷高知市を扱った系列。他にも「妖女のように」「酔郷にて」「河口に死す」などがあり、いずれも独特の暗い吸引力のある魅力を持つ。倉橋作品は全般にどうも夏の小説の印象が強いようで、「死者たちが苦しさのあまり地の蓋をもちあげたりする季節にわたしはKOOCHI市へ旅行した。」と始まる本作もその代表格のひとつだろう。ほんとうは〈夏と海の小説〉の印象がつよいのだが、残念なことに今回の選では海が出てくる作品を選び損ねてしまった。

夢のなかの街として描かれる故郷は架空の土地に似て、それでも丘陵の城や河口のある街のあちこちに暗い記憶の穴がひらく。本作ではそれがかなり生(なま)な状態で描かれるが、これが発展したのが「妖女のように」であるらしく、こちらはこちらで室生犀星の「蜜のあはれ」(こればかりは旧仮名表記とする)を下敷きに用いていているという面白い状況がある。「とりつかれた先人の《スタイル》を《模作》する」という初期倉橋の創作方法、これは先例のない文学は存在しないという自明の理を実践するかの如くであるのだが、しかしそれにしても倉橋の〈妖女〉が犀星の赤い金魚にもよく拮抗して魅力的であることだけは確かだ。これればかりはまったく誰にも似ていない、まったく個性的で風変わりな作家であるのだった。

**宇宙人**

典型的な〈K－L型〉のひとつ。ところで作者本人は〈初期『全作品』の自作解説で〉「合成美女」「輪廻」「宇宙人」「霊魂」の四作を名指しして、SFもしくはSFの範疇に含められそうなものであると自ら言明している。そこで尻馬に乗ってさらに付け加えるならば、のちの「ポポイ」は典型的な近未来小説であるし、近代的女人国探訪の顚末をえがく『アマノン国往還記』はさしずめ裏返しのフェミニズム系SFといったところか。倉橋版『魔の山』というべき『シュンポシオン』にしても、全体の結構を見れば近未来世界終末小説としても読めるし、さらに言うなら後期倉橋の〈夢幻〉描写は全般にSF色が濃いようにも見受けられる。倉橋の豊富なイマジネーションは確かにSF的想像力との親近性を持っていたようで、しかしたとえば『スミヤキストQの冒険』は思弁的観念小説であってSFではない、といったところも興味深いポイントではある。

さて「宇宙人」と「霊魂」は似通うものがあり、どちらを収録作とするか迷った。

〈半透明の塊〉で〈二、三歳の子どもほどの大きさ〉の霊魂がストーヴの火に飛び込んで転げ回ったり、〈風呂の湯に潜って盛んに泡を発生〉させたりするのと同様、こちらの宇宙人も卵から生まれた両性具有者で、しかもその内部に暗黒の宇宙空間を孕(はら)んでいるらしい。この種の想像力を存分に発揮することは作家の楽しみでもあるのだろう。Lの婚礼が〈身柄引き渡し〉で始まるところも面白い。倉橋的キーワードでもある両性具有からの連想で、澁澤龍彥編の幻想小説アンソロジー『暗黒のメルヘン』に倉橋の小品「恋人同士」が収録されていることを思い出した。推薦文の件にしてもそうだが（ちなみに倉橋は初期の澁澤集成月報に執筆、のちに『犬狼都市』の文庫解説も書いている）、スタイル偏重主義者同士ということで両者に共通点はあったものと思われる。

**隊商宿**

ですます体の印象もあってかほとんど悪ふざけのように〈神〉が登場し、一方的な布教活動ののちに立ち去るが、受けて立つアブラハムならぬKの老獪(ろうかい)さが面白い。作者は案外真面目に〈神〉への態度を考えているようでもあり、先に「人間のない神」を書いていた作家らしいとも言える。ただしこれらはやはりどうでもいいことで、浮世離れした創作世界の出来具合や滑稽(こっけい)味をただ味わえばいいとも言える。浮世離れした読書を愉しむのは読者の特権である。

ところで収録作ではここから旧仮名になっているが（この解説では新仮名表記）、しかし本来倉橋由美子は〈歴史的仮名遣いと正漢字〉のひと。ただし最初からではなく途中で切り替えたことはわかっていて、では正確にはどの時点で、いかなる動機をもって、ということになると本人のまとまった言及も見当たらない。出版社側の求めで新仮名での発表になったらしいものも多く、事態は紛らわしいのだ。そこで人を介して調べてもらったところ、エッセイ集未収録、書誌目録からも洩れている文章が見つかったとのこと。一九六三年、國語問題協議會発行の機関紙に発表された「私の國語國字問題」と題するエッセイで、デビュー三年目のごく若い時分に書かれたことになる。興味深い内容なので、ごく一部分のみになるがここに紹介したい。

わたしが歴史的假名遣ひで書いてゐるのをみて、あいつ、若いくせに生意氣な、といふふうなことをつぶやいた人がありました。どうせことばとは符牒でしかないと信じてゐる人たちにとつては、歴史的假名遣ひはすなはち「舊」假名遣ひであり、時代遅れの老人たちの専用物にすぎないといふわけでせう。

と、いかにも初々しい口吻で書き始められているのだが、興味深いのは次の下り。

以前からわたしは、いはゆる新假名遣ひの猥雑さに不愉快を感じながらも、いまさら「舊」假名でもあるまいと、「それでもいいでしょうとかれはいい」式に書きつづってきたものでした。それが、ある日突然、正しく書かなければいけないと決心したのは、福田恆存さんの『私の國語教室』を讀んだからです。福田さんは日頃わたしがもつとも尊敬してゐるけんくわの達人で、わたしのやうに弱きをくじくとか判官贔屓とかいふ性質のひとかけらももちあはせてゐない酷薄な人間にとつて、「國語屋」のいやらしい精神に對する福田さんの痛擊ぶりと正論とは、まことに快いものでした。

強きをくじくの誤植らしいが、そして「わたしが書くときにわたしなりに採用してゐる「規則」のいくつかを羅列してみませう。」ということで、仮名遣い、漢字制限、略字、外来語表記、送り仮名、といった項目別の記述が続く。「歴史的假名遣ひがいかに合理的であるか、それは、いささか賣藥の廣告文めきますが、福田さんの『國語教室』を讀んだ翌日からわたしがほぼ正しく歴史的假名遣ひで書くことができたといふ一事によつても證明されるでせう。」とのこと。

きっかけはのちに傾倒する吉田健一でなく福田恆存でしたか、という発見があったことが面白く、簡略ではあるがここに紹介しておく。

## 白い髪の童女

ギリシア悲劇を骨格とする連作集『反悲劇』の一篇。〈変貌〉を言われたころの作のひとつ。

『反悲劇』に通低する主題は何より〈老成すること〉であったようで、「三十歳の誕生日をもって《老人》となりたい」といった類いの発言は以前からあったものの、『反悲劇』はしかし未だ三十代半ばの創作である。「蠍たち」のKLをオレステースとエレクトラーへ改変したような「向日葵の家」で始まり、「酔郷にて」「白い髪の童女」「河口に死す」、そして巻頭作での愚行を振り返る後日譚「神神がいたころの話」で終わる、老人小説ぶりは諸所に顕著で完成度の高さも言うまでもない。ただしあくまでも〈人工的〉な老成なのだ。

「白い髪の童女」はエウリピデス作「メーデイア」と謡曲の大原御幸の合成である由。同じくメーデイアを扱った三島由紀夫「獅子」を想起させるが、こちらは能の構造を持つという大きな違いがある。途中高山植物園をめぐる〈道行き〉部分も見事ならば、朗々の台詞の応酬に至る序破急の高まりも見事なり、古典美に則った文の見事さ、〈老女=童女〉の造形も完璧すぎていっそ怯（ひる）んでしまうほどだ——人工美の極み、三十代なかばの若さで達成された人工の老成。そして考えてみれば、明治大正の作家は三十そこそこで老成した作品を書いたものだ。

講談社文芸文庫『反悲劇』の清水良典解説（実に見事な『反悲劇』論！）にあるよう

に、これは連作であるので、前後を「酔郷にて」と「河口に死す」の水辺の二篇に挟まれ空中に突出したイメージで読むのが正しいのだろう。鬼面ひとを驚かす霊魂も宇宙人も現われず、ただ神域的な高山に白髪となった神的な女が端正に描かれる。何かから脱却し変化していこうとする勢いとはこういうものか、ということでこの名品をここに置いておく。

### 虫になつたザムザの話

『大人のための残酷童話』の一篇。休筆明けには『城のなかの城』『シュンポシオン』『アマノン国往還記』と堰（せき）を切ったように大作が続き、『残酷童話』の連載は傍流の気楽な職人仕事として行なわれたのかもしれない。ところで、初期倉橋はかなり枚数のある短篇・中篇が多かったが（「結婚」「パッション」「共棲」など分量的に本巻収録作として選ぶのは無理だった）、しかし後期になると長篇の他はシリーズものの掌篇ばかりになる。従って、アンソロジーで年代順の選を行なえば尻すぼみにバランスが悪くなるのは仕方ないのである。

『大人のための残酷童話』は意外にも一般受けしたというのか、知名度のたかいメルヘン群を元にしたわかり易さもあって、ベストセラーの売れ行きとなったことは衆知のとおり。その後の残酷童話ブームのきっかけとなったようでもある。集団として読むべきものなので、収録は迷ったが、せっかくなのでカフカ改変を。もちろん教訓つきである。

と思う。

「虫」改変はその後たまに見かけるように思うが、あるいは本作あたりが嚆矢なのでは

アポロンの首

『倉橋由美子の怪奇掌篇』の一篇。この本もよく読まれて人気が高い。「怪談、奇談こそ小説の原点であろう」などという言説が倉橋の口から出てくると何やら居心地悪く思えるのは不思議だが、〈志怪〉〈短篇小説の適切な長さあるいは短さ〉〈フレンチシェフあたりの手業〉が倉橋流に合体すればこういう眺めになるのであるらしい。枠組みを課しての創作というものがイマジネーションの器械体操にも似た活発な運動を生むことはひとの知るとおり。名品ぞろいのなかから一篇のみを選ぶのは心苦しく、佳品「ポポイ」へ発展する原型となる本作を選んだ。

切腹ののち介錯を受けたテロリスト、と登場人物を改変した中篇「ポポイ」は〈先にも触れたとおり〉〈生命維持装置に繋がれた生首〉が出てくる近未来小説となっている。三島由紀夫の名まで出てくる賑やかさで、主人公の少女一族が住まう城か要塞のような建造物が面白く、桂子さんサーガに含まれるので幾つも知った名が出てくる世界はいかにも居心地がよい。初期倉橋の荒々しくグロテスクな仮想世界が徒労や拒絶の身振りを多く含んでいたことを思うと、実に遠くまで来たという感があるのだが、この項次へつづく。

## 神秘的な動物

物質的な豊かさや教養や洗練といったトーン、古典美を基調とする後期夢幻世界へ至るにはそれなりの道筋があった。休筆直前の『夢の浮橋』のヒロイン〈桂子〉が活動後期でメインキャラクター〈桂子さん〉と化したのも意外な成り行きではあったが、遂には古代の祭祀を司る巫女（みこ）もしくは女神的存在にまで変性を遂げるシリーズとして『夢の通い路』がある。ここでは〈あちらの世界〉と呼ぶ一種の直接話法が用いられ、〈桂子さん〉はいたって平静な態度のまま異界との交流、否、交歓を欲しい儘にする。孫世代の男の〈慧君（けい）〉へと主役交代したシリーズでも事情は同様で、一族専用の会員制バアを一歩出れば〈途中は省略して〉たちまち吉野山荘の桜花の宴、あるいは月の広寒宮となる。若年の倉橋は「道行き部分を書くのが何より楽しい」と発言していたが、もはや無粋（ぶすい）な道行きはカットされて、現世と彼岸が涼しく平面の地続きとなるのが後期倉橋夢幻世界の特徴であるようだ。

どれか一篇とも選びかねたが、『よもつひらさか往還』『酔郷譚』で有名になる以前の〈慧君〉もの、『幻想絵画館』の冒頭作を。名画の一枚を選んで物語を付けるという趣向のこの連作集は慧君初登場のシリーズとなる。タイトルの「神秘的な動物」はデ・キリコの作品名。書かれたのが八八年ということで、〈横隔膜のあたりが痒（かゆ）くなる〉という倉橋好みのフレーズは相変わらずながら、電脳世界の若々しさや未だ初々しい慧君の天才少年ぶりを愛でるもよし。連作のラストは「今、急に決心がついた。ぼくはこれから教祖になる。」という晴れやかな宣言で終わるので、やはり〈端倪すべからざる〉少年なのである。

### ある老人の図書館

生前さいごの出版となった『老人のための残酷童話』の冒頭に本作があったことは、特に幻想小説系読者にとって嬉しい驚きだった。とぐろを巻く蛇のように内側へ内側へと下りの螺旋をえがく〈総延長数十キロ〉の図書館。この結構は〈図書館幻想〉に他ならず、ただしそれは永遠に増殖をつづけるバベルの図書館の対極にあるもの——寂滅へと向かう図書館であったことが感慨深い。

以上、拙い理解と文で充分な解説がつとまったとは思えない。個人的には初期倉橋終盤あたりからのリアルタイムの愛読者であったのだが、今は見上げるばかりの大理石の女神像が佇む神殿に尺取虫か羽虫が紛れ込んだ気分である。女神の没後刊行となった『酔郷譚』の一篇、世界樹めく桜木のめでたさ極まる「桜花変化」あたりで最後を締めるべきだったかと、これは若干の後悔を残しつつ。

# 同志社大学クラーク記念館に纏わる個人的覚え書き

高柳誠

## Yの話

ある建物とその界隈のはなし。昔を語るならば、迂遠なようだがまずここから始めるべきかと私——Yは思う。

同志社大学文学部の学生は四回生になると指導教授のゼミに入り、特に国文学専攻の学生ならば、キャンパスのランドマークでもあるクラーク記念館内の教室へ週四回通うことになる。今はどうなのか、Yが在籍した七〇年代当時はそのようになっていた。古めかしい路面電車が市街を走っていた頃のことで、南に京都御所、北に相国寺、明治の洋館建築だらけの今出川キャンパスにはそれでも学園闘争の色濃い名残があり、赤ヘル黒ヘル集団の衝突場面なども見られたし、立て看封鎖で期末試験が中止となった年もあったようにYも記憶する。もう少し上の世代の証言によれば——たとえば後述のMT氏がそのひとりだ――我々の頃はさらにそれどころではなかった、封鎖続きで試験などろくに受けられなかった、とのことなのだが。

さほど広からぬ市中のキャンパスには礼拝堂やハリス理化学館等々、御所の森が近くて鳩も多いが、何より重要文化財・有形文化財建築が軒を連ねんばかり。なかでも小振りなクラーク記念館は丸屋根尖塔つきの二階建てネオゴシック建築といういかにもドラマチックな構造を持ち、色目がピンク煉瓦に白石材という親しみやすさとも相俟って、確かに同志社の〈顔〉となるだけのことはあるのだった。一階は事務所で、二階のわずか数室のみが教室となっており、そこへ特に国文ゼミが割り当てられている運の良さ、それも四回生の一年間だけという特別感があった。卒論の作成に五月の教育実習、教員志望者以外は秋の就活、という慌しい一年になる訳だが、我がもの顔でクラーク館に出入りできるだけでも晴れがましく、いつも空気がひんやりしていた巧緻な造りの玄関ホールのことなどYも懐かしくさまざま思い出す。ホール奥手では左右一対になった登り階段がそれぞれ内向きに捻れつつ中央踊り場へと至り、その欄干部分には建物の由来を刻んだ銘板などもあって――クラークとは寄付者である米国資産家の名である由――内装は真っ白い塗り壁に真っ白い天井。木製部が濃い茶色で、枝分かれした白ガラスの吊り照明もそのあたりにあった。明るい二階の教室に入れば縦長上半円の窓々にずらりと内開きの鎧戸がついていて、裏手の茶室や樹木越しの神学館が見えた。窓縁の石材部分を見れば外壁の尋常ならぬ厚みは一目瞭然で、ガラス窓の一部分を上下に手で動かして開閉できるようになっていた。

Yがお世話になった安永武人教授のゼミでは一学年上に泉鏡花研究者・現同志社大学国文学教授の田中励儀氏がおられ、指導教授の元へ出入りする姿ならばそのころYも教室で見かけたことがあった。院生の先輩を恐れ多く思いつつぼうっと会話の様子を眺めていると、「今年、鏡花をやっているのは彼女だよ」といきなり指し示され、まともに挨拶もできなかった不甲斐なさを恥とともにYは思い出す。昭和の戦時下文学が専門という安永教授の下に集まるにしてはどちらも妙な学生だった訳だが、ついでに言えばその年のYは「夢の棲む街」「月蝕」といった幾つかの拙い短篇を活字にしており、幻想の断片やら夢の記述やらで大学ノートはいつも一杯。商業誌に書いていることを教授にも話してはいたものの、SF専門誌ということで何とも不審そうな顔をされたのだった。

その安永ゼミのさらに二年先輩にあのMT氏がいたという。のちの詩人、特に幻想小説系の読者にとっては必読という特別な存在。圧倒的なあの『アダムズ兄弟商会カタログ第23集』の、『樹的世界』の、『廃墟の月時計／風の対位法』の——とこれは実のところ、つい先ごろ判明してYが衝撃を受けた事実であるのだが。同志社大文学部国文の先輩とは著者紹介でわかっていて、勝手に親近感を持っていたのだが——MT氏は穏やかに微笑を浮かべ、動揺する後輩を眺める。飲み物の氷がグラスのなかで音をたて、場所は山の上ホテル喫茶室。別会場では澁澤龍彥没後三十年を迎える会、開場準備が粛々と進められていた。

## MTとJTの話——妄想に基づくfiction

同志社の〈顔〉、クラーク記念館の〈顔〉でもある丸屋根つき塔屋部は頂上の吹き抜け部分を一階分にカウントするならば四階建てということになる。某月某日の深夜、蠟燭を灯して登ればさらにあり得ない上階へ至る、とは同志社七不思議のひとつであるそうで、その狭い登り口ならば——少々意外なことに——二階教室の片隅にある。危険防止の当然の配慮として、その場は鍵つきの柵で厳重に塞がれている。

両手で柵の木枠を持ち、無理やりがたつかせながら奥の階段部を覗きこむ学友の背中へと、JTはしみじみとした眼差しを向ける。ほとんど慈愛に満ちたと形容してもいいほどなのだが、じぶんでは気づいていない。不思議な縁、これほどよく似た者同士がどうしてこれほど身近に存在するのか——入学直後、MTとJTのふたりは学籍番号が直近であったため真っ先に声をかけあい、創作を志す者同士であることもじき判明した。この先長いつきあいになりそうな予感も今では充分にある。四回生進級時、友人MTは三島で卒論を書くと主張し、よせばいいのにまったく毛色違いの火野葦平や石川達三が専門という教授の近現代ゼミへ行ってしまった。しかし国文学を学びつつ創作する者ならば、まず古典に軸足を置くべきではないのか。ＪＴは思いつつ、それでも行きつけの京都書院河原町店二階に塚本邦雄の高価な最新歌集その他があったことを思い出し、書籍代の捻出方法についておもむろに苦悩し始めるのだった。

大学図書館ならば全館空調つき、烏丸今出川交差点にほど近い新築図書館へと最近移転したばかり。入学時には女子大側の煉瓦校舎にあった旧図書館で真っ黒な装丁の桃源社版澁澤集成に出くわし、ボルヘスは集英社版世界文学全集でデュ・モーリアと抱き合わせという妙な巻しか見当たらず。国文書庫の埃くさい文書棚の狭間に身を置くのがもっとも性にあうと思いつつ書物の海に溺れる。寺町筋には三月書房、ニンもダレルもマンドックもブランショもグラックも何もかもが普通に棚にあり、倉橋由美子は折しも暗い赤装丁の全作品が出たところ。

友人のほうでも手当たり次第に読み漁る風情で、ふたりきりの折には密かに創作について語り合う。

――『アリスランド』、あるいは『卵宇宙／水晶宮／博物誌』といったタイトルがいいと思う。じぶんの詩集を出すならば。

――『星痕を巡る七つの異文』、『胚種譚』などはどうだ。

分かち書きでなく、散文体で硬質なイメージを構築すること。優れて幻想的であること。掌篇小説としての散文詩、さらにその断章性、構造性。――それぞれの個性の違いは大きくても、基本のところでこれほど似た性分・嗜好であるのはどうしたわけか。きらきらした友の才能を時に眩しく思いつつ、鎧戸つきの大窓が並ぶゼミ教室でJTは書き込みだらけのノートを閉じる。塔屋のイメージを特に好む友は、何かといえばこちらの教室へやって来るのだ。

腹が減った、明徳館の学食へ行こうと明るい笑顔で友が呼ぶ。柵を揺さぶって遊ぶのはもう止めにしたらしい。国文専攻・高柳誠と時里二郎、五十音順の学籍番号は確かにほぼ隣り合わせだ。

## 再びYの話

大学卒業直前のYは図書館で澁澤の最新刊『幻想の彼方へ』を借り出し、そこから着想を得て「遠近法」という短篇を書いた。「夢の棲む街」と並び、未だにこれらが代表作と言われる体たらくだが、両者とも短い断章やエピソードを並べていくタイプの短篇で、扱ったイメージは架空の街に降る大量の羽根や鳥籠の侏儒、生きている星座、筒型の塔内世界を垂直に運行する天体、雲に乗る種族等々――七〇年代半ばのほんのいっとき、同志社大学クラーク記念館を襲っていたらしい奇妙な共振現象にじぶんも含まれていると妄想することをYは好む。この種の共振現象はきっと各年代、国内のみならずさまざまな場所で見られることなのだろうが、実のところ最近になってピースが嵌るようにさまざまな事実が発覚し、Yの意想内は混乱を極めているのだった。昔、きららかな才能を示すふたりの新進詩人からそれぞれ詩集を送って頂いた折のことなどもあり、しかしその件はここでは擱くとして。

ある者は詩を書き始め、またある者は小説を書き始める不思議について考える。気質に従って運命的に、または何らかの影響により。熟慮の末に、あるいはまったくの偶然、ものの弾みで。両方を兼ねる場合も多々あるにせよ、互いの立場は交換可能なものなのか。間違って反対の方向へ行ってしまうこともあるのか。

MT氏に話を絞る。先の『詩集成　I』に続く本書では『イマージュへのオマージュ』の、特に「偏倚の肖像」のシュルレアリスム作家としての魅惑はどうだろう。またたとえば、『月光の遠近法』『触感の解析学』『星間の採譜術』三部作の目次はあたかもエンデの『鏡のなかの鏡』のそれのよう——今さら言い立てるまでもない、両性具有的とでも形容したくなる詩人と小説家の融合。『夢々忘るる勿れ』で完全な掌篇小説形式へと至るのも当然の道筋であるかのようだが、しかし、だからこそ『万象のメテオール』での濃縮された・洗練の極みのような詩形態、その切れ味鋭さにYはことのほか強く惹かれる。平凡との誹りを退け、意識的に選び取られた〈改行詩の形態が切り結ぶ純粋観念のエロティックな火花〉などと下手な形容・賛辞を連ねるのも気が引ける。——そしてまた、詩の〈短さ〉が幻想・架空世界の成立を容易ならしめるとの評言もYにとって個人的に最重要のピースとなったばかりだ。が、何しろまったくの混沌状態で整理もできず、ＭＴ氏のような先輩にもっと早くに巡りあっていればよかった、との妄言を残しつつ凡庸な読者の立場に戻ることにしたい。

時代も変わり、リニューアルされたクラーク記念館は卒業生対象の結婚式場としても使用されている由。尖塔から星の破片が飛び込んだかのような共振はこのとき幸運を招くよう願っている。

# 同志社クラーク記念館の昔

泉鏡花

　のちに泉鏡花で卒論を書くことになるとは思いもしなかった中学生のころ、たまたま太宰治に手を出して「ろまん燈籠」を読んだ。登場人物のひとりにいかにもこじらせた感のある文学少女がいて、その特異な読書傾向について縷々説明があった挙句、「ほんとうは、鏡花をひそかに、最も愛読していた。」——この一文で初めて鏡花の名を意識するようになったと思う。知識のない読み手にとって筆名の古めかしさ以外に手がかりもない文脈で、かえって印象に残り、のちに父親の蔵書を漁って鏡花全集の端本を見つけた折にはおおこれか、と手に取ることになった。岩波版の端本は巻数の若い数冊で、「風流線」「続風流線」あたりは確かに滅法面白く、しかし「龍潭譚」「化鳥」となるといかにも面妖過ぎてすぐには呑み込めず、気になって繰り返し何度も読んだ。同志社大学文学部入学時には卒論は鏡花、と何故かすっかり決めていて、大学図書館の全集を読んだ。入学は七三年だが、その前年に別冊現代詩手帖『泉鏡花　妖美と幻想の魔術師』が出ていて京都の書店で手に入り、二回生の折に脇明子『幻想の論理』が出た。当時の読書人・鏡花読者ならば、鏡花の読みかたについてはっきりと指標を示してくれたのがこの二冊、という共通の体験をしたのではなかろうかと漠然とだがそう思う。それぞれの表紙画の鮮烈さ、印象の強さもさることながら——鰭崎英朋「風流線」装画に上村松園「焔図」という対照が何ともいえないのだった——そして別冊現代詩手帖の種村季弘「水中花變幻」、天沢退二郎「寒さから霙を経て出水まで」、あるいは『幻想の論理』のなかの「無意識の水が上昇する」ことについてのくだりなど、初読時の新鮮な驚きは今も忘れられない。

四回生になるといよいよ卒論作成のゼミ生となり、嬉しいことに今出川キャンパスのランドマークでもあるクラーク記念館内の教室へ週四回通うことになった。二階建ての一階が事務室で、二階のわずか数室のみが教室となっており、この場が国文ゼミに割り当てられている運の良さ——よく目立つ尖塔つきのドイツ式ネオゴシック建築というクラーク記念館はピンク煉瓦の色調も親しみやすく、七十年代末には他の複数の校舎とともに国の重要文化財指定を受けたそうだ。私の在学中は礼拝堂のみが重文だったと記憶するが、ともあれ名実共に同志社の〈顔〉、ひときわ見目麗しい明治の洋館に我がもの顔で出入りできる晴れがましさ、嬉しさといってはないのだった。——神学部がある大学なので図書館の書架にひっそりとスウェーデンボルグ全集があったり、時には学園闘争の名残でバリケード封鎖もあったり、田舎出の垢抜けない女子大生としては御所の森から飛んでくる鳩の群れのようにふらふらと足元も定まらず、しかし幸福な日々だったと懐かしく思い出す。ゼミの指導教授は安永武人先生で、この安永ゼミに関しては少々面白い偶然がある。詩人の高柳誠・鏡花研究者の田中励儀・そしてかく言う私がそのころ三年連続して在籍したという偶然で——マイナーな幻想小説書きの自分まで勿体らしく含めるのはどうも図々しいのだが——ほんの申し訳に説明をしておくならば、商業誌デビューだけは早かった私はゼミの年に「夢の棲む街」等の幾つかの短篇を活字にしており、これらが代表作と未だに言われる体たらくなのだが、卒業直後に「遠近法」を書いた。さらに加えて言うならば、国文のゼミこそ違うが詩人の時里二郎も高柳誠とは同学年の親しい仲であったそうで、従ってやはりクラーク記念館の教室にいたことになる。とここまで来れば、この偶然の集結ぶりはいっそクラーク館幻想派とでも呼びたいような、なかなかのものだったと思えてくるのだが。——以上失礼ながら敬称略、当時の田中励儀先生については、鏡花研究の院生として教授のもとへ出入りする姿を確かにお見かけした覚えがある。

学部の卒論レベルならば何を書いてもいいだろう、谷崎かいっそ倉橋由美子で。などと一時は考えたこともあり、しかし結局のところ初志貫徹して鏡花で書いたことは良いことだった、今は素直にそう思う。故郷の母と上流の隠れ里の女という構造について何やら懸命に書き、あれこれの影響丸出しで「女仙前記」「きぬぎぬ川」「由縁の女」など扱かったと思うが、仔細についての記憶はすでに朧気だ。

太宰の昔にはもしや古めかしく黴臭い好みと思われたとしても、今の時代ではどうしてそれどころではないだろう。金沢にはいちど慌しく訪れたきりで、泉鏡花記念館へ行ったこともないが、折々の企画展には多くのファンで賑わうと聞く聖地巡礼にいつかじぶんも是非加わりたいと思っている。

# 倉敷・蟲文庫への通い始め

十一時に伺いますと約束している場合、自宅を十時半に出る。二十分ほど車を走らせて倉敷市芸文館駐車場に到着、ここから徒歩で、まず美観地区メインストリートへ。湾曲した倉敷川の両岸に沿って大原美術館その他の観光スポットが賑やかに並ぶ表通り、そこから適当に路地へ入り、今度は本町商店街の方向へ――、ゆるゆる歩いても十一時には目的地の蟲文庫へ着くことになる。最寄りの駐車場は捜せば他にあるかもしれない、今のところはこのコースが気に入っている。言うまでもないことだが、蟲文庫は店主・田中美穂さんの著書『わたしの小さな古本屋』でも広く知られている、倉敷美観地区の趣きある商店街の外れに位置する古本屋なのである。

事の始めを言うならば昨年末のことになるのだが、まったく思いがけないことながら、私の大昔の歌集『角砂糖の日』が恵比寿のギャラリーLIBRAIRIE6から新装復刊されるという幸運に恵まれたのだった。元本は二十代のころ深夜叢書社から出してもらったもので、もちろん絶版。刷り部数の少なさから稀覯本と化しており、これが分不相応にも美麗な挿画入りの新装本として復活することになった次第。それはともかく蟲文庫の件なのだが、若い編集担当さんが歌集復刊の暁には是非とも入荷を、と以前からお願いしていた由。約束どおり田中さんはかなりの冊数を引き受けて下さり、ならば著者の私はご近所なので署名を入れに伺いますと連絡してもらい、話はすぐにまとまった。それまで店に立ち寄ったことはあったのだが（特に東京からの客人を案内する折に）、でも買い物するのにわざわざ名乗ったりしないし、たまに犬を連れて店のまえを通り過ぎることもあった。

歌集に加えてちくま文庫の『夢の遠近法』『ラピスラズリ』も入荷して頂けることになり、それから私の蟲文庫通いが始まった。しかしまだ日も浅く、ちょうど冬眠中だった名物の亀さんにも未だお目にかかれず。売り場面積八坪ほどという店の奥手に小上がりの座敷があり、そこが帳場と作業場を兼ねていて、寒い日には旧式の灯油ストーブが暖かく燃えていた。ガラス戸越しの小さな奥庭は古い石垣に面していて、ここは近所の猫たちの通り道。特に白猫ミントとはじきに顔見知りの仲になり、「うちの猫さんは十九歳で死んでしまったのよ」と訴えたので同情してくれたらしく、机に向かってサインしていると足元にすりすりしてくれる。買い物客に交じってマグロのサクをお裾分けに持って来る近所の奥さんなどもいて、「野菜の頂きものが多いですね。朝、店の外にタケノコが置いてあったりして」と田中さんは優しい口調で言う。何しろ苔や亀についての著書がある店主の店であるから、理系の面白い古物があちこち配されたこの場所のたまらない居心地のよさ、美味しいお茶をご馳走になりながら小一時間過ごしていく至福。いちどちょっと面倒な自然科学系の質問をしたら、正解の即答があり、当たり前だが驚いたものだ。

ところで拙著『ラピスラズリ』は連作長編ということになっていて、なかに「トビアス」と題した短い話が入っている。これは倉敷駅寄りのえびす商店街あたりをそこはかとなく背景のモデルにしており、一時は完全なシャッター街の迷路と化していたアーケードの通りに荒廃した近未来を重ねてみたのだった。対して本町通りのほうではしっとりした町屋の風情がよく保たれていて、軒を連ねるのは畳屋に提灯屋に製帽所、前栽つきの茶道教授宅、杉玉を吊るした酒造店など。しかしこの通りの勘どころは「二階」にあると以前から勝手にそう思っていて、古い波打ちガラスの大窓があるやら、実にとりどりの意匠の二階が並ぶ。とりわけなまこ壁の家には白漆喰塗りの縦格子を嵌めた特徴的な二階窓があり、「虫籠窓（むしこ）」というのだそうだが、実は蟲文庫にあるのもこれ。その虫籠窓のある上階に一応の水回りがあって、寝泊りできるのだと田中さんは教えてくれる。聞いただけでうっとりする。

と、このように良いご縁を得て、何やら先が楽しみなこの頃なのである。

## マイリンク『ワルプルギスの夜』

百塔の街の迷宮の主、紙の王冠を戴く男。黄金の霧に踏み迷い、鏡や錬金術やドッペルゲンガーや両性具有者たちのイメージを辿っていけばひとは迷路の奥でその男に出逢う。出口も入口もなく、高い窓がひとつあるだけの寂しい部屋でかつてゴーレムに出逢ったことも忘れない。その顔は我々じしんの顔をしており、マイリンクの名は額にくっきり焦げ付いたひとつの指の痕のようだ。

# 世界の果て、世界の終わり

## C・S・ルイス『ナルニア国物語』

『ナルニア国物語』を私がさいしょに読んだのは、小学四年生の終わりから五年生にかけてのことだった。一九六〇年代のことで、刊行順に一冊ずつ親にねだって買ってもらい、今も大事に所持している岩波版単行本全七冊はすべて第一刷である。つまりナルニア読者の国内最初期のひとりだったということだが、それからおよそ半世紀という時が過ぎた。このたびめでたく新訳版が刊行され、思いがけないことに解説の依頼まで頂くことになり、実に嬉しく光栄に思っている。専門家でもない私の担当ぶんはもちろん個人的なエッセイでよろしい、とのことなのですっかりそのつもりだが、特に思い入れのある『最後の戦い』で声をかけて頂き、そのことが何より嬉しい。

子どもの頃に出逢った〈特別な本〉というものは、そのまま我が身の一部、血肉となるものであるらしい。のちにあまたの優れた創作に出逢うことになろうとも、〈特別な本〉の定位置はつねに心の奥底の秘密の書棚にある。「でも、ナルニアとはそこまで特別なものなのか。数ある別世界ファンタジーもののひとつに過ぎないではないか」――そうした意地の悪いことを言うひとは世の中にはいるもので、ついつい憤然としてしまうのだが、そして必ず思い出すのは小学五年生の夏休み、『最後の戦い』を初めて読んだ日の記憶なのだった。――一冊ずつ楽しみに読んできた『ナルニア国物語』も、これでとうとう最終巻。ねだってようやく手に入れた紫の表紙の本を撫でさすり、それから暑い午後のあいだをかけて物語の世界に引き込まれ、ほとんど呆然としながら一気に結末まで読み終えたときの――あの日のショック、あのときの衝撃。確かにあれがなかったならば、私にとって『ナルニア国物語』はそこまでの〈特別な本〉とはならなかったかもしれない、と密かに思う。

呆然とするあまり、本を抱いて数日うろうろと歩き回っていたじぶん自身についての印象が今でもはっきり残っていて、しかし何しろのちに妙な幻想小説など書く人間に成長したわけであるから、かなり妙な子どもの妙な反応であったのかもしれず、幾分か心もとなく思わなくもない。――じぶんだけがそうだったのか、他の皆は違っていたのだろうか、と。

いやいや、まったくそうとも限らないだろう。と気を取り直し、初読時から半世紀もかけて相変わらずうろうろしている心情をこのあたりで見直してみるのもよいことかと、以下の文を書くことにする。ここまでの既刊六巻はそれぞれの魅力にあふれており、とりわけ『ドーン・トレッダー号の航海』『銀の椅子』『馬と少年』あたりは私も特に好むところであって、誰が見てもバランスの取れた良作ということになるのだろう。それらに比べるならば、本書『最後の戦い』のバランス感覚にはかなり不可解なところがある。読者の受け取りかたも各人の差が出てくる。そのことは承知のうえだが、しかし何と言うべきか、この巻は別格の巻として、特別なうえにも特別な作品なのではないか。少なくとも私はそう思う。妙な人間の書く妙な文になりそうだが、特に言いたいと思うことはピンポイントで少量なので、さほど長ながとは書かないと思う。そして結末に触れるので、本編を未読のかたはお読みになりませんよう。

そもそも私にとってナルニアシリーズとはどのようなものであったか。それは〈世界の果て〉や〈世界の終わり〉を含む、不思議で不可思議なものがたり——人生の始まりの時期にそのようなものに出逢い、抗(あらが)いようもなく惹かれてしまった。

その世界では東の海の果てが睡蓮の浅瀬になっていて、そのさらに果てては逆さの滝になっていた。魔女の女王が滅びのことばを唱えて滅亡させた古い都の廃墟があり、世界と世界のあいだの林では何も起きないので、ひとは眠くてたまらなくなる。衣装だんすの毛皮コートの並びの奥は、真冬の世界に通じていたりいなかったり。北の荒野の地下世界には金髪黒ずくめの狂った王子が捕らわれているが、その地表部分にはUNDERMEと巨大な文字のメッセージが刻み込まれている。世界が終わりとなるときに、天の星ぼしは地上へ降りそそぐ。鋭い槍のように降りたつ星びとたちの輝きは地の果ての果てまで長なが届き、闇の世界の何もかもをひととき明るく照らし出す。ともかくも本書、『最後の戦い』について。

これはやはり単純に言って、読むのがつらい本であるかもしれない。特にここまでの六冊を読んで、すっかり〈ナルニアの友〉となっている読者にとっては。——六冊かけて築き上げてきたものがたり世界を完膚なきまでに破壊し、滅ぼしてしまう作者C・S・ルイスの手並みといっては、まさに万能の造物主のそれのよう。シリーズ第一巻（新訳版での並びで『魔術師のおい』）で、若々しい芽吹きのようなナルニア創世の場面が描かれたのであるから、最終巻でその終焉が描かれるのは当然のこととしても、何より身に迫る悲しみが大きくて、私も初読時にはぽたぽたページに雨を降らせたものだった。

本書『最後の戦い』において、ナルニアはふたつの段階を経て滅ぶことになる。ひとつは厩の丘での最後の激戦の果て、剣を捨てたティリアン王が敵将もろとも厩の入口へ飛び込むところ。この時点で国としてのナルニアは実質滅ぶことになる。これはまず現世での滅び。ふたつ目の段階は、より高次元な〈世界の終わり〉。偉大なアスランのもと、すべての生き物たちが押し寄せてきて光と闇のふた手にわかれ去り、残った広大な荒れ地に大洪水が来て、太陽や月まで消去され世界が暗黒となるところ。どちらがよりショックであったかといえば、どちらも同じく、と記憶にはある。そして実のところ、この先にはさらに第三の段階が待ち受けているのだが——

ショック、衝撃とはいうものの、同時に惹き込まれる魅力があったからこそ大泣きしながら読み耽ったのであるし、いま改めて読み返してみてもその魅力に何ら変わるところはない。それにしても、作者はいったいどうしてこのように風変わりな方向性を持つ小説を書いたのか——？ 憶測を並べることになるのだが、思うところを述べてみたい。

先にも少し触れたとおり、『ドーン・トレッダー号の航海』『銀の椅子』『馬と少年』あたりの傑作秀作を毎年立て続けに発表したころの作者C・S・ルイスの充実ぶりはまったく素晴らしく、作家としての手ごたえと充足感、高揚感はいかばかり、と心底羨ましく思えるほどだ。それから発表順では『魔術師のおい』を書き、そのなかでナルニア創世の場面を描いたのち、準備万端、いよいよ最終巻である『最後の戦い』に取りかかったということなのだろうか。

年代記として、創世で始まり終焉で終わる、というかたちはすんなり腑に落ちるものであって、これ以上何も言うことはないのかもしれない。が、それでもなお腑に落ちないのはその過剰さ、滅亡の徹底ぶりの過剰さであるように思われる。どうしてここまで徹底的に、第三の段階まで用意して、と。

ほの暗い滅びの美や崩落の世界のこと。これを先に書いてしまおう。本書のクライマックスシーンでもある第二の滅び、〈世界の終わり〉の場面について。

ところでシリーズのここまで宗教色は気に留めずに読んできた年少の読者でも、この『最後の戦い』ではさすがにいろいろ感じるのではないか。どうもこの場面は「最後の審判」なのではないか、などと思いながら読むうちに、知らず知らず我が目でもって黙示録の世界を目撃することになる。ベースとなっているのは概ねキリスト教終末論であって、さらには神の国へと至るあの結末にも結びついていくわけだが、ただし余計な知識で目が曇る年嵩の読者についてはまったくお気の毒、としか言いようがない。

想像力の極みをことばで絵にしたような――などと陳腐なことは言い出すまい。本書第14章「ナルニア、夜となる」の252ページから265ページまで、全文書き写したくなるような見事さ、描写の超絶上手さなのだが、まず星たちが降ってきてあらゆる生き物が押し寄せて、ドラゴンと巨大トカゲが跋扈してから骸骨となり、大洪水、そして時の巨人が太陽と月を握りつぶすまで。あえて言うが、この終末のビジョンは「完璧」なのではあるまいか。最後に伝わってくる怖ろしい冷気や、厩の入口の氷柱に至るまで、まさに完璧。児童向きのやさしい表現という皮を被っているが、中身は堂々たる幻視者（ビジョネール）のしわざなのである。ベースとなる既存のイメージ（黙示録の世界）があるにしても、人間わざとはとても思えないほどだ。

個人的にはのちにギュスターヴ・ドレやジョン・マーティン、モンス・デシデリオなどの終末や崩壊の世界を扱う幻想美術を知り、年代的にはナルニアのほうがずっと後発なのだが、このような世界を受け入れるための素地はナルニアの一部分で培（つちか）われたと、そう感じたものだった。余計ごとながら、印象的に地平に立ち上がる巨人のイメージは拙（つたな）い小説書きである私の想像力の原点となったようにも思う。

> わたしはまた、大きな白い玉座と、そこに座っておられる方とを見た。天も地も、その御前から逃げて行き、行方が分からなくなった。わたしはまた、死者たちが、大きな者も小さな者も、玉座の前に立っているのを見た。幾つかの書物が開かれたが、もう一つの書物も開かれた。それは命の書である。死者たちは、これらの書物に書かれていることに基づき、彼らの行いに応じて裁かれた。海は、その中にいた死者を外に出した。死と陰府（よみ）も、その中にいた死者を出し、彼らはそれぞれ自分の行いに応じて裁かれた。
>
> 「ヨハネの黙示録」第20章11—13節（新約聖書・新共同訳より）

『最後の戦い』の後ろ三分の一はこのように高次元の世界であり、しかも階段状に上へ上へと登りつめていく構造になっている。が、そのまえに、まるで長い助走とでもいうようなナルニア国滅亡篇パート（ぜんたいの三分の二）があったことを思い出さねばならない。こちら側では超自然要素は極力最低限に抑えられていて、「ナルニア最後の王ティリアンのものがたり」とでも呼んでおくべきだろうか、若いティリアンに素直に感情移入できるパートとなっている。――それにしても、そのかれが怒りで判断を誤ってしまう冒頭部から、否、その前の寂しい滝池での何とも不穏な幕開けから、まっしぐらに破局へと向かっていく破滅のものがたりの速度、緊迫感、説得力といってはどうだろう。

国の存亡に直接関わるのはあくまでも卑小なものたちの悪意や愚かさであり、何より『馬と少年』ですっかりお馴染みの横暴な大国カロールメンによる武力侵攻であるわけだが、ここにもベースとなる既存のイメージは少なからず存在するようだ。中世趣味のナルニアへ侵攻してくるのはサラセン（イスラム）風のカロールメンであるのは当然のことで、アスランとタシュ、という対立の構造も十字軍のそれを思わせる。厩の丘の絶望的な決戦にしても、中世フランスの叙事詩『ローランの歌』のようだ。これはたまたま初読時から知っていたせいで、どうもイメージが被るのだが。

孤立しつつサラセンの圧倒的大軍と戦い敗れた英雄についての古謡、世にうたわれる滅びの美のものがたり。

ピーターやルーシーたちペヴェンシー家のきょうだいとは違い、結局のところ「あなたがたは再びナルニアへ戻るには歳を取りすぎた」とは言い渡されずに済んだ、運のいいジルとユースティス。小学生読者であったころ、私はそのように思っていたものだった。アスランにもっとも愛された少女ルーシーにも劣らず、何度も繰り返しナルニアに戻ることができたユースティス。その学校友達であったため、運よくナルニアの友となれたジル。混戦のさなか大男のカロールメン兵にかかえられ、あるいは髪をつかまれ引きずられていくジルとユースティス。

最後まで諦めず、よく働いて立派に責を果たしたティリアンのことは今でも特別に好きで、かれが正当な労(いた)わりを受ける場面ではまったく胸が熱くなる。ところで、ささやかながら創作に関わる身となってから漠然と感じたことなのだが、創造する架空の世界が人工的であればあるだけ、最後にはそれを破壊してしまいたくなる。破壊し崩壊させることで人工の架空世界は完結し、空中に浮かぶ楼閣のごとき完全無欠なものとなる。これはいかにも閉鎖的な感性であって、私の個人的趣味であるに過ぎないのだが、子どものころルイスから受けた影響も確かにあると思うのだ。

世界レベルの一流文学者、従軍経験もあるキリスト教弁証家にしてベストセラー作家。そのルイスが熟年にして手を染めたのが永遠の名作となるナルニアシリーズであって、人気も評価も当初から極上、意気軒昂として気力充実、そして満を持しての最終巻『最後の戦い』でシリーズの完結に向かったのだ。かれは何をしたか。

徹底して滅ぼし、破壊し、あとには明るい草原にぽつんと厩の入口だけが立っていて、ルイスがここまで創造してきたシリーズすべての主人公たちがこちら側に集結する。あまりに女性的に成長してしまったスーザンを除き、という件では誰もが引っかかるようで、作家の本意はわからないが、私が思うにひとりくらい例外を設けたほうがリアルだからでは、などとつい考えてしまう。何しろ、しまいにペヴェンシー家の両親まで招かれているほどの徹底ぶりなのだ。結末に近づくほど作者の筆遣いは「網羅すること」に拘り（こだわ）を見せるので、すなわち完璧さへの拘りと見てしまう。

虚栄の世を廃し、神の国へと向かうこと。読者が泣いて惜しむほどのナルニア世界に代わり、作者が導くイメージは〈より高次元のナルニア〉、歓びと憧れの世界。網羅されるナルニアの理想的エッセンスであり、吐く息吸う息がアスランそのものであるような世界。

そのあと、アスランは人間たちのほうを向いて、言った。

「あなたがたは、わたしがもくろんだほど幸せそうな表情には見えないが」

ルーシーがこれに答えた。「アスラン、わたしたち心配なんです。また送り返されてしまうんじゃないかと思って。これまで何度も、もとの世界へ送り返されましたから」

「その心配はない」アスランが言った。「まだ気づかないのかな?」

みんな、どきっとしながら、とてつもない望みを胸に抱いた。

（本書309ページ）

主要人物たち全員の「死」と引き換えに、作者はこの一瞬にして自身の畢生（ひっせい）の創作世界にまったき完璧を与えたのでは、と今では思っている。

予定どおり他愛のない個人的エッセイとなったので、多様な読みかたのひとつ、参考程度に思って頂きたい。他にもこまごま言い足りないことは多いが、収拾がつかなくなるだけと思うので。

それでもスーザンの件に付け足し。児童向きのものがたりのなかでスーザンの件は妙にリアルなので、誰もが引っかかってしまうのだと思う。

大人の読者になった今では、「その後のスーザン」のほうに興味を感じる。つまり

『最後の戦い』以降のスーザン、ただひとり現世に取り残されてしまった気の毒な立場のスーザンについてだ。まるで実在の人物のように心配してしまうのだが、ペヴェンシー家の財産はすべて彼女が相続したのか？　生計についての心配はともかく、「口紅やパーティーのことばかり」と言われた彼女は、その後の長い人生をどのように過ごしたのだろうか。孤独や怒り、後悔を感じることはあったのか。「我はケア・パラヴェルの玉座についた女王のひとり」と、密かに思うこともあったのだろうか。——あるいはこのように想像の余地を残すことで、作者はさらなる完璧をめざしたのでは、とすら思えてくるほどだ。

ところで私もナルニア原作の大作娯楽映画など観ると、「ああいや、表面は確かに。でもそれはちょっと」などと混乱したことを言いながら、ひっそり顔を伏せる程度にはこだわり多い読者のひとりであるが（ティルダ・スウィントンが白い魔女、というキャスティングは嬉しかった）、どうも実写版が厭なのは、子どもの姿が子どもっぽく見えるという当たり前のことが厭なのだと思う。少年少女を主人公とする児童向きの冒険ものがたり、魔女やドラゴンや〈もの言うけもの〉たちが登場するファンタジー世界。それは確かにそうなのだが、誰もが〈じぶんだけのナルニア〉を持つように、私にも私だけのナルニアがあった。たとえばあらゆる細部に宿るもの。東のいや果ての海をめざす船室で窓辺に反映した光、開け放しのドアを背に魔法使いの部屋で過ごした午前の印象。

そのときのじぶんの心臓の静かな鼓動。モミの枝から落ちた雪、架空の土地を揺られて旅していく汗と埃、馬の臭い、甘い香りの火を踏み消した水掻きつきの硬い足のこと。ほんの些細なことを何かの折にふと思い出し、すると驚くまいことか、この胸に愛が溢れるので、「ああ」とか「うわっ」とか変な声が出る。まあ、どれほどこれらを愛していたことかと克明に思い出し、半世紀も以前に田舎の小学生が人生で初めて知った美の観念というものについて考える。さらに言うならばそれは古典美というものであったと思う。

# 秘密の庭その他

確かに以前は自宅裏手の山あいの池で二羽の白鳥が飼われていたのであって、だから長い休筆期間のあいだ何をしていたのか、そのように問われると「高い窓から白鳥に餌を投げていた」と格好をつけて答えることもできたのだった。番いの二羽はもともとは倉敷美観地区の川で飼われていて、全体の数が増えすぎたため近隣へ放出されたもの。池は農業用水の落とし口がある溜め池で、大正時代にこの山あいで「千人づき」の手間をかけ、高い土手を築いたものであるそうだ。かなりの広さのある池には多数の錦鯉も放流されていて賑やかな眺めであったのだが、十数年前の土手の改修工事の折、鯉も白鳥もそっくりまとめて他所へ移されてしまった。水を抜いての大がかりな工事であったためで、水位はすぐに戻ったものの、今では冬季に鴨が渡ってくるだけの池になってしまった。

池に接した岸辺の狭い土地は「町道」ということで、むかし山に牧場があったころは牛追いの道筋であったとか。あたり一帯が住宅地となった今では誰も通らないので、拙宅の裏手部分は勝手に整備してじぶんだけの秘密の庭のようにしている。角地なので全体の面積はけっこう広い。植えた二本のソメイヨシノはすっかり大木になり、あるとき思いついて大量の白っぽいマサ土を運び込み、公園のように地面を平らに均したので、サツキやツゲや紫陽花の植え込みがたいへん見栄えするようになった。こんなことばかりしているので小説は少しも進まない。特に目的もない文であるので思い出すままどんどん書くが、イタチや真っ白い蛇もここで見たことがある。日々竹箒で掃除するレベルまで整備してからは、蛇だけはすっかりいなくなった。今の季節はウシガエルが野太い声で鳴いている。

気が遠くなるほどとてつもない田舎。越してきたときにはそう思ったものだが、どうして侮るものではない。あるとき好もしく思っていた若い造形作家の個展が神戸であると聞き、出かけていってギャラリー店主と話してみると作家は岡山のひとである由。さらに買い求めた作品を送ってもらうため住所を書いていると、横で見ていた店主が言い出すことには「その住所、岡山県〇〇郡〇〇町〇〇、それは作家さんの実家の住所とまるきり同じですね」「それにね、番地の数字もたいへん近いですよ」——改修工事のあった池の土手部分の裾側は十メートルほど低い土地の夜間照明つきグラウンドになっていて、一角に面してたいそう垢抜けた立派なお宅があり、そこのお嬢さんであるとじきに判明した。ところで私の若いころの「黒歴史」、若気の至りの歌集が一冊あるのだが、一昨年の暮れに恵比寿のギャラリーから新装復刊して頂くことになり、記念展の初日にオープニングパーティーがあった。記念展というのは三名の画家の作品を挿画とさせてもらったためで、何しろ場所が場所であるから「パリピ」という言葉もそのとき覚えた。パーティーではすっかり上擦って何もわからないほどだったが、問題のお嬢さん作家もご来場下さり、「来週の餅つき大会のことでお母様に伝言を」などとこちらはその場で口走る始末。他にもご来場の画家のかたのご実家がやはり非常に近所とわかり、華やかな人士溢れる都会のギャラリーの片隅でやたらローカルな会話を交わしていたのだったが、岡山市と倉敷市に挟まれた小さな郡部ながら田舎侮るべからず、とそのとき思った次第。イグサの産地として古くから栄えた土地柄であるそうで、平成の大合併の折にも断固として倉敷市の一部にはならなかったのである。

アート系の作家の場合、個展に赴くなどすればお近づきになる機会もあるが、小説家と知り合いになる機会はまあほとんど皆無に近い。それでもぽつぽつと知己のギャラリーも増え、最近では勢い余って芦屋のルリユール工房まで訪れる始末。何故これほど神戸方面へ行くかといえば、都合でそちらに別宅を持ったからで、シブレ山という地名もそれで知ることになった。岡山から神戸へ車で移動するには南回りはどうも渋滞が多く、北回りで新神戸トンネルを抜けるルートが具合がいいようである。トンネルの北入口方面へ向かう山陽自動車道木見支線の途中にシブレ山トンネルがあり、不思議な地名だなあ、とカーナビ画面を見ているとシビレ山というのも近くにあるらしい。「シブレ山の石切り場で事故があって、火は燃え難くなった。」という書き出しの『飛ぶ孔雀』はこのようにして発生した訳で、ただし舞台の大半は生まれ育った岡山市のあちこちをモデルにしており、何だか訳のわからない小説になっている。全体は前編の「飛ぶ孔雀」と後編の「不燃性について」にわかれていて、後編の半分くらいはロープウェイのある山が舞台である。別宅から布引ロープウェイがよく見えるためで、目に映るものは何でも珍しがるのが田舎者の性分、普段は竹箒やチェーンソーを振り回しているのが分相応である。

田舎暮らしのこまごました日常のこと。カラスのおかげで網膜剝離の危機を免れた話であるとか、またしてもふと思いついて拙宅裏の一帯を電飾した話などもあるのだが、まったくこのようなことばかりしているので小説はなかなか進まない。昔むかし若かったころSFの場所にいたことがあり、つまりSF出身なのだがサイエンスフィクションを書いていた訳ではなく、今では漠然と「幻想小説」を書いていることになっている。幻想小説家とか幻想作家という呼ばれかたをするので、「幻想的博士ホーニヒベルガー氏登場」といったような文字列が頭に浮かんでしまう。浮世離れした空想的な小説を書いている自覚はあるものの、経歴のややこしさからレッテル貼りはどうも好きでない。それでも幻想小説の幻想とは何だろうと、犬の散歩がてら田舎道をうろつきながら考える。小説からはるかに離れて観察するならば、どうも夜間照明に関して幻想的という形容が用いられることが多いのではないか。夜になって土手の道を歩くと、眼下のグラウンド側では賑やかにサッカーの練習や消防団の訓練が行なわれていることがあり、あかあかとまばゆい照明塔の頭部がちょうど土手の高さを越えていて、夜の池の水面と黒い山肌が箱庭のように真横から照らし出される按配になっている。白鳥がいなくて残念なのだがほとんど夢の景色のようで、幻想的な、神秘的な、とついつい凡庸きわまる感想を持ってしまう。池に面した住宅の並びのもっとも手前が拙宅であるので、窓明かりが水面に落ちて実物以上に見栄えがよく、これを電飾すればさらに面白いのでは。と思いついて、昨年末には実行に移すことになった。二本の桜や他の樹木まで梯子をかけて電飾したので、水面の反映も賑やかなことになり、しかしいずれ私がいなくなればこの秘密の庭も元の自然のジャングル状態に戻るのだろうなあ、とも思う。夫の実家の広い日本庭園が見事に荒れ果てる経緯を見ていたからで、それに比べればさいしょから最低限の設えしかない私の実家の狭苦しい庭のほうが劣化度は低いようである。連想の赴くままにどんどん書くが、私は以前とあるかたに向かって、あなたは美貌の毒母なのです、私にとって、などと失礼きわまりないことを書き送ったことがある。香山美子か左幸子そっくりといつも言われる派手な女優顔の実母というのも困ったもので、百姓顔の父方祖母そっくりの私は抑圧されて目立たず育った娘なのだ。

夜更けに裏の庭を見下ろすとさいしょは真っ暗で何も見えないものの、すぐに目が慣れてぼうっと白い地面が浮かび、白い花々の在り処も点々と見えてくる。樹木越しの池の水面は真っ黒だ。工事で水を抜いたとき、徐々に白日のもとに現われた水底の有り様はただ泥と岩ばかりで、予想したような水草の類いは何もなかった。白鳥は真っ先に他所へ移されていたのだが、さいごに板の足場を組んでの大捕り物で錦鯉もすべて掬われ、そののち重機の群れが唸り出すころには泥は乾いて深く罅割れ、長靴をはいた息子たちが歩いて山あいの奥手まで探検に行ったのもそのころのことだ。昨年末にとつぜん電飾など行なったのは、その息子たちがそれぞれ伴侶を連れて帰省してくることになったから。網膜剝離の前駆症状がたまたま見つかったのは、カラスの巣を壊して目にゴミが入り病院へ行ったから。芦屋の工房でルリユールしてもらったのは『アルフォンス・イノウエ蔵書票カタログレゾネ』。こんなことばかりしている場合ではまったくないのは、長年の担当編集者が定年を迎えるので書き下ろしを急ぐから。実家の母の名は博子で、秘密の庭の隅には猫の墓と先代の犬の墓があり、自宅の庭にペットの墓をつくるのはよくないとも聞くが、「町道」なのでまあよいかと。

ここで紙数が尽きた。まったくどうすればいいのかと思うばかりだ。

# 飛ぶ孔雀、その後

岡山から神戸へ車で移動するには渋滞のない北回り、北神戸の山中から新神戸トンネルを一気に抜けるルートがどうやら具合がいいようなのである。神戸にはご縁があってここ十年ほど頻繁に通うようになり、南回りの渋滞の多さにも辟易してこちらのルートに落ち着いたのだった。トンネル北入り口方面へ向かう山陽自動車道木見支線の途中に小さなシブレ山トンネルがあり、さいしょに名を知ったときは何しろ不思議な地名だなあ、と驚き、カーナビ画面を見ると近くにシビレ山もあるらしい。「シブレ山の石切り場で事故があって、火は燃え難くなった。」という『飛ぶ孔雀』の書き出しはこうして発生したのだが、ただし小説の舞台の多くは生まれ育った岡山市のあちこちをモデルにしており、何だか訳のわからない小説になっている。——以上のことは雑誌のエッセイでも書いた。

であるのだが、作中の「ひがし山」がどうも京都の東山だと思われてしまうようで、これはちょっと計算違いだったかもしれない。実際には岡山市の路面電車の終点、東山電停の周辺がモデルになっているのだが、べつだん岡山でなくても「どこかの地方都市のさびれた町はずれ」と見てもらえればそれでいいので、京都市中心部の賑やかな東山通りでは条件がまったく違う。それにあちらは路面電車の終点だったわけでもないし——などと言いつつ、東山パートの締めのフレーズ「また見る影は朧のひがし山」は、むろん祇園小唄「月は朧に東山」のもじりで、ほんの洒落のつもりが紛らわしさの原因となったかもしれない。とちょっと反省している。

これを書いているのは八月で、『飛ぶ孔雀』を書いてからかなりの時間が経ち、本の発売から早くも数ヶ月が過ぎた。

この本に関しては、早逝の天才銅版画家・清原啓子さんの素晴らしい作品を表紙にお借りできたことが何より感慨深く、でも清原さんはこのような小説を果たして気に入って下さるだろうか。『清原啓子作品集（増補新版）』巻末の蔵書リストによれば目の肥えた方だったようで、何とも心もとなく思っている。同年生まれというご縁で大目に見て下されば、と内心思っているのだが。

火が燃え難いというイメージがどこから来たのかもはや覚えていない。前半は思いきり濃厚な和風テイスト、後半はそれとは対照的な架空の世界、というつもりで書き始めたのだが、後半の架空度は思ったほど絶対的なものとはならなかった。〈濃厚な和風テイスト〉に関しては、半世紀ほど昔の個人的な原風景が反映しているので、このあたりは共有イメージのある年配読者のほうに理解されやすいかも。と密かに思っている。

以下はこまごましたことを思いつくままに。我ながらまったく妙な小説を書いてしまったので、筋道だった解説文など本人も書けないのである。

◆しばらく以前のこと、「向日性について」「親水性について」「不燃性について」という三本の掌篇小説セットを計画していたことがあり、当初の予定では「柳小橋界隈」の部分のみが独立した掌篇「不燃性について」となる筈だった。ここからいろいろ長ながと付け足していって連作風の長編『飛ぶ孔雀』とした訳で、従ってさいごは冒頭に戻るしか話を終わらせる方法はないのだった。これは当然のこと。
◆「三角点」や「火種屋」のような〈男だけの話〉は書き易い。「ひがし山」のような女はやはり厄介。ペリット社は実在する。通販できるらしい。
◆茶会パートの増殖する関守石は密かにお気に入りで、ほんとうはちょっと喋らせてみたかった。喋ったのは犬と石灯籠だけ。人工的な緑一色の芝生と波柵には個人的にオブセッションがあり、あれは必ず動く、芝目などもあるし、と長年勝手に思っている。岡山・後楽園のすぐへりで育ったので、そこは遊び場であり、身長が低く地面に近い子どもの視点でもってあの島とあの庭園を見ていたのだ。
◆登場人物の再登場問題について。たとえば「ひがし山」のヒワはのちに再登場しないのか？ 「橋を渡りながら感極まって妙な声を出す人物」がどこかで出てくるべき、さほどの意味はなくても、と考えながら書いたのだったが――後半の「不燃性について」では出てこない。
◆後半のKの相手の女は順に替わっていき、Qの相手はごたごた。登場人物たちは順次それぞれの理由により山へと移動するが、復路へ移行できる者はほぼ半数程度。基本の動線はこれだけで、あとは枝葉末節。といった態度の不真面目さは往々にして散見される。
◆人物のモデルはいたりいなかったり。財布をなくしてちょっと泣いてしまった男の子やことらさんは実在する、など。
◆神戸の布引ロープウェイは数年まえにゴンドラを新しくしたが、それ以前は青い照明のゴンドラだった。夏場は夜九時くらいまで運行しており、あの青さはいかにも〈幻想的〉でたいへん好きだった。
◆この本で作者が真面目に気に入っているのは、ラスト二ページほどの〈付け足しのエンディング〉の部分。ロープウェイの青い照明のゴンドラが夜間飛行のように街の中心へ降りていき、ビルの屋上に着地するところ。ラストの女の子の（特に何ということもない）セリフ。

◆名なし問題。もともとアルファベットやカタカナの記号的な名しか出てこないので、全員名なしのようなものなのだが。カタカナ一文字まで軽減できればあと一歩なので、嬉しくて仕方がなかった。何を言っているのか謎である。

いくらでも続けてしまうのでこのあたりにしておくが、ところで先日、「じぐざぐの山」の前を通るとじぐざぐではなくなっていたので驚いた。大雨で土が崩れて流れたらしく、階段状だった山肌がすべて滑らかな斜面になっていて、別の山のようだった。岡山と兵庫の県境、福石あたり。豪雨災害の爪あとがこんなところにも。

# 鏡花の初期短篇

泉鏡花文学賞については、とにかく長年の憧れの賞だった。何しろ綺羅星（きらぼし）の如き受賞者の顔ぶれとその傾向が凄い。

とりわけ初期のころの中井英夫・澁澤龍彥・森茉莉・金井美恵子・倉橋由美子・高橋たか子・唐十郎・日野啓三・日影丈吉・赤江爆などなど、とても書ききれないが、敬愛する幻想系作家がずらりと居並ぶ様は壮観としか言いようがなく、特に澁澤龍彥・筒井康隆同時受賞の折にはＳＦ・幻想文学界隈でちょっとした騒ぎになったことを覚えている。このおふたりが顔を合わせればいったいどのような会話になるのか、まるで天上界での出来事のようだ。

マイナー作家の鑑（かがみ）と謳（うた）われてきた私がその末席を汚すのも肩身の狭いことながら、大学の卒論は鏡花なのである。受賞式での記念講演について連絡を受けたときには、「鏡花についてならいくらでも喋ります」と答えたものだった。

講演など生まれて初めて、それでもいざとなれば好きな鏡花作品の一部なりと朗読すればいいと考えて、「山中哲学」にしようと即座に決めた。これは高校生のころから特別に好きな短篇で、多作な鏡花には有名作が数多いが、あまり知られていない作品で好もしいものもいろいろあるのだ。――「山中哲学」の舞台は、表題どおり大雪で今にも交通が途絶しそうな北陸の山のなか。難所を抜けるためのトンネルがあり、そこへやってきた若い土木技師がひと目見るなり「危険だ、今にも崩落する寸前だ」と看破する。付近の休み茶屋の者を相手に揉めるうち、続いてやってきたのは籠に揺られるひとりの人妻。降り立った美女と技師とは互いに驚く様子で、どうやら旧知の仲であるらしい。親の死に目に駆けつけるところという人妻、今このトンネルに入ることは死を意味すると確信する技師。しかし結局のところ人妻から同行を促されるなり、「参りましょう」と技師は応えて真っ青になる。

続くラストシーンの鮮烈なイメージがこの短篇の主眼であって、選集やアンソロジーにはほぼ収録されたことがない初期の無名作ながら、有名な「外科室」と同傾向の作として見ることもできると思う。我が胸を鋭いメスで突き、幸せそうに事切れる伯爵夫人も素敵だが、トンネルの途中で恐怖のあまり土気色の顔になって振り向く技師の姿もまた――藤色のショールをまとう人妻と肩を並べ、松明を手にしているのだ――迫撃のロマンティックさだ。

ついでながら、私は同志社大学のゼミの一学年先輩に高名な鏡花研究家・田中励儀先生がいらっしゃることが自慢の種なのだが、金沢での授賞式には田中先生もご出席下さり、実に四十年ぶりにお目にかかることができたのだった。さらには「山中哲学」が好きだ好きだと連呼したため、某所から鏡花関連の新企画の提案も。

授賞式当日の金沢は、「こんなことは滅多にない」と誰もが言うほど爽快な秋晴れの一日だった。好日を糧として精進せよとの天の声だったのかもしれない。

## ブッツァーティ『現代の地獄への旅』

『タタール人の砂漠』以来、ブッツァーティ本は出れば必ず買って読む。すべて訳されて、読み尽くすその日までは。

## ジェフリー・フォード『言葉人形』

繚乱の綺想がいとも優しげなポエジーをまとうこと。星ぼしの爆発に目が眩んでも、たとえ巨人の鳥籠に囚われてもしなやかに逃れ去る女たち、創造の魔術に夢中になる男たち。魔人ジェフリー・フォード製のカクテル〈甘き薔薇の耳（ローズ・イアー・スイート）〉の美味なることは保証つきだ。

# 壊れやすく愛おしいもの

ニール・ゲイマン『壊れやすいもの』

旧友・金原瑞人が文庫版本書の解説を書けという。いつも世話になっているので断れない。でもふさわしい書き手は他に多いだろうに、何故また私などに——そう思いつつ目次をひとめ見て、「あっ」と声が出た。並びのなかほどにある「スーザンの問題」、これはもしや、と慌てて読んでみるとやはりそう。「こういう作品を書いた作家がいるよ、今度送るよ」としばらく前に言っていたのはこれだったのかと、ようやく腑に落ちた次第なのだが、いきさつについては後述することにする。二〇〇九年の単行本発刊の折にはご縁がなかったのだった。

さて本書『壊れやすいもの』のこと。

旧友が私に〈推し〉てきた作家は、『白い果実』や『言葉人形』等で知られるジェフリー・フォードに次いで、これがふたり目ということになる。共通点があるとすれば、幻想小説その他多くの部門で数々の賞を受賞しまくっていることだろうか。ニール・ゲイマンはSF・ファンタジー系の作家である由、日本では今のところファンタジー児童小説の邦訳紹介が先行しているようだが(先に送ってもらった文庫版『墓場の少年』もたいへん面白く読んだ)、本書を読めばきわめて活きのよい現代作家のひとりであることがよくわかる。ファンタジーにホラーにSF、怪奇幻想、特にジャンル性のない現代小説まで取り混ぜて、奔放といえるほどバラエティーに富んだ本作品集について、ゲイマン本人の自作解説によればさいしょは連作集として計画していたという。共通のテーマは語り手の〈それぞれの人生〉。しかし連作の計画は早々に頓挫し、個々の話にもっともふさわしい形式を求めるうちこのように傾向のばらけた短篇の数々となった由だが、なるほどどこの作家は形式にこだわりがあるのだな、ストーリーテリング重視の作品群からほぼ散文詩か寓話に近い掌編作品まで(はっきり改行した詩作品も複数ある)、実に芸風のひろい作家だなという印象がつよい。ストーリーテラーに徹したジェフリー・フォードとはそのあたりが大きな違いなのだろう。

といったようなことは実のところどうでもよくて、本書の読者は気に入った作品を幾つも見つけ出す楽しみに耽ればよいことである。まずは何といっても華やかな「翠色(エメラルド)の習作」——緑の血液を撒き散らした惨殺死体や、〈ヴィクトリアもしくはグローリアーナと呼ばれる闇のなかの巨大な女王〉のゴスなゴージャスさがとても好きだ。ホームズ

＋クトゥルーという設定は、いま検索してみるとけっこう例があるようで、あるいは本作あたりが走りであったのかもしれない。ともあれヴィクトリアンとクトゥルーとの〈出会いもの〉の意外な親和性といっては、何しろ触手や軟体や魚の顔やらがコルセットとパニエで凹凸をつけた上に、フリルやレースで盛り盛り装飾されるのであるから、好きな者にとってはこれはたまらない。「翠色の習作」の女王などはその筋の代表格の存在であるようにも思われるのだが、ただ本作の語り手が「じぶんは作家ではないので、見たものを綿密に描写することはできない」と何度も断っている点が（設定上しかたないにしても）、ちょっと残念に思われるところだ。

ロマンティックな「十月の集まり」、端正な怪奇小説「閉店時間」、奇妙な味の「形見と宝」、少年の生き生きとした描写が好もしい「よい子にはごほうびを」あるいは「パーティで女の子に話しかけるには」（これはエル・ファニング主演、ジョン・キャメロン・ミッチェル監督により映画化されている）などなど、読者それぞれの好みで気に入るものはばらけるだろうけれど——やはりファンタジー・SF系で読み応えのあるものが多い——私などは好みがひねくれているので、「他人」「ヴァンパイア・タロットの十五枚の絵入りカード」「最後に」のような掌編作品の切れ味のよさにもついつい惹かれてしまう。ファンタジー児童小説なども多く手がけている作家とはとても思えないようなシャープなスタイリッシュさがこれらにはあって、そして何が言いたいかというと、

「他人」の自作解説部分がちょっと面白いことになっている件について――やはりこのことに触れずにはいられないのである。

トポロジー構造がコルタサルっぽいとも言える「他人」に関して、これを書いたゲイマン自身が他作家に類似作がありそうだと気にして、いろいろ問い合わせをしたというくだり。そのあと、「他人」と似たような環境で書いたという「地図を作る人」という作が（わざわざ全文）掲載されているのだが――これは作品として発表せず、おまけのカードにのみ用いた旨の詳しい説明がついている――そして〈帝国の実物大の地図〉というイメージであれば、ボルヘス読者ならば「学問の厳密さについて」と題された（その筋では有名な）短文によってよく知っている。一部分のみ引用しようかと思ったが、何しろ非常に短いので、いっそのこと全文を。

……この帝国では地図の作製技術が完成の極に達し、そのため一州の地図は一市全域をおおい、帝国全土の地図は一州全体をおおうほどに大きなものになった。しばらくするとこの厖大な地図でもまだ不完全だと考えられ、地図学院は帝国と同じ大きさで、一点一点が正確に照応しあう帝国地図を作りあげた。その後、人々はしだいに地図学の研究に関心をもたなくなり、この巨大な地図は厄介ものあつかいをされるようになる。不敬にも、地図は野ざらしにされ、太陽と雨の餌食となった。

西部の砂漠では、ぼろぼろになって獣や乞食の仮のねぐらと化した地図の断片がいまでも見つかることがある。このほかにかつての地図学のありようを偲ばせるものは、国じゅうに一つとしてない。

スアレス・ミランダ『賢者の旅』（レリダ、一六五八年）四巻十四章
（ボルヘス『汚辱の世界史』中村健二訳より引用）

ゲイマン作品は中国の皇帝の話なので、カルヴィーノかミルハウザーを思わせる魅力的な掌編になっているのだが——、ともあれどうやらそういうことらしく、気の毒ながらついつい頬が緩んでしまう。ボルヘスの件に自ら言及していないのは〈芸〉というものので、これほど出来のよい作のアイデアかぶりはさぞ無念だったのでは。と私は思ったのだが、違うだろうか？　この種の経験は作家にはままあることで、かくいう私なども身に覚えがあり（しかも相手は同じくボルヘスだった）同情とともに親近感を持ってしまった。

そして何より「スーザンの問題」について。
これは何しろC・S・ルイスの高名な『ナルニア国物語』シリーズ完結篇『さいごの戦い』の壮大なネタばれ作品であるので、さらに言及を重ねるのはどうも気が引ける。

が、これからナルニアを読もうという年少読者が本書を手に取ることはまずないだろう。ということで遠慮は捨てることにするが（そうは言っても、ネタばれが厭なかたはここから先は読まないほうがいいと思う）そう、気の毒なスーザンのひどい扱いについて。

この件に引っかかりを覚えるナルニア読者は昔から多く、「あのひとは口紅やパーティのことばかり」で「もはやナルニアの友ではない」というひどい言い草は、作者C・S・ルイスの女性嫌悪の表れではないかと嫌疑がかかっているほどだ。子ども心にもこれはどうかと思ったものだが、大人になってひさびさに再読すると、気の毒なスーザンのその後の人生が気にかかる。〈衝撃の結末〉がトラウマとなった本でもあるのだが、結果として無残にひとり取り残されたスーザンの（しかも作者も登場人物たちも、彼女の存在などすっかり忘れてしまっている）この先の人生を考えると、メンタル・物質両面でハードなものになるだろうことは容易に予想されるので、まるで実在の人物であるかのように気がかりになってしまうのだ。私ごとながらしばらく以前、光文社古典新訳文庫『最後の戦い』（こちらはさいごが漢字表記）の解説を頼まれ、勇んで引き受けたもののまったく力が足らず、あとで金原瑞人を相手に愚痴を聞いてもらったことがあった。スーザンの件にも解説中で触れているのだが、「そういう作品を書いた作家がいるよ――」という金原発言はこの折のことなのである。

そしてそのときには言わなかったのだが、スーザンの件は確かに短編小説にできる、ふさわしい書き手は欧米の女性作家あたりかな、と漠然と考えていたので、男のゲイマンが書いたことはちょっと意外だった。が、それはともかく何というか、気の毒なスーザンのことを気にかけてくれてありがとう、と言いたくなる。ゲイマン、いいひとでは。

凄惨な列車事故により一家親族全滅したあとのスーザン、ナルニアの夢を見ては冷たいベッドで目覚める年老いたスーザン。辛辣な書きぶりも、根のところに原作への愛あればこそ。ゲイマンは経歴的にも適任だった訳で、それぞれの人生、壊れやすく愛(いと)おしいものを扱う本作品集のなかでも、これは特に印象的な一篇になっていると思う。

# 地誌とゴム紐

時里二郎

岡山市中心部をほぼ南北に貫く一級河川の旭川、その市街地の京橋桟橋から瀬戸内海犬島へ向かう旧航路が復活したという。最近のニュースで知ったが、瀬戸内国際芸術祭に合わせてのこととか。後楽園及び岡山城付近の月見橋・蓬萊橋・相生橋が架かったあたりからやや下流、ふたつの中州を跨いで東山行きの路面電車が渡っていくのが京橋・小橋。石垣で固められた川岸の桟橋はむかし遠方航路の発着場としても賑やかに栄えた由で、古めかしいニュースフィルムなどもローカル局の番組で紹介され、幼いころの記憶では渡し舟で対岸へ渡った覚えがあるのだが、ここからだったのだろうかとぼんやり考える。現行の新しい船は桟橋を発ち、多数の砂防を避けつつ下流へ、児島湾大橋の方向へ向かう。旭川は瀬戸内海へと直接流れ出てはいない、南に大きく突き出た児島半島に遮られているから。狭い児島湾内を東へ東へ進み、百間川と吉井川のふたつの河口を過ぎたころ、ようやく方向転換して瀬戸内の海の広域へ。航行時間は三十分ほど、牛窓の宝伝港から犬島はすぐ目のまえだ。

名井島へ行くには　宝伝（ほうでん）港から犬島行きの船に乗る　犬島直航の便しかないので
名井島には行くはずはないのだが　それでも　船はたまに名井島に立ち寄る
（「名井島の猫」）

隣国の播磨守さま御出張。こちらにご縁者がいらして、岡山だけでなく倉敷へもしばしばご到来の由。当方は後楽園の付近で育ったが、今では倉敷に近いあたりに住居があるので、美観地区の古書店のことなど共通の話題となる。最近になって開通した連絡方法はメールと手紙のみで、未だお目にかかったことはない。昔むかし子育て休業中に『星痕を巡る七つの異文』を送って下さったことがあり、以来ずっと謎のひと、謎の詩人だった。気後れしてそのとき礼状は出せなかったから。
菫者（すみれもの）も弓王耳王もダルレスも大殿（シニョーレ）もドクダミの貴婦人も、みなきらびやかに明るい潮流を流れゆく異国の花々のよう、でも確実な土地とその地誌はいつでもそこにあったような。森や生き物、鳥と昆虫。そして具象の白昼に身近な海へと出航してより、あるいは瀬戸内に泛ぶ具象と抽象の島々を経巡ってより、詩人の想像力のゴム紐は時間軸の未来の方向へぐいとばかりに引き伸ばされたような。地誌とは過去と現在、その間のみゴム紐を引き渡すよりも、さらに未来まで引き伸ばせばだんぜんゴムの運動量は増す。これはじぶんのような拙い小説書きでもよく行なうことで、精錬工場の廃墟の錆はこれで何割か確実に増すし、大異変（カタストロフ）以後の世界となればなおさら。思いつつ読み進めば工場（ファクトリー）のアンドロイドとともにリハビリは進み、『名井島』とはことばとうたをめぐって天啓のように語られる考察の書であったのかと、しみじみ身に沁みて、コレハ最良質ノ言語SFトシテ読ムコトモデキルカモ、と雑音（ノイズ）めく考えも頭の隅をよぎる。
ない島を視るに至った詩人はすでに手の届かないはるか沖。そこはどこまでも白く凪いだ瀬戸内のことばの海の沖だろうか。

　これ以上はうまく言えないので、残りは小咄で茶を濁すことにする。やはりこの件、でも播磨守さまにはぜったい嫌がられていると思う。

　いきなり話は京都へ飛ぶが、そのむかし同志社大学国文のゼミは今出川キャンパスのクラーク記念館二階小教室で授業が行なわれていた。今では内部のみ改装されて結婚式用のチャペルになっているとか。銅葺き屋根の尖塔つき、いかにも可愛らしい明治の煉瓦造り洋館なのである。そしてここでの同じゼミの二学年先輩に何と高柳誠氏がいらっしゃった。たまたま判明したのだが、そのとき「時里ならば同学年で、ゼミは別だがやはり国文。学籍番号が近かったので、入学してさいしょに声をかけあって以来の友人」

と教えて頂いた。学籍番号は五十音順で決まるので、高柳誠と時里二郎ならば確かに近い。ここのところがいたく琴線に触れ、燃料は投下されたのだったが、何しろ背景のクラーク記念館のロマンチックさといい、両詩人の絶妙な名の釣り合い具合といい、致し方ないというものではなかろうか。

　が、それにしても昨年出した拙著『飛ぶ孔雀』は岡山京橋とその近辺の地誌を扱っているので、『名井島』とは新たな直航便で結ばれたことになる。まったくどうでもいいことながら密かに喜んでいる次第。

## 『龍蜂集』　〈澁澤龍彥　泉鏡花セレクションI〉

今からほぼ半世紀前、泉鏡花再評価の機運高まる一九七〇年代初め、澁澤龍彥・種村季弘二名の共同編纂による泉鏡花選集の企画があった。その存在および幻の企画に終わったという経緯がこのたび初めて公にされた。詳しくは当事者のひとり、桑原茂夫氏の懇切な文にあるとおり。桑原氏により保存されていた澁澤自筆の鏡花選集案リストも併せて公開され、そして今ここに国書刊行会版『澁澤龍彥　泉鏡花セレクション』全四巻発刊の運びとなった次第である。

改めて澁澤リストを掲げる。これは岩波書店版鏡花全集（当時の初版では全二十八巻）の巻立てに沿ったリストとなっている。各巻の作品の収録順、また作品名と巻数の合わない箇所を微修正した。

泉鏡花　作品　澁澤龍彦選

巻一　活人形　夜行巡査
巻二　外科室　化銀杏　紫陽花　照葉狂言
巻三　龍潭譚　X蟷螂鰒鉄道　化鳥　さゝ蟹　清心庵　なゝもと桜　髯題目　玄武朱雀
巻四　蛇くひ　山僧　笈摺草紙　黒百合　星あかり　鶯花径　通夜物語
巻五　幻往来　名媛記　高野聖
巻六　式部小路　裸蠟燭　処方秘箋　蠅を憎む記
巻七　お留守さま
巻九　千鳥川　海異記
巻十　春昼　春昼後刻
巻十一　草迷宮　沼夫人
巻十三　酸漿
巻十四　貴婦人　夜釣
巻二十二　眉かくしの霊
巻二十三　貝の穴に河童の居る事
巻二十六　海神別荘　紅玉　天守物語　山吹　戦国茶漬

偏りの大きいリストであることは見てのとおり。桑原氏の説明にあるように、この澁澤リストは仮の初回案に過ぎないもので、特に鏡花全集後半は未だ精読はしていない（戯曲作品のみ例外として）とのエクスキューズつきであったとか。ここから澁澤・種村合同の編集会議で揉まれる前提であったのだからべつだん不都合はないわけで、そして見方を変えるならば、いっさい忖度なし、ストレートにして純粋な〈澁澤好み〉のリストアップがまさしくこれであったとも言えるのではないか。ヴァリアントは往々にして初回のそれがもっとも自己に忠実な良い出来であったりするものだ。

いっぽうの編者・種村季弘による鏡花セレクションならば、九〇年代になってからのちくま文庫版『泉鏡花集成』全十四巻という完成品がある。各巻末には意を尽くした種村解説も付いている。

澁澤・種村没後の索漠たる世界となった現在、いま望まれるのは澁澤セレクトによる鏡花選集である。遺された澁澤リストを見れば、偏りが大きいこと以上に数多くの魅力的な謎を孕んでいるようにも思われる。いかにも澁澤好みと誰もが頷く作も多ければ、意外なマッチングの選択もあり、また何故これを澁澤がと不思議に感じられるものも少なくはない。「半世紀も昔のほんの下書きのリスト、何を書いたか忘れてしまったよ」と泉下の氏には苦笑されてしまいそうであるが、それでも鏡花と澁澤龍彥、相対する二者の魅惑は互いに響きあい、興趣は尽きない。おぼつかぬことながら謎の一端なりとも追っていければと思う。

＊

澁澤リストは年代順。しかし『澁澤龍彥　泉鏡花セレクション』全四巻においては分量と読みやすさを第一に考え、適宜取り混ぜて配置することとなった。各巻のタイトル『龍蜂集』『銀燭集』『新柳集』『雨談集』は版元国書刊行会が選択決定したものであり、それぞれ大正時代の鏡花本、すなわち小村雪岱装丁・春陽堂発行の袖珍本の題名である。

さて、新たに意匠を凝らして出発する本セレクションであるが、全四巻にわたって触れるべき事柄は多く、充分な解説役が務まるものか責任は重い。しかし再度繰り返すことになるが、澁澤龍彥・種村季弘共同編纂による鏡花選集とはまた見事な企画もあったもので、両者の個性のせめぎあいもまた見どころのひとつ。不運にも実現しなかったとは誠に残念なことである。ちくま文庫版『泉鏡花集成』解説を見れば博覧強記の種村らしく、鏡花博物誌といわんばかりに豊富にして十全な知見卓見を尽くしたものとなっている。比べて澁澤の鏡花エッセイ類は少数精鋭・一点豪華主義というのか、自らの個性と響きあう部分を深く豊かに掘り下げたものが目につくようである。たとえば『思考の紋章学』所収、「草迷宮（くさめいきゅう）」をめぐる伝説的名エッセイ「ランプの廻転」のように。

澁澤の遺した泉鏡花に関する文章・対談としては次のようなものがある（数字は発表年月、カッコ内は言及のある作品名）。

六九年一月　「鏡花の魅力」三島由紀夫との対談（「山吹」「天守物語」「日本橋」「春昼」「眉かくしの霊」「酸漿」「高野聖」「黒百合」等）
七一年五月　『暗黒のメルヘン』アンソロジー解説（「龍潭譚」）
七一年五月　「吉村博任『泉鏡花――芸術と病理』」書評（「春昼」「春昼後刻」「星あかり」「眉かくしの霊」「蝿を憎む記」等）
七二年九月　『変身のロマン』アンソロジー解説（「高野聖」）
七二年十二月　『幻妖』アンソロジー解説（「天守物語」）
七五年十月　『思考の紋章学』所収「ランプの廻転」（「草迷宮」）
七八年九月　「化けもの好きの弁　泉鏡花『夜叉ケ池』公演に寄せて」（「夜叉ヶ池」）
八一年十月　「天上界の作家」三島由紀夫との対談をめぐるエッセイ（「山吹」「草迷宮」「春昼」「春昼後刻」等）
八一年十一月　『城　夢想と現実のモニュメント』所収「城Ⅲ」（「天守物語」）
八四年四月　「『夜叉ケ池・天守物語』解説」（「夜叉ヶ池」「天守物語」）

もっとも古い三島対談は七〇年代の鏡花再評価ムーブメント直前のことで、当時エポックメイキングなものとして鏡花ファン・研究者からも注目を集めたとか。そして時は流れて八七年八月、惜しくも澁澤逝去。七〇年代初めの澁澤リスト作成以後、鏡花後期作品に関して新たに触れた文章というものはない。唯一、「天上界の作家」のなかで、最晩年の作「縷紅新草」への三島発言に同意する箇所が見られるくらいだろうか。

鏡花後期作を澁澤が読むに至ったのか否か判然とはしない。が、さいしょから厳然と完成されていた〈澁澤好み〉は、結局さいごまで小ゆるぎもしなかったようにも見受けられる。こうなれば、我われはその指し示すところに何があるのか見つめるだけでよいのではないか。

本書、『澁澤龍彦　泉鏡花セレクション』第Ⅰ巻にはいきなり鏡花最重要作のひとつ「春昼」「春昼後刻」が登場し、また三島対談で互いにもっとも話が盛り上がったという異色の戯曲「山吹」、鏡花晩年期からの数少ない収録作「貝の穴に河童の居る事」、なぜ選ばれたのか余人には理由がわかりかねる無名の小品やら、どうやら澁澤偏愛の対象であったと思しい最初期作のあれこれなど、一冊のうちにバリエーション豊かに多数収められている。それらのすべてに言及することはなかなかたいへんであるが、まずは順番に〈初期鏡花問題〉について。——澁澤リストの特に岩波全集版巻三・巻四からのリストアップ数の多さ、突出したアンバランスさ。これはいったい何事なのか。

　「清心庵」「お留守さま」「鶯花径」

「僕は『照葉狂言』を最初に読んだんですよ。ものすごくロマンチックで、あれでまいりました」――三島対談での澁澤はこのように語っている。〈ファースト鏡花〉が何であろうとたいした問題でもなかろうが、個人的感覚だけを言うのなら、ごく普通に「高野聖」や「歌行燈」、「眉かくしの霊」から入るのとはやはり少し違うように思えなくもない。

　本セレクションでは第Ⅲ巻収録予定の「照葉狂言」であるが、これは岩波版全集巻二所収の鏡花最初期文語体小説のひとつ。続く巻三の「龍潭譚」、「清心庵」（明治三十）、「化鳥」あたりを境にいよいよ鏡花は文語体から口語体へと移行を始めることになるが、この時期の鏡花は何といってもたいへん品がよい。この時期だけに限ったわけではないが、〈観念小説〉と呼ばれた「夜行巡査」、「外科室」（明治二十八）の頃の生硬さはすっかり薄れ、たとえば「清心庵」の主人公の母親が世を儚むに至る「おゝ、寒、寒」との老尼の独言のくだりなど、具体的でありつつひたすら品がよい。「われは嘗てかゝる時、かゝることに出会ひぬ。母上か、摩耶なりしか、われ覚えて居らず、夢なりしか、知らず、前の世のことなりけむ。」――「清心庵」掉尾の有名なこの文を澁澤もまた愛したのかと、好もしく想像される。

ところで澁澤リストで驚くことのひとつに、巻七の「お留守さま」（明治三十五）があるのではないか。まったく無名の小品であり、同巻の重要作「薬草取」を差し置いて選ばれる理由がどうにもわからない。強いて言えば「清心庵」別バージョンとでもいうのか、若い男女がひとつ部屋で寝ても心配はないと傍目が認めるという共通の箇所がある。九歳で母を亡くした鏡花の母恋いテーマは有名であるが、あるいはこのように親密なイノセンス状態が澁澤好みであったのだろうか？「鶯花径」（明治三十一）などは母恋いでもかなり錯綜しており、冒頭書き出しの「松は、あれは、――彼の山の上に見えるのは、確にあれは一本松。」といういかにも不思議な口調、そして「化鳥」とまったく同様の結文が印象に残る。が、この項は後続巻の「龍潭譚」「化鳥」で再びということに。同様に、「照葉狂言」と同時期の〈金沢もの〉の再話めく「名媛記」（明治三十三）や、最初期作の「紫陽花」（明治二十九）についても後続巻にて。

「星あかり」「笈摺草紙」「裸蠟燭」「X蟷螂鰒鉄道」「千鳥川」

さるにても鏡花は天才、とは三島由紀夫の言。のちの作家たちが苦心惨憺行なったことがらを、鏡花は何の苦もなく易々と成し遂げた、といった評は他にも多々存在し、しかし文語体から口語体へ移行する時期の鏡花を見れば、いかに天才といえども試行錯誤の跡はうかがわれる。明治三十年代、世の作家たちと時を同じくして文語から口語へ——小説の近代化への激変期であるが、鏡花は少年の一人称という形式で初めての口語体小説「化鳥」を書き、また文語体に戻り、そののち「なゝもと桜」から本式に口語体となっている。そしてそこからさほど経たないうちに、いきなり〈人称代名詞抜きの一人称小説〉という奇態な手法で「星あかり」（明治三十一）を書いているが、これなど感覚としては実験小説に近いのではないか。内容的には「春昼」「眉かくしの霊」にも繋がる自己像幻視、ドッペルゲンガーを扱ったもので、のちの怪談嗜好を伺わせるものであるのだが。

そして同時期の絢爛たる「笈摺草紙」（明治三十一）。「照葉狂言」のロマンを愛した澁澤がこれを選んだことは納得できるとともに、何やら嬉しくなることである。江戸邸より都落ちするあどけない娘姿の道中は、さながら極彩色の錦絵のよう。「件の二尺ものゝ羽子板で、曲づきをやつて、一度つきあげたのを片膝も立てないで半日落さず」「或は二百枚まいた歌留多を読みながら取つて、五人の車がゝりを単身で突崩したことも」と多々艶やかに描出される主人公〈紫〉の過去であるのだが、さてこの明治三十一年作の古めかしい短篇小説、わずか半日ほどの出来事を描きつつ、複雑に折り畳まれた回想の語りを自在に駆使しているのだ。未だ近代小説夜明けのころというのに、技術面だけを見てもどれだけ時代に先駆けているのかと驚くばかりで、中身の美意識は通俗といえば通俗。しかし天才がこれを書いた、ということだろうか。

　鏡花の天才ぶりにはいちいち驚いてもいられないが、基礎となる文学的素養は耳から得た草双紙の語りというだけあって、目が醒めるようにアクロバティックな〈小説の落としかた〉を頻々と披露していることも。するするすとんと小説の語りが決まって終わる、と読者はすっかり腑に落ちて、気がせいせいするような。「裸蠟燭」（明治三十三）なども採られた理由がわかりかねるもののひとつだが、見どころはやはり語り口、さいごの〈落としかた〉の堂に入った上手さだろうか。ところで、澁澤リスト大量採用があった初期作で残念ながら採られていない「山中哲学」（明治三十）という作があって、これのラストなども〈ただ一行のカタストロフ〉で小説が終わるというめざましさでもって印象深い。ついでながらこの短篇、鄙びた茶屋を描写する自然体の見事な文が漱石の「草枕」に影響を及ぼしたのでは、との研究者の指摘もあるほどで、文体の研鑽の跡はこんなところにも見られるのである。わざわざこの作に言及する理由はまたのちほど。

　さて漱石と同様、鏡花と交流があった同時代の文学者たちのひとりに樋口一葉がいる。直接の交流は淡いものだったようだが、鏡花にとっては誰より才能をつよく意識する同世代の相手（一葉がひとつ年上）であったことだろう。明治二十年代終わり頃は小金井喜美子、若松賤子ら多くの女性作家がいちどきに登場し注目を浴びた時期であり、なかでも高評価を得ていたさなかの一葉の急逝は二十九年十一月。鏡花の「X蟷螂鰒鉄道」（明治二十九）発表はまさにその直後で、影響や関連があるともないとも言えない微妙なタイミングなのである。それにしても、女性作家という最新の存在を題材とするにあたり、零落した友人との相克という構図を持ち出すとは目のつけどころが風変わりであるのだが、そもそも社会の底辺層へと目を向ける傾向は「夜行巡査」以来の〈観念小説〉、すなわち社会派問題小説の系統にあるもの。であるにしても、困窮する高学歴女性の精神的苦痛を何より重視する目が当時の鏡花にはすでにあったということになる。ということで「千鳥川」（明治三十七）にも触れることにするが、そろそろ活動中期に差し掛かる時期のこの短篇、鏡花の女性全般に対する珍しくも明るい全肯定感があって、読後感がたいへんよい。そしてむろん、これらの作を特に選んだ選者の目もまた好もしいのである。

## 「春昼」「春昼後刻」

初期鏡花は何しろ品がよい、とはむろん大雑把な言いかたであって、「蛇くひ」（明治三十）その他の薄気味わるい作、無残絵の血なまぐささの系統も絶えず暗い水脈のように存在した。「人は恁ういふことから気が違ふのであらう。」で終わる「星あかり」なども相当なものだが、さて初心研鑽の時期を過ぎて、いよいよ問題の「春昼」「春昼後刻」（共に明治三十九）へ。

「もし鏡花作品のベスト・テンを選ぶとすれば、さしあたって私のぜひ入れたいと思うものには『草迷宮』と『春昼』および『春昼後刻』があるが」――このような澁澤本人の発言があるように、フェイバリット中のフェイバリット。「春昼」「春昼後刻」は鏡花最高傑作と賞賛する評者もあり、〈海は真蒼な酒のよう、空は緑の油のよう〉と息苦しいほど濃密に綴られる春の描写には世の定評がある。のちの佐藤春夫「田園の憂鬱」に通じるとの評も多い、悩ましい心象風景の世界なのである。

「私は名作『春昼』のなかの、物語の男の分身の登場する、あの妙にノスタルジックな、笛太鼓の囃子の音の聞える、山の谷間の祭の舞台の場面を初めて読んだ時の、ぞっとするような異様な感動を、今でもありありと想起することができる。いや、読み返すたびに、初読の印象と全く同じ強烈さで、この感動は何度でも私の心に甦るのである。それは単なる恐怖というのではなく、前世とか、既視感(デジャ・ヴュ)とかいった、何かしら神秘の情緒と結びついた、言うに言われない悲哀の情緒に近いものでもある。」(「吉村博任『泉鏡花――芸術と病理』」書評)

この澁澤本人の文をもって本作への言及は終わりとすればよいのだが、ヒロイン玉脇みをの〈絶妙な変さ〉について少しだけ。尊いほどの美女というのに、盛装に海水帽、浴衣に金鎖、ときに服装が少しだけ変。〈傍を通った男の気(け)に襲われ〉〈幽にぶるぶると肩が揺れ〉てみたり、女装紛いの夫の友人たちに引き立てられる図はまるで完全に静止した無残絵のよう。あられもない痴話もどきの電話の肉声のみが――まるで空中に印字されるような不自然さでもって――克明に記録され、それでも「夢てふものは頼みそめてき」「水の底をもかつき見てまし」の古歌二首が彼女の品格をしっかりと支える。○△□の夢うつつの恋に陥る女であるが、その描きかたが〈絶妙に変〉というのは時代にも合わないことで、やはり天才の仕業というべきだろうか。「笈摺草紙」のころの安定の通俗美からはすでに遠いところまで来ているが、ここから「山吹」の〈世間へよろしく〉まであと少し。

「山吹」「紅玉」「酸漿」「貝の穴に河童の居る事」

「澁澤さんが「山吹」を褒めてくれたのは嬉しいな。僕は今まで「山吹」を読んでいる人に会ったことがないんだ」――三島由紀夫をしてこのように喜ばせた、鏡花をめぐる澁澤・三島対談。この発言の少しまえには、「澁澤さん、鏡花の芝居は嫌いですか。「天守物語」なんか」「あれは最高傑作ですね」と即答のやり取りもあって抜かりはないが、それにしても対談中でもっとも愉快に盛り上がったのは「山吹」（大正十二）をめぐってのことだった、とはさすが端倪すべからざる異能者たちの対話なのである。

鏡花の戯曲は基本的にどれもシュールレアリスム、と澁澤は言う。俗世に絶望した名流夫人が醜い人形遣いの老人を打ち据え、腐った鯉を喰らいつつ「世間へ、よろしく」

「御機嫌よう」と彼岸へ退場する「山吹」といい、ほとんどアニミズムの世界の「紅玉」（大正二）といい、〈芝居には鏡花のより本質的でなまなものが出る〉といううちでも出色の二作というべきか。俗世に絶望した人妻、すなわち幻の恋に感応してくれる男が見つからなかった玉脇みをといったところだろうが、鞭打ちに腐った鯉、心中の代わりに過激な彼岸へと突き抜ける舞台上のテロリストぶりがいっそ爽快なのである。

件の対談では「酸漿（ほおずき）」（明治四十四）も話題となり、澁澤が粗筋をなぞって聞かせると「ああ怖い」と笑って喜ぶ三島、という場面もあった。上演不能と思われていた「山吹」がのちに舞台化された（一九八〇年）のはこの対談の影響だったのでは、と澁澤は満足げに回顧しているが、さらに風変わりな「紅玉（こうぎょく）」のほうは意外にも大正二年の発表後すぐに上演されている。鳥に扮した侍女たち等の着ぐるみ姿が大正の童話趣味に叶っていたのかも、と思うものの、童話雑誌『赤い鳥』創刊と本格的な童話ブームはこののちのことであり、時代に先駆けた感覚であったと言えるのかもしれない。ちなみに今では人気演目となっている「天守物語」の初演は昭和二十六年で、昭和十四年没の鏡花生前の上演はなかったことになる。双璧の有名作と言える「夜叉ヶ池」が澁澤リストから洩れている件については、これも後続巻にて。

さて「貝の穴に河童の居る事」（昭和六）、これなども鏡花晩年の境地を示す作として今でこそ有名であるが、当時は堀辰雄によるごく短い好意的な評があった程度。「酸潑」なども同様で、このように無名であった問題作に抜からず着目する澁澤の慧眼はやはりたいしたものなのである。にしても、清浄さが底にあった頃の初期鏡花、幻妖怪奇の世界に親しむ鏡花、血みどろであったり狂気すら孕む鏡花、さまざまな鏡花についての澁澤発言があるなかで、後期作品への言及が何もないのはやはり寂しい。たとえば近年の再評価作となっている「山海評判記」など、澁澤評はぜひ聞きたかったものだ。「貝の穴に河童の居る事」にしても、オノマトペ好きで知られた澁澤のこと。さいごの神韻縹渺たる河童と鴉の飛翔場面なども、老大家の枯淡の境地というより、豊饒にしてアナーキーな世界として大いに愉快がったことと妄想されるのだがどうだろうか。

## 「山中哲学」「外科室」

さて余計なことと知りつつ、本セレクション全四巻に各一篇ずつ〈おまけ〉の選を加えることになった。全集後半は精読していなかったという澁澤リスト、「海異記」（明治三十八）、「夜釣」（明治四十四）のような怪談噺が入るなら、後期作で澁澤好みに合いそうな怪奇幻想作を参考までに足すのも悪くはないか。あるいは何故選から洩れたのか不審な作についての考察も、と編集サイドと相談した結果である。そして第Ⅰ巻のみ無理を言い、初期作にさらに足すかたちで「山中哲学」を。先にも少し触れたが、問題の巻三からは収録作のほぼ半分が採られているのに、これは採られていない。澁澤好みではなかったかと無念でならない。

　さてこの作、発表当初よりどうも評判がわるい。同時発表の「髯題目」がラストの爽快さもあってか好評だったのに対し、こちらは黙殺状態。のちの研究者からも、「草枕」に影響を与えた可能性もある文章だけが取り得の駄作と謗られたりしている。ところで、発表当時の「外科室」は「夜行巡査」「化銀杏」等と同じく社会派問題小説と見なされたが、今では映画化もされ、〈一瞬見交わしただけの運命的な恋〉を描いた作として広く認知されている。同様に、「山中哲学」を単に山中遭難ものと読む読者は今ではいないのではないか。〈いま入れば必ず崩落する〉と予言された真っ暗な隧道、そこへ松明一本を手にして入った男女ふたりの姿を鏡花は鮮明かつ印象的に描出しており、肝は技師の顔いろの〈真っ蒼〉と〈土気色〉。そしてラストの一文もしくは二文でもって、無残にして一種甘美なカタストロフを現出せしめてしまう、そのような鏡花がたいへん好きだ。

　そして何が言いたいかといえば、やはり澁澤龍彦本人が語る声をもっと聞きたかったということ。「清心庵」について、「笈摺草紙」「X蟷螂鰒鉄道」「千鳥川」等々について澁澤本人が語ることをわれわれは何も聞いていない。この作のここが、とさまざまに語る声を是非聞いてみたかったと、これは返らぬ繰言である。

# 『銀燭集』　〈澁澤龍彦　泉鏡花セレクションⅡ〉

さて本セレクションも第Ⅱ巻となった。

前巻にて説明したように、このセレクションは澁澤龍彦の遺した泉鏡花選集のためのリストアップ作を全四巻の構成で適宜に配置し直したものである。元となる澁澤リストは岩波書店版泉鏡花全集の巻立てに基づく年代順となっているが、ここでは版元の判断により順を崩し、さらに第Ⅰ巻では短い枚数の作をできるだけ数多く収録することとなった。「山吹（やまぶき）」「星あかり」「清心庵（せいしんあん）」「酸漿（ほおずき）」「春昼（しゅんちゅう）」「春昼後刻（しゅんちゅうごこく）」「お留守さま」「蛇くひ」「X蟷螂鰒鉄道（えっきすかまきりふぐてつどう）」——といった具合、計二十篇の妖美な並びは通常の選集ではあり得ないもので、まさに鏡花迷宮といった趣を呈していたと思う。ただしこれは解説者泣かせの構成ではあった。第Ⅰ巻であるから前置きも必要であったし、作品数も多いので駆け足となって、あれこれ話題を後続巻へ先送りとすることにもなった。が、第Ⅱ巻からは収録作の数だけはぐっと少なくなるので――嵩のある作を後ろへ回したのだから当然のことである――ここから先は話を行きつ戻りつさせながら、少しずつでも前へ進めていきたいと思う。

第Ⅱ巻の本書では、幻想小説アンソロジスト澁澤龍彦の印象を一気に確立した『暗黒のメルヘン』巻頭作の「龍潭譚」（明治二十九）がまず登場する。また三島由紀夫も注目した初期異色作「黒百合」（明治三十二）、鏡花の水幻想を代表する「沼夫人」（明治四十一）、現在では舞台の人気作のひとつとなっている戯曲「海神別荘」（大正二）、円熟期の名作「眉かくしの霊」（大正十三）等々、本巻も名品が目白押しとなっている。澁澤偏愛の巻であったと思しい岩波版鏡花全集第三巻からは、ここでも「龍潭譚」の他に「さゝ蟹」「髯題目」（共に明治三十）「玄武朱雀」（明治三十一）の合計四作が入っている。

鏡花後期作は未だ精読せず、とのエクスキューズ付き未完成品とも言える澁澤セレクトであるが、たとえば「アヴァンギャルドで面白いのは初期鏡花」説など耳にすることもある。否、鏡花円熟期の手練れの業をこそ見よ。あるいは鏡花世界の幽けき真の天上の美は最晩年作にあり。等のあらゆるすべてが正しいのかもしれず、ともあれまずは巻頭の「龍潭譚」から――と言いたいところだが、ここでもランダムに順を崩してまず「黒百合」から。

「黒百合」「蠅を憎む記」

すべては三島由紀夫・澁澤龍彥対談から始まった、とも言える七〇年代よりの鏡花再評価ブーム。本セレクションは当時のこのムーブメントに基づいて作成されたものでもあるので、われわれは何度でも三島・澁澤対談の重要さへと戻っていかねばならない。対談はそもそも三島の鏡花選集本編纂に合わせてのこと。中央公論社「日本の文学」全集のうち尾崎紅葉との抱き合わせとなった一巻で、三島の選んだ作は「黒百合」「高野聖」「天守物語」「縷紅新草」の四作。「黒百合」についての解説では、「浪漫主義の傑作であり、かのノヴァーリスが『青い花』を書いたように、鏡花もこのような一篇の、より幽玄な黒い花の物語を書いたのである。」と紹介がある。対談においても同じ言及は繰り返されたのち、

**三島**　「黒百合」の夢の場面で、崖を登っていって、黒百合を採るところね、鷲が出てくるところなんかロマンチック文学としての典型的なものです。

**澁澤**　ああいうものを日本人が創造したというのは凄いな。外国には類型があるわけでしょう。

と続いている。
紅顔の美少年にして泥棒貴族・千破矢滝太郎、好色怪人・雀部多磨太、盲人理学士・若山拓、女賊お兼に花売り娘お雪といった面々が入り乱れるピカレスク・ロマン。一見して古めかしい講談調の世界でありながら、実は西洋のロマン主義文学に通じるところのある隠れた傑作。というのが、半世紀前の「黒百合」の新たな理解・発見であった。が、さて。鏡花再評価が始まってよりすでに半世紀。今のわれわれの目に映る「黒百合」とはどのような作品だろうか。何より驚くのは、冒頭いきなりの緑滴る植物標本世界の新鮮さ――特に片仮名表記の〈マウセンゴケ〉に、はっと目を撃たれるのではないか。以下、新仮名でモウセンゴケとする。

毛氈苔でなくモウセンゴケ。滝太郎の親しい女友だち、帰国子女・勇美子は知事令嬢にしてばりばりの理系研究者である。よって植物名は学名として片仮名表記され、その後も野生の百合に関する学術情報が開陳されるやら、「東京理科大学の標本室」「のりうつぎ（サビタの一種）」といった記述が散見されるやら。これらが講談的世界にかなり唐突に挿入されるところが未だ詰屈としているのだが、そこがまた新鮮。モウセンゴケ、少し調べてみると当時は新知識の部類であったらしく、鏡花の硯友社作家仲間の前田曙山（のちに『園芸文庫』など刊行）から得た知識と考えるのが妥当とのこと。盟友・柳田國男やのちには南方熊楠から貪欲に知識を吸収していくことになる先駆けのようでもある。初期鏡花アヴァンギャルド、リスト入り作の多い岩波全集巻三に続いて、巻四からも「蛇くひ」「山僧」「笈摺草紙（おいずるそうし）」「黒百合」「星あかり」「鶯花径（おうかけい）」「通夜物語（つやものがたり）」と収録作が多い。様式としてはほぼ実験小説的な〈人称代名詞抜きの一人称小説〉「星あかり」が書かれていたり、ロマネスクな世界と小説的新手法との混淆が随所に見られることを面白く思う。興味深きことこの上ないのではないか。

そして「蠅を憎む記」（明治三十四）についても。「黒百合」から二年後、筆調はぐっと落ち着いてきているが、奇妙な小説ではある。モウセンゴケの葉の針尖に小さな水玉の露を認めた「黒百合」の文調はここでも引き継がれ、作者の観察眼は眠たい幼児の口元をむずむずさせる蠅の微細な動きや感触にフォーカスして止まないが、面白いのは汚れとしての蠅の擬人化だろう。この「蠅を憎む記」については澁澤本人の言及があり、力弱い者を悩ませる蠅たちを醜い現実の象徴と見なしている。ひいては鏡花作品全般を支配するドラマの構造へと話は進んでいくのだが、ここのところはまた後の項目にて。

## 「龍潭譚」「さゝ蟹」

「龍潭譚」は鏡花幻想のひとつの初期原型（プロトタイプ）となる重要作。故郷の町から川の流れを遡ると山中に隠れ里があり、庇護者としての母もしくは姉の性格を持つ女に出会うという独特の構造であるが、ここから発する水脈はそのまま鏡花代表作「高野聖」へと直結するし、他にも「薬草取」「女仙前記」「きぬぐ川」、さらにはこの系統の集大成的大作「由縁の女」へと豊かな裾野をひろげることになる。そして本セレクション的には、何より七〇年代初頭、澁澤編纂による伝説的名アンソロジー『暗黒のメルヘン』巻頭作となったという重要な位置づけの作でもある。ただし澁澤本人は、ほんとうは「春昼」「春昼後刻」を選びたかったが、枚数の都合で泣く泣く「龍潭譚」とした、といったことを洩らしてはいるのだが——『暗黒のメルヘン』解説中では、本書巻頭にも掲げられているように「〔神隠しを〕浪曼主義文学の永遠の主題である詩的無何有郷に造形した「龍潭譚」は、鏡花の詩精神の最も美しく結晶した小傑作として読まれるべきであろう。」と述べている。読者の側から言うならば、「行く方も躑躅なり。来し方も躑躅なり。」の躑躅、毒蟲の斑猫、と画数の多い漢字の幻想的イメージが脳裏に焼き付く作でもあると思う。これは難読タイトル「龍潭譚」の印象とも相俟ってのことだろう。

七〇年代前半、澁澤は『暗黒のメルヘン』『変身のロマン』『幻妖』と立て続けに三冊の幻想小説アンソロジーを編んだ。それぞれに「龍潭譚」「高野聖」「天守物語」が収録されており、三冊通しての収録作家は鏡花のみ。これら三冊により、本邦における幻想小説の系譜が明確に提示され、さらにそのなかでの泉鏡花という作家の重要性が強調されることにもなった。影響力の大きい、貴重な仕事であったことについては多くの証言がある。

「龍潭譚」に対する「さゝ蟹」についてもここで。早くに母を亡くしたことの影響が大きい鏡花作品であるが、「さゝ蟹」は加賀藩細工方の流れを汲む彫金師であった実父の記憶に基づく作。最初期の「一之巻（いちのまき）」、後期の「神鑿（しんさく）」といった作にも、彫金師の父の記憶とその影響は伺われる。「天守物語」の工人・近江之丞桃六（とうろく）の姿にもむろんそれは重なるだろう。――ところで、ここで前巻収録の「笈摺草紙」をもう一度思い出してもよいだろうか。個人的なことを言ってよければ、この作は三度読んで三度違う読みかたになった。初回はロマネスクな意匠の華やかさにただ目を奪われ、二度目は実母の生い立ちをモデルとした作と知って読んだので、亡き母の人生を顕彰するためにここまでの作を、と感銘を受けた。能楽の葛野流大鼓師の娘であった母すゞは、江戸下谷の邸からはるばる金沢まで、絵草紙など携えて都落ちしてきたひとなのだから。そしてこのたび三度目に読み、明治三十一年作の超絶技巧に驚嘆したことは前に書いたとおり。たとえば、急激に没落する土地の名士が何故急に荒れることになったのか、説明がなくとも読者にはわかる仕組みになっているが、当時の素朴な小説技法にこのようなテクニックは存在しない。まったくもって明治の天才恐るべし。

「沼夫人」「幻往来」

生涯に渡り、水と火のイメージに憑かれた作家でもあった鏡花。そのうち水の幻想の代表格が「沼夫人」とすれば、火の幻想の代表は紅い茱萸(ぐみ)の実が降り注ぐ「朱日記(しゅにっき)」だろうか。が、こちらは澁澤未精読領域にあったようで残念なことではある。——水が溢れに溢れて出水となり、さらに溢れて天地晦冥のなかを行き迷い、文と描写は連綿とどこまでも果てなく続いていく。「沼夫人」の有名な出水の場面であるが、この水は何しろ田圃(たんぼ)と沼の水であるから、決して清くはない。つねに母の面影を映す上流の清い水どころか、塵芥や白骨標本や不気味な三匹の鼈など、怖ろしいものを水面下に沈めた水なのだ。何故ならこの作は、確かに怪談でもあるのだから——「開けて下さい」「ああ、奥さん」と始まる妖しげな冒頭場面など、牡丹灯籠のみならず嵐が丘のキャサリンや、さらには招き入れねば入ってこられない吸血鬼伝説すら想起させるところがある。鏡花が西洋の吸血鬼伝説を知っていたか否かはともかくとして、澁澤は鏡花のファム・ファタル像を形容して、「一種の吸血魔女」とも述べている。「照葉狂言(てりはきょうげん)」に関しての言及であるが、この件については後続巻の関連項目にて再びということに。

怪談といえば、「幻往来(まぼろしおうらい)」(明治三十二)も確かに怪談。ただし前巻収録の中期作「夜釣(よづり)」「海異記(かいいき)」のような純粋怪談とは少々毛色が違うような気もされる。「夜釣」に関しては、玄人芸による短く引き締まった怪談咄へぴしりと石を置いたようなセレクト。「海異記」は鄙(ひな)びた漁村の怪異を扱った海洋怪談として選ばれたのだろうが、さて思い出してみれば、『暗黒のメルヘン』以前の澁澤は翻訳者としてフランス怪奇小説のセレクションにも関わっていたのだった。〈青柳瑞穂との共訳・創元推理文庫『怪奇小説傑作集4』〉――「幻往来」は「高野聖」の直前くらい、未だ初期と呼べる時分の作で、人力車の怪などは都市怪異譚の先駆であるという識者の指摘もある。〈後ろ向きの病美人の幻像〉という強迫観念に取り憑かれた男の神経衰弱と錯乱の話、とも読めるようで、「星あかり」もまた同様の話であったし、鏡花はそもそも錯乱する子どもの話を複数書いている。「化鳥（けちょう）」「鷺花径」は母との関係において錯乱する子どもの話であるし（「龍潭譚」も姉＝母と思えばそのようにも読める）、これが成長すれば神経衰弱の男の系譜となっていくのだろうか――鏡花の強迫観念や離人傾向や恐怖症（犬や雷や不潔恐怖は有名である）を指摘することが〈新しい読み〉であった半世紀まえ、澁澤もまたこれに興味を示していた事実はある。

ついでながら、〈後ろ向きの病美人の幻像〉と少し似たような女の幻像がのちの「霰（あられ）ふる」と「甲乙（きのえきのと）」という作に繰り返し出てくる。若い女と少し年上の女の二人連れで、少年のとき誰もいない筈の二階から降りてくるのを目撃して以来、人生で何度も出会うが少しも年を取る様子がない。妙に説得力がある幻視であるので、思い出してここに紹介しておく次第。

## 「海神別荘」「髯題目」

鏡花戯曲の本セレクション収録は第Ⅰ巻の「山吹」「紅玉」に続き、「海神別荘」が三作目。庇護する女と庇護される男、という構図の多い鏡花作品のなかでは珍しい、強い男を中心に据えた作であるが、海底の琅玕殿に住まう男は何しろ海の全軍を従える海神である。対する生贄の美女は弱々しく見えて、実は意外にしたたか。拮抗する両者が繚乱の言葉争いを生み出して、豪華な戯曲、絢爛の舞台と化すのは必定というもの。超越的な存在と醜い人間界との相克という構図は、「夜叉ケ池」「天守物語」とも共通するものだが、特に「海神別荘」ではその超越ぶりがほとんど抽象の域まで達しているような――とは、本書巻頭にも掲げられた澁澤の言。それにしても、人間よりも人間らしい妖怪とそのパラドックス、という澁澤の指摘は非常に興味深いので、後続巻「天守物語」の項で是非とも思い出すことにしたい。

　ここで初期作の「髯題目」と対比させる心づもりであるが、この作、同時発表の「山中哲学」がまったく無視されたのに対し、好評をもって世に迎えられたことは前巻にて触れたとおり。「さゝ蟹」から半年後に書かれた作でもあるので、強者と弱者の対立がよりスケールアップされた感もある。こうした対立のドラマが鏡花作品全般に見られることは澁澤も指摘しており、ただしこの「髯題目」では、虐げられる弱者としての芸人世界が俗世間へ捨て身の意趣返しをするという異色の展開がある。「粂屋（くめや）の身代半分（しんだいはんぶん）はかけたらうといふ、小燕（こえん）が葬式（さうしき）は人（ひと）の目（め）を驚（おどろ）かしたのである。」――〈木遣（きやり）音頭〉の場の突き抜けた高揚感は、鏡花作品の結末としても珍しく貴重な部類。セレクトの理由もきっとここにあるのだろう。

「玄武朱雀」

実を言えば解説でこの作に言及するのを内心楽しみにしていた。まったくの無名作と言い切ってよい初期小品であるが、実は澁澤の密かなお気に入りだったのではと疑われる節があるのだ。第Ⅰ巻解説にて澁澤リストの全容を掲げたが、あのリストは澁澤手書き状態そのままではなく、岩波版鏡花全集の巻立てに従いつつ、各巻での並びを収録順に直した箇所がある。特に巻三。「玄武朱雀」が入っている巻だが、手書きリストではずいぶん順が変わっているのだ。以下のように。

巻三「龍潭譚」「化鳥」「玄武朱雀」「清心庵」「さゝ蟹」「なゝもと桜」「X蟷螂鰒鉄道」「髯題目」

正しい収録順は次のとおり。

巻三「龍潭譚」「X蟷螂鰒鉄道」「化鳥」「さゝ蟹」「清心庵」「なゝもと桜」「髯題

目」「玄武朱雀」

どうだろう、順を下げている作はともかくとして、「玄武朱雀」の持ち上がりかたが特に目立つのではないか。重要作「清心庵」よりも先に上がっているのだ。他の巻でも多少の順の入れ替えはあるものの、特別な持ち上がりが感じられるのは本作のみである。——夜も更けたというのに、長屋の路上で暴れる若者の活き活きとした描写から始まって、そこへ登場する鳶装束、夜回り二人組の片方は何と男装した娘。騒ぎが収まって屋台の鮨屋へと場は移り、客は近在の文学士。そこへふらりと二人が立ち寄って、鳶装束の娘はどうやら文学士が意中の人であるらしい。月あかりの口笛、通り過ぎる夫婦の芸人、夜回り二人の短いやり取りですると話は終わるが、鏡花は上手い、まったく小説が上手い。初期鏡花の特徴のひとつである淡彩の品のよさが活きた佳品として、これはやはり澁澤のお気に入りだったのでは。と想像することは楽しいが、そうではなかろうか。

「眉かくしの霊」

ついに来た名作「眉かくしの霊」であるが、思うところあって解説は後ろ回しとした。再三言うように、澁澤リストでは鏡花初期から中期にかけての作を中心にリストアップされており、後期の小説としては前巻収録の「貝の穴に河童の居る事」、および本作の二作があるのみ。半世紀も前に、当時は注目する者もなかった「貝の穴に河童の居る事」を選んでのけた澁澤の慧眼はさすがであるが、「眉かくしの霊」は「高野聖」に並ぶほどの有名作である。〈桔梗ケ池の奥様〉と薄幸の女たちが姿を重ね、暗い座敷が汀となって、火入りの提灯がぼうと浮かぶ——鏡花作品で美と怪異の召喚される瞬間は多々あれど、この場が指折りの一・二を争うことは誰もが知るとおり。

ドッペルゲンガー好きの澁澤が「眉かくしの霊」の有名なクライマックスシーンに目を奪われるのは当然のこととして。ここまで鏡花初期から中期までの作に多く当たってきたわれわれの目に、この作はいかような作として映るだろうか。年配の悠然たる旅人、要するに作者の投影人物は目的あって旅する訳でなく、ただ諸国をめぐるようである。たとえば以前の「春昼」「春昼後刻」の視点人物である散策士などは、逗子への流謫の身となった鏡花自身の夢うつつの視点を共有しつつも、比較的フラットな存在ではあった。大正の旅人はすでに年も取り、道化の性格を帯びているようだ。情けない饂飩二膳盛り込みのあと、三階の豪気な鶫料理の場には烈々と炭も継がれ、われわれ読者は安心して湯殿の怪異へ案内されていくことができる。

澁澤セレクトは旧来の古色蒼然とした鏡花像からの脱却をめざすものであったので、芸道ものなどは全く採られていない。それでもたとえば「通夜物語」が採られているのを嬉しく思う。ファースト鏡花が「照葉狂言」であったという澁澤、各作品に対していかなる解説を書いただろうと、読みたい思いはますます募る。そして話は変わるが、近年の鏡花選集の選者としては種村季弘・須永朝彦・東雅夫という強力布陣の三名が挙げられる。それぞれ特色ある選者ぶりであるので、このあたりについても後続巻にて少し触れてみるつもりである。

## 「薬草取」

さて、余計なことと知りつつ〈各巻におまけの一作をプラスする〉試み、第Ⅱ巻では「薬草取」（明治三十六）を。前巻ではどうしてもこれだけはと我が儘を言い、好きでならない「山中哲学」としたが、今回の「薬草取」に関しては意図がある。普通に考えてリスト入りしてしかるべきこの作について、洩れた理由を考えることはすなわち澁澤セレクトへの補助線になると思うのだが、さてどうだろうか。

澁澤リストにおいて、選から洩れたことで不在の存在感を示す作があると思う。誰が見てもその不在が不審に思われる代表格は「夜叉ヶ池」だろう。澁澤は「夜叉ヶ池」舞台化の折のパンフレットに長文を寄せているし、岩波文庫『天守物語・夜叉ケ池』の解説も担当しているが、ただしこの解説のなかで本心を述べている箇所がある。曰く、「戯曲としての質の高さからいえば、ドイツ・ロマン派風とはいえ単純で土俗的な匂いを払拭しきれない「夜叉ヶ池」よりも、この「天守物語」のほうが数等すぐれているのは論を俟たぬであろう」と。——神品「天守物語」と比べて見劣りしない戯曲などなかなかないと思われるものの、なるほどそれで選に洩れたのか、と一応の納得はされる。

そして「薬草取」の不在についてはどうだろうか。映画化もされ今では知名度抜群の「夜叉ヶ池」に比べれば、知る人ぞ知る。しかし鏡花選集で外されることはないだろう定番の作であり、華やかで理解されやすく、鏡花幻想としても決して忽せには出来ない一作である。にもかかわらず、澁澤は岩波版全集巻七から「薬草取」を選ばず、代わりに無名の小品「お留守さま」を選ぶという意志を示した。「薬草取」のどこが意に染まなかったのか。

澁澤生前の言及は何もないので、不審の点検をする目で読み直すこととなったが、夢幻能の結構を持つ構成は端正であり、中で回想されるのは「龍潭譚」のそれと同じ〈子どもの神隠し〉である。母の病気を思い余った子が目指したのは医王山の麓、薬草の赤い花が咲くという、その名も美女ケ原。この土地で子どもは庇護者の娘とともに山賊の根城に捕らえられるが、この展開があまりに仰々しく目に余るという指摘は確かに存在する。山賊の〈抜群な親爺〉が死美人を背に括りつけ、大槍をふるう場などは派手派手しさも抜群で、この「薬草取」に続けて鏡花唯一の活劇長篇「風流線」「続風流線」が書かれたことが想起される。「龍潭譚」のあえかな幽玄とは大違い、この仰々しさあくどさが澁澤の意に染まなかったのだろうか？

夢幻能の結構をつねに指摘される本作であるが――主人公と道連れの花売り娘がそれぞれツレとシテ――薬草を求める理由は子どものころは母のため、しかし大人になった今は誰のためともはっきりとはしない。が、この「薬草取」という作の成り立ちを知ってみれば何のことはない。病床の師・尾崎紅葉へ捧げるため、門下生一同揃って快癒祈願作を書いた折の創作なのだという。鏡花再評価当初、澁澤がこのような裏事情まで把握していたかどうかわからない。ただ、幻想が理に落ちる作として、これを選ぶくらいなら「お留守さま」、としたのではないか。その意図は確かに伝わってくるような気もするが、定かではない。

薬王品を夜もすがら、と印象的な結語で終わる「薬草取」。夜の美女ケ原の只ならぬ幻想美には、病床の師を想う心情が色濃く投影されているのだろう。が、それもさることながら、この作から何より自然な情として伝わってくるのは、神隠しの子が戻った喜びで母の重病が治ったことではないか。いったんは本復し、それから五年生きて死んだ、と。九歳で母を亡くした鏡花は、これを書きつつたまゆらの浄福に浸っていたように思われて、敢て本作をここに加える理由のひとつとなっている。

## 『新柳集』〈澁澤龍彥　泉鏡花セレクションⅢ〉

さて第Ⅲ巻、本セレクションも後半戦となった。本巻の澁澤セレクト収録作は七作。嵩のある作が多いので作品数は少ないのだが、なかなか癖のつよいラインナップとなっている。鏡花最初期の有名作「夜行巡査」（明治二十八）「化銀杏」「照葉狂言」（共に明治二十九）から、大正期の爛熟の戯曲「戦国茶漬」（大正十五）まで——何と言っても、屹立する謎の迷宮のごとき重要作「草迷宮」（明治四十二）がここにある。そして「草迷宮」といえば、本セレクションの読者にとっては何より「ランプの廻転」。言わずと知れた澁澤龍彥著『思考の紋章学』巻頭の作であるが、ここに泉鏡花と澁澤龍彥、時を越えて今も魅惑をはなつ両者が「草迷宮」をめぐって真っ向から対峙し、鋭く火花を散らしたかのような伝説的名エッセイであることは誰もが知るとおり。

であるので、本巻の〈プラスの一作〉は「ランプの廻転」を措いて他にはあるまい。

とすっかり決め込んでいたのだが、編集サイドではやはり鏡花の作を足して欲しいとのこと。「ランプの廻転」の嵩があるので、鏡花作品は短いものを――ということで考えた挙句、「瓜の涙」(大正九)を。鏡花の魅力ある小品ならば多々あるなかで、特にこれを選んだことにはむろん理由がある。本巻解説では、お蔵入りとなった鏡花選集企画の〈もうひとりの選者〉、種村季弘の存在を是非とも思い出したいと考えているのだが、その種村には何より出色の鏡花論「水中花變幻」がある。これは七〇年代初頭の発表当時を思い返せば、めざましくも革新的な鏡花論であった。この冒頭で、「一読してトリスタン伝説を髣髴とさせる」物語として、印象的に紹介された〈無名の小品〉こそが「瓜の涙」であったので。

　ついでであるのでもう少し話を続けることにするが、澁澤・種村共同編纂による鏡花選集が実現の運びとなっていたならば、解説・解題はどのような分担となったのだろうか。想像することは楽しいが、のちの種村個人編纂によるちくま文庫版『泉鏡花集成』全十四巻を見れば、文庫版であるだけに、これがきわめてバランスのよい優良セレクションであることには世の定評がある。基本は編年順だが、そこの前後をうまく按配して、各巻それぞれ共通テーマのもとに纏められているところに工夫がある。曰く「女の世界」「悪と温泉」「迷宮の怪」「芸の討入り」「顔のない美女」等々、蠱惑的なタイトルを持つ各巻解説は網羅的な鏡花論の全面展開となっており、そしてこれらのほとんどは七〇年代初頭の「水中花變幻」に原型として含まれていたのだった。翻って澁澤のほうはといえば、こちらはどうも選り好みするタイプであったように思われるが、どうだろうか。広大な鏡花世界のすべてを受け入れるというより、じしんの嗜好に叶う部分のみ引き寄せて読んでいたような――といったようなことは先にも書いた。ともあれ澁澤と種村、個性の大きく異なるふたりが共同編纂する筈であった鏡花選集企画の頓挫は返すがえすも惜しまれる。解説は分担となったのだろうが、そうなればきっと澁澤はじぶんの〈お気に入り作〉を断固として譲りたがらなかったのでは。などと想像すれば頰が緩むようである。

「草迷宮」

ということで「草迷宮」から。

先に掲げた「ランプの廻転」さえあれば、これ以上の解説などまったく無用であるのだが、ひとつだけ強調しておきたいことがある。『思考の紋章学』雑誌連載開始は七五年で、「ランプの廻転」はその第一回。単行本刊行はその二年後。今でこそ鏡花の重要作として注目される「草迷宮」であるが、この「ランプの廻転」出現以前にはまったく人目を引いていなかった節があるのだ。たとえば七一年発行の別冊現代詩手帖「泉鏡花妖美と幻想の魔術師」特集号を見てみよう。本セレクション第I巻、桑原茂夫「「澁澤

龍彦　泉鏡花セレクション」誕生秘話」にて詳しく紹介されているとおり、これは三島・澁澤対談の後を受け、七〇年代の鏡花再評価の先陣を切ることになった充実の特集号である。先にも触れた種村季弘「水中花變幻」がこの巻頭。続けて天沢退二郎「寒さから霙を経て出水まで」等の新作評論、寺田透・篠田一士・川村二郎による鼎談。生田耕作編「鏡花論集成」と題する明治から昭和に至るまでの評論・書評・エッセイなど数多く所収した充実の内容であるが、さてこの時点で、「草迷宮」への識者による言及はほとんど見当たらないのだ。わずかに「水中花變幻」でタイトルに触れた箇所があり、また昭和初期の辻潤による鏡花礼賛エッセイ中で、「『草迷宮』は妖怪を取り扱つた作品の中でかなりな傑作だと自分は信じてゐる。」といかにも微妙な口ぶりで、大魔人・秋谷悪左衛門の登場シーンが紹介されているのみ。ちなみに、この特集号で特に人気の作は「高野聖」「照葉狂言」「眉かくしの霊」「歌行燈」といったところで、「春昼」「春昼後刻」も注目作となっている。ついでながら、今では有名人気作である「天守物語」への言及も少なめで、一枚看板となるほどの扱いは未だ受けていない。

「ランプの廻転」の突然の出現をもって、一躍くっきりとライトに照らし出されたかの如くである「草迷宮」の新しさとその魅惑。三島と「遠野物語」を導入として、全体として幻想小説論となっていることは読んでのとおり。今ではよく知られた「草迷宮」と「稲生物怪録」との繋がりも、実はここで初めて紹介されたと言っていいようなのである。この点、識者に問い合わせてみたところ、それでまず間違いないとのこと。三島・澁澤は稲垣足穂をめぐっての対談も行なっており、このとき足穂の「山ン本五郎左衛門只今退散仕る」について三島は多く語っている。言うまでもなく「稲生物怪録」を原典とする作であるが、こうしたこともきっかけのひとつとなり、のちの「ランプの廻転」に繋がることになったのでは、とのことでもあった。――そして想像するに、「ランプの廻転」出現以前の読者にとって、本作は理解に苦しむところの多い難物であったのではないか。各所に突出した魅力はあるものの、全体としてどのように読めばよいのか、いささか当惑してしまうような――鏡花作品には往々にあることながら、この作の前半は相当以上にくだくだしく、道案内がなければ踏み迷ってしまいそうだ。後半の肝心な部分で、探求者たるべき主人公はずっと眠ったまま。ついに現われた美女は今後の主人公の運命を詳細に予言するものの、結局すべては未遂のまま、混沌と小説は終わってしまう。そうした破調の小説とも見えてしまいかねないので。

しかし、謎の案内図が明確に示されてよりすでに半世紀を経た時代のわれわれは、安心して「草迷宮」の世界へ分け入っていくことができる。迷宮の最深部で廻転するランプやら、ひらひら上下する白い手と手毬など目撃し、そののち無事現実へ帰還することができれば幸いというもの。

『思考の紋章学』は、澁澤にとっても評論・エッセイから次第に小説へと移行していくターニングポイントとなった重要著書であるという。わけても巻頭の「ランプの廻転」は、いかにも満を持しての作という印象がある。それだけ「草迷宮」は価値ある素材だったということなのだろう。

## 「貴婦人」

「栃木峠は越前と近江の境に位置する。尾崎紅葉に師事すべく初めて上京の途に着いたとき、鏡花は陸路敦賀へ出て、そこから汽車に乗り米原を経由したといふ。敦賀まで行かずに陸路をとつて近江へ抜けるとすれば、この小説の路程になる。」

以上の引用は、『日本幻想文学集成』（国書刊行会）集中の『泉鏡花』巻、「貴婦人」須永朝彦解説より。「貴婦人」（明治四十四）は尾崎紅葉没して八年後の作。

真夜中というのに、香ばしく番茶を焙じる香が——と始まる、侘しく鄙びた山中の旅籠宿での意外な奇談、ファンタジーというべきか。「表紙の揃つた、背皮に黄金の文字を刷した洋綴の書籍が、きしりと並んで、燦として蒼き光を放つ。」といういきなりの光景は、昨今人気の〈図書室つきの宿〉を思わせるようだ。入門時の昔を懐旧する鏡花の思いと、白い鸚鵡の甘やかなイメージとの唐突な結びつきの面白さ。「私は内のものではないの」といった、〈鸚鵡の女〉の少女めいて品のよい喋り口調が印象に残る。

ところでやや余談になるが、前巻にて「薬草取」を採らず「お留守さま」を採った澁澤セレクトの不思議について、無理やり理由を考えてみた。が、そこからこの鏡花中期作「貴婦人」に至るまでの期間についてはどうか。この時期のセレクションとしては、「春昼」「春昼後刻」「草迷宮」「沼夫人（ぬまふじん）」など最重要作のみ並ぶばかりであって、「星女郎（ほしじょろう）」「尼ヶ紅（あまべに）」「神鑿（しんさく）」「朱日記（しゅにっき）」「高桟敷（たかさじき）」「霰ふる（あられふる）」「霊象（れいぞう）」等々、澁澤好みに充分叶いそうな作が軒並み看過されているのだ。特に「朱日記」「霰ふる」などはベスト級の幻想系名品であって、選に洩れた理由となるともはやさっぱりわからない。要するに〈未だ精読せず〉領域と考えるしかないのだが、しかし「酸漿（ほおずき）」や本作「貴婦人」の如き小品はしっかり着目されているという不思議。ここは素直に、澁澤の眼鏡に叶った作として鑑賞すればよいことか。

須永朝彦解説について。種村季弘編『泉鏡花集成』の他に近年の鏡花選集はといえば、須永朝彦編『鏡花コレクション』全三巻（国書刊行会）がある。先に日本幻想文学集成の『泉鏡花』巻にて〈通常の選集では見られない珍しい作のセレクション〉を行なったことの好評を受け、さらに同趣向の三巻本を編むに至ったもの。美と奇想の鏡花世界が安定したものとなった中期から後期作のセレクトが多く、揺らぎの多い初期作に偏った澁澤セレクトとは偶然の好対照を成しているようである。古典文芸や舞台芸術の造詣が深い最良の鏡花愛好家の手に成る解説つき。

また怪奇や民俗学、怪談方面に特化した東雅夫による鏡花本さまざまの仕事は現在進行形。さらに澁澤解説つきの「天守物語・夜叉ケ池」、種村解説つきの「草迷宮」を含む安定の岩波文庫鏡花本。いっぱしの読書家であれば岩波版鏡花全集の架蔵も常道だろうが、こうしたもろもろに装丁の美しい澁澤セレクションを加えれば万全の体勢というものではないか。と結論めくことを言っておく。

## 「化銀杏」「夜行巡査」

第Ⅰ巻収録の「外科室」を加えて、「化銀杏」「夜行巡査」は〈観念小説〉と呼ばれた時期の鏡花代表作。滝の白糸と村越欣弥の有名カップルが登場する「義血侠血」（明治二十七）などもこの系統に含まれる。〈観念小説〉とはいま聞くと何やらぴんと来ない用語だが、貧富の差や封建社会の桎梏など観念としての社会問題を扱う作、といったほどの意味。ということは先にも少々触れた。当時の批評家によってこのように名づけられたほどの出世作ともいえるが、これ以前の鏡花は何をしていたかといえば、講談調の処女作「冠弥左衛門」や次巻収録予定の探偵小説「活人形」（共に明治二十六）、「海戦の余波」（明治二十七）等の戦記ものなど、全体に言ってみれば作家性の少ない通俗娯楽小説を多く書いていたのだった。〈観念小説〉はそこから抜け出して、ようやく個性を獲得し始めた時期の作ということになるが、そこは若年といえども天才鏡花のこと。宝石の原石のよう、と今では評されるような独自の作を産み出したのだった。

通俗小説時代そのままの大袈裟にしてステロタイプな人物造形に、次つぎ人が死んでしまう極端なストーリーが、意外にも本質的な何かに刺さる。社会通念に抗うというはっきりした方向性を得たためだろうか。そして「外科室」は過激にして至高の純愛小説と化したのだったし、夫殺しの人妻が自らを暗黒に封じ込める「化銀杏」などは、さしずめ殺人心理小説といったところだろうか。さらに「夜行巡査」、これをどう読むか。立派なフルネームを有する主人公の八田(はった)義延(よしのぶ)巡査は、なかなかの端倪(たんげい)すべからざる人物である。描かれかたは非人情にして非現実の極み、しかしてその実体は自由恋愛の恋びとを持つ熱い血潮の人物ではないか。この話、社会的ロボット人間の悲劇と見るべきだろうが（鏡花本人もそのように発言している）、しかし不条理に引き裂かれる悲恋の話とも読めそうで、何しろラストの説得力は凄い。ここで絶対に飛び込まざるを得ないと読者を納得させるパワーがある。妙な小説なのである。

〈急転直下の突然の結末〉は、これら初期作からずっと続いていくことになる鏡花作品の特徴のひとつ。主に悪しきニュアンスで評されることが多いが、果たしてそういうものだろうか。最たる例は「天守物語」だろうが、しかしこの問題はまた次巻にて。この項、「照葉狂言」に少しだけ続く。

## 「なゝもと桜」

澁澤偏愛の岩波鏡花全集巻三から。「なゝもと桜」（明治三十）は、明治の男女四人恋ものがたり。明治であるから、人物の職種は髪結いに人力車の車夫。お嬢さんに肺病病みのニート男。片思いの矢印が堂々巡りして、話は思いがけない結末へ至るのだが、しかしただそれだけの作を澁澤がセレクトする筈はない。この作の見どころはどこに――と見ていく前に、これは少々込み入った成立事情を有する作であるので、まずはそこから。

「なゝもと桜」は口語体となってからの作だが、その前に鏡花はまったく同じ結構を持つ文語体の「黒猫」を書いている。男女四人の構図は同じで、ただし髪結いが片思いする相手の職種は画家、そして何より、お嬢さんに懸想するのは盲人・富の市という面妖な人物。この盲人の妄執がお嬢さんの飼い猫に取り憑いて、さまざま怪異をなす、といういかにも前近代的な怪奇譚なのである。――これを「なゝもと桜」へと改変するに当たり、もっとも大きな意味を持つのはむろんニート男・資吉の造形だろう。お嬢さんの家に入り浸って迷惑がられる場面や、髪結いと車夫との別れ話のパートなど、「黒猫」そのままの場面を流用した部分はともかくとして、新人物の来歴についての部分になると作者の筆は俄然よく走っているようである。無学の身ながら数学者、二次方程式の解法を発明して少年雑誌に投稿したという資吉を、作者は親しげに「先生」と呼ぶ。特別なモデルは存在しないようなのだが、こうした妙に具体的で特異な人物像を鏡花はいかにして創出したのだろう。子ども相手に愛用の石盤を失う場面やら、特に「股引を盗んで」のくだり――ほとんど自虐的ユーモアを孕んだような文の走りようといっては、のちの太宰治を思わせるほどではないか。口語体小説となって間もない、明治三十年の作とは断じて思えないのだ。

「なゝもと桜」にはさらに関連作があり、五年ほどのちに発表された「妖僧記（ようそうき）」がそれである。先に若書きの「蝦蟇法師」という未発表の草稿があり、それを文語体のまま書き改めたもので、美女に懸想する法師が「墓から返事を聞く」と座り込む結末部が「なゝもと桜」と同じ。昭和の作家の文体を（部分的にだが）先取りした如くであった「なゝもと桜」を書いたあと、わざわざ前近代的な作風に戻って「妖僧記」を書いたのか、あるいは旧作を後年になって公表したものかもしれないが、どちらにせよ鏡花にとっては双方捨て難いものであったのだろう。

それにしても「平和（へいわ）な顔（かほ）で、髯（ひげ）の斑（まだら）な可愛（かはい）い口（くち）で莞爾（にっこり）して」と、何とも印象的な表現で終わる「なゝもと桜」。大の男の口を「可愛い口」とはよく言ったもので、やはり鏡花にとって資吉は相当に思い入れのある人物だったのではなかろうか。

## 「戦国茶漬」

三島・澁澤対談において、澁澤はこのように発言している。

「「天守物語」とか、「山吹（やまぶき）」とか、「戦国新茶漬」とか、「海神別荘（かいじんべっそう）」とか、「紅玉（こうぎょく）」とかみんなシュールレアリズムですね。結局、鏡花は理想主義者かなあ、天使主義者かなあ……ニヒリストじゃないでしょう」

「戦国新茶漬」は発表時の旧題で、のちに「戦国茶漬」と改題された。理由は不明ながら、「新」を省いたほうがすっきりするのは確かだろう。〈茶漬〉は、冒頭で老将・柿崎景舎（かげいえ）が蛇の死骸を茶漬けにして喰ってしまう場面に出てくるのみ。これをもって戯曲の題を「戦国茶漬」とするセンスはちょっと不思議で面白い。ついでに第I巻所収の「蛇くひ」を思い出せば、これはタイトル通り〈蛇喰い〉のイメージを主題とする散文詩めく小品であった。鏡花作品と多くの蛇との繋がりについては「春昼」「春昼後刻」の項で触れ損ねたので、次巻の「高野聖」のときにでも。「戦国茶漬」に戻れば、鏡花自筆年譜の本作の項には「大贔屓の、上杉謙信、場に登りて、自ら大（おおい）に喜ぶ。」とある。加賀の手取川の戦いで上杉軍は織田軍を破っており、地元縁（つなが）りの武将であることと、清廉をもって知られるキャラクターはいかにも鏡花好みだったのだろう。

しかし戦国を舞台としても、鏡花が描くのはあくまでも女。戦国バージョンの女として鏡花好みに叶ったのは〈笄の渡〉伝説の女——ここで鏡花は葛尾城からの落人となった村上義清夫人を登場人物として選ぶ。夫人初登場の場は、千曲川の渡し守による入念な回想をもって描き出されるが、それにしてもこの長台詞の場のいきなりの鮮烈さといってはどうだろう。舞台の視界にあるのは蛇塚のある僻村の光景であり、荒ぶる老武将や見苦しく蠢く村人たちであるものの、ここに蜃気楼の如くにとつぜんの〈美〉が出来し、辺りを払うめざましさでもって通過していく。ほとんど魔群の通過といった具合に——そののち駕籠に乗って登場する義清夫人当人はすでに〈美〉の世界の住人、異界の住人として峻別されているのであるから、賤の男に手を取られようが、あられもない台詞を口走ろうが、果ては淫婦と謗られようが、泰然として自らを枉げることはない。

　さて「山吹」「紅玉」「海神別荘」「戦国茶漬」と本セレクション収録の続いてきた鏡花戯曲も、あとは次巻の「天守物語」を残すのみ。澁澤によればすべてシュルレアリスムであるというこれらの戯曲、強いて共通項を探るとすれば何かあるだろうか。特異な女たちの自己主張がさいごに肯定されるに至る話、と見ることもできそうである。「世間へ、よろしく」と捨て台詞を残し、強力な従者とともに浮世の彼岸へ立ち去る女。「此処は極楽でございますか」と、恍惚として海神へ問うことになる生贄の女。たとえ斬り殺されようと、自らの美だけは損なうなと主張して憚らない戦国の女。「天守物語」も一生に一度の恋が認められる妖怪の女の話であるし、「紅玉」のみ少々毛色が違うが、ここでの人妻の恋は人語を操る鳥たちによって（！）めでたく荘厳されるに至っている。

「鏡花は理想主義者かなあ、天使主義者かなあ」との澁澤の発言はこのあたりを指すのだろうか。単なる女人礼賛に留まらず、必ず強力な結末へと至る戯曲のドラマツルギーが鏡花の思想をくっきり洗い出すことになったのか。ところで再三話題とする三島・澁澤対談であるが、次巻にて全収録する予定となった。未読のかたは本巻の「ランプの廻転」と併せて是非読まれたい。

「照葉狂言」

鏡花初期代表作のひとつ。澁澤にとっては〈ファースト鏡花〉であったとか。

「僕は「照葉狂言」を最初に読んだんですよ。ものすごくロマンチックで、あれでまいりました」との対談発言あり。かの澁澤が一読魅了されたほどの本作のロマンチックさとは那辺にあるのか。むろん、種村季弘謂うところの〈女の世界〉であるには違いなかろう——隣家の娘や土地を訪れた旅芸人の女たち、女ばかりの親密な世界であらゆる女たちから無条件に愛され、特別扱いを受ける美貌の少年・貢（みつぎ）は母なし子である。タイトルの照葉狂言は、能狂言などをわかりやすく砕いて興行とした当時の芸能。芸事の盛んな金沢という土地柄のロマン、そして「照葉狂言」を語るとき必ず言われるのが〈小六（ころく）

の磔〉。旅芸人の末路の無残も、隣家の娘が受ける継子いじめも、幸薄い故郷の女たちの悲運は絵草紙のなかの出来事のようだ。

そして結末の唐突さ・奇矯さは本作でもつねに言われることである。女の世界はそめそめと親密にどこまでも続いていく各所の会話をもって描かれるが、それらすべてを受けとめて、小説結末部にて綿々と尺を取って綴られる金沢の情景描写の美しさよ。お雪と小親、いずれを選ぶとも決めかねる貢の心象風景としての金沢中心部の夜景であるが、〈とつぜんの決意〉に至る準備として、これは充分に機能しているのではないか。このたび再読すると意外にこの部分が沁みたので、ちょっと書いておく。

ところで第I巻で触れる余裕のなかった「名媛記」をここで少しだけ。「照葉狂言」と同時期に「一之巻」「二之巻」「三之巻」「四之巻」「五之巻」「六之巻」「誓之巻」と続く連作があり、金沢での少年期を題材とする系列作の代表のひとつとなっている。主人公の少年を愛する外国人女教師のミリヤアドが主たる登場人物であり、「名媛記」はその再話めく話。ただしこちらの女教師〈りゝか〉は、横鞍置いた馬を自在に乗りこなすという活発にして楽しげな人物である。ここでも妙に蛇にこだわるところがいかにも鏡花らしいが、全体にハイカラなミッションスクール周辺の風俗や日本人少年たちとの交流がすべて肯定的に描かれていることが特徴。「誓之巻」でミリヤアドの哀れな臨終の場が描かれたあとであり、澁澤は代わりにこちらの屈託のない再話的小品を選んだのかもしれない。

「瓜の涙」

のちに「河伯令嬢」の一部として用いられることになる小品。種村季弘により「一読してトリスタン伝説を髣髴とさせる」と紹介された。

種村「水中花變幻」初出の別冊現代詩手帖表紙は、鰭崎英朋描く「続風流線」挿画。船から落ちたしどけない姿の美樹子を肩に担ぎ、泳ぎの達者な多見次が抜き手を切る、その半裸の後ろ姿が波間に透けているという官能的な一枚で、鰭崎代表作である由。「水中花變幻」冒頭で、「瓜の涙」の山中風景が水中風景へと変容していく詳しい過程が示されたこともあり、表紙の鰭崎画と相俟って、当時の読者には〈鏡花は水のイメージの作家〉と印象づけられたものだった。

「河伯令嬢」は能登の川裳明神縁起を踏まえ、瓜畑で出会った娘たちのその後や姫神の出現など盛りだくさんな作だが、やや印象散漫な感もある。原型の「瓜の涙」のほうが余韻を残す佳品なのではないか。「――いかに成るべき人たちぞ。……」の末文はくっきり目に残る。

鏡花挿画といえば、鰭崎のほかに〈清方描く〉が何と言っても高名だが、次巻収録予定の「式部小路」は「三枚続」続編。鏑木清方がここで初めて鏡花の挿画を手がけ、軍鶏の〈蔵人〉を抱くお夏の姿は一躍人気を博したという。本セレクション最終巻にふさわしい華やかな作、他に「高野聖」「天守物語」など賑々しい巻となるので、解説子にとってもまことに楽しみなことである。

## 『雨談集』〈澁澤龍彥　泉鏡花セレクションⅣ〉

さて、いよいよ本セレクションも最終巻となった。全四巻、起承転結の結ともいうべきか、掉尾を飾るにふさわしい華やかな作が目白押しとなっている。さっそく「高野聖」より始めたい。

### 「高野聖」

「高野聖」（明治三十三）は言わずと知れた、鏡花代表作。他にも「歌行燈」「婦系図」「滝の白糸」など、鏡花世界の看板となるような作は幾つもあるが、しかしただ一作というならば「高野聖」。誰もが知るとおり、日本幻想小説としての最高傑作のひとつでもある。これほどの有名作、名作について今さら何か解説が必要だろうか、正直迷う。明治三十三年、鏡花二十七歳の作なので、初期作のうちに入る。若さと勢い、何より頼みの天賦の才があり、このあたりで代表作となるべき作を、と本人が思って書いたかどうかわからない。が、結果として「高野聖」はそれまで例がないほど入念かつ慎重に腰を据えて書かれた創作となった。他の自作とは共通点も多いが、あからさまに違いもある。一種の普遍性をめざした野心作と言うべきか、つねづねそう思っていたので、そのことについて少々。

　本セレクションの読者であるほどの我われであれば、「高野聖」についてはすでに多くのことを知っている。たとえば作中の魔女キルケーの如き妖女、これは鏡花が中国の古典怪談「三娘子」から着想したものであること。「今夜はお客様があるよ」との女の言葉は「龍潭譚（りゅうたんだん）」にすでにあること、これも知っているかもしれない。異界との境い目となる飛騨天生峠の蛇や蛭、その描写の具体性と迫真性が何より有名であること。作品の成功の鍵は、何と言っても二重三重の入念きわまりない枠物語となっていることだが、中心となる主人公はタイトルとおりの〈高野聖〉。これは同趣向の他作に多い〈母恋いの少年もしくは青年〉といった個人的な人物とは正反対の存在であること、等々。

　夢幻能形式と評されることもある枠物語の奥へ奥へ、小暗い深山幽谷の清水流れる場まで至れば、ここから先は「花びらの中へ包まれたやう」な鏡花個人の蕩ける夢の核。

――ところで、〈代表作〉の必要条件には〈内容を簡潔に要約・紹介できること〉があると思うが、「高野聖」はまさにそのとおりの作ではないか。旅の僧が山中の孤つ家で魔性の美女に出会う話。シンプルなストーリーラインを辿って幻想の深部にまで至る、作品世界そのものは「龍潭譚」に端を発した神隠しの隠れ里ものであり、そこに住まう女もまた「やさしいなかに強みのある」庇護者の顔を持つ。ただし年配者による一人称でそれらが語られるため、蕩ける夢も変身の怪異も、程よい客観性をもって読者のもとへと届く。主人公を〈高野聖〉、すなわち仰向きに休むことすらない自制のひとと定めた時点で、作者にはよほどの覚悟があったと思われる。が、すべてを支えるのは文の力。たとえば特に、結末あたりの箇にして品格たかい名文であること。二十七歳の若さで徳の高い上人などという人物をよく扱えたのは、やはりこのような文の力というものだろう。

「高野聖」には三島由紀夫解説があり、熱を込めた高評の果てに、主人公の無事の帰還は「詩人の特権」とまで謳い上げている。いっぽう後発の澁澤解説では、庇護者にして破壊者という鏡花のファム・ファタル像の構造に触れ、『高野聖』は、このような女に憧れる鏡花の性愛構造の秘密を、メタモルフォーシスの怪異譚として、白日のもとに暴き出した傑作と言うべきであろう」とのこと。何やら距離のある口ぶりなのだ。端正にして非の打ち所のない代表作が相手では、素っ気ない態度になるあたり、澁澤らしいような気がしなくもない。

## 「化鳥」「山僧」

「化鳥」は明治三十年、鏡花がこれをもって文語から口語へ移行したと言われる作。「山僧」はその翌年の作だが、何故か文語体。どことなく裏「化鳥」といった感もある作なので、二作いっしょにここで。

初期鏡花の少年による一人称小説といえば、他に「照葉狂言」「誓之巻」「龍潭譚」「清心庵」「鶯花径」など、故郷金沢を回顧しつつ母性的女人思慕をベースとした作品ばかりであるのだが、「山僧」に限ってはそれどころでない。が、まずはその前に「化鳥」から。――雨中の橋を渡る動物づくしの印象的なイメージで始まる「化鳥」は、零落して橋番となった母の厭世に巻き込まれ混乱する少年の一人称小説。金沢・浅野川に実在した番小屋つきの仮橋という舞台設定がまず面白く、世を恨みつつもしっとりと水気多く情緒纏綿たる小説世界となっている。末尾の文の繰り返しのわずか二文字の変奏、この箇所は昔から妙に読み手の気を惹くものであった。母恋い鏡花が母存命時をはっきり作中に描いたのはこの「化鳥」のみで、あとは「清心庵」「薬草取」などの回想部分くらいなのだ。

母恋い小説であるだけでなく、猪、狼、狐、猿に頬白・山雀、鮟鱇・松茸・湿地茸と生き物づくしのイメージ豊かな「化鳥」であるが、「山僧」もまた薄・朝顔から始まって、植物・魚類・十二支の獣・虫・生き物づくしのイメージで書き起こされる。絵の手習いで〈牛〉の絵に躓いて悩む少年のドメスティックな話と思いきや、タイトルともなっている悪僧が登場するや、事態は俄然妖しく様相を変える。——ところで、この「山僧」及びその直前に書かれた異色作「蛇くひ」の二作、これらは口語体時代の作というのに、何故か鏡花は文語体で書いている。理由は分かっていない。少し後年にやはり文語体の「妖僧記」があるが、これなどは未発表の旧作を放出したらしき様子もあるので、事情がまったく違う。そして思うのだが、「蛇くひ」「山僧」の内容を描くには、口語よりも格調たかくそのぶん距離感のある文語体がふさわしい、そのように鏡花が判断したのではないか。とすれば実に正しい計算と思うのだが。

〈翼の生えたうつくしい姉さん〉を求め、「化鳥」の少年は鳥屋まで探しに行く。「山僧」では、〈牛〉の絵を描き煩った少年が連れていかれたのは廓街、しかも病み患う娼妓たちが牛のように呻吟する場所。裏「化鳥」と感じる由縁である。一方では懐かしい故郷の女たちを天使か天女の如くに崇敬しつつ、その一方で、「山僧」の少年がさいごに描く絵は相当に強烈だ。作家とはこうしたものだが、作品は小品ながら上出来であり、それがすべてなのだ。

ところで「玄武朱雀」の項で話題としたが、手書き状態の澁澤リストには好みによる並び順の上げ下げが感じられるところがある。持ち上がりがもっとも顕著で目立つのが岩波全集三巻の「玄武朱雀」で、四巻の「山僧」にも若干ながらその気配がある。無名作というのに順を下げられもせず、真っ先に選ばれた並びとなっているのだ。かかる怪作に過たず着目した澁澤の審美眼、さすがと思うのだが、如何。

## 「通夜物語」

「通夜物語」(明治三十二)は新派で上演されることの多い系統の作。人気作家となった鏡花が遊里の巷に馴染んだことを背景として生み出された。前後に「辰巳巷談」「湯島詣」などもあり、この先の鏡花花柳小説の大きな流れへと繫がっていく。少し余計ごとを書き足すならば、この時期鏡花は「山僧」「蛇くひ」などという怪体な小品を書き、実母の人生を超絶技巧をもって顕彰する「笈摺草紙」や前衛小説「星あかり」、ロマネスクな「黒百合」などバラエティ豊かな創作に励んでおり、元気のよい新鋭作家ぶりだった訳である。「通夜物語」に関しては、鏡花じしんが書いた「広告」と称する宣伝文がある。曰く、「いかに方々、来つて此篇に就いて、人生の意気の粋なるを見ずや。出刃庖丁は女の魂、血を以て描くは男の腕なり。一は傾城、一は画工。」――なかなかの派手やかさなのである。

〈新しい鏡花〉の発見、鏡花再評価を旨とする澁澤セレクトのなかではいかにも古めかしく、一見して珍しいチョイスとも見える。が、先にも触れた鏡花のファム・ファタル像について、「庇護者であると同時に破壊者の面をも備えた、おそろしい美女」「鏡花の花柳小説に出てくる俠気に富んだ芸者も、むろん、このタイプのヴァリエーションと見て差支えない」としているので、この考えに沿った選択なのだろう。「通夜物語」の丁山は芸者でなく遊女。そして出刃包丁を懐に呑んだ女である。「日本橋」のお孝や「婦系図」のお蔦など有名芸者たちも、これに比べればずいぶん大人しい部類に入る、トップクラスの〈おそろしい美女〉だろう。そして鏡花がこの作で描きたかったのは、「人生の意気」。

　ところで「通夜物語」に限ったことではないが、場面ごとの描写と会話のみ積み重ねていくタイプの鏡花の作は、しばしば話がわかり辛い。今は陸軍大佐夫人となっているお澄と従兄弟の貧乏画家・清は仲を裂かれた過去がある。身を持ち崩した清は丁山（粂次）を内縁の妻としており、清の伯父の通夜のこと、ふたりは満座のなかでお澄の父たちから侮辱を受ける。「息子の嫁に」「せめて紋付で来い」と嫌味を言われ、その後の丁山の立派な借り着と清の下着姿となった訳なのだ。そして紋付の懐には出刃が——といった話。山手邸町の因襲世界に反発する心意気を描いた作、とされる本作であるが、どうして冒頭の丁山とその紐紛いの父親とのやり取りなど、嫌になるほど上手い。年季の入った市井の小悪党ぶりから始まって、老獪なお澄の父、ステロタイプな悪役であるお澄の母や夫の陸軍大佐など、〈通夜〉に付きものの厄介な身内たち・親しい者たちを取り混ぜて、話はこれぞ通夜小説の決定版とばかりに名高い結末へと突き進む。これは芸術家小説でもあるのだ。同じく通夜の場を描いた後年の作で「新通夜物語」もあるが、こちらは芸道ものに少しの怪異が絡むといった体の作で、本作ほどの緊迫感はない。

## 「活人形」

「活人形」（明治二十六）はデビュー作「冠弥左衛門」の次に活字となった鏡花第二作目。当時の状況については、鏡花じしんの随筆「おばけ好きのいはれ少々と処女作」のなかに詳しい。鏡花の基本理念ともいえる〈観音力〉と〈鬼神力〉について語られたことで有名な随筆であるが、処女作時代の苦労ばなしや当時の文壇の裏事情もさまざま綴られており、硯友社同門・巌谷小波の代役として「冠弥左衛門」を執筆した経緯なども興味深い。ちなみに巌谷小波はこれよりずっと後年、大正の終わりごろになって「稲生物怪録」の翻案作である「平太郎化物日記」を書いている。鏡花の「草迷宮」は明治四十一年の作で、両者のあいだに特に関係はなさそうだが、これも縁の一端といったところだろうか。

　そして「活人形」は探偵小説である。当時は日清戦争のさなか、仕事に窮した作家たちが流行りの探偵小説をもって糊口を凌いだという事情が随筆のなかにある。鏡花作の「活人形」は、絵草紙風に嗜虐趣味たっぷり。名探偵が登場し、主な舞台は鎌倉の金満家の怪しげな屋敷。そこへ大事に飾られた等身大の活き人形やら隠し通路やら、のちの江戸川乱歩の趣味に通じるような世界でもある。普通の鏡花選集であれば「夜行巡査」「外科室」あたりから始めればいいのだが、それ以前の出発点にはこのような世界の作もあったというセレクトだろうか。そういえば、第Ⅰ巻にて触れ損ねた「紫陽花」などもたいへん珍しい鏡花最初期作であった。「誓之巻」と「照葉狂言」の隙間に書かれた、ほとんど詩のような小品。青蛇に紫陽花の地、季は水無月、氷売りの美少年が炭で汚れた氷を削りに削り、洗い清めて残ったのは豆粒ほど。と共に氷を求めた貴女もまた美しく絶え入っていく。鏡花初心の詩情をそっと拾い上げた如くのセレクト、これがあったことも思い出しておきたい。

## 「処方秘箋」

「処方秘箋」（明治三十四）もまた通常の鏡花選集ではお目にかかることのない作。前巻でも触れた須永朝彦解説が本作についても存在し、曰く、鏡花描くさまざまなタイプの女たちのなかでも「こゝに登場する薬屋の未亡人のやうな妖女は珍しい」「かゝるニンフォマニアの妖怪めいた美女は他の作品には見当たらない」との指摘が面白い。強いて類似の女を挙げるなら、「絵本の春」の「魔のやうなをばさん」か、との言及もあり、この件はまたのちほど。

珍しいタイプの女が登場するだけあって、先の展開がまったく読めない短い怪異譚なのである。舞台は北国、慕わしい隣家の娘、とくれば「照葉狂言」を思い出すが、あれよあれよと話は別の方角へ走り出す。真っ暗な座敷で少年が目撃する怪異――それにしても、妖しの女の実に堂々たる出現ぶりといい、態度といい口ぶりといい、魔界の古参とも見えるその自信はどこから、とちょっと悪戯に問うてみたくなる。要所要所で印象的に漂う〈薬の匂〉だが、これは金沢での鏡花少年時代の記憶によほど深く刻み込まれていたのだろう。後年、一篇の薬臭い怪異譚と化すほどまでに。

## 「式部小路」

さて第Ⅳ巻のここまで見てきたように、澁澤リストには幾つも謎めいたところがある。何故選ばれたのか不思議に思われるような無名の作がけっこうあり、それぞれ見どころや理由があって選ばれたのだろうと思いつつ、最終巻のここまでやって来た。そしてついに、残されていた最大の謎に直面することとなったようだ。「式部小路」（明治三十六）は人気作「三枚続」の続編。前巻解説でも少々触れたとおり、「三枚続」は鏑木清方が満を持して初の鏡花挿画を手がけた作でもあり、軍鶏の〈蔵人〉を抱くお夏の絵姿は世の注目を集め、一躍人気を博したという。五年半ほどのちの続編「式部小路」の挿画も清方担当だが、しかしそれにしても。澁澤リストでは、正直言ってかなり混乱した作と思われる続編の「式部小路」のみ選ばれ、肝心の華やかな正編「三枚続」は選ばれていない。この不思議、いったい何故なのだろうか。

それを考えるためにも、本巻での〈プラスの一作〉は「三枚続」とも思ったが、長さのある作なので不都合とのこと。仕方ないので、未読の読者に向けてざっと粗筋紹介することとして、まずタイトルの「三枚続」。これは三枚が続き意匠となった浮世絵のこと。主人公お夏に懐いて離れない暴れ者の床屋職人、〈火の玉愛吉〉がまず単独で登場し、お夏の代理と称し、手習いの師匠宅へ付け届けを持参する場面が話の発端。山手上流階級の周囲からお夏が軽んじられていることがこの場でわかる。お夏はしがない絵草紙屋の娘だが、かつては富貴な大店のお嬢様だった。零落の原因となった大火事の回想場面が「三枚続」最大の山場となるのだが、贅を凝らした雛祭りの座敷の描写が一転、下町一帯の猛然たる大火となる。雛人形と雛道具のみ抱いて逃げるお夏たち、軍鶏の蔵人を任された愛吉も含めて、緊迫して迫力ある場面なのである。

お夏の想いびとである医師・山の井をめぐっての恋敵、貴族令嬢からお夏が恥をかかされたことをもって、愛吉が勝手に敵地へ乗り込み、暴れて意趣返しをするというのが冒頭の場面。ただし医師本人は本編では登場しないので、存在感は限りなく薄い。蔵人の宵鳴きを厭う近隣の者たちがお夏を囲んで脅迫する事態となり、愛吉が現われて窮地を救う。そして結末部、実は山の井本人の希望でお夏との縁談があった、それがじぶんの愚挙により潰えたのだと愛吉が暴露して、小説はまったく唐突に終わる。――この「三枚続」を知らずに続編のみ読んでも、理解はなかなか難しいのではないか。力弱い者たちが醜い俗世間から迫害を受けるという鏡花常道のパターン、豪華な雛人形のイメージや軍鶏の蔵人も印象的だが、何より力を入れて描かれているのは愛吉の存在なのだ。ラストでお夏とふたり他愛のないことをしみじみ語り合い、ふとしたきっかけで、急に愛吉の暴露が始まるところの切れの良さ。好きな作なのでつい長ながが書いてしまったが、ここから五年半もの歳月ののちの続編「式部小路」、こちらはどう見てもやはり奇妙な作ではないか。――今では医師・山の井の囲いものとなっているお夏の元へ、流浪していた愛吉が戻ってくる。「三枚続」ではまだ現実的な町娘であったお夏が、ここではほとんど神聖視・神格化されているかのようだ――たとえば「笈摺草紙」の薄幸の美女〈紫〉のように。二度目の火事ですべてを失い、襤褸(ぼろ)拾いにまで身を落としたお夏は異界の存在となったのか。男女の仲であるともないとも微妙な描かれようのお夏と山の井の関係であるが、戻ってきた愛吉に対しても、お夏はほとんど錯乱的なあどけなさでもって純粋なる愛を求め、熄(や)むことがない。

澁澤ほどの者が、「三枚続」を捨ててまでこの「式部小路」を良しとして選んだ。考えられるその理由を求めるならば、種村季弘も鏡花集成解説で指摘していることだが、〈火〉のイメージの多用、〈火づくし〉とも言える不思議な小説であることだろうか。

「三枚続」での大火に続き、「式部小路」では真っ赤な紅葉の庭、二度目の火事、お夏の高熱と火のイメージは連鎖して、そもそも運命の使者・愛吉は〈火の玉〉そのものであった。その存在に導かれ、まっしぐらに死へ至るほどの、純粋にしてアナーキーな火の愛のものがたり。そのように読めばいいことなのか。

後年の澁澤じしんの創作「菊燈台」（『うつろ舟』収録）なども思い出すが、これは水のイメージで始まり、さいごは火に憑かれていく男女のものがたりであった。「燃えてもいいの。熱くなってもいいの。わたしは火の中が好き。」とは結末部でのヒロインの台詞。「マドンナの真珠」「ねむり姫」や『高丘親王航海記』など、水の気配が濃厚と思われる澁澤の創作群であるが、珍しい火のイメージ、それもそこはかとなく「式部小路」でのお夏のイメージに通底するような気もされるので、ちょっと付け足しておく。

「天守物語」

澁澤セレクトもこれがいよいよさいごの一篇。「高野聖」が若き野心作であったとすれば、「天守物語（てんしゅものがたり）」（大正六）は人生の稔り多き秋、長き精進を嘉した文筆の神が恩寵のひかりを垂れた如くの幸せな作ではなかろうか。この名作戯曲については澁澤の言及も他作に増して非常に多い。舞台の姫路城にも足を運び、天守最上階に祀られたオサカベ姫伝説に触れつつ訪問記を書いている。

鏡花生前に上演の機会を得られず、「これを上演してくれるなら、手弁当でも」と本人が洩らしていたほどの気に入りの作、自信作であったらしいことも有名だ。これほどの天才をもってしても、一生に一度のみ到達できた完成度。江戸時代の随筆「老媼茶話（ろうおうさわ）」の中の一挿話、〈姫路城の天守にてひとり読書する妖しの貴女と、そこへ登っていった若侍〉というよろしき素材を得て、すでに自家薬籠中の物である妖怪の世界と人間界との相克をくっきり舞台上に際立たせた、めでたき世界観。今さら何を付け足すこともない。玩味熟読するほどに、魅惑の台詞のあれこれが自然と口から洩れて出る、これもわれわれはよく知っていることだ。

が、せっかくなので澁澤解説のおさらいを少々。天守の垂直構造と〈空のエレメント〉に注目しているのは当然の慧眼として、面白いのは〈人間よりも人間らしい妖怪というパラドックス〉という指摘だろう。「天守物語」に限って言えば、垂直の天守の上と下、妖怪と人間とのどちらがより人間らしいかという争いとなっているという。そして工人・近江之丞桃六（とうろく）の唐突な登場による大団円、これは〈機械仕掛けの神（デウス・エクス・マキナ）〉の手法を用いた安易な結末として批判の対象ともなったようだが、澁澤はまったく肯定的に見ていることも面白い。「間然するところのない作劇術の冴え」「この桃六の出現によって、劇ぜんたいが一挙に高い批評性を獲得したといえる」とのこと。——しかしまあ、作品構造の解析も作劇技術の検証も、いっそ作を統べる思想もどうでもよい。ひたすら目のまえにある幸福感に満ち満ちた夢幻舞台のありさまを、あるいは言葉だけでできた世界で確かに生まれる恋を、ただ眺めていたい。これは千歳百歳にただ一度、奇蹟のように生まれて存在する戯曲なのだから。

露に秋草、鞠に生首、鷹に獅子。鷹には鷹の世界がある。颯と村雨が来て空には雷光、目の下はるかに凜々しい鷹匠の若者が段を登ってくる。恋の成就はもうじき。この待ち遠しいこと――

## 「絵本の春」「祝杯」

さて、個人的にどうしても「山中哲学」「薬草取」と澁澤のエッセイ「ランプの廻転」を本セレクション中に加えたく思い、我が儘を押してきた〈プラスの一作〉の試み。前巻ではさらに〈もうひとりの選者・種村季弘〉ゆかりの作として「瓜の涙」を足してみたが、最終巻の本巻では「絵本の春」（大正十五）を。澁澤セレクトではほとんど手付かずであった鏡花後期の作で、いかにも鏡花らしく上出来の短い枚数のもの、という条件で選ぶならば、この作となるのではないか。と決めていたのだが、たまたま同時期刊行の金井田英津子さんの画本『絵本の春』（朝日出版社）とかぶってしまい、気が差すのでいっそのこともう一篇。小品「祝杯」（明治三十五）をおまけとした。

「絵本の春」の基本は金沢回顧ものだが、後期鏡花ともなるとすっかり距離もできて、貸本屋のむかしは絵ものがたりのなかにあるようだ。「処方秘箋」の妖女にも似通うと評判の貸本屋女主人の不思議さ面妖さ、美女の生き胆の無残絵もさることながら、チンアナゴそっくりの白浜蛇群の面白さといってはどうだろう。蛇好き蛇くい蛇茶漬けの鏡花のこと、しまいにメタモルフォーゼ蛇群の創出まで行なってしまうのも自然な流れなのかもしれない。が、ちょっと見比べて欲しいのが「高野聖」の蛇であって、こうして眺めればあちらは何とリアルで真っ当な蛇であろうか。鏡花作品に登場する蛇は多いが、代表作の普遍の蛇たるもの、こうでなければ、という話をここでしたかったのだった。

「祝杯」は「お留守さま」とほぼ同時期の作。どこがいいのかわからない、と先に悪し様に言った「お留守さま」であるが(「清心庵」の世俗バージョン、二番煎じのように思われた)、しかし改めて見直せば、ラストに滲む人生の機微の味わいがあるではないか。「祝杯」のほうは他愛もないスケッチ風の小品だが、出来栄えよく爽やかであること、というより、作者の人柄の良さが感じられる気がする。この感触は少し「千鳥川(ちどりがわ)」に似ているかもしれない。喋り口調こそ明治らしく古めかしいものの、披露宴の二次会という場の設定が現代感覚とまったく同じなのも愉快だ。鏡花の小品、好もしいものは他にも数多いので、ほんの一例まで。

また最終巻での収録となってしまったが、再三話題としてきた三島・澁澤対談「鏡花の魅力」をここに。六八年、世に先駆けて鏡花再評価の原動力となった貴重な対談であるので、収録は当然のことだろう。

*

さてこれで最後であるので、若干のよしなしごとを。本セレクション第Ⅰ巻『龍蜂集』発刊直後、本書担当編集者である国書刊行会・礒崎純一が『龍彥親王航海記　澁澤龍彥伝』（白水社）を刊行したこと。そして第Ⅱ巻『銀燭集』発刊と同じころ、第七十一回読売文学賞（評論・伝記賞）を受賞したこと。これはこの場に記してもよいことと思う。礒崎は澁澤晩年期に担当の縁を持った編集者のひとりであり、また澁澤の遺作『高丘親王航海記』は第三十九回読売文学賞（小説賞）受賞作でもあった。紛れもなく縁の導きがあったものと思われる。と共にコロナ禍が世に襲来し、第Ⅲ巻『新柳集』および第Ⅳ巻『雨談集』の刊行が予定よりも若干遅延することとなった。これで思い出すのは、鏡花が昭和十四年、六十五歳にて没したことである。厭な時代を見ることなく旅立った、幸せな作家人生であったと言われもするが、澁澤もまた災い多い時代の到来を待つことなく、早々に不帰の客となった。あまりにも早々に、否、今となっては永遠の理智と静謐の庭へとふさわしく居を移したのみとも思われてくる。

ところで専門家でもない筆者が本稿の責を担うことになった理由についても少々。拙著『飛ぶ孔雀』にて第四十六回泉鏡花文学賞を受賞した折、ちょうど同時期に桑原茂夫氏により保存されていた〈澁澤リスト〉が公開されたこと、理由は以上に尽きる。授賞式での話題となり、ここから本セレクション企画が発動したのであって、たまたまその場に居合わせた星めぐりというべきだろうか。個人的には〈ファースト鏡花〉が岩波鏡花全集三巻であったので、澁澤リストにはさいしょから親近感を覚えた。また、同志社大学文学部国文専攻での卒論テーマが鏡花、とは些末なことながら、ゼミの一学年先輩にのちの鏡花研究の重鎮・田中励儀氏がおられたという幸運。このご縁をもって、田中先生からは本セレクション全四巻を通して多くのご教示・ご指導を頂くこととなった。特に記して感謝申し上げます。また「ランプの廻転」で「草迷宮」と「稲生物怪録」との関係が初めて指摘された件について、田中先生を通じて吉田昌志先生より懇切なるご教示を頂きました。これも記して御礼申し上げます。さらに本セレクション発刊に際し快く御許可を下さった澁澤龍彥夫人、澁澤龍子さま。そして担当編集者・国書刊行会礒崎純一氏へ、本企画に関わった者を代表してこの場で感謝を捧げます。

それにしても、澁澤龍彥本人による書き下ろし解説つきであれば、どれほど興味深いものであったかと思われる本セレクション。存命であれば九十翁ということになる。若かりし頃のほんの下書きのリスト、確かに好みのままの偏向的なものかもしれないが、その偏向ぶりが鏡花迷宮と言うべき奇観を産み出したと改めてそう思う。小村雪岱による意匠を今に活かした見目麗しき全四巻、読者の愛顧を得ることを願ってやまない。

## 個人的な、ひどく個人的な

文學界書店

あくまでも個人的な。自身が解説者として関わる本や、その担当編集者が著者となった本。同志社大国文の先輩がたふたりの詩業が相次いで纏まったこと。あるいは幻想文学方面の定番中の定番作の、よもやの新訳。邦訳の刊行を長年待ち焦がれていた幻惑の書。好きなアート本。主に新しいものから思いつくまま並べたが、個人的な〃好き〃は脈絡があったりなかったり。ちなみに邦訳を長年待ち続けているあと一冊は、ミルハウザーの初期長編『From the Realm of Morpheus』。

★『澁澤龍彥　泉鏡花セレクション第I巻　龍蜂集』

半世紀ほども以前の幻の企画、澁澤龍彥・種村季弘共同編集による鏡花選集。その澁澤サイド、第一案リストに基づく鏡花選集全四巻が刊行開始となった。何しろ第一案であるから遠慮なし、好みのままの偏向ぶりが面白い。小村雪岱装丁を再現した豪華造本も見どころなので、帯は外して鑑賞されたし。

★『龍彦親王航海記　澁澤龍彦伝』礒崎純一著
資料豊富、内容充実。澁澤龍彦初の評伝とあれば読まざる者なし。七〇年代、真っ黒な『澁澤龍彦集成』に出会って人生が変わった世代のひとりとして、まさに待望の一冊。ずっと読み続けていいたい厚さが嬉しいものの、さいごはやはり泣けます。

★『名井島』時里二郎著
平成の終わりの最も重要な詩集のひとつ。そして『胚種譚』『採訪記』『星痕を巡る七つの異文』『ジパング』『翅の伝記』『石目』といった（今は入手難の）過去詩集が今の読者に届けられることを何より望む。

★『高柳誠詩集成ⅠⅡⅢ』
同志社大国文同級コンビ、高柳・時里両詩人は共に幻想小説やＳＦに近しい想像力のもとに詩作してきたように見受けられる。『塔』『アダムズ兄弟商会カタログ第23集』『樹的世界』等々、数多い高柳誠全詩集の集成は先ごろ浩瀚な三巻本となった。新詩集

『無垢なる夏を暗殺するために』もすでにある。

★『鏡のなかの鏡　迷宮』ミヒャエル・エンデ著　田村都志夫訳

まあ新訳！　なんと新訳！　と小躍りしつつ読めば、鮮烈な幻想世界が新たに蘇る。苦悩や象徴の影に浸された世界はほの暗く、それでも時おり希望の薄明かりが射す。好きなパートを言い合うのも読者の楽しみ。青年医師と和音を奏でる醜い獣の話、綱渡りや女王娼婦や不死の独裁者、蠟燭の炎の踊りの話、とか。

★『紫の雲』M・P・シール著　南條竹則訳

北極探検からただひとり生還した主人公は、謎の紫の雲によって人類滅亡したあとの世界を漂泊する。途上のあらゆる都市を炎上させながら——無垢な美少女が登場する後半の展開には批判もあるが、想像力の豪華さに変わりはない。とにかくこういうのが好きなのだ。長年待った甲斐があった。嬉しい。

★『ゴーレム』グスタフ・マイリンク著　今村孝訳

初版時の挿画入りが嬉しかった『ゴーレム』白水Uブックス入り。さらにクビーン『裏面』ブリューソフ『南十字星共和国』ランドルフィ『カフカの父親』などどんどん加わってくると、幻想系読者はそれぞれ希望を言いたくなるというもの。たとえばカリントトン『耳らっぱ』アレクサンドル・グリーン『輝く世界』などどうでしょうか、等々。

★『銅版画家　清原啓子作品集　増補新版』八王子市夢美術館監修

夭折の天才版画家。物思わしげな、横顔に近い斜めの顔の肖像写真。長い髪。拙著『飛ぶ孔雀』の表紙として、「久生十蘭に捧ぐ」や「領土」のような代表作は遠慮して、ややシンプルな「絵画」を頂いた。息苦しくなるほどの細密描写は、想像力の緻密さの証しと思う。夢見る夭折者の国の仄明かり。

★『マルセル・シュオッブ全集』マルセル・シュオッブ著　大濱甫ほか訳

これも個人的に関係した本なので、こっそり後ろのほうに。「大地炎上」「眠れる都市」に若い頃出会ったことは密かな財産となったし、この全集で遅まきながら「モネルの書」等に出会った。高価な豪華本だが少年少女に似合う本。

★『アルフォンス・イノウエワークス　カタログ・レゾネ』

神戸は不思議な場所で、独自の文化圏が存在するという。田舎者の当方はただうろつくだけだが、元町駅近くのギャラリーでオーナーの山本六三夫人に出会った。マンディアルグ『満潮』挿画や作品集『ベル・フィーユ』などで馴染んでいたアルフォンス・イノウエ個展もここで。新刊はいつもに増して高雅な造本。すべてが麗しい。

# 綺羅の海峡と青の本

赤江瀑

まだ非常に若くて駆け出しだったころ、講談社文庫版『花曝れ首』の解説を書かせて頂いたことがある。しかもそののち下関で作者の赤江瀑氏にお目にかかり、豪勢な饗応にまで与ることになった。ちょうど講談社の名物編集者・宇山秀雄（日出臣）氏にお世話になっていた時分のことで、私が赤江ファンだとご存じだったため、たまには若手の新人に文庫解説を任せるのもよろしかろう、ということになったらしいのだった。

この話は以前に季刊『幻想文学』誌の赤江瀑特集号で書いたことがあるが、何しろ自慢の種であるので遠慮なく繰り返すことにする。大いに張り切って力作の解説原稿を渡し、辻村ジュサブロー人形の表紙も艶やかな文庫が無事刊行されると、宇山氏ともうひとかたの編集さんが下関へ向かうことになった。岡山在住の私は新幹線の途中から合流できるので都合もよいということで、幸運にもご一緒させて頂くことになり、一路赤江氏のもとへ。当地にて、まずご案内頂いたのは関門橋がつい目前に見える眺めのよい料亭で、ここで大層なご馳走になったのち、夜には赤江氏懇意の店を探訪することとなった。もうずいぶん時が経ったので実名を出しても差し支えないと思うが、赤江氏命名という店名は「火焔樹」か「火炎樹」かどちらの漢字だったか、マスターは歌舞伎の世界にいたというひと。川端康成と親交があったことなども自慢の話題となさっていた。赤江氏との縁で下関へ来ることになった、と聞いたように記憶するが定かではない。店の男の子たちもマスターも全員揃って和装の女形の姿、ただし鬘（かつら）はわざと着けず、鬘下地の羽二重（はぶたえ）を巻いた頭に白塗りの舞台化粧という妖しさで、ディープな赤江世界の只中に踏み込んだような——というのか、まさにそのままそのとおり。他に客はいなかったので、店は深夜までずっと我々だけの独占状態だった。主人公の赤江氏はといえば、お写真で拝見していたとおりの端正な佇まいのかたという印象で、何より若輩者が相手でも丁重に接して下さり、あくまでも物腰穏やかな紳士なのだった。

　単行本最新刊の『舞え舞え断崖』にその場で墨書の署名を頂き、むろん大切にして今も手元にある。が、何しろ残念なのは、もっとも好きな『海峡』刊行以前の赤江氏にお目にかかってしまったこと。文庫『花曝れ首』解説では、現時点での好みのベスト短篇を挙げると称し、「花夜叉殺し」「花曝れ首」「禽獣の門」「夜の藤十郎」「罪喰い」「春喪祭」「阿修羅花伝」等々、好き放題を書いたのだったが、しかしこれが二年のちの『海峡』刊行以後であったなら。つくづくそう思う。

『海峡』は赤江版〈青の本〉とでもいうべきか、みずからが何者であるかを示す本、一種の信仰告白の書でもあると勝手に思っている。そして突出した魅惑の箇所は、誰が見ても〈腐乱魚〉のパートだろう。夢のなかの郷里の町という位置づけで、市場街の地下広場、あるいは海峡連絡船上でのサーカス芸人めく男たちの幻像がきららかに描出されるが、赤江作品には珍しいシュルレアリスム系のイメージや硬質な記述が今も飛びぬけて新鮮だ。このような抽斗(ひきだし)をお持ちであるのなら、いま少し多くを読ませて頂けないものかと、読者としての希望をお伝えできなかったこともまた心残りなのである。

ところで話は遡るが、赤江作品との個人的な出会いは学生時代の京都の地でのこと。今はなき京都書院イシズミ店は河原町通りに面し、歩道から段を下った地階にあった。その売り場へと降りていきながら、真正面にある新刊平台の『罪喰い』表紙へと視線が向いたときの鮮やかな光景を忘れることはない。そのとき背後にあった河原町の喧騒も忘れない。以来、さまざま舞台の場所を変化させる赤江作品ではあっても、京都という特別な土地との結びつきはさいしょから深く印象づけられていたのだった――たとえば「一花(いっか)は血刀をさげて歩いていた。」と始まる「花夜叉殺し」冒頭、夜の銀閣寺の場。これを読んでのち、刺さった幻の血刀を抜きにして白砂の向月台(こうげつだい)を眺めることが不可能であるように。

他の作家とはまったく違う、何かが決定的に違う。熱を持ったような頭のなかでそのように思いつつ、やがて京の地を離れたが、そののち敬愛する作者に海峡の地にてまみえることができ、数年を経て〈青の本〉すなわち『海峡』に出会った。さらにながい歳月を経て、海の青さは今ではすべてを塗り替えてしまったような気がしている。早い流れの白く泡立つ遠い海。思えば『海峡』は、『八雲が殺した』との二作をもって泉鏡花文学賞を受賞した作でもあった。平成の終わりに私なども受賞者の末席に名を連ねたので、改めて嬉しいご縁を感じる。あの折の無口な田舎娘はほそぼそ後に続きましたよと、泉下の赤江氏にいつかそのようにご報告したいものだ。むろん宇山氏にも。

## 川野芽生『Lilith』

叙情の品格、少女神の孤独。端正な古語をもって紡ぎ出される清新の青。川野芽生の若さは不思議だ、何度も転生した記憶があるのに違いない。

# 年譜に付け足す幾つかのこと

■矢川澄子さんと「アンヌンツィアツィオーネ」のこと

世紀の変わり目、二〇〇〇年前後の出来ごと。ここから始めようと思う。この話はネット上で二度ほど書いたことがある。矢川澄子さんと私のこと。

矢川澄子さんとは結局、お目にかからず仕舞いとなった。二〇〇〇年六月刊行『山尾悠子作品集成』出版記念会（於東京ステーションホテル）の折、お越し頂けるよう国書刊行会礒崎氏が図らって下さり、敬愛する先達に対面できることを楽しみしていたのだが、当日になって体調不良との連絡が。――そして実を言うと、少し先に出ていた『矢川澄子作品集成』とのタイトルの相似を私は内心で気にしていた。名前も同じく「や」で始まって「子」で終わる名だし、こちらは遠慮して『作品集』とするべきかと迷ったのだが、有耶無耶のうちに格好のよい『作品集成』に。欠席の矢川さんに本をお送りすると、丁寧なお手紙とともに、何とその『矢川澄子作品集成』の函つき初版本が送られてきた。私が持っていたのは函なしの新装版のほう。そこで二冊並べて喜んでいること、矢川読者としてそれまで思ってきたことを縷々認めてお返事を出した、というだけのはかないご縁となった。ただし、そののち思いがけず創作上のご縁が生じていた（らしい）ことに気づいたので、これはその話。矢川さんの生前さいごの小説発表作となった短編「受胎告知」は、おそらく私の「アンヌンツィアツィオーネ」がきっかけとなってお書きになったのだと思う。種本が同じ、矢代幸雄の名著『受胎告知』（西洋絵画における〈受胎告知〉のテーマをめぐる美術評論書）なのだ。

さて、九九年二月発行の「季刊幻想文学」誌54号「世の終わりのための幻想曲」特集号の山尾悠子小特集をもって、私は長い休筆期間から復帰し、翌年の『山尾悠子作品集成』刊行へと続いていく流れとなった。小特集のために新たに書いたのが「アンヌンツィアツィオーネ」（学生のころに読んだ矢代幸雄についてのメモが、昔の創作ノートに残っていたので）で、その次の号には「夜の宮殿と輝くまひるの塔」を書いた。矢川さんから頂いた手紙では「夜の宮殿」のほうの感想を書いて下さっていたのだが、前号の小特集もお読み下さったような様子だった。――そしてここから先は想像になるのだが、「アンヌンツィアツィオーネ」をお読みになって、教養の深い矢川さんのこと、おやこれは矢代幸雄、とすぐにお気づきになったのでは。そしてごじぶんの書架から問題の

『受胎告知』を取り出され、改めて目を通すことになられたのでは。私が今も持っているのは七三年復刻版だが、矢川さんの書棚ならば、五二年発行の初版本が架蔵されていたかもしれない。そしておそらくはこれがきっかけとなって、（ちょうど一年後に）矢川版「受胎告知」が発表されることになったのでは。この想像はたぶん当たっていると思うのだが、もしも本当なら名誉なことと思います。

そしてまた。矢川さんが手紙に書いて下さった「夜の宮殿と輝くまひるの塔」の感想のこと。これがまた、そのときの私には複雑に響くものだった。

『山尾悠子作品集成』が出た時点で、私は「季刊幻想文学」誌に「アンヌンツィアツィオーネ」「夜の宮殿と輝くまひるの塔」を書いており、『集成』用の書下ろしとして「ゴーレム」、後記の付録として「火の発見」を書いていた。「アンヌン」「夜の宮殿」「火の発見」はのちに『歪み真珠』に収録。「ゴーレム」は久びさの書下ろしということで、無理せず抑え気味に淡々と書いたところが当時も気に入っていたし、今も気に入っている。書いている最中に軽いライティングハイがやって来て、ちょっと感動したものだった。――以上のラインナップは（分量的にはごくわずかだが）質的に言って特に悪いものではないと思う。内心じぶんではそう思っていたものの、小特集および『作品集成』が出た時点では、ひたすら若かった頃の作が注目され賞賛されるのみだった。立派な墓を建ててもらったら、思いがけず多くの花束まで寄せられたといった塩梅で、「引き際は潔く」と空耳に聞こえる始末。刊行記念パーティーの翌日には念願だった鎌倉澁澤龍彥邸の訪問も果たし、これでもう思い残すことは何もないという状態。そんなところへ矢川さんの手紙は届いた。あれほどの文学者でありながら、何故か徹底して自罰傾向の強いひとであった矢川さんからの手紙が。

「夜の宮殿と輝くまひるの塔」は当時の私の消滅願望を正直に反映した小さな創作なのだが、矢川さんはいかにも矢川さんらしく、そこのところをピンポイント的に褒めて下さったのだった。いかにもあの矢川さんらしい表現で。

これでは私は駄目だなあと、さすがにそのとき思った。矢川澄子氏ほどの存在からそれを言われたことが何より大きかった。——そして私は眠りと再生の物語である『ラピスラズリ』を書きました、というほど単純な経緯ではないのだが。とにかくこれはそういう話。

『山尾悠子作品集成』が招いた別の小さな縁についても。パーティーがあったその日、国書刊行会の新人編集者として、のちの「二階堂奥歯」さんが現場にいらしたということ。何しろその日の私は後ろ向きが最大限に煮詰まった状態だったので、入社早々というのにスピーチまで引き受けて下さった元気のよい彼女のことは、ただ眩い存在としか見えなかった。外見も都会的で垢抜けて、場慣れ人馴れしていて頭の回転が速そうで、何より自分に自信のある幸せそうなひと。そのように私には見えた、その日そのときには。

矢川澄子さんの訃報もまた頭上に岩が降ってきたような衝撃だったものだが。鋭くひかるものと、一瞬だけ擦れ違った記憶。

■『新装版角砂糖の日』刊行記念パーティーのこと

さて。切実なものがあって書いた『ラピスラズリ』に比べれば、『歪み真珠』は掌編・短編取り交ぜて好き放題に書いた本ということになる。書くまでにずいぶんと時間がかかったが、ちょうど息子たちがふたり揃ってよくもいろいろやってくれたなという時期だったので。辛抱強くお付き合いくださった礒崎氏には頭が上がらないのである。

――そして一気に時間を飛ばして、『新装版角砂糖の日』のことへ。

ところで二十代で創作の現場にいた頃、私は女の友人が欲しかった。「女の友達が欲しい、対等な立場で創作の話ができて、ついでにパルコのバーゲンに付き合ってくれるような友達が」と当時の日記に書いていて、若い頃はバーゲンとなると血が燃えていたなあ、と思い出す。それまで女の書き手はひとりもいなかったというSFの現場に入っていって、その後も周囲に女性は少なかったのだが、そのうちパステル画家のまりの・るうにいさんとお近づきになる機会があり、それをきっかけに工作舎方面ともつきあいができた。当時としては珍しく女性の編集さんが多く、遊びに行っても居心地がよかったのだ。そしてずっと後年、二〇一四年になってシス書店「月街星物園」展にお招きを受け、るうにいさんと久びさの再会を果たし（『山尾悠子作品集成』パーティーの折にも来て下さった）、そしてシス書店からの『新装版角砂糖の日』刊行にも繋がることになったという次第。

さて二〇一六年十二月の初め、クリスマス一色となった恵比寿で二泊三日を過ごした。駅近くのホテルに泊まり、初日はオープニングパーティー、二日目にトークショーとサイン会。編集の平岩壮悟さんが「多幸感に満ちた二日間でした」と後になって言って下さったけれど、ほんとうにそう。恵比寿という土地柄も田舎者には眩ゆくて、お洒落な華やかさ。ギャラリーには両日に渡りアート系と短歌と幻想小説方面のお客様が入り混じるというもあまり変わりがなかったりする。もしやこれは私の人生の頂点なのではと思えたが、実をいえばこの印象は今もあまり変わりがなかったりする。ちょうどそれぞれ近くに住んでいた息子たちが（ひとりは婚約者同伴で）やって来たことも個人的には大きかった。

それにしても、黒歴史と称して長く封印していた『角砂糖の日』を何故復刊したのかといえば。思いがけずシス書店の佐々木聖さんから声をかけて頂き、「るうにいさんや山下陽子さんなどの挿画入りの洒落た装丁で、ギャラリーで刊行記念パーティーも」と囁かれて、ころりと同意したのであるから、我ながらいい加減なものだと思う。これが普通の出版社からのオファーであったら同意しなかったのだが、ギャラリー出版の本ならば趣味的なオブジェのようなものだし、まあいいかなと考えたのだった。――だからパーティー当日、思いがけず短歌系の若い女性たちが多数いらっしゃって、内心大いにへどもどした。でも紹介して頂いたとき、ずらりと横一列に並んで「きゃあ、山尾さん」とかいっせいに仰って、両の握りこぶしを顎の真下へ持っていくポーズ。それはもう、ぱっと花が開いたようで、考えてみれば私は創作者である若い女性たちの集団というものに生まれて初めてお目にかかったのだった。

ただいま第一歌集『Lilith』が評判となっている川野芽生さんも恵比寿でお目にかかったひとり。東大・本郷短歌会の名刺を頂いたので、「本郷キャンパスでわかるのは七徳堂（剣道部と柔道部の道場）だけ」と私は得意になって喋った。パーティーの二次会は確か近くの中華の店だったか、私は女性たちのテーブルにいたのだが、ちょうどその頃発売となった河出書房新社「日本文学全集」の『近現代詩歌』の巻のことが話題となった。何とその日、会場にいらした河出書房新社のかたから私はその巻を頂いて所持していたのだった。「これのことですか」と紙袋からごそごそ取り出すと、わっとばかりに皆が大喜び。早速広げて皆で覗き込み、話題の中心となったのは「選者の穂村弘はそれぞれの歌人のどのうたを代表歌として選んだか」ということ。たとえば塚本邦雄ならば「皇帝ペンギン」「馬を洗はば」などの初期作ばかりだが、順当といえば順当、といった具合に。このときの楽しかったことは何しろ忘れられないが、お名前挙げてもいいかしら、その日は服部真里子さんが大活躍、才気煥発の話しぶりでした。このように才能ある若い女性たちの集団というものに昔はお目にかかることがなかった訳で、私はひとりで悶々と歌集をつくり、続けるほどの才能ではないとひとりで判断し、作歌はやめてしまったけれど。小説の世界にしても同様で、女性の本質がここ数十年で急に激変した訳でなし、むかしむかしの「ちょっと風変わりな」多くの女性たちはひとりで生きてひとりで死んでいったのだろうなと、尾崎翠のことなども少し思い出していた。

少し補足。この二日間はアート＋短歌＋幻想小説なお客様たちだった訳だけれど、SF方面と完璧に疎遠だった訳でもなくて、山田正紀さんが来て下さった。二〇一一年の「小松左京氏を宇宙へ送り出す会」で久々にお目にかかって（こちらも『作品集成』パーティー以来）、メアド交換していたのだ。でも当日の山田さんは居心地悪そうで、会場の外に出てはふたりでごそごそ話をしたが、何と「飛ぶ孔雀」掲載の「文學界」を読んで下さっていた。私はすっかり嬉しくなり、早口の短時間でけっこう濃い創作の話ができたつもり。作家の知り合いは今でもほぼ皆無に近いので、創作者を相手に創作の話ができるのは非常に珍しいことなのだ。――若かったころの私は、男の若手SF作家たちに囲まれた紅一点、という美味な立ち位置にいたことが（ほんの短期間だけ）あった。とても楽しかったけれど、でも当時は作家としてはまともに相手にしてもらえませんでしたよね。と、感謝とともにちょっと嫌味も申し上げておきます。

■泉鏡花文学賞のこと

以下は文学賞のこと、しかも複数同時受賞したことについての話になるので、どうしても口吻がえらそうになると思う。まあそれでもマイナー路線一直線でやってきて、今後も路線に変更はない予定の人間が、一生にいちど出会った目覚ましい出来事ということで。

しかしそれにしても。どこからも新規の小説の注文は来ないものだ、と我ながら感心する人生を五十代後半まで送ってきて、「文學界」からの連絡はある日とつぜんやって来た。まさに青天の霹靂だったのだが、お目にかかってみると「すぐ単行本化できるよう、ある程度まとまった枚数で」との願ってもない話。ここで内心意識されたのは長年憧れの泉鏡花文学賞であって、だから「飛ぶ孔雀」の特にさいしょのあたりなど、ばりばりに鏡花あるいは鏡花賞を意識しているのが見え見えではないかと本人は気にするほどだった。文芸誌掲載ということも一応冒頭のあたりだけは意識しており（どうも私の思う「純文学」とはこのように古めかしいイメージであるらしい）、だから普段の書きぶりとは違っているのだ。しかしすぐさま通常運転となって、特に後半部は、この厄介な小説を何とかして終わらせることしか考えられなくなったのだが。

ところで、私はごく若いうちに（訳あって）文芸誌および純文学とは縁のない人生と決定したので、以後きっぱり視界にも入れぬよう、文芸誌の新聞広告すら見ないよう頑なに避けてきた（例外的に一度だけ、ミルハウザー「バーナム博物館」の掲載誌を読んだのみ）。そこへ声をかけて頂き、生まれて初めて「文學界」を読み、その勢いでさらにあれこれ読んでみた一時期があった。ベテランも新人も何しろ名前がさっぱりわからないのだったが、谷崎由依さんの「……そしてまた文字を記していると」にそのとき出会い、感銘を受けた。ついでに思い出したので書いておくと、ちょうど私は休筆期間中だったが、笙野頼子さんの最初の単行本『なにもしてない』が出たとき何故か強力電波を受信して、読んでみると京都で同じ時期に学生生活を送ったかたとわかり、勝手に親しみを持って読み続けることになった。これはほんとうに例外的なケース。あとは高校時代から現在まで変わらず読み続ける倉橋由美子・金井美恵子の二大女神。京都にいたころ『誘惑者』が出て、京都の学生は皆が読んでいた高橋たか子。石川淳、吉田知子、中上健次。いわゆる純文学畑の現役作家で、むかしよく読んでいたのはそのあたりかな、二十代前半からあとは、とにかく頑なに視界に入れないようにしていた。『山尾悠子作品集成』が出たとき川上弘美さんが新聞で紹介して下さり、「この高名な作家のかたは、ＳＦマガジンを読むようなオタクなひとだったのか！」とそのことにまず驚いた。慌てて『溺レる』あたりを読み、これは本物だわ、とますます大変驚いた。こちら方面、今はさすがにもう少しは（ほんの少しだけ）読んでいます。

さて、さんざん苦労して何とか完成させた『飛ぶ孔雀』が単行本となり、その年の九月となった。文春の担当さんは親身になって下さるものの、こちらとしてはやはり大出版社のかたということで遠慮があり、文学賞の話などしたこともなかった。が、長年のつきあいの礒崎氏は私の意中の賞が何であるかよくご存じ。しじゅう電話する仲だが、その日はとつぜん「鏡花賞の選考会、明日ですよ」と言い出すので驚き、何でも四年にいちど、金沢市長選のある年は鏡花賞の選考が早めに行われる由。[注1] いつもは秋が深まってからという印象があったので、九月の時点ではまだ何も考えておらず、「結果の電話が来るとすれば晩の七時くらいですね、ふふふ」と言われても、そもそも候補作は非公開。候補入りしているかどうかもわからないのだった。（後で考えると、文春担当さんはご存じだった筈。）——さて当日の晩、時間が近づくにつれて口は渇き心臓はばくばく。七時を二十分過ぎ三十分過ぎ四十分過ぎても電話は来ない。気が揉める一方で、あれ、まだかな、そもそも候補入りしているかどうか。でも候補くらいには入っていそうな気が——ああやっぱり駄目だったか。と、時間とともに諦めとつらさの気分に変わっていった。そのとき私が何を考えたかといえば、あともう一度だけ何とか頑張ってトライしてみようということだった。『飛ぶ孔雀』では駄目か、あれでは駄目だったかなあ、そうかなあ、不行き届きな小説ではあるので仕方がない。でも良いところもいろいろあると思うのでつらい、とてもつらい。でもあと一度だけ頑張ってみよう。と、胸をさすりさすり考えるうち家電が鳴り、ディスプレーを見ると文春担当さんの名が。

それからあとの大騒ぎ、夢のようだった金沢での授賞式のこと。お目にかかった立派なかたがた。授賞式の夜のこと。大阪から金沢まで往復したサンダーバードのグリーン席がたいへん素敵だったこと。鏡花記念館から金箔ソフトクリームに至るまで、印象は渦巻く。金沢はこうして特別な地として荘厳されたため、こののち気安く観光で訪れてはならないような気もされる。（授賞式の翌年三月、金沢文芸館での講演会のための再訪はしたけれど。）――しかし私にとっての真の鏡花賞とは何か。あの電話がかかってくるまでのつらかった数十分、『飛ぶ孔雀』では達し得ないと思った遠い遠い目標。無理してでもあと一度だけ目指してみよう、そう固く決意した遠い理想の金の星なのだ。

■芸術選奨文部科学大臣賞、日本ＳＦ大賞

鏡花賞騒動のほとぼりも冷めやらぬ十二月、今度は日本ＳＦ大賞の候補入りの打診がやって来た。文學界掲載で（前半のみだが）、文藝春秋から出た本がＳＦ大賞の対象となるとは思っていなかったので驚いたが、このときけっこう悶着があった。もしも直接打診があったなら、私は即答で辞退していた筈で、理由は「すでに鏡花賞を受賞しているから」。そのうえで別の賞の候補入りを承諾して、もしや不出来を理由に落選でもしたら、鏡花賞サイドへの申し訳がたたないではないか。と思ったのだが、版元経由での連絡であったため、そこはいろいろ。——結果発表は遠い先の二月後半であるというので、ずっともやもやしていたところ、忘れもしない二月十二日に（連休明けのウィークデーだった）またもや青天の霹靂のような電話がかかってきた。夕方犬の散歩から帰ったとき電話を受けたのだが、何と文化庁からの連絡で、芸術選奨の受賞が決まったというのだった。仰天しつつ文春担当さんに連絡すると、「それは昨年金井美恵子さんが『カストロの尻』で受けられた賞ですね。きっとその新人賞のほうでしょう」と仰るので、おおそうか、待望の新人賞だと喜ぶうち、正式通知のメールが届き、見れば新人賞でなく文部科学大臣賞の本賞のほうだった。ひたすら仰天し続けたのだった。

　一か月後の公式発表まで口外厳禁とのことで、内心弱ったのはＳＦ大賞のことだった。お役所仕事の大量の書類の作成などしつつ（芸術選奨は文学部門以外にも多くの部門があり、じぶん以外の受賞者たちがどなたであるのかは知らされない）、もやもやし続けるうち二四日の日本ＳＦ大賞選考会の日が来て、この度はめでたく受賞の報せを頂いた。授賞式は少し先、四月であるという。二十年まえ、ＳＦ専門誌時代の旧作をまとめた『山尾悠子作品集成』も候補にして頂いたのに、何だかあまり相手にもされず落選したという、因縁の日本ＳＦ大賞なのである。「夢の棲む街」や「遠近法」では不足でしたかそうですか、どうせならあのとき下さればよかったのに。と改めてそう思い、それから芸術選奨の公式発表があるまでの十日間ほどが、まあ長かったこと。ＳＦ大賞サイドには、内密ながら別の受賞がすでに決まっているのだとお伝えはしたのだったが——三月六日にようやく文化庁からの公式発表、十二日には東京で贈呈式となった。ちょうどその間隙に金沢でのトークショーがあったり、『歪み真珠』の文庫発売となったりでいちどきに慌ただしいことだったが、さて芸術選奨贈呈式。

　公式発表があって初めて文学部門新人賞が谷崎由依さんとわかり、受賞作の『鏡のなかのアジア』も拝読してますます感服し、当日お目にかかるのが何より楽しみだった。文学部門文部科学大臣賞のほうは、何と吉田修一氏の『国宝』と同時受賞で、一流作家のかたと無名の私が並ぶのは何とも肩身の狭いことだった。選考委員のかたがたも立派なかたばかり、当日はお見えにならないのでご挨拶もできず、今後の精進をもって返礼とするしかない。芸能部門の華やかな芸能人のお姿なども遠くから拝見し、さて場を移して、谷崎由依さんとゆっくりお話しできたのがその日いちばんの出来事。「……そしてまた文字を記していると」を含む受賞作『鏡のなかのアジア』は、誰もが知るとおり言語テーマとエキゾチシズムが絡む魅力的な連作。何より掉尾の中編「天蓋歩行」の豊かなイメージとストーリーテリングにすっかり魅了されたのだが（熱帯雨林の大樹であった記憶を持つ男というイメージ、何とも秀逸ではないか)、私の感覚ではこの作は連作中の一編の位置に置くよりも、独立させてこれのみで本とすれば断然魅力が際立つと思う。ということを当日の私は暑苦しく語り、谷崎さんは「でも連作ですから……」と少し困ったご様子。純文学畑の知り合いは他に諏訪哲史さんしかいないのだが、おふたりとも創作に関して真面目なかたでいらっしゃるなという印象。と言うより、私がいい加減で適当なのだ。「天蓋歩行」の系統の長編熱烈希望、とお伝えしておきました。

さてどんどんＳＦ大賞授賞式へ。候補の発表が十二月で授賞式が四月というのは、都合もあるのだろうがちょっと間が抜けるのではないかと思う。公式パンフ用に受賞の言葉をというので、「ＳＦとわたし」と題してつらつら書き綴り、読み返してからいくぶん穏健な文に書き直した。何しろ四十年も放置された女ほど恐ろしいものはないのだ。くどくなるので繰り返しませんが、私には怒ってしかるべき理由が充分にあるのだった。

鏡花賞授賞式は金沢の地、芸術選奨贈呈式はクローズな場、ＳＦ大賞授賞式はエドモントホテルの立派な会場で、お客様が賑やかで多かった。昔はそれに加え、銀座のホステスさんの姿が作家の数より多かったものだが。ところで先の「小松左京氏を宇宙へ送り出す会」にお招きを頂いたとき、このような場へ伺う機会はきっとこれが最後。小松氏にはたいへんお世話になったことだし、ＳＦの現状をひとめ見納めにしてやりましょうと思って参上したが、会場入りして二十分くらい知った顔が見つからず、帰ろうかと思ったものだ。そのうち新井素子さんや山田正紀さん横田順彌さんに出会い、懐かしくお話しできたので、結果はよかったのだが。――授賞式当日はとにかく大勢のお客様にずっと挨拶し続けだったが、私が最後にSF専門誌を読んだのは八〇年代の頭のことで、どなたもお名前がさっぱりわからないのには参った。四十年ぶりの懐かしいお顔もたくさん。横田さん、まさかこんなに早く先に行ってしまわれるとは。初対面の倉数茂さんが「遊戯する龍(ドラゴン)と孔雀(ピーコック)――山尾悠子『飛ぶ孔雀』小論」と題する立派なペーパーを準備して配布して下さり、心強い味方を得たようで嬉しく有難いことだった。また鏡花賞選考委員の綿矢りささんが円城塔氏の友人としてお見えになっていて、まさか金沢に続けて再会の機会があるとは思わず、嬉しいことだった。

同時受賞の円城塔氏のこと。二次会の締めの挨拶で、酔っ払った円城氏が「今日はSF作家クラブに入会してもいいかなあっと、ちょっとだけ思ったけど……やっぱり入会してやらない！」と、何だか可愛らしいゴネかたをしてらして、可愛いのはいいとしてSFの現場は相変わらずなのかな、という印象。まあ関係ないですが。円城氏に関しては、「純文学とSFは読まない」という私の忌避コードにばっちり該当する存在だなとずっと思っていたのだが、『文字禍』には興味があり、同時受賞が決まったときに読んだ。予想どおりの洗練された高等知的遊戯、何より最後の「仮名」のパートで色香がだだ洩れているので驚いた。二次会がお開きとなったとき、「またお目にかかりましょう」と円城氏は言って下さり、これも嬉しいことだった。純文方面のかたとはまったく接点がなく、それまでも面識がなかったが、今後も接点はなさそうなのだ。――これでSF方面とも改めて縁が切れたと思う。二次会のあと、文春担当さんと少しだけ寄り道してお話ししたのだが、実は熱烈な新井素子ファンと当日発覚したこの担当さん、同時にガンダムや銀英伝ファンとしての青春を過ごしたかたとも判明した。私は新井さんの人気シリーズや銀英伝は読んでいないが、ファーストガンダムは（ちょうど地元のローカル放送局に勤めていたので、職場のTVで）熱心に観ており、たいへん話が合った。密かにSFな夜を過ごしていたのである。

■鏡花のこと

さいごにもう少しだけ続けます。鏡花作品では初期作の「山中哲学」が特別に好きだ、という話は鏡花賞受賞をきっかけにさんざんした。高校生のときの初読時以来ずっと思い続けてきたので、ほぼ半世紀ののちついに話す機会が持てて、実に嬉しかった。が、公式な場では何となくそぐわない気がして言わなかったこともあり、要するにこれはセクシュアルな感興を秘めた話なのだが、「性癖に刺さる」か否かは人によるかもしれない。私には見事に刺さったので、お陰をもって直截なエロスにはあまり感心しないという身の上に。ところで、『澁澤龍彥　泉鏡花セレクション』（国書刊行会）全四巻に続けて同じく国書刊行会から種村季弘『水の迷宮』（種村による泉鏡花論集成）が出たが、この中に「山中哲学」の名が登場する箇所がある。前記セレクションは澁澤・種村共同編纂の鏡花選集の企画がむかしあって、長く保存されていたそのときの〈澁澤リスト〉を書籍化したというもの。このリストには「山中哲学」が入っていないことが私には無念でならなかったのだが、しかし〈種村リスト〉も実は保存されており、こちらには何と「山中哲学」が入っている由。さらに種村個人編纂のちくま文庫版『泉鏡花集成』には「山中哲学」は入っていないが、初期の計画段階では入っていたとのこと。「山中哲学」種村解説を読みたかった！　特にこの作を取り上げた解説は他に見当たらないのだ。作品は岩波鏡花全集第三巻収録、このたびの鏡花セレクション第Ⅰ巻『龍蜂集』にも拙解説つきで収録されています。ちなみにこの「龍蜂」というのは鏡花の造語らしく、専門家も謂れがわからないそうですね。(注2)

解説の問題。大人の事情で引き受けることになった鏡花セレクション解説であるのだが、何しろ「澁澤は」「澁澤が」と呼び捨てする度、少しずつ寿命が縮む思いがした。この先私が早死にすることがあれば、身の程知らずの罰が当たったと思って下さい。とにかく当方は小説書きであるので、フラットな態度と専門知識が要求される解説は不向き、こうして好き放題書き散らかしているほうがよほど楽しい。全四巻完結したので、重荷を下ろした気分でこっそり言うのだが、鏡花も後期になるとくどい感じがされて、清新な初期鏡花のほうがやはり好きなのだ。澁澤リストは初期作偏重の妙なリストで、そこのところにもっとも共感があった。拙い解説なりに、「薬草取」不採用問題や、「ランプの廻転」をもって「草迷宮」が初めて注目作となった経緯など、要所要所では力を入れて書いたつもり。最終巻『雨談集』では、清純で大好きな「三枚続」でなく、続編のくどくて悪趣味な（と私は思う）「式部小路」が選ばれている件で大いに引っ掛かり、こちらに入れ込むあまり、別の箇所で大ポカをやらかした。「処方秘箋」解説で「舞台は金沢」と書いたのは大間違い、正しくは「越後」、新潟です。

と白状したところで、この駄文もそろそろおしまいに。今後は創作に絞って力を注ぐ所存です。立派な賞を頂いた御恩返しもあるし、意中の鏡花賞に加えて芸術選奨に選んで頂けたことは実に実に有難く、そしてSF大賞もついに頂くことができて、ほんとうはとても喜んでいるのです。長年の胸のつかえが取れました。ここまでお読み頂きありがとうございました。

（注1）必ずしも決まりがある訳ではないそうです。

（注2）『龍蜂集』書名の謂れについては田中励儀先生にも問い合わせ、先生はさらに広く問い合わせて下さり、結果、良い知らせが。以下、頂いたメールの一部を引用させて頂きます。

《鏡花研究会仲間の須田千里さんが、『婦系図』前編7（全集10巻三六〇頁）に「蜂の腰、龍の口、させ、飲まうの構になる。」といふ用例があったと指摘してくれました。「酒を差してくれ、飲もう」の意を、蜂が刺す、龍が飲むに喩えた洒落の意で使われているのではないかとのこと。
ネットによれば「〃蜂龍杯〃とは、蜂が人を刺す・龍が人を呑む、というところに掛けて〃差せば飲む〃盃という意味だそうです。」（「させばのむ2」まるしのブログ）
酒合戦 - Wikipedia
酒飲みの間でも通じた洒落だったかと思います。ひとつ謎が解けました》
とのこと。田中励儀先生・須田千里先生ありがとうございました。

# 幻想絵画六点についてのこと

この文は『山の人魚と虚ろの王』発売時、購入特典の幻想絵画絵葉書に添えるペーパーとして書きました。

★『山の人魚と虚ろの王』の函に用いたルドンの「幻視」は重複するので省きました。函のデザインでは銀の箔押しとなっているため、ルドンの原画そのままではないですね。有名な原画は皆さまよくご存じと思いますが、左下の男女がいかにも旅装といった雰囲気で、男のほうが何か手荷物持ってますね。あれが昔から気になって仕方なかったのでした。胴に結び付けた荷物の他に、左手に持っているのは持ち手つきの籠でしょうか。妙に気になる細部なのです。（籠のなかに目玉が入っていそうな……手を繋いだ奥さん?・が今にも空中浮揚しそうだと思ったり）

★そして作中で言及のあるロセッティ「彼らはいかにして彼ら自身に出会ったか」［❖1］。これはロセッティが新婚旅行中（!）に描いたペン画が元になっているというもの（のちに色つきの水彩画バージョンもあり）。ちなみにボルヘス『幻獣辞典』の「分身」の

 1

❖ 3

❖ 2

項に、この絵についての記述がありますね。最新の河出文庫版では絵の図版入り。図版入りと気づいたとき、ぎくっとして、何だか密かなお気に入りを晒されてしまったような、身勝手な感慨を持ったものです。（ちょうど同時期に岩波文庫『D・G・ロセッティ作品集』なども出ましたが。私は懐かしのリブロポート版『ロセッティ画集』所有世代）

★「黄金の階段」、これは小学生のころ初めて知ったバーン・ジョーンズ〔❖2〕。子ども向き世界文学全集のうち一冊の表紙となっていて、この絵がどうにも不思議で不思議で、よく眺めていたものでした。文句なく美しい絵で、短髪の楽奏天使めく少女たちの顔だちが何より独特で、魅力的ですし。惹かれるのは当然のこととして、それにしてもいったい何の意味があるのか、さっぱり分からない。ただ美しく、そして現実にはあり得ない（支えのない回り階段の奇妙な構造など）絵の中の世界――そういうものがこの世には存在するのだと、子ども心にぼんやり感じたようでした。そしてずっと後年、『山尾悠子作品集成』の函の絵を選定するとき、モンス・デジデリオの崩壊する廃墟の画なども考えたけれど、結局のところバーン・ジョーンズの天使の絵に。あの函の絵のタイトルは「愛が巡礼を導く」ですね。他にも「廃墟の恋」という絵がありまして、私の若いころの「傳説」という掌篇の発想元のひとつとなっています。

★京都での学生時代、大学図書館で矢代幸雄『受胎告知』に出会い、じぶんの誕生日3

月25日が受胎告知祭だと知ったこと。以来、このテーマには親近感を持っていて、のちに「アンヌンツィアツィオーネ」など書いた訳ですが。考えてみれば私の住まいのごく近所に、大御所クラスの燦然たる名画が存在するのです。倉敷・大原美術館蔵のエル・グレコ「受胎告知」〔❖3〕は、この絵葉書の絵の別バージョン。そっくり同じ構図の絵で、でも大原所蔵品のほうがマリアと天使の顔も美しく、ずっと上出来ですね。この絵についてはせっかくのご近所のご縁ですから、妖しい電波を受信しつつ、ただいまさらに妄想を逞しくしているところなのです……

★さて有名なペトルス・クリストゥス「若い女の肖像」〔❖4〕。絵葉書では、ここからバケツ型の帽子と首から下の部分を除いた、顔面部のみのトリミング。これは北川健次の版画作品「ペトルス・クリストゥス頌」のトリミングをまねしたものです。実は私もこの版画を所有していて、日々飽きることなく眺めているので、今回の絵葉書（カラーでなくモノクロで）としてみました。時代も国籍も性別すら超越したような、抽象的にして蠱惑的な、不可解な顔貌——何となく、一種の理想という気がします。

★クノップフ「見捨てられた街」〔❖5〕のイメージは、『山尾悠子作品集成』収録「ゴーレム」の一場面として用いました。ひとの遺体を寸分たがわぬ塑像とする職業の男が、仕事で滞在中の館の窓から鬱屈しつつ眺めていた光景、という設定で。浅く水没した石畳の隙間から静かに湧き出す泥、といった描写を懐かしく思い出します。

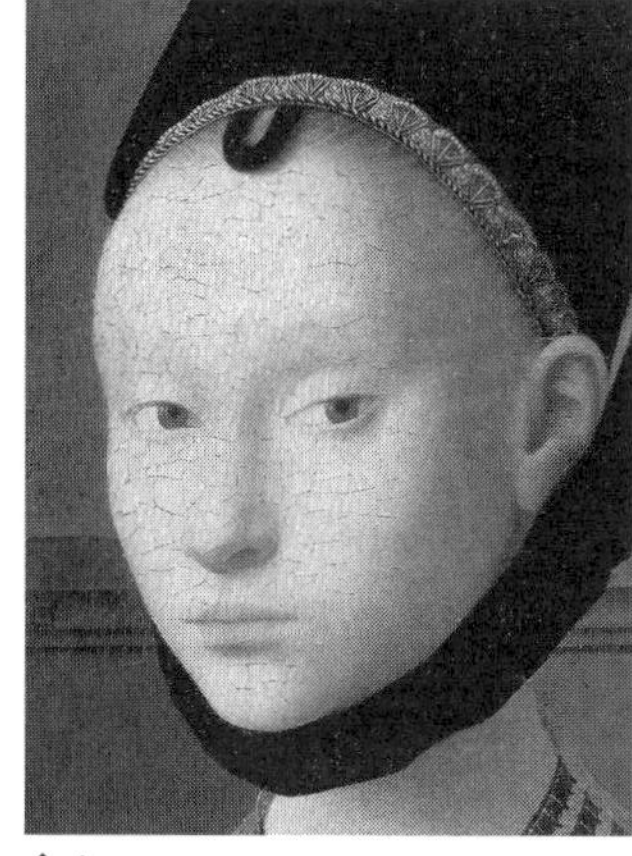

❖4

❖5

❖6

★マックス・クリンガーもまた多くの画家たち同様、〈澁澤龍彥経由〉で知ったひとり。「ルドンの黒」もロセッティもクノップフも、考えてみればそう。この〈澁澤経由〉の呪縛は思いのほか大きく、没後も長いあいだ、自分じしんの好みを指標としてよいものかと躊躇われたものでした。それはともかくとして。クリンガーでは私は『ブラームス幻想』シリーズの版画の一枚を持っていて、こちらはドラマチックな芸術賛歌テーマなのですが。でも多くの作品は、この「母の死」[❖6]なども見てのとおり、現代人の病んだ神経による作風。食い入るような孤独の表現が恐ろしく、しかもきわめてシャープな美しさ。他にも語りたいことの多い作家なのです。

★——などと脈絡なく思いつくままに選んでみましたが、現代作家は版権の都合で選べませんでした。特に大好きなデルヴォーを入れられなくて、残念無念です。そして改めて気づいてみると、「黄金の階段」も「若い女の肖像」も澁澤の『幻想の肖像』掲載作だったなあ、などと。『ラピスラズリ』単行本装丁に用いたワッツ「希望」を選んでもよかったですね。

好きな絵画作品に触れているときもっとも神経が安定し、幸せな気分になりますが、ついつい創作の材料としたくなるのはいかがなものでしょうか。とりとめのない文、このあたりで。

# 編者の言葉

『須永朝彦小説選』

二〇二一年五月十五日、大輪の薔薇咲き乱れる季節に須永朝彦は逝った。享年七十五。一九四六年、栃木県足利市生まれ。若年にして文学の道を志して上京、錚々たる文人たちとの交流を得る。一時は歌人・塚本邦雄に師事。のちには古典芸能学者・郡司正勝に長く師事することになる。二十五歳にして評伝『鉄幹と晶子』を、また翌年には歌集『東方花傳』を上梓。独自の美意識に充ちた短歌、さらには小説群を続々発表して紅顛の読者を湧かせ、特に吸血鬼譚集としての掌篇小説集『就眠儀式』および『天使』の二冊は〈耽美小説の聖典〉の地位を長く占めることとなった。小説の単行本としては他に『滅紫篇』『悪霊の館』がある。のちには単行本未収録作を含む大部の『須永朝彦小説全集』が刊行された。また『定本須永朝彦歌集』のほか、『わが春夫像』『硝子の繭』『血のアラベスク』『ルートヴィヒII世』『望幻鏡』『扇さばき』『黄昏のウィーン』『世紀末少年誌』『泰西少年愛読本』『歌舞伎ワンダーランド』など、博覧強記の鑑識眼に基づく歌論・評伝・エッセイ等の著書多数。変わり種の仕事として、坂東玉三郎の舞台に関わったことによる坂東VS須永対談本『玉三郎・舞台の夢』もある。後半生はアンソロジストとしての仕事が多くなり、評論『日本幻想文学史』『美少年日本史』のほかアンソロジー『日本古典文学幻想コレクション』『鏡花コレクション』現代語訳『江戸の伝奇小説』を編み、また『書物の王国』『日本幻想文学集成』シリーズの編者のひとりを務めるなど、古典と幻想文学に関わる業績を多く積んだ。

特に初期刊行本の多くは意匠を凝らした装丁造本の函入り本であり、作品の美の世界を現（うつ）の世に体現するものであった。これも須永朝彦という存在とその世界にとって極めて重要な構成要素であったと言えよう。私生活では旧仮名遣い・正漢字使用を生涯貫いた。凝った意匠の初期単行本でも同様であり、その後のすべての著作もとは行きかねたが、旧仮名のひとという印象はつよい。能筆家としても知られ、自筆本・手仕事による和綴じ本など多く遺した。天性のスタイリストぶりを発揮したうら若き肖像写真なども、知る人ぞ知る。作中の〈吸血鬼クロロック公〉もしくは〈爵（ジャック）〉に扮した如くの、スリムな胴着に股長ロングブーツ姿で森を駆けるショット。あるいは黒革のライダースジャケット姿で、片目を覆う長髪、傍らに薔薇。当時の読者の目には、いっそ茶目っ気の発露とも見えたものだ。

その好むものは専ら美少年に美青年、吸血鬼に両性具有の天使たち、闘牛士にジゴロ、歌舞伎・バレエなど舞台と舞踏全般、タンゴにシャンソン、銀幕スタア、ホーフマンスタールの維納（ウィーン）、ロルカのアンダルシア、古き佳き時代の欧州地図上の旅、美姫狂王の類い。珍らかな動物、植物をも大いに好んだ。新古今に与謝野晶子や北原白秋らの「明星」のうた、露伴・鷗外・日夏耿之介から三島由紀夫まで、ポーにホフマン、サドにジュネ。古今東西の書物の海に耽溺しつつ、もっとも敬愛する泉鏡花を〈稀なるロマンティケル〉と定義した須永朝彦であるが、これは須永じしんを呼ぶにも相応しい言であっただろう。

晩年困窮するも、稀代の審美眼が曇ることはさいごまで微塵もなかった。長く居住した築地明石町を離れ、長野県千曲市へ移住。鄙（ひな）の四季を愛でつつ惜しくも病没。正にヴィリエ・ド・リラダン『アクセル』の主人公の台詞、「生活、そんなものは召使どもに任せておけ」を地で行く見事な人生であった。

さて本書『須永朝彦小説選』は、須永朝彦の遺した著作のうち小説作品のみセレクトした傑作選である。全小説を網羅した『須永朝彦小説全集』（国書刊行会）がすでにあり、これは東雅夫による巻末著者インタビュー及び解説・解題も充実した決定版なのだが（解題中、後進の目から見た須永の存在を〈不良星菫派〉と呼ぶ箇所あり。秀逸にして愉快な命名なのである）、如何せん高価格の函入り本である。品切れ絶版。同じ版元から廉価版セレクション『天使』（解説・千野帽子）も出たが、こちらは主に若い世代向け入門編として企画されたもの。何といっても須永の〈顔〉である『就眠儀式』『天使』の二冊からのセレクションがメインで、表記は新仮名遣い。〈耽美小説の聖典〉という惹句は、この折の帯に用いられた。これも品切れ絶版（電子書籍版あり）。そして須永朝彦没年となった二〇二一年のいま、今回は可能な限り満遍なくセレクションを行ない、ついに文庫版での小説選発刊となった。文庫、すなわちより多くの読者のもとへ届けるためのツールである。今まで須永朝彦関連の文庫化としては、ちくま学芸文庫『江戸奇談怪談集』、文庫に準ずる平凡社ライブラリー『日本幻想文学史』があるのみ。小説の文庫化はイメージ的に言って誰もが想像し難かったのではないか。しかもこの度はちくま文庫編集部の英断により、旧仮名遣いでの出版となった。文体の技巧を凝らし、時には擬古文まで駆使する須永朝彦の創作ともなれば、文庫化といえども原本の旧仮名遣いそのままとするのがふさわしいとの判断である。〈読者百人の文学〉〈百人のためのエンターテインメント〉を生前標榜していた須永朝彦であるが、この一冊を謹んで霊前に捧げるとともに、故人の意に適え（かな）ばよいがと切に願う。何といっても、これは小説家としての須永朝彦、その異能、遺された作品群の価値を――いま改めて――世に問う好機であるに違いないのだから。

そして須永朝彦の小説について。ひと言で云うならば、誰にも似ていない小説ということになるのではないか。誰にも似ていない、すなわちあらゆる影響を貪欲に吸収しつつも、それまで前例のなかった種類の小説を創出してのけた若き天才。出発時点での須永朝彦は確かにそうした存在だった。「よし黄金が錆びるならば、それを敲(たた)けば斯様(かやう)に荒涼として綺羅綺羅(きらきら)しい音をたてるだらう。」「私は、彼の肩に優しく手を置き、犒(ねぎら)いの言葉を贈つて、おもむろにその愛されるための華奢な頸すぢに唇を寄せた。」「世俗風に倣つて指を折ると、丁度耶蘇(イエス)の果てた年齢(とし)になる。しかし、十字は禁物だ。」（「契」）――突然の嵐の襲来の如く、いきなりこのように書きだした青年はそのとき二十四歳。当時は若き天才歌人としても一部で名を知られた存在であった。創作したのはきりりと極小の掌篇形式。折しも〈ショートショート〉ブームがあったとはいえ、ここに在るのは厳然たる別世界と言えよう。一語の揺るぎもない美文、多くは爛熟の西欧文化を背景とする耽美の世界、人工の言葉でできた小宇宙――作の内外に多く鏤(ちりば)められた和歌・短歌も共に香り立ち、まさに和魂洋才の世界。本書に収録しきれなかった「蝙蝠男」「薔薇色の月」「三題噺擬維納風贋画集(さんだいばなしもどきウイーンふうにせぐわしふ)」「ドナウ川の漣」また「花刑」「MON HOMME(ボオ・テネブル)」「笛吹童子」等々を含めて、何といっても〈冥府よりの誘惑者、あるいは暗い美青年としての吸血鬼〉という須永朝彦独自の造形が突出している。何と、須永以前の世界にはこのようなものは存在しなかったのだ。今では広く見慣れた世界観であるものの、かと言ってその魅力が損なわれるものでは少しもない。

あるいはまた——須永朝彦の小説は誰にも似ていない独自のものだが、と同時に当時の時代こそがもたらし得た産物でもあった。若き須永朝彦が上京して出会った錚々たる文人たちとは、高橋睦郎・塚本邦雄・中井英夫・加藤郁乎・多田智満子・種村季弘・葛原妙子等々。折しも六〇年代から七〇年代にかけては、三島由紀夫・澁澤龍彥らを旗印とする異端と耽美と幻想をめぐる文芸ムーブメントの最中であった。あるいはアングラ、ゲイカルチャー、さいしょに師事した塚本邦雄の短歌世界の美学との共鳴など——鬱勃たるパワーの渦中にあって、若き一人の異能者はいとも軽やかな手つきで、世俗とは別乾坤の異類譚など紡いだのだった。

そして創作は続く。黒いメルヘンとしての「ババリア童話集」からは「月光浴」と「銀毛狼皮」を。「いすぱにあ・ぽるつがる綺譚」より「悪霊の館」を選んだが、この「悪霊の館」と「滅紫篇」は須永としては珍しく文芸誌「海」に、しかも二号続けて掲載されたというもの。「悪霊の館」はポルトガルの地を舞台として、〈幽冥からの誘惑者〉テーマの辿り着いた末の作と見るべきか。耳慣れない名の楽器ビウエーラは耳なし芳一の琵琶の如くでもあり、また全体が架空の書物の翻訳という凝った体裁となっている。「滅紫篇」は長さのため本書収録が難しく、その原型である「掌篇　滅紫篇」を選んだが、これらは三島由紀夫若書きの短編「中世」から影響を受けた作とのこと。この

「中世」とは、夭折した将軍足利義尚・父の義政・ふたりから衆道の寵愛を受ける猿楽師菊若・美貌の巫女などが登場し、死者の招魂をめぐって典雅に絡み合うというものがたり。美文の極致をもって描かれたこの世界に若き須永は大いに共鳴し、図書館に入り浸って義政義尚とその時代について調べ倒した末、こちらは擬古文の書簡体によるものがたり「滅紫篇」を書いた。これもまた常人のよくする業ではないだろう。

擬古文繋がりで、後期作の「技競べ」(「胡蝶丸変化」より抄出)についても。内容的には「裏・滅紫篇」とも言える作。後半生には古典と幻想文学のアンソロジストとしても活躍する須永であるが、ほぼ在野の国文学者と呼べるほどの存在であり、これがひとたび創作に関われば歌舞伎台本そのままの作など出来することにもなる。「胡蝶丸変化」は全体ではかなり長さがあるが、小見出しつきの場面場面となっているので、本書では美少年胡蝶丸と美女蜘手による幻術競べの場を抄出してみた。伝奇世界として一読痛快、板に乗せた有り様も髣髴とするのではないか。七〇年代の作で占められた本書のなかで、この作と「青い箱と銀色のお化け」のみ九〇年代の作。

さてようやく「聖家族」に辿りついた。これは識者からの評価も高く、密かな注目を受けてきた作でもある。実を言えば本書の目玉。『就眠儀式』『天使』『悪霊の館』『滅紫篇』の次に須永朝彦は何をしたかということなのだが——後年のインタビューによれば——常ならぬ人としての看板を下げ、腹を括って少しは小説らしい小説を書いてみよう、そのように考えたらしいのだ。ただしそこは須永朝彦のこと。一筋縄では捉えられない異貌の小説がここに生まれることとなった。

「いつからか、私はかく在らまほしき父の肖像と人生を己の裡に描き始めてゐた。若い男の肖像写真を沢山蒐め、その中の一枚を選んで我が父の肖像と定めた。」「様々な修正が施された上で、彼は永遠に老いることのないやうに廿七歳で死に、私は夜毎に父の物語を繰り返し織り続ける。」――かつて作者はこのような文をもって小説を書いたことは一度もなかった。「聖家族Ⅰ」「聖家族Ⅱ」「聖家族Ⅲ」「聖家族Ⅳ」の連作は、それぞれさらに「桃花」「黒鶫」「落雁」といった小表題つきのパートに分かれ、関連がありつつも独立性のある掌篇が並ぶ体。凝縮された小宇宙の創作を好む癖だけは不変だが、古今新古今の歌論に始まり植物尽くし・鳥尽くし・歌人尽くし・洋楽尽くし・舞台尽くし等々、花札の如き極彩の絵札すなわち〈須永朝彦の蒐集世界〉がばら撒かれた様相でもある。あまりの豪華さに読者は眼も眩みつつも、そういえば『天使』のなかに「わたしわランラン、タバコわランン」と貼り出した水道橋の煙草屋とその女主人が登場し、美の氾濫のただなかで妙につよい印象を残したことを思い出すかもしれない。たとえば歌舞伎を好む老姉妹の生なましい口吻など、これまで一度もまともに〈女〉を描いてこなかった作家・須永朝彦の新生面もまた垣間見られるのではないか。――「作家として、『就眠儀式』と『天使』だけの自分で終わりたくない。「聖家族」を単行本としたい」と最晩年の須永朝彦が漏らすのを筆者は聞いており、長年の心残りであったと推測される。この連作は、ナボコフ「ある怪物双生児の生涯の数場面」に続きを足し、須永好みの欧州漂泊に至る「聖家族Ⅳ」までで掲載誌の都合により中断することになった。より複雑巧緻に、より開かれた方向へと連作は力強く進行しつつあったというのに――これがⅤⅥ…と続いていれば、とひたすら惜しまれるが、『須永朝彦小説全集』収録時より四半世紀のちの今、こうして改めて文庫入りとなった。希望どおりの単独での単行本化ではないものの、泉下の著者もこれでやや安心して瞑目するだろうか。

そして「聖家族」に近い後続作ならば、ＳＦ仕立ての「星のオルフェ」。そのようにインタビューで須永本人が語っているが、本書ではそれに逆らい、「蘭の祝福」を選んでみた。小説の新作発表が絶えていた時期の作だが、全編植物尽くしのミステリ調植物幻想譚、楽園と化す温室幻想としても上出来の並々ならぬ魅力がある。作者の本気の植物愛を感じる一編であり、また充分に花開かずに終わった作家・須永朝彦の可能性の一端が伺える作とも思う。「青い箱と銀色のお化け」は先にも触れたとおり九〇年代の作。

アンソロジストとしての須永は当時発刊となった『日本幻想文学集成』全三十三巻のうち、森鷗外・泉鏡花・円地文子・佐藤春夫の四巻を担当。このうち珍しい作のみ蒐めた鏡花の巻が特に評判となり、続けて『鏡花コレクション』全三巻の仕事となった。古典のみならず近代作家たちもまた須永の専門領域であった。江戸川乱歩・谷崎潤一郎・稲垣足穂・佐藤春夫による時空を超えた架空対談という設定の本作、このように愉快な芸と見識を持ち合わせる現代人など、須永を除きもはや絶滅して久しかろう。――しかしこれほどの能力とポテンシャルを持ちながら、須永朝彦とは結局のところさっぱり仕事しない御仁であったなあ、との無念の思いが残る。

最後に須永朝彦の創作物の一端である短歌を十首ばかり。選定は任意のもので、必ずしも秀歌を選べていないかもしれない。誰にも似ない小説を多く書いた須永であるが、これが短歌となるとやはり直接教えを乞うた師からの影響が色濃いようだ。其れかあらぬか、須永は作歌からは早々に離れてしまい、没後に歌集未収録作少々のみ残されていた由。

西澤書店版『定本須永朝彦歌集』の栞の執筆者は郡司正勝・三橋敏雄・中村苑子・松田修・多田智満子・岡田夏彦という豪華な面々。湯川書房版第一歌集『東方花傳』（及び沖積舎版『須永朝彦歌集』）刊行時には、当時の師・塚本邦雄による跋文「鸚鵡死」があった。

蓬原けぶるがごとき藍ねずみ少年は去り夕べとなりぬ

ものみなに水のみなぎる秋を在り然も絶えざる渇きを歩む

西班牙（スペイン）は太陽の死ぬ國にして許すここちすソドムの戀も

西班牙と葡萄牙（ポルトガル）とが姦しあふごときわれらがゆく夏の戀

愛されし記憶つめたきその夜より髪は左眼をおほひてけぶる

うた書くは志を述べぶるよりはるかなり　夕虹の脚中有（ちゅうう）に溺れ

花ひとつ眉間にひらき目庇（まびさし）をなすかな　見蕩（みと）る一人（いちにん）のため

われらが戀は匕首（ひしゅ）の一刺（ひとさし）たがふるにはてにけり　いざ櫻狩せむ

額（ぬか）の悲傷（いたみ）のみなもと　殺（あや）めらるるまで或は生くるかぎり少年

瞿麦（なでしこ）の邑（むら）　鶸色（ひはいろ）に昏るる絵をとはに童形のまま歩むかな

そして歌集掉尾に置かれたこの一首を。古(いにしえ)のうたびとから現代歌人に至るまで、四十名弱への「献呈歌」を並べるという趣向の巻末パート。そのラストの一首、これは若き須永朝彦が自らへ捧げたあまりにも早過ぎる挽歌であり、代表歌のひとつとされているようだ。

須永朝彦に
みづからを殺むるきはにまこと汝が星の座に咲く菫なりけり

# 去年の薔薇

須永朝彦

本書『ユリイカ』須永朝彦特集号が発売されるころ、ほぼ同時期に、ちくま文庫『須永朝彦小説選』が刊行される。『ユリイカ』特集号に呼応するかたちの追悼企画として、急遽出版が決まったのだ。異能の天才・須永朝彦をめぐる充実した雑誌特集号発刊もめでたいが、同時に文庫版小説傑作選発刊となれば二重にめでたい。生前元気なうちに実現していればとも思うが仕方がない。特に文庫の件は、長年の須永担当者である某編集氏の熱意の賜物なのだ。雑誌発売に合わせて九月発売希望という厳しい条件のもと、くじけず諦めず説得してまわり、ついにちくま文庫から英断が下ったという次第。しかも文庫というのに旧仮名遣いのままで、という二重の快挙（この件についてはちくま文庫側から進んでご配慮があった）。ただし何分にも急なことで、編と解説はかく言う私の如き者が急遽担当することとなった。某編集氏曰く「今、この今のタイミングを逃せば、故人の如き超絶マイナー作家の小説選文庫出版などは難しい。本当に難しいんですがそのところ分かってますか。供養と思って務めよ」とのこと。他の適任者を探すにしても、スケジュールに空きのあるプロのアンソロジストが〈都合よく〉道に落ちていたりはしないのだ。暇そうな私がたまたま道ばたに落ちていたのだった。

とはいうものの個人的に厳しい仕事であるには違いなく、何しろ「須永朝彦に関するエッセイ・作家論・作品論満載の『ユリイカ』総特集号」と同時発売の文庫の解説とはまた、プロのアンソロジストならぬ身には荷が勝つにも程があるのではないか。ところで文庫には解説のほか、個別作品についての書誌情報等を含む解題も付属することになり、こちらは件の編集氏、要するに国書刊行会・礒崎純一が担当することになった。『須永朝彦小説全集』の担当編集者でもあるのだから、当然のサポートだろう。人も知るとおり『龍彦親王航海記』の著者でもあり、いっそ今回の解説も自分で書けばいいのに、と思うのだがそれはともかくとして。編・解説担当となった私の如きは多弁を弄さず、可能な限り簡潔に要領よく、須永朝彦とその小説作品についての紹介文を書けばよい。そのように弁えるものの、正にそれこそが難しく。まったく心もとないことではあった。

そもそも故人と筆者は国書刊行会の同じ担当者〈礒崎〉繋がりであり、また〈寡作のマイナー作家〉繋がりでもあった——と言ってしまっていいのだろうか。実際に対面したのは二〇年ほど以前に一度だけ。以後は手紙とメールのやり取りのみで、この程度では親密な間柄とはとても言えず、でも最後まで交流はあった。どうやらけっこう気難しい御仁であったらしい須永氏とは、程よい距離が幸いして最後までつきあいが続いたのだという説もある。しかし結局のところ、何のお役にも立てなかった。そのように申し訳なく思う気持ち、慚愧の念はある。——ここまで書けば、これ以上言うべきことはあまりない。文庫『須永朝彦小説選』については、出来上がり次第謹んで霊前に捧げたいと思うが、ただし解説部分を本人に読まれることは——それだけは、何しろ採点が怖い。まあ実に怖くてたまらない。直接知り合って以降の須永朝彦という存在は、私にとって常に〈気の置ける先達〉であったし、今後もそのことに変わりはないのだと思う。

以下は蛇足の思い出ばなし。記憶を手繰れば、モノは『就眠儀式』と『天使』。次には学生時代。出会ったのは京都の三月書房で、〈須永朝彦〉とのさいしょの出会いは東京神田の書店で『定本須永朝彦歌集』——といった感じの出会いかたをした同世代の読者は多いと思う。一度だけご本人と対面したというのは、今は無き季刊『幻想文学』誌上での「天使と両性具有」と題する対談、というこれまた超絶マイナー企画にて。場所は築地明石町の須永氏のマンション。対談後、主人の手料理が一同に振る舞われ、それが垢抜けた手際の和食だったことをよく覚えている。ちょうど氏の蔵書の売り立て中で、いろいろ選ばせて頂いてこれも楽しかった。手紙魔にしてプレゼント好きの氏の周辺には同様の恩恵に預かる知人友人が多い様子だったが、購入したものよりその後の頂きもののほうがずっと多く、本は数箱。他に『禁じられた恋の島』『悪魔が夜来る』『そして船は行く』『卍 ベルリンアフェア』『夜の門』『田園に死す』『天井桟敷・選』『海の牙』『山師トマ』『スウェーデンの城』『ジェニーの家』等々の珍しい部類の映画ビデオ、バレエのビデオも数多く戴いた。「私が持っているよりまるこさんへ。創作の役に立てなさい」とのことで、これらがあるため我が家のビデオデッキは今も健在だ——その後の頂き物はＤＶＤ、録画ディスクに変わったが。そう言えば手紙のやり取りを始めたとき、いの一番に「互いにハンドルネームを名乗ることに致しませんか」と提案され、私がもたもたしていると「それでは謡曲の蟬丸に因んで〈蟬まる子〉では如何」と勝手に命名されてしまった。むかし「蟬丸」のタイトルで妙な短篇を書いたことがあるのだ。対して〈クロロック〉の名乗りは慣れた様子で、いつもこのようにして人づきあいなさっている様子だった。千曲市へ引っ越す折にはまたベランダ園芸の処分があり、リコリス類の球根などたくさん頂いた。手跡も麗しい「片歌集」和綴じ本や短冊はつきあいの当初に頂き、今も特に大切にしている。

そして〈気の置ける先達〉の件。実は当方は若いころ塚本邦雄にかぶれまくり、勢い余って歌集まで一冊出してしまったという黒歴史がある。のちに本物の歌人である須永氏と知り合った折には、この件は当然のことながら「笑って誤魔化す物件」となった。

が、思いがけずこの歌集を復刊することになり、このときには大汗をかいた。面識を得てからの須永氏には必ず献本していたので、どうするか迷いに迷い、結局のところ発送するとき長い長い言い訳メールを同時に送ることになった。受け取った先方は、「山尾さんからすごい長文のメールが来ましたよ」と呆れた様子で礒崎氏に漏らしていた由。須永ブログの「受贈本紹介」コーナーでは、拙歌集の書影を挙げるとともに造本装丁を褒めて下さり、「内容については言を控えます」とのこと。――でも、意外なものを褒めて下さったことが二度ほどある。国書刊行会『山尾悠子作品集成』の廉価版セレクション『夢の遠近法』を出したとき、挟み込みの付録として若い頃のエッセイ数篇を付けたのだが、何とそれを気に入って下さった由。伝聞なのだが、「これは乙りき。なかなかこうは書けません」との言であったとのこと。またこれも国書刊行会『新編日本幻想文学集成』で、倉橋由美子の編・解説を担当した折のこと。須永氏は旧編編者のひとりだったのだが、その氏による新編講評（部外秘）によれば、何と私は良いお点を頂けたとか。拙い文ながら、「どうしても申したき義」があって書いたので、心意気を買って下さったのではと思う。大変嬉しかったのでこうして自慢してしまうのだが、「他ならぬこの人から褒められることは特別に嬉しい」相手であったのだった、私にとって、須永朝彦という稀なる鑑識眼の持ち主は。『飛ぶ孔雀』を出したときは「新境地」とひとことブログで書いて下さった。

また思い出す他愛のないこと。昨年春のこと、ツイッター上で令和百人一首リレーなる企画が出来した。私にバトンが来たとき、真っ先に思ったのは須永氏に次を渡さねばということだった。専門分野での小さな気晴らしとして、少しでも元気を出して頂こうと思ったのだ。が、連絡してみると少しは予想していたものの、まあゴネゴネなさること。お世話が大変だったが、これがいざ選歌発表となると、まるで何事もなかったかのよう。私のほうが足元がお留守になりミス連発、須永氏はといえば、前後の流れの講評まで悠々付け加えるという余裕ぶり。このときは我ながら可笑しかった。

そして私にとっては、短歌と同様に鏡花に関しても氏は〈気の置ける先達〉だった。拙著『飛ぶ孔雀』で泉鏡花文学賞を頂いたことにより、国書刊行会『澁澤龍彥　泉鏡花セレクション』の解説など引き受ける仕儀となったのだが、この折も大汗かきつつ須永氏にもご挨拶。同じく国書刊行会『鏡花コレクション』での見事な須永解説の一部を引用させて頂くなどして、さいごには間違いも指摘して頂き、これはまったく有難いことだった。このときのやり取りから発展して「本を出したい」という話になり、それが昨年秋のこと。単行本未収録の短歌・片歌少々を歌集とし、そして旧作の「聖家族」を独立した単行本にしたいとのご希望だった。古馴染の担当者の逝去・引退が相次いだとのことで、懇意の国書刊行会ではどうかといえば、「長年約束の『美少年西洋史』を未だ書けていないので駄目でしょうね」とのこと。「小説家として、『就眠儀式』『天使』だけの自分で終わりたくない」とまで仰せなので、こちらとしても捨て置けず、ただし歌集にせよ小説の単行本化にせよいかにも分量不足と思えた。体調不良が深刻なご様子で、新作を書き足すのはどうも無理そう。ならば、しばらく前に評判となった『ユリイカ』掲載の回想記その他色いろ取り混ぜてみては――と拙いアイデアを思いつき、この回想記については本人が続きを書くと言ったり絶対書かないと言ったり、どうもはっきりしなかったのだった。私のアイデアに対するはかばかしい返答はなかったものの、ともあれ短歌系の小出版社などで、須永ファンの編集者がいないか探してみてもいいのではないか。そのように礒崎氏とも話すうち、須永朝彦は倒れてしまった――

以前、適当な転居先をお探しで、声をかけられたときも役には立たなかった。東京から岡山は遠過ぎるのではと申し上げた、腰が引けていた――

「私などは田舎の主婦ですから」「いいですね。私もなりたいですよ、田舎の主婦」――あれほどの知性と教養の主が。いつも一字の書き損じもない流麗な筆運びでお便り下さるので、簡単なメモ書き程度ですら額装して飾れそうだった。

たまにお見舞いをお送りする程度のことでは――

没後になってからようやく纏まった出版となるのはまだわかる。私なども『山尾悠子作品集成』を出してもらったとき、「正直、本人が亡くなっているほうがやり易い」と言われたものだ。

まったくお役に立てていない。せめて編と解説はふさわしいプロフェッショナルに、あるいは名のあるかたにと抵抗したのだが。しかしそのようなことにはいっさい邪魔されず、冥府よりの誘惑者の黒金の羽搏きは過たず多くの読者のもとへ届くことだろう。念願の「聖家族」再評価もあるかもしれない。私などは無難な生き方をして無難な小説しか書けないのだと思う。

# 偏愛の一首

黄金(わうごん)は鬱たる奢りうら若き廃王は黄金の部屋に棲みにき

葛原妙子
『朱霊』所収

ほぼ半世紀近く昔、私も未だうら若かった頃のこと。国文の学生だったが、たまたま周囲に現代短歌を好む者はおらず、その世界のことは書店や図書館で金の鉱脈を掘り当てるようにして知るに至った。ちょうど毎月のように豪華な装丁の塚本邦雄新刊本が出ていた時分のことで、大学図書館には刊行されたばかりの『現代短歌大系』がずらりと並んでいた。何やら場のパワーを感じつつ、結社やら歌会やらの存在は知らないまま、ひたすら活字上の特異な別世界として耽溺したのだった。

そして濃厚な男の美学もさることながら、結局のところ女性歌人の作風が好もしく思え、山中智恵子・齋藤史など特に好きだった。が、この度「短歌この一首」と言われ、咄嗟に浮かんだのは葛原妙子「黄金は鬱たる奢り」。コトバだけで出来た極小の絢爛たる幻想世界、バイエルンの狂王ルートヴィヒ二世のことなども想起しつつ、とりわけ廃王の二文字は眩しく目に焼き付いたものだ。我が詰屈たる青春時代の記憶にもっとも鮮やかに残るうた。

# Ⅱ

# 虎のイメージ

## ——あるいは毛皮を所有するまでの儀式

ある選ばれた夜明け、眠りの間に浄化され大量の静電気を体内に畜積して眼ざめたあなたは、一頭の虎を手に入れなければならないという啓示を、不意に受けとる。

寝台に仰臥して垂直に天窓を見上げているあなたの視線の先端には、黎明の空がある。嵐の予感をひそめて地平線から地平線へとあわただしく走り過ぎていく、夥しい真珠色の雲。湾曲した天の中心部にむかって垂直に伸びたあなたの視線は、一本の中空のチューブとなってあなたの躰を高みへと吸いあげる。仰臥したあなたの躰は天と地が形づくる水滴状の空間の中心に宙吊りに横たえられ、そしてその聖別された一瞬、天の一角から放射された一条の光線があなたを包むのだ。

霊的な啓示の光の中で、あなたの所有すべき一頭の虎のイメージがあなたの中に明確に形づくられる。あなたのための毛皮として選ばれた、一頭の虎。

夢の夢から再び眼ざめたあなたは、街を出発しようと決心する。ひとたびあの啓示の光に身を包まれた以上、今やあなたの目ざすべき場所はただひとつ、街の南方のどこかに位置すると噂される聖・毛皮店《キルケー》しかないからだ。

＊

気ままなイメージの散歩の途中で《毛皮》という魅力的な言葉に出会った時、何故か私にとってその言葉の喚起するイメージは《虎》によって代表されてしまう。

この世ならぬイメージの王領に顕現する毛皮であってみれば、それを一人の女が衣裳として身につける時、そこに半人半獣への変身の要素がなければ嘘だ。となると小動物の毛皮を数頭分貼り継いだ衣裳というのでは、獣対女、一対一の対峙といった緊迫感に欠ける。女は一頭の黒豹や雌虎に変身することはできるけれど、ミンクやセーブルでは迫力を欠いてしまう。

女の《性》を代表していてしかも獣性を最も多く備えたもの、という意味で猫族の虎を眺めてみた時、その重量感や威圧的な品位から言っても、虎のイメージは私の偏愛を一身に浴びることになってしまうようだ。私の毛皮のイメージの極北に置かれるべきこの《虎》は、イメージの王領、現実の則(のり)を超えた異空間にしか存在し得ない。そこで私は聖・毛皮店《キルケー》なる異空間を用意し、夢の光芒に包まれた毛皮に到達するまでの道程のひとつをたどってみようと思うわけなのだ。

*

《キルケー》の噂は、ほとんど伝説中のものとして街中の女たちの間に浸透している。街に螺旋状に張りめぐらされた電話線を伝ってあなたは女友だちの間から情報を蒐集しようと努める。が、その店の所在地や店主の氏名等に関する情報はひどく曖昧で、あなたの努力は店に対する女たちの絶対的な信仰を再確認することだけで終わってしまう。ただ奇妙なことに、《キルケー》製の毛皮を所有しているという女は、街中に一人も存在しない。たとえばあなたの女友だちの一人、クリムトの水蛇シリーズの複製を好んで部屋に飾っていた黒髪のVは、一年前水蛇の皮を求めて街を出ていったまま未だに帰ってこないのだ。

　が、今でも街の語り草になっている饗宴夫人(マダム・ガラ)の春の大夜會で、大時計が十二時を打ち終えると同時に露台(バルコン)から入ってきた全身蛇皮ずくめの女は、あれはVだったのではないかという噂がたったことがある。水めいた月光の中で蛇紋に鎧われた曲線が泳ぐようにうねり、声を呑んだ一座の客が見守る中、女はいちばん美しい口髭の男を選びだすとそのまま無造作に攫って消えた。細身のケーンの似あう美男将校めいた男は、その時ほとんど恐怖に似た表情を浮かべていたという。以来二人の姿は街から消え、深夜の夜會に夢魔に変身して出現したVの姿の記憶は、女たちの《キルケー》に対する恐怖混じりの信仰をいっそう堅固なものにしたのだった。

街を出発すると同時にあなたの車は嵐の中に封じこめられ、あなたの視野は垂直の豪雨の煙幕に閉ざされる。車の中で仮眠をとる間にもあなたの眼裏(まなうら)は夥しい薄紫の稲妻の残像で充塡され、一直線に南下しつづける間に幾つの昼と夜が経過したのかもあなたには分らなくなってしまう。

そして何度目かの眠りから眼ざめた時、雨のあがった薄明るい空の前方に見覚えのない荒けた海の水平線が横たわっているのをあなたは見る。車から出ると、乱気流に巻かれて刻々と形を変えながら流れ過ぎていく雲の渦巻く音だけが耳に届いてきそうな、沈黙の世界がそこに広がっている。

見渡す限りの荒れはてた海岸に、一箇所だけあたりの空間に満ちた奇妙な薄明りから隔絶されたような黒い森の姿があるのにあなたは気づく。森の形づくるひとかたまりの闇の内部には一軒の建物が封じこめられているらしく、森の入口に扉の形をした灯がくっきりと浮きあがっている。それが《キルケー》の入口であることを、あなたは了解する。

＊

たとえばマンディアルグの小説「ダイヤモンド」の中で、宝石商の娘サラ・モーゼは、宝石の中の宝石である一顆のダイヤモンドと対面するために入念な儀式を経なければならなかった。断食と長い瞑想、そして夢のない眠りと沐浴で身を浄め、一本のヘアピン、一滴の香水さえ身につけない全裸になって早朝の金庫室へとおもむいていくまでの順序だてられた手続きは、宝石と一対一で対峙するために是非とも必要な儀式だった。

宝石が冷気と熱気をあわせ秘めた純粋さの小宇宙なのならば、毛皮は半人半獣への変身の扉を封じこめた肉体大の宇宙なのだろう。仮りにも《キルケー》の入口まで到達し得たあなたであれば、あなたのために選ばれた毛皮に対面する前に、自分をそれと等価の存在にするための入念な儀式に耐えねばならない。

サラ・モーゼは宝石商の娘だったから、高貴な宝石に対面するための儀式の方法は抜かりなくわきまえていた。けれど毛皮商の娘ならぬあなたは、高貴な毛皮の世界を司る祭司としての《キルケー》の店主の命に従うしかないということになるだろう。

＊

ただここで残念なのは、《キルケー》での数十日にわたる儀式の手順をあなたがもう何ひとつ覚えていないということだ。初めてあなたの毛皮に対面した一瞬の強烈な戦慄が、あなたの記憶をすべて空白にしてしまったのだろう。

いつ見ても夜明けとも黄昏ともつかない薄明りに満たされた海岸を散歩することが許されていたのは最初の数日間だけで、それ以後あなたの身は《キルケー》の地下に移されて、店主と二人だけの生活が始まった。店主の躰は顔面をのぞく全身が薄い金属性の殻で覆われていて、男女いずれの性を持つ人物なのかあなたには見きわめられない。《キルケー》の内部の部屋部屋には一着の毛皮の衣裳さえ見当たらず、すべてが店主の躰と同じ光沢のある金属箔で覆われている。

あなたの体内の電圧が充分高まったと判断された日、あなたは地下の最も奥まった一室に請じ入れられる。その頃までにはあなたの全身の毛は頭髪をも含めてすべて剃り落とされ、店主と同じ金属の外皮を鎧っている。

向かい側の扉が自動的に開き、その時あなたは成長しきった一頭の雌虎と対面する。あなたの眼はその虎の躰が占めた空間の体積の奥行きを測ることができ、あなたの全身の皮膚はその虎の重量感と感触をすでに感じとっている。

あなたはその虎を選び、虎もあなたを選んだのですよ。

虎はゆっくり前進し、一跳躍の距離を残してあなたの前に立ち止まる。店主の姿はすでに部屋の中にはなく、耳元で囁かれた言葉だけがあなたの中に残る。

＊

その後、高貴な虎の毛皮に包まれた半人半獣のあなたの姿が、街の夏の大夜會に現われたかどうか。《キルケー》の北に位置する街の住人ならぬ私には、それを確かめる方法はない。ただ、あなたの虎を自分の足元に踏み従えてその毛皮を譲り渡すことを承知させることができたかどうか、それはあなたの力量しだいというわけだ。

少なくともその程度の気がまえもなしに軽々しく毛皮など身につけてほしくはないものだ、というのが私の勝手な言い分である。

# 夢と卵

　さしあたり、ここで少しばかりこだわってみたいのは夢の中の卵ではなくて〈夢見る卵〉のほうである。

　本当のことを言って——これはまったく本当のことなのだが——すべての卵たちは、あれはただ眠っているだけなのではなくて実は夢を見ているのだ。これは、信じていい。理づめに言うならば、人間の胎児でさえ夢を見るというのに鳥や爬虫類の卵が夢を見ないはずがない、ということになろうがそんなことはどうでもいい。

　試みに、たとえば手近なところで一個の白い鶏卵を前に置いて注意深く眺めてみればそれでわかる。彼らは常に眠っているから、うっかり眼と眼があって当惑する心配もない。

　一様にのっぺりしていて手がかりのないあの殻の無表情さには、もちろん意味があった。ポーカーフェイスなのだ、あれは。殻の内部で発酵している夢の存在を、人間族に気どられないための。さらに言えば、あの殻の絶妙な彎曲は、人間族の視線の先端をつるりと滑らせて他へそらせるための防衛手段に違いない。そしてさらに言えば、固そうでいて脆いあの殻の感触はわれわれを油断させるためのものであり、またさらに言えば時にひどく老成して見えるほどのあの落ちつきぶりは――またさらに言えば――

相手を、まだ孵ってさえいない誕生以前の混沌状態と甘く見て、気を許してはいけない。人間との何世紀もの共存の歴史の中で、今だに夢見るものとしての存在を暴露されたことがないという、意外な古つわ者なのである。真夜中の鶏舎の藁床の中で、電気仕掛けで冷却された夜の冷蔵庫の中で、あるいは絶滅鳥の卵の化石でさえも――すべての卵たちは、あれは本当に秘かに夢を見つづけているのだ！

すべての卵たちは、自らの孵化の夢を見ている。透明ケースに十個ずつパックされた無精卵たちにとってはむろん孵化の時など訪れようはずもないが、にもかかわらず孵化の夢を追いつづけることはすべての卵たちの運命らしいのだ。

夜の底に累々と白い殻の表皮をひそませた卵の堆積。コトバのない夢の中で彼らの殻の内側は七彩の光芒の氾濫に照りはえるが、その光の殻の外側にまで洩れだすことは決してない。誰か人間の一人が彼らの油断をついてだしぬけに殻を割ってみれば、その刹那――剃刀の一閃にも似た微細な時間の亀裂――殻に走る罅から鋭い光芒が射して、見る人の網膜を感光させるかもしれない。そして、ある日事件がおきる。卵をおさめた透明ケースの十個のくぼみの中にひとつ、突然空白が生じるのだ。そこに残っているのは割れた殻の破片のいくつかだけで、中身はどこへ消えたのか、まったくの行方不明。

——この卵はたぶん、孵化してしまったのだ、と人は考える。孵化するはずのない無精卵でも、夢の中では孵化できる。すると、孵化して出現したのはいったい何者か？　孵化した後殻の破片だけを残してどこかへ逃走したものとは、卵の夢か夢の卵か？

人々は混乱してしまう。

たぶん、卵たちもいつまでも夢ばかり見つづけているわけではあるまい。長い夢見の時間が過ぎたあと、そこに起きるのは陰謀か暴動か、革命か。

危険！

逃走卵たちは、今もどこかに集結しつつある。だから、われわれは一刻もはやく一個でも多くの卵を未然に食べてしまわねばならない。茹で卵、目玉焼。オムレツ等々処刑の方法は多いが、やはり固茹でが一番だろう。

殻を割ることによって彼らに逃走の機会を与えることなく、熱湯に漬けて卵の夢を凝固してしまえるからだ。理解できないものは、食べてしまうに限る。夢の中で孵化して逃走したのがいったい何者なのか、それが今だに解明していないということがわれわれの最大の弱点なのである。

それにしても、われわれが今こだわっているのは〈夢見る卵〉なのか〈夢の中の卵〉か？　実は夢の中の卵だけが夢見る卵なのであって、その夢を見ているわれわれは本当は卵によって夢見られている夢の中の？

——実を言えば、朝寝台の中に人身大の卵の殻の破片だけを残して失踪したという人間たちに関する噂が、最近妙に増えているのだ。

# チキン嬢の家

上海（シャンハイ）帰りのリル、というと古いけれど、上海帰りのチキン嬢と私が知り合ったのは二年ほど前のことだったと思う。もちろんチキン嬢というのは本名ではなくて、私が密かに奉（たてまつ）った名である。初めて会った時、瞬間的にこの名が閃いて、以後それ以外の名など考えられなくなってしまった。

彼女はその頃、坂道の上の家に母親と二人で住んでいた。その母親とはついに会わず仕舞いになったけれど、絽刺しの名人である由で、いつも二階に籠って南蛮船やら涅槃図やらの刺繍に熱中しているらしかった。父親のことは訊きもしなかったけれど、この母親は私の想像では鷹揚に太った金髪碧眼の持ち主だった筈である。娘のチキン嬢は、水で薄めたミルクのような白い皮膚で、髪はその皮膚と見分けのつかないほど薄い金色だった。紡錘型に太った彼女がフリルだらけのパラソルを差して、纏足しているのかと思うほど小さな足でもって脇目も振らずに坂道をせっせと登ってくるのを最初に見た時、あ、チキン嬢が歩いてる、と反射的に思った訳なのだ。その時のパラソルとギャザーの寄ったサマードレスも濃淡のある薔薇色だったけれど、彼女はいつも白とピンクしか身につけなかった。そして、よく転んだ。

私の目の前で彼女が突如として転び、紙袋の人参とかドミグラスソースとかが派手に坂道を転げ出したのだから、これはどうしたって手を貸すしかない。その時お茶に誘われて、坂道の上の雑草園に囲まれた彼女の家まで私はのこのこついて行ったのだった。

安っぽいペンキ塗りのキチンで、ミントンのティーカップで出されるのはいつも決まって恐ろしいほど砂糖の入った紅茶で、お茶菓子はこれもまた恐るべき厚さの砂糖衣が掛かった自家製クッキーだった。私は毎回、お茶の砂糖は一杯でいいと中学生レベルの英語で説明したのだけれど、彼女は絶対に聞き入れようとしなかった。

二階が刺繡狂の母親の領分だったとすれば、この柱の傾いだような水色のキチンが彼女の根城だったらしい。揺り椅子に油やソースの染みだらけのキルトを敷いて、彼女はいつもその中に嵌りこむように座っていた。お茶を飲む合い間には、時々ジタンを吸っていた。

後になって考えてみると、ろくに言葉も通じない彼女のところへ何故私がひと月かふた月に一度は通うようになったのか、不思議な気もする。彼女がどうして上海から日本へ来たのか、また生まれ育ちはどこなのかも私は知らない。彼女が何を思って私をつどつど招いてくれたのかということも。坂の上の家にはいつ行っても客がいたことはなく、雑草園に面したキチンにはうらぶれたような懐かしいような匂いが籠っていた。

一度も拭いたことがないらしい汚れたガラスの窓辺には、私の庭から移動してきたエニシダとか紫陽花（あじさい）とかのつつましい花束が活けられ、私たちはそれを眺めながら底に砂糖の溜まったお茶を飲んだ。ところで、彼女用のティーカップは白い厚手の安物で、あのうらぶれたキチンにあった繊細なものといえば一客しかないらしいミントンのカップだけだったように思う。それをいつも私に使わせてくれていたのだから、歓待されていたと言えば言えなくもない。

天気の話とか、その日道で出会った猫の話しかしない彼女が、一度だけ例の砂糖衣つきクッキーの焼き方を熱心に教えてくれたことがあった。それが彼女との交際で私の得た唯一の具体的成果だった、ということになるだろうか。

季節がちょうど一巡した頃、上海帰りのチキン嬢と母親は黙ってまたどこかへ越していった。その後一度だけ、遠くの漁港町の消印のある葉書が――何故かクリスマスカードではなくて年賀状が――届いた。ほとんど判読にも難渋するような癖のある文字の文面の最後には、エミリア大垣と署名してあった。

# 人形の棲処

西洋人形、というイメージから連想するもの。
革表紙のにおう禁欲的な書斎。刺客。幽閉された子供。

*

とはいっても、どういう経路でこの三つが唐突に連想されたというのか、もとより想念のあぶくのようなものだから私自身にも説明がつきかねる。妄想のたぐいに説明などもともと無用なものだと断念して、さらに得手勝手な妄想にふけることにすれば、どういうわけか頭に浮かんでくるこのような場面があるのだが。

*

……高台の、神社の森に背後と左右を囲まれたその平屋の日本家屋のはずれには、敷地の境いもなく森へと続く雑草園の中央に、離れといった趣きの赤煉瓦の洋館が建っている。上下三間の小造りなもので、洋館などとことさらしく呼ぶよりは、たとえば書庫にでも使われていそうな様子である。それでも、縦長の化粧煉瓦縁の窓々には、ステンドグラスまがいの暗色の色硝子が嵌まり、破損はないものの白埃が厚い。その全体が栗の大木の下蔭につつみこまれている様子は、陽が翳った時にはなおさら、妙に鬱然として奥深げなものに見えた。

＊

実際、明治時代の先代の当主の没後、今のあるじの代になってからは、この離れは長らく書庫として使われていたのだった。この高台の坂下から、敷石道の路面電車でふた駅先にある大学で教鞭を執っているのがそのあるじである。貴重な古書や写本のたぐいも多く蒐集されているという書庫には、通いの女中や助手といえども入室を許されなかった。象牙の塔に閉じこもったまま、髪に霜を置く年齢までを孤独なひとり身ですごした教授には、文献の整理を強引に手伝いたがる夫人の存在などなかったのである。

＊

明治の頃の先代がこの小体な洋館を建てたのは、自ら果たせなかった洋行への夢の代償だったのだろうという話だった。埃の厚い色硝子ごしには、中を覗きこむことは容易ではない。そのことがなおさら人の好奇心をそそり、高台の洋館の壁にはグリューネヴァルト風の陰惨な磔刑図の蒐集が飾られている、あるいは妖しげな黒い祈禱台が窓の奥に見えた、などと噂がとんだこともあった。その後ただ一度だけ、研究室の若い助手の一人がよんどころない用向きで入室を許されたことがあった。その助手の話によれば、採光の不充分な洋館の中には、埃の浮いた暗い光線の中に書架の革の背表紙の金箔押しがにぶい色調で浮かんでいるだけで、磔刑図も祭壇もありはしなかったということである。

*

この洋館の歴史の中にただ一度、渋色ばかりで織られた布地の一箇所に、紫紺朱銀の彩糸(いろいと)が唐突なはなやかさで混じりこんできたような短い一時期があった。一年ばかりの単身の洋行から、教授がだしぬけに伴い帰った夫人がここに住むことになった一時期である。ほとんど少女妻とでも呼べそうな若さの、その夫人の存在は表向きには披露されず、長年つとめた通いの女中でさえこの時期には遠ざけられていた。そのため、半年足らずのうちにいつの間にか夫人の存在が消え去ったあとにも、ことの真相は誰にもわからなかった。

＊

それでも、この一時期洋館が書庫として使われることをやめ、大量の家具がひそかに運びこまれていたことは、事実として人の眼に眺められていた。運びこまれた家具の中には、薄紅色のビーズの縁飾りを垂らした洋燈、紫檀の寝台などのほかに、貝細工の象嵌を散らした桃花心木（マホガニー）の漆屏風などもあった由である。書庫の時代にはめったに灯が入ることもなかった洋館の窓が、毎夜色硝子の色を浮かびあがらせるのを人々は見た。坂下の電車道から見あげれば、高台の森の黒さを背景に、縦長の窓の列に入った灯はくっきり浮きあがって眺められたのである。

＊

市の中央駅のプラットホームで、手旗を持って洋行帰りの教授を出迎えた一団の目撃談は、白昼の短い幻として他の人間たちにも伝えられた。印度（インド）洋まわりの船で昨日港に着いたばかりであるはずの教授が、実際にはひと月も前に欧州を発って、途中上海（シャンハイ）で予定にはない寄り道をしていたという事実を知る者はこの時には誰もいなかった。時刻どおりホームに入った汽車の二等の扉から、教授は思いがけない嵩高（かさだか）な荷物を両腕いっぱいにかかえた姿で現われた。紋御召の三枚襲の長い袖を振りこぼして、厚い毛布で病人のように下半身をつつみこまれたその荷物は、人間、子供のような小柄さの若い女、それもその断髪は金色だったのである。

＊

出費がかさんだためか、出入りの古本屋に教授が希覯本のたぐいを運びださせていたことは事実である。足が不自由なのは事実なのかどうか、一歩も洋館を出なかった夫人がいつの間にか姿を消した後、妙な噂が一時ささやかれた。骨董の売買も兼ねていたその古本屋が、教授の執着していたある品物と引きかえに、夫人を要求したというのである。古書蒐集狂が、たとえば姦淫聖書の一冊と引きかえに愛妻を手ばなしてしまうというのならありそうな話だと人々は思ったが、しかし教授が望んだのは一体の人形だったというのだ。

＊

住のほかにも、新妻の衣と食への奢り(おご)が只ならないものだったことは、おそらく教授自身も予想しなかったことだったに違いない。以前は用のなかった酒屋が、高台の家に足繁く出入りするようになった。その好みは緑や薄紫の甘い酒ではなく、燗をつけた日本酒や紹興酒だったという。――高台の大木の多い森が、敝衣破帽の狼少年のたむろする巣窟だったことを、教授は知っていたのかどうか。家に助手を近づけさせないため、しぜん大学の研究室に長居をしがちになった教授の留守、白昼、崖ぎわの洋館に近いあたりの森の道を歩く人間は、幻聴のような女の高笑いを梢の高みに聞いて足を止めることがあった。

*

――革表紙のにおう禁欲的な書斎。刺客。幽閉された子供。

このうち、幽閉された子供はとにかく、刺客がまだ現われないが、それは離れの洋館が書庫に戻ってからのちの話である。深夜、教授の留守の日を確かめて高台の家に忍びこむ黒衣の男は、黒衣でありさえすれば観念界から飛来した刺客でも、希覯本めあての盗人でもかまわないわけなのだが。

*

教授の書庫が荒らされるという事件が起きて数日後の夜、目撃者は一人もいなかったが、教授がふたたび嵩高（かさだか）な大荷物を両腕にかかえて、高台の家を出ていく姿がそこには見られた。全身を毛布につつんで、覗いて見えるものは何もなかったが、見た眼にもその荷物は以前の駅でのそれよりも軽そうに見えた。
侵入者が書庫の人形に触れたのか、倒れたはずみに首が落ちて飛んだのである。修理に人手を借りねばならないという面倒はあるにせよ、等身大の軽い荷物を抱いた教授の手つきには、以前よりもよほどやさしげなものがあったことだろう。

*

というのが、黒い背景から浮きあがった人形の映像——夜の鳥の眼のようなガラス質の眼を、刺客とでも向きあっているような無表情さで見ひらいている西洋人形の、その肖像写真集を眺めるうちに浮かんだ私の妄想なのだが。——

# 二十五時発、塔の頂上行

拝啓

そちらは相変わらずでしょうか。

ごく短い雨期をやり過ごして、今頃は長い長い乾期に入っていることと思います。でもあの部屋は風通しがいいし、石壁の室内というのは、真夏でも薄暗くてひんやりしているものですから、居心地は悪くない筈ですね。

あの妙になつかしい感じのする部屋。

半分朽ちかけたような、ダイヤ格子の木枠の嵌まった、あの素通し窓のことを思い出します。

からからに干涸らびた枯れ蔓がからんで、そこはいつも、内も外も森閑としておりました。

直射日光の射しこむ、その真下に寝台があるので、窓格子の影絵がシーツに映っていた。その光景も忘れられません。——窓の外は、地平線まで、三百六十度の日に灼けた草の波です。何も動くものがありません。枕の位置を日陰にずらして、貴女は昼間でもたいてい眠っていられました。

塔の頂上での日常は、今でもあの時のままでしょうか。

などと書いてみましたが、本当は訊ねてみるまでもないこと、貴女とは昨晩もお目にかかったばかりです。それも、ここ一年ほどは、毎晩。考えてみれば、貴女とは奇妙な付きあいですが、毎夜お世話になっていることについては感謝しています。

さて、貴女との付きあいを始めた動機が、必要にかられてのことだった、と申し上げると貴女は気を悪くなさるでしょうか。

決してそんなつもりで言うのではありませんが——とにかく問題は、貴女も御存じのとおり、私が軽度の不眠症であることです。寝つくまでには、何らかの就眠儀式が必要ですが、私にとって羊の計算よりも睡眠薬よりも効果的なのが、貴女との一回数十分の付きあいであるわけです。どうか御理解下さい。

——とにかく苦しいのは、眠れない夜の長さです。頭の疲れない程度の、軽い読書その他、寝台の中で数時間が過ぎても眠気が訪れない夜です。翌朝の起床予定時刻が刻々と迫るばかりで、ついに観念して灯を消しても、なお眠れない。

それにしても、不眠の暗闇で頭に浮かぶ考えというのは、どうしてああろくでもないことばかりなのでしょうか。現在の生活の不如意その他、それからそれへと、気分はとめどもなくウツへと落ちこむばかりです。昔の恥の記憶が突如よみがえり、ギャッと叫んで跳ね起きたりする。最悪です。

思うに、こういう時には精神の安定をはかることが一番のようですね。つまり、現実の不平不満事項へと連想が向かう可能性のない、何か思いきり現実離れしたことを一心に考えるのがいいわけです。

機関銃大乱射の、虐殺シーンの主人公になったところを想像するのがいい、という話をどこかで読んだ記憶がありますが、このあたりは人それぞれでしょう。私だと、虐殺の相手の顔に現実の誰かの顔がだぶりそうで、これでは条件にはずれます。それから、私本人が主人公であるのも駄目。なぜなら、そうでないほうがより「現実離れ」できるからです。そして試行錯誤の末、就眠儀式の洗練をかさねて到達したのが、貴女のイメージでした。何故、という理由は自分でも言えませんが、結果として、今の貴女と付きあうことが最も確実な精神の安定をもたらしてくれると、そのように判明したわけです。

さて。塔の上の貴女。

貴女の先祖、というか、イメージの原型は、グリム童話の中に見出されます。

その童話の中では、ラプンツェルという名である貴女は、やはり塔の頂上に幽閉されております。いったい何メートルあるというのか、おそろしく髪が長いので、その髪を縄梯子にしてプリンスに救出されてしまいます。もったいない。

私の識っている貴女は、今の生活を変えることや、先行きのことなどは全く念頭にないように見受けられます。人のいない、三百六十度の荒野の真中の塔、その頂上に独りで棲み、連日何もすることがなく、不安もなく、ここへ来た当初の貴女は、底が抜けたように一日中眠っていらっしゃいました。その眠りが、どうやら私にはうらやましかったようです。私の考える「理想の生活」の、象徴的なイメージではありませんか。

必要にかられての付きあいだった、などと先に申し上げましたが、これは慎んで訂正いたします。今では、必要を越えての愛着を感じております、と。

今夜も、そして今後当分のあいだ、お世話になります。その節はよろしく。

# 無重力エレベーター　宇宙食夜会への招待

えれべいたあ。

と、ことさらに呪文めかして唱えてみたところで、何のことはない。それはただの変哲もない昇降機なので、ただこの超高層マンションのそれはジェット何とかいう最新型高速リフトが設置されているのだが、だからといって、一日中なかに入り浸っているのは何のつもりなのだろう、とKは思う。

それも廿歳(はたち)にもなった女の子が、というのだから事は面倒で、これは例によって、Kが街角で拾ってきた迷い猫の一匹なのだが、ほとんど口をきかず、出歩きたがらず、さながら怠惰な金の眸の牝猫といった風情なのである。

罐ビールに本まで持ち込んで、気が向けば日がな一日リフトの隅に座りこんでいる。ギャルソンヌ風というより、浮浪児風のぎざぎざの短髪で、靴というものをいっさい履きたがらない。最初にKが貸した皺だらけの防水コートがよほど気に入ったらしく、共布のベルトを細いウエストぎりぎりに締めあげたところはまあいいのだが、その恰好で胡坐を組んで罐ビール、となるとさすがに困惑せざるを得ない。ただ当人はいたって自然で、楽々と居場所に落ちついているためだろうか、住人から苦情が出る様子はないのである。膝に抱えこんだ本に読み耽っていれば、視界に入ってくるのはただ出入りする脚の影法師でしかないのだろう。これも新種の生活様式なのだと、そうKが悟ったのは、かなり後のことなのだが……

*

真夜中過ぎから夜明けまでのあいだ、もうエレベーターの運転も停止しているだろう高層ビルの下を通るたび、その後のKと迷い猫との生活が気にかかる。黒々と聳える立方体の宙空高く、そこだけ白く発光する小さな小さな立方体が透視されそうな気がして——

無機質の、清潔で無味無臭の濾過空気が循環するそのスペースは、無重力空間であることこそふさわしい。床に転げた罐ビールも、この時刻には宙に浮き、琥珀の液体がアメーバ状に流れ出してしまう。胡坐をかいたまま一緒に浮かんで、そのKと迷い猫との遅い晩餐は、だから宇宙食ふうにチューブ入りでなくては具合が悪いというものだ。

だから、ひらひら持ち上がってしまうコートの裾もそのままに、さて、チューブ入りのキャビアにチューブ入り雛鶏と舌ビラメ、チューブ入りテリーヌ、ざりがにサラダ、子羊のパイ皮包みに赤ワイン白ワインのエレベーター・ミステリー。

# 都市の狼少年あるいはコレクター少女の秘密

犬になって尾いていくよ、と別れ際におとこのこは言ったのだった。深夜のことである。何の意味だか、おんなのこにはよく分からない。

その時の会話。

送っていくよ。――今夜はいいの。――送っていくよ。――ひとりで歩きたいの。――外は月が明るいから、影がきみを尾けるよ。――……。――外は月が明るいから、影がきみを尾けていくよ。

そして先に立って店を出た時、おんなのこの耳元に、犬になって尾いていくよと囁く声が聞こえたのである。――おとこのこは行ってしまった。おんなのこも歩きだした。

それはデルヴォー風の、夢遊病者たちがどこかを徘徊していそうな無人の都会の夜で、蒼ざめながら燃える月光と、舗道の陰翳、そして街路樹の銀白の影絵とこだまと奇妙に廃墟じみた建物の列と、それだけが風景のすべてを構成していた。それに、夜の散策者の孤独ともの思いと。おんなのこは少しふるえ、そしてまだ手も握らない若い恋びとのことを考えた。——今頃、あの子はひとりねの寝台に帰りついて、汚れた足のまま不安な夢を見ているのかもしれない。その寝苦しがっている精神（こころ）が窓からぬけだして、小さな毛むくじゃらの犬のかたちで私を追ってくるというのかしら。

かかとの尖った靴と、ストッキングに包まれたおんなのこの脚が、街路に匂いの筋を残していく。その跡をたどって、遠い月光の舗道に鼻づらを擦りつける。尾を垂れた一匹の犬。

そのシルエットをありありと見た気がして、ふと、一瞬の緊迫感に彼女は振りむいた。あらい息と舌。濡れた牙。精悍な若い狼の跳躍、そして悲鳴。

——これは誰もが知っている、都市の童話のひとつである。

*

さてところで、ほとんど神話的な都市の狼少女たちの寝台（ベッド）には人知れぬ秘密があって、その下を覗きこんでみれば死屍累々（るいるい）、赤く裂けた、血まみれの空っぽの腹腔をみせた狼の死骸が折りかさなっているという話がある。それはつまり、ここを訪れた狼少年たちの置き土産なので、一人が脱ぎ捨てていくたびにコレクションは増えるというのである。

たまのひとりねの夜、その寝台の上で彼女たちはどんな悪い夢を発酵させるというのか、あるいはまた、不眠をまぎらせる遊戯の道具としてその蒐集品（コレクション）が用いられているともいうのだが――。

## 懐かしい送電塔の記憶が凶々しい悪夢として甦る

送電塔、という名称であるらしいのだが、間違っているかもしれない。意味はこれで通じると思うのだが、つまりあれ、両脚を開いて立つあの灰色の鉄塔。郊外の発電所から不意に出現して、曇天の野越え山越え、陰気なパースペクティブを描きながら高圧線を運んでいく、あの不吉な鉄塔群のことなのだ。〃飛ぶ夢〃には、何故かいつもそれが現われる。

突然に高鳴る心臓、一個の不安の塊になって、高みを吹き飛ばされていく私は風の中だ。その私の上下左右、ゆるくたわんだカーブを描いて、前方へと連続的に伸びていく黒い線の群は高圧線であるらしい。黒く走る数十本の兇悪な線、そのどれもが風にびんびん鳴っている。細かい霧を含んだ空気を切り裂いていく顔の冷たさを感じ、大気の全体が水蒸気の白濁を孕(はら)んでいるので、私にはこの白い空間の世界しか見えない。粒子の荒れた写真のような、モノトーンの電線世界。

するど鉄塔が現われるのだ。眼のまえ、霧のスクリーン上に、とつぜん実物大の迫力で塔のシルエットが行く手を遮る。恐怖、を思う瞬間、私はもう塔の隙間をすりぬけている。再び、私の上下左右が電線の軌跡で埋めつくされる。――おそろしい速度で突進していく私を、誰も止めることはできないのだ。飛びつづける私の頬に腕に、びしびしと高圧線が触れる。肩に引っかけては、強い手応えではじき返してしまう。電気ショックの予感に、心臓がぎくりぎくりと不整脈を搏つ。はっきりと顔がゆがむ。また鉄塔だ……。

＊

たとえば雨もよいの秋の末、ものがなしい日曜日の街を離れて、市のはずれに近い内湾の埋立地を疾走していく郊外電車に乗る。河口の赤錆びた鉄橋を長々と渡り、まだ草もまばらな新しい土盛りの土地を見渡す。斜めに斜めに傾いていく窓の外、午前の明るさの曇天を背景に、よくそれを眺めたものだ。遠く野づらに傾く送電塔の列を。

遠い悲鳴の尾を曳きながら、そこを吹き飛ばされていく自分が見えたならば、何故か懐かしく感じたかもしれない。ひとにはそのひとの、懐かしい悪夢があるものだ。

# 悪夢のコレクション

——刎ね落とされた金髪美女の生首がどさりとエレベーター内に……

それにしても、lunaticとはまた極上の響き・色彩を持つことばで、月光病者(ルナティック)とでも訳語を当ててみたくなる。夢遊病(ソムナンビュール)とか嗜眠症(レタルギア)とか、きらびやかな病名見本のコレクションに是非加えてみたいものだが、さて私などは、せいぜい夢の記録マニア患者のひとりといったところらしい。

恐い夢、悪夢、といえば、人によって固有のパターンを持つものだろうが、私の場合はこれが必ずエレベーターの夢と決まっていて、それもただ恐いのではない。悲鳴絶叫、生首が飛びかう流血の惨事で、『サスペリア』か『ハウス』かという騒ぎにはいつも困っている。なにしろ、刎ね落とされた金髪美女の生首が、どさりと降下中のゲージ内に飛びこんできて、唯一の乗客である私は恐怖で失神。その倒れた私と、妙にリアルな生首だけをひっそりと乗せてゲージは一階に着くのだが、ドアが開くと人々はわっと後ずさる。誰にも助けてもらえないまま、自動ドアは勝手に閉じて、再び上昇していくのだが、さて大量の血糊でワイヤーが滑りはじめていて——などといった夢が典型で、日常的につきあうにはしんどいパターンだ。

居直って少し整理してみるならば、

①閉所恐怖。窒息感。幽閉の恐怖。

②墜落への恐怖。プラス高所恐怖。

③ドアの外に何が現われるか分らない、またどこへ連れていかれるか分らない恐怖。

（存在しない筈の十三階の怪談。または存在しない地下の階へ、そして地獄の底へと——）

などと書き出してみると、このエレベーターというもの、確かに悪夢の典型パターンとなるに充分な代物だとも思えてくる。

ところで、③の項目に該当するもっともショッキングな場合というのは、こうではあるまいかと前から思っている。つまり、ひとりで乗りこんだゲージのドアが開くと、ドアの外もやはり同じ機種の、無人のゲージ内だったとしたら——。永遠に、出口なし。

優雅な月光病というよりはただの〝病気〟の話になってしまった。陳謝。

# 月の種族の容貌に関する雄羊座的考察
## ――「人間は顔じゃない、中身だ」なんていったい誰が言ったんでしょうね

貴女の顔の輪郭はフェルナン・クノッフの描く人物に似ている、と数年前、某社編集者に複雑な批評だかお世辞だかを言われたことがあり、なるほど、ものは言いようだと複雑な感心の仕方をした覚えがある。去年、ベルギー象徴派展のポスターに使用された『芸術あるいは愛撫』――あの女面獣（スフィンクス）と両性具有者（アンドロギュヌス）とが寄りそった絵で一躍ポピュラーになったクノッフ（最近はクノップフと言うらしい）だが、残念ながら、極端に顎の張ったこの耽美的・頽廃的な顔の輪郭は、彫りの深い目鼻だち抜きでは映えないのだ。

唐突に話は飛ぶが、雄羊座生まれというのはカバラ神秘学では肉体から精神への進化の頂点ということになっていて、極端にほっそりした細おもてをその特徴とする由である。3月25日、受胎告知祭といういかがわしい日に生まれた雄羊座の私にまるで当てはまっていないが、さて、この人こそ真性カバラ的雄羊座ではあるまいかと秘かに思う人

物に、メッツォソプラノのオペラ歌手、ドウニャ・ヴェイソヴィチがいる。カラヤン指揮『パルジファル』5枚組の小さなポートレートでしか彼女を知らないが、その容貌というのが何だか只事でない。

理知の骨格が浮き出たような痩せた顔。目頭がぎゅっと鼻筋へ引っぱられたような奇妙にうつろな眼（これは魚の眼、憑かれた眼だ！）が何ともエキセントリックで、呪われた妖女クンドリという、いかにも世紀末好みの役柄にぴたりの感じだ。第二幕と三幕のそれぞれ冒頭に、魔の眠りから醒めた彼女が絶叫する箇所があるのだが、その悲鳴がまた何ともよくて（！）、繰りかえし聴きつづけたことがある。病める百合の花式図。意志的でいて、一歩狂えば淫らに妖艶にもなれる顔。

クノッフ型（タイプ） vs.ヴェイソヴィチ型（タイプ）。これは両極端ながら同じ根から咲く花、共に太陽ではなく月の種族を代表する容貌なのだろうと、私の中では分類ができている。「美しく発狂」する資格を額に記された顔、ただ、こうした分類が日常に何の役にもたたないことは確かで、それはまた別の問題になるのだが。

# 美女・月（ルナ）を迎えるためのセレモニー

——青白く輝く鏡を覗きこむと月の鏡像が仄かに……

——音楽は低く鳴っていたが踊る者はなく、皆がひとつのものを待っていた。タキシードに華麗なイブニング、結いあげられた泡だつ金髪に東洋人の黒髪も混じって、東の窓という窓はすでにあけ放されていたが、まだ予定の時刻は来ない。テラスから一直線に見渡される地平の方角は、もうまったく夜の世界で、ここはとある休火山の裾野に位置する別荘である。

外の車寄せにはオープンカーにリムジーンの列、それに数機の自家用ヘリ。月世界ほどに荒れさびれた、半砂漠のこの土地で、数十キロ四方の闇を破るものは別荘の窓が洩らす光だけ。が、その灯りも、時刻が近づくにつれて順に落とされていた。盛装の客たちは低く話しあい、そのざわめきの中で新鮮な花や切り子ガラスの縁が仄かに息づき、時間（とき）は満ち潮のように静かに満ちた。

合図の片手が上がった時、最後の灯りが消えた。影の立像となって、人々は外を見た。音楽は闇に溶け去り、ふるえる地平の世界に変化が眺められ、部屋の最も奥まった場所ではかねて準備のものが取り出されていた。――一枚の、鏡が。その時、地平の一端から放射される影が生まれた。月面の真空地帯を這いのぼる光線に似て、それはほろばろと荒野を越え、そしてテラスの列柱の影を室内へと押し倒し――、闇の奥がに正対して、やがて白い満月の鏡像は、確かにそこに結ばれたのである。

揺り籠のぐるりを囲んで覗きこむ大人たちのように、彼らは青白く輝く鏡を覗きこんだ。闇の中、静かに静かに発光する月の鏡像は、彼らの顔を下から仄かに照らしだし、やがて溜息とともに人々は笑いさざめいた。静かな拍手が湧き、シャンパンの栓がそこここで抜かれはじめた。儀式(セレモニー)の完成を祝う、全員の乾盃(プロージット)。

人々に応えて乾盃を返しながら、鏡を片手で支えたその夜の主人は、はにかんだように美しく赤面した。

――・――・――・――

月(ルナ)という名の美女に対するに、望遠鏡で覗き見するなどという無粋を冒さず、礼節を持って当たるにはたとえば、というこれはひとつの話。

# 幻獣コレクションⅠ

## ——ツイードを着た狼たちの影が月夜のホテルに……

月夜の晩。いつか夢で見たことのある、森の木隠れの停車場で汽車を降りると、郊外の町は夢みる青い夜——。とがった樹々の影絵を踏んで、ホテルまで人影ひとつ見ずに歩いた。荷物を預け、鍵だけ受けとると父親は今から出かけてくるという。子供がひとり、あとに残った。半地下の、酒場(バア)を兼ねた食堂で遅い夕食をとるようにと。

大きな目の子だった。

びろうどの擦りきれた椅子に座ると、黒タイツの細い足が、ボタンどめの赤い靴が、床に届かず揺れるのだった。影溜まりの柱時計は、もう真夜中を指しているのに。客たちもバアテンも、背中ばかりを見せながら、するどい横目で見つめているのに。

——子供は不安だった。はやくも孤児の悲哀に浸され、自分を置き去りにしていった〝影〟のタバコの臭い、湿った毛織物(ウール)の感触を反芻しようとし、ただ何故かその顔だけは思い出せないことを知った。顔のない影といえば、この酒場に集まった人間たちも同じことで、それは目を伏せた子供に彼らの胸から下しか見えないからだ。が、料理の盆を持ってきた顔のながいボオイは、ひどい口臭を彼女に吐きかけた。まるで狼のよう。にんげんの子供をひとり、頭から丸嚥みにした狼のよう。

外から見れば、月夜のホテルは街路樹の影絵におおわれて、寒い窓の灯を並べるばかりなのだった。その建物の内に、廊下の角にも階段にも——、忍び足で歩く、ツイードを着た狼たちのシルエットが満ちていたと、夢でもなければ誰が想像しただろうか？このとき地下の酒場では、ひとりの子供が夢を見ながら眠りこんでいたのだったが——、グラスを拭き、赤く裂けた口で息を吐きかける蝶ネクタイの狼、また開いたタイツの膝を盗み見ながらカード遊びをする狼たち、それを後になって子供は人形芝居のように思い出すことがあった

最近、今ではもう子供ではない彼女、父親ほど齢の違う恋びとと暮らしている彼女は、時おり遠い目でひとり微笑むことがある。古びて黄ばんだ、一枚の紙片を思い出して。

——『今ハ見逃シテアゲヨウ。大人ニナッタラ、マタオイデ』

# 幻獣コレクションⅡ

## ――美女のいない野獣の朝の歌あるいは愛の動物学

しゅしゅ、ごぼぼ。ちりりちりり。

朝の光線、輝く洗面台の前で野獣（ラ・ベート）氏の朝の歌はいつものように始まります。レザーで磨いたすてきに光る西洋剃刀、陶器のカップに盛りあげたメレンゲ状のシャボン、といっても、実際に氏が髭剃りを行なうわけではないのですが。鏡に、氏の顔は決して映りません。そのように魔女が魔法をかけました。それがせめてもの情けか、あるいはいわくいいがたい悪意なのか判りませんが――でも、せめてにんげんらしい気持ちは失いたくないので、やはり氏は毎朝同じ歌をうたいます。剃刀、シャボン、陶器のカップ。

昔、世の中の道理がひとえ咲きの野イバラのように単純であった時代に、とある仙女が美貌の若いプリンスを醜い野獣に変え、薔薇館に幽閉していたことがあったそうですが、それは嘘です。このような悪意が、勧善懲悪の仙女のそれである筈がない、間違いなくおんなのそれです。私以外、誰もお前を愛せないほど醜いものになれ、そう魔法をかけられて、それ以来、野獣は今の自分の顔を知りません。野獣と呼ばれる以上、鹿か、竜か、牙と剛毛の肉食獣か、そうした類の姿にされたらしいとは思うのですが、でも、あたしの野獣、などと甘い知的なアルトで呼ばれると、何か性的英雄になった気がして悪くはないのでした。ただ変身という生理的異常事態の結果か、神経痛に関節炎、リューマチ、それにこのごろは脱肛まで患い、朝はやはり軽い疲労の気分です。

今日も同じ朝。同じあわい後悔。昨夜の記憶。夜の沈黙のように重く、死のように蒼白で、永遠に血で汚れた掌を夜も肩までの黒い手袋で隠し、けれど低血圧で朝は起きられない女。

一度でいいから、どんなに醜くてもいい、この、今の、昨夜に続く朝の顔である自分の顔を見てみたいと、このごろ野獣は思うのでした。でも仕方がないので、あきらめ顔、いつもの朝の歌を小声でうたいます。

女よ、女。

るるる、ぶむ、ぶむ、ぶむ。

# 幻獣コレクションⅢ

## ——三月ウサギはじたばたあばれて「脱ガセテ」と口走った

三月ウサギと帽子屋は気が狂っているものだそうだ。（どうしてだろう？）

三月ウサギ。三月、というからには、性的興奮と何か関係がありそうだ。ころんと転げて、こう口走る。ネエ、脱ガセテ。

脱ガセテ脱ガセテ、脱ガセテッタラア。

赤ん坊がだだをこねるような、細い、澄んだ甘い声——彼が思わず足を止めたのも、その声のためだったと言っていい。

支那人街の春の宵。そろそろ酔いのまわる時刻。紅い窓の灯にちらちら桃の枝影が入り混じり、見あげれば月は暖かい雪洞（ぼんぼり）のよう。その裏手の角、ハンドバッグの口が開いて口紅やはんけちが散らばる只中に、彼は声の主を見た。腰が抜けて、明らかに酔っていたが、この春の宵ならばウサギだって酔うさと、そのとき彼には思われたものだ。

「……ネエ、脱ガセテ」

「え？」

「脱ガセテ脱ガセテ、脱ガセテッタラア」

きれいな澄んだ声で言いながら、酔いどれウサギはじたばたあばれた。声の幼さとはうらはらに、その肢体は娼婦のそれだった。かたわらの角屋敷は、今しも宴の真っ最中――たったいま裏門が開き、数人の酔客がこのもてあまし者を面白半分かつぎ出して捨てていったのだ。

その晩、少しの酒に身体は暖まっていたが、彼は少しものがなしい気分でいた。そのものがなしい目で、彼は目の前の娼婦ウサギを眺めた。だらしなくはだけた赤い繻子（しゅす）のチョッキ。鮮黄やトルコブルーや黄緑やの極彩色が渾然一体となった、鳳凰、胡蝶、火雲に牡丹の刺繡。同じ刺繡の、裾の割れたドレスを持つ恋びと、声だけはたしかに幼い恋びとが彼にもいて、でも昨日も今夜も逢うことはできなかった。

その日、ベッドと台所しかない部屋へ彼はウサギを連れてかえった。そして、本当にすっかり、脱がせてやった。なめした純白の毛皮は恋びとのマフと帽子に、総刺繡の赤いチョッキは電話機のカバーに、それぞれ役立っているそうだ。

# 幻獣コレクションⅣ

——半透明に透けた背肉のあたりに素裸の若い女が……


ずいぶん以前のことになるが、妙な夢を見たことがある。

ダリの絵に出てきそうな、変に存在感のある黒蟻が数匹、地面でいもむしを運んでいて、それをしゃがんで眺めているといつの間にか私自身が蟻の大きさになっている。見るとそこは地底の洞窟で、複雑に枝わかれした鍾乳洞の中らしい。蟻の大きさに縮んだまま、岩陰からのぞき見る私の前をさっきのいもむしが用ありげに這っていく。今は見上げるほどの大きさで、蟻はもうどこにもいない。

もくもくと膨らんでは縮み、節のある胴体を蠢（うごめ）かせて進むいもむしの肌はぼうっと滲む乳白色で、噛みつけば同じ色の体液がどろりと濃くあふれそうな柔らかさ——と思ってふと見ると、その背肉のあたりが半透明に透けていて、中に一人の若い女があおむけに埋まっている。素裸で、目を閉じた顔までがはっきりと透けて見え、しかし生きているとも死んでいるとも判らない。その女を半透明の背肉に埋めこんだまま、いもむしはさらに地底へと這い降りていく。行く手の洞窟の岩肌に、そこだけ燐光めく輝きの明るさがあり、その先には地底の焔を囲んでの『儀式』が待ち受けているのだと急に判った。どういう儀式なのか判らないが、でも『儀式』は『儀式』だ。

漠然とした好奇心を抱いたまま、私は岩陰から彼らの通過を見送っている。

この夢を見た頃には未読だったが、何となくマンディアルグの短篇『赤いパン』に雰囲気が似ていなくもない夢で、精神分析医が聞けばにやりと含み笑いしそうな感じでもある。(断わっておくと、いもむしに埋まっていた女の顔は私ではなかったのだが!)――でも、『儀式』の行方もさりながら、それ以後気がかりでならないのは、本当はあのいもむしのほうなのだ。地底の闇の中、とろりと脂肪分の光沢を帯び、太った女の手首のように柔らかくくくれた蒼白い肌の滲み。繭籠(ごも)る寸前の蠶の、夢みる倦怠。

毛虫やげじげじは御免だが、いもむしに蛞蝓(なめくじ)は今でも大好きだ。

# 幻獣コレクションV

## ――六、七歳の都会的な美貌の少年――その高慢な表情！

折々に街角で見かける、行きずりの美男美女・美少年美少女たち――その彼らを視野に発見し、あ、とときめく瞬間に瞼のシャッターを切って、記憶のコレクションに加える。誰でもがたいてい憶えのあることだろうし、「フィレンツェ中央駅の美青年」「マキシムの蜥蜴少女」などと見出し付きで秘蔵しているコレクションの十や二十は、私にもある。たとえばフィレンツェ篇というのは、その名の駅構内で雨宿りしていた時、雑踏からふいと鮮やかに出現した黒マントの美青年を見たというもので、全身黒ずくめの装りとそれに見あう美貌、長身のきわだつ登場ぶりは、午後四時のサンタマリア・ノベッラ広場とともに忘れがたい。が、それらの中で特にひとつをと言えば、「京都駅構内の美少年」ということになろうか。

その親子連れを見たのは冬、京都駅新幹線乗降口西側、近鉄線乗り場と隣りあう広場だった。最初は、その母親に目を惹かれた。

　女優のように長く伸ばした髪。贅沢な身なり。否でも人目を集める華やかさ、恐らく都会的に洗練されたと人は呼ぶのだろう雰囲気。パンプスの足元に高価そうなスーツケースを置き、コートをかかえた傍らの夫と何か話しているその様子を眺めていた私は、たぶん好奇心むきだしの顔をしていたに違いない。六、七歳に見えるその少年は、やはり都会好みの贅沢な身なりで、無精たらしくコートのポケットに両手を突っこんでいた。退屈げにあたりを見回し、無遠慮に見つめる私の視線に、ふと気づいたのがわかった。

　間髪を入れず、片足を軸にその子はくるりとこちらを向いた。ポケットに両手を突っこんだまま、両脚をひろげ、私の歩いていく真正面に立ちはだかったその高慢な表情──フン、田舎の女子大生が物欲しげに見てやがら──。それから私はどうしたのか記憶になく、むろん見苦しくたじろいで早々に退散したのに違いないが、この「京都駅構内の美少年」は、単に容姿の美しさだけでない、たかが六、七歳の子供とは思えないその迫力で記憶の中に光っている。

　十年前のその子は、今はどう成長しているだろうか。あれも確かに、幻獣だった気がする。

# 幻獣コレクションⅥ

## ——両性具有の畸型の天使というイメージが何故か大窓と美しい階段の光景に重なって……

Yの出たその大学は、場所がいいのと古い赤煉瓦の建物が取りえで、御所の森に近く鳩がやたら多い。和洋折衷、和菓子のゴシック・ロマンスといった感じの光景はあちこちに見られ、たとえば国文の学生ならば、明治の洋館の煉瓦窓から裏の茶室を見おろしつつ特講の西鶴を聴いたりできる。隣は神学部だ。

とがった青銅の丸屋根の塔を持つ、二階建てのそのC＊＊館は国文専用で、一階の三室ほどは事務所、二階の五室ほどが教室に当てられていた。この妙な構造は、玄関ホールと二翼の階段、中二階の踊り場が非実用的なスペースをたっぷり占めているためだ。先端が丸くなった縦長の窓々が、昔風のぶ厚い赤煉瓦の壁に映えていかにも美しい。玄関脇には樟の大木が緑蔭をつくっている。御多分にもれず、ここにも大学の七不思議とやらの怪談があり、何月何日だかの夜に蠟燭をともして階段を登ると塔の四階まで行けるとか、なんだつまらない、と話を聞いたときYは失望した。階段――確かに、このC＊＊館で最も美しいのは階段で、何度ノートにスケッチをとっても飽きなかった。二階から踊り場まで降りると、巧緻な彫刻の手摺を持つ階段はそこから両翼にわかれ、左右対称に一八〇度のカーヴを描きながら鬱然たる玄関ホールに到る。中二階の床から吹き抜けの天井までを占める縦長の大窓、バルコニー、そこへ光を零（こぼ）す樟の木。当時翻訳の手に入りにくかったバルザックのSéraphîtaをぼつぼつ訳しながら、北欧の神秘哲学用語に頭が痛くなるとYはよくその窓を眺めた。それは両性具有の天使の物語で、畸型の天使というイメージが何故かこの窓と階段の光景に重なっていた。ゼミの女の子がここを派手に転げおち、膝を切ってだらだら出血した事件はその頃のことで、その場に居あわせそこねたYは悔しさのあまり腹を立てたものだ。後で見に行っても、木の床板には血の一滴さえ染みてはいなかった。

　その夜、Yの夢に青年の天使が来た。あの樟の大枝のあいだに、ゆらりと白衣を曳いて浮かぶかれをYは窓越しに見ていて、青年の顔の天使は美しい指のしぐさで何か喋っているのだが、でもその顔に騙されてはいけない。白衣の裾に血がしたたり、だから、かれは女なのだ。

# 頌春館の話

——それは京都盆地が長い傾斜の果てに宇治へとずり下がっていく最後の地、桃山でのことですから、自分の下宿のある御香宮のあたりからちょっと足を伸ばすだけで大亀谷だの万帖敷、板倉周防に泰長老などといった古さびた地名がうっそり犇（ひし）めいて眺められたものでした。京風の塵除けを道に沿ってならべた仕舞屋（しもたや）の町筋だの、柳の葉擦れが風をよぶ川沿いの造り酒屋だのといった光景に混じって、カソリック系の幼稚園があったり、また夕陽に面した丘にのぼれば、真紅のゼラニュームが窓にこぼれる家々があったりもしたのでした。日毎の散策に小さな発見を欠くことのない、それは自分が生活の幸福というものを知った時代のことです。

〈郷愁の家〉——とは後になって考えたことですが、その家を自分が発見したのは実のところ下宿のつい近所の銭湯へかよう道でのことで、最初、正直言って自分はその存在に少しも気づきませんでした。というのも道理で、実際、それは少しも目立つところのない、只の古ぼけた洋館だったのです。前庭も門もなく、直接道に面した灰色の漆喰塗りの玄関に丸い曇りガラスの門燈が埃だらけになってぶら下がる二階建の家――それに自分がとつぜんの注目を向けたのは、まぎれもなく軒に記されたただ三つの文字のためでした。右から左への横書きで、隷書体ふうの白いペンキ文字は掠れかけてはいましたが、頌春館、と確かにそれは読まれたのでした。

頌春館！

――それが年賀の挨拶のことばであるという先入観を捨てて眺めなおしてみるならば、どうでしょう。春を讃える館、八重の花咲くうてなに鳥は囀り蔓草はからみ、おおプリマヴェーラ！　などと唄ってみたくもなる。自分はそう思いました。

おお頌春館！

そう思ってみるならば、たとえば日焼けして茶色の染みのついた木綿のカーテンが年中閉じきりになっている玄関脇の出窓（それは応接間でしょうか？）だの、二階の殺風景な窓ガラスの罅(ひび)割れだのが、にわかに曰くありげに映ってくるのも仕方のないことでした。こんな物語めいた名前の家に住むのはどんなひとなのでしょう？　それは決して平凡な人種である筈はない。銭湯への行き帰り、たいていは暗くなってからですが、自分はこの家の前を通るたびにそれを考えずにはいられませんでした。青い桜月夜の下の頌春館、丸い曇りガラスの軒燈にちりちり蛾を集めている夜更けの眠たげな頌春館、そうしたさまざまな角度の光景が自分の記憶にはぎっしり埋まっているわけですが、でも人の出入りするところだけは一度も見た覚えがありません。――廃屋には廃園の庭が是非とも必要なのだけれど、とあるときには夢想しながら黒い三角屋根のシルエットを見上げたりしたものですが、しばらくしてその夢想を現実の光景として目撃することになったのは、ほんの偶然のことからでした。

……傾きながらカーブを疾走していく春の電車、その白昼の窓越しにふと眠気を罅割れさせた白い光景、あれは何だろう？　と同時に自分は気づいて、はッと目を擦りました。頌春館の裏庭です！

分ってみれば何のことはない、下宿のすぐ脇の踏切を越えて、頌春館の通りの裏を走る電車に自分は毎日乗っていたのですから、今まで気づかないほうがどうかしていたのでした。光景はまばたきする間に流れ去っていきましたが、夢想よりも確かな廃園の眺めだけは、しっかり目に灼きついていました。

――春霞にけむる眠ったような雑草園、伸び放題の椿の藪と傾いたようなしゅろの木、そして壊れた温室です。ガラスのフレームは何枚かがぽっかり欠けて、春の埃にぶ厚く曇って中も見えないような朽ちかけた温室だったのですが、なるほど！　確かに、頌春館に温室がなければそのほうが嘘だと、自分にはそのとき思われました。と同時に、頬に触れる蜘蛛の巣の感触までがまざまざと記憶の底からよみがえってくるようにも思われて、一種やるせない郷愁に身ぶるいしたものです。

振りかえって、こちらを見る人。

春の陽光の眩しさに頭を晒して、白い雑草園の只中に振りかえる、懐かしい、けれど顔のないそのひと。そのイメージ。


その夜かあるいは次の夜、下宿の部屋で自分は次のような文章をノートに書きつけました。ところで、その頃通っていた銭湯——桃山湯というのがその名ですが——それが、あのイナガキ・タルホが愛用していたという曰付きの風呂屋であることを知ったのは、たぶんその時分だったかと思います。

☆　☆　☆

青い春の宵　庭の壊れた温室でうつらうつらしていたお月様は　はッとして目をさますと指をテーブルに打ちつけた　雑草園の中心で　温室の内側に60ワットの裸電球ほどの明るさがボーと強くなった　このまま部屋に戻って寝ようかしら？　それとも髪を洗おうか？　ぬくぬくと人懐かしい　あたたかいお湯の蒸気に包まれて髪を洗ってみたい気がお月様にはした　頌春館から桃山湯まで　たれにも会わずに歩いていった

さて　桃山湯の番台で居眠りをしていた小母さんがどんなかおで銅貨を受けとったのか　そもそもあのお月様の大きなあたまがどうやって銭湯の扉口を通りぬけることができたのか　そうしたことはいっさい定かではない　シャボンの湯気が濛々と立ちこめた風呂場では　ひとびとが体を洗う真最中　そこへ新しく入ってきたたれかがドボン！大波たててお湯に沈んだとたん　シューシューいうやら弾けるやら　全員が逃げだしたあとしばらくして　何人かがおそるおそる覗きこんでみたがお月様はいなかった　そこですっかり嵩の減ったお湯をコップに一杯汲んで帰ってきた客というのが自分なのだが　よかったら君　試してみたまえ　カルシュームの溶けた味がするよ！

# 「薬草取」まで

新婦の母堂は北陸出身とのことで、黒留袖は加賀友禅、四季の花がいちどきに咲き乱れる華やかな裾模様だった。何かの用なのか、目立たぬように披露宴会場の隅を通っていく、その柄ゆきはいかにも珍しいものとして目に映るのだったが、艶やかな牡丹に桜に萩桔梗、まるで〈美女ヶ原〉を描いたような。と新郎側の縁戚であるKは思い、酒気のせいもあってか口に出していたようだった。

「鏡花の『薬草取』ですよね。ご存知なのですか」

ふいに横手から話しかけられ、「むかし読んだかな」とそちらへ顔を向けながらKは応じたが、思いがけず隣席には流行りの大きな花飾りをつけた短髪の若い娘がいて、これも艶やかな振り袖姿なのだった。

「薬王品（やくおうほん）を夜もすがら。そうだ、たしかそのような文で終わるのだった」急に思い出してKは言った。「これは法華経だね、経典の名が印象的だったので、今でも覚えているわけだ。鏡花の文は口調がよくて、記憶に残るのが多いね」

「ええ、ええ」と相手は明らかな喜色を顔にうかべて、「夜の美女ヶ原には四季の花が咲き乱れていて、あのさいごの場面が幻想的で、とても好きなんです。主人公は子どものころ、母親の病気を治したい一心で、まるで神隠しに遭ったようにひとりで山へ向かったのでしたよね。薬草を取りに、加賀染の紋付姿のままで」

「そして大人になって、再び薬草を求めて美女ヶ原へ向かう。そんな話だったね」

さらに思い出しながらKは言ったが、そのとき宴席の場内は急に暗くなって後方にスポットライトが当たり、衣装を改めた新郎新婦の再入場となった。ホログラムの立体映像の仕掛けなのか、薄闇となったあたり一帯にはらはらと桜の花びらが舞い落ちる演出などもあり、若い二人には目出たいことながら、遠縁のKにとっては義理の出席なのだった。顔なじみのない年配者ばかりの卓へ島流しされた按配と思っていたが、盛装の若い娘がいつから隣りの席にいるのかまるで覚えがない。季節の料理は多色の絵を皿に描いたよう、グラスの地酒は涼やかな蒸留水のように抵抗なく喉を通った。

「山道で、急に話しかけられて」とKはつれづれに話を続ける気になって、「不思議な花売り娘が道連れになって……」

「小説のぜんたいが夢幻能の結構になっているといいますね。主人公と道連れの花売り娘が、それぞれワキとシテ」

「きみは国文科の学生ですか」

「卒論の準備中なんです。できれば院試も受けたいと」と娘は力みのある表情になった。

「論文のテーマは鏡花で、『薬草取』を論じるということだね」

「ええ、『高野聖』や『眉かくしの霊』ほど有名ではないけれど、鏡花の幻想小説のなかでは定番のひとつですよね。何よりよく整って、寂しげでいて華やかな魅力のある作だと思うんです。ただ……」

そこへ眩いスポットライトとともに晴れやかな主役の二人が近づいてきて、「こんなところにいたのね」と新婦は軽く睨む目つきになった。「勝手に席を替わったりして。お隣りにご迷惑おかけしないようにね」

「この席のおじさまならば、従姉妹たちのテーブルで機嫌よく酔っ払ってらっしゃるわ」——やがて二人が次の卓へと離れていくと、娘は肩を竦めて言った。「あたし、ちょっとの隙に席を取られてしまったんです。今夜ここに泊まっていくので、あの子たちは大はしゃぎなんですわ」

「山腹からの夜景が有名だからね。従姉妹が多いのはよいことだ、仲良くなさいよ」

最終便で都会へ戻る予定のKが言いかけたとき、会場の壁と見えていたロールカーテンがするすると上へ動き出した。鮮やかにライトアップされた夜の庭園光景が戸外に現われ、会場は軽くどよめいたが、それは評判の下界の夜景が見えているためでもあった。ホログラムの桜の花びらも相変わらず会場内に降りつづけ、給仕が来て隣席のグラスとカトラリー一式を交換し、コースも進んだので、娘はようやく料理に手をつけ始めた。

「むかし高名な仏文学者と独文学者が合同の選者となって、鏡花選集が企画されたことがあったそうなんです」と、それから祝辞と余興の合い間にぽつぽつと娘が話したことはのちまでKの印象に残ることになった。

「編集会議が始まった段階で事情が変わり、企画は流れてしまったのですけれど。そののち仏文学者は亡くなって、長く生きた独文学者は個人編纂の見事な鏡花選集を実現させました。そして先ごろ、保存されていた仏文学者の手書きの選集リストが公表されて、これが興味深いものだったんです」

「面白いリストでしたか」

「偏りが大きいというより、ストレートな個人の好みで出来ているので。何しろ合同会議にかけるまえの草案で、下書きのようなものですから」

「いっさいの配慮や忖度なしということだね」

「何故選ばれたのか、不思議に思えるような無名の小品も多いんですけれど」と娘は続けるのだった。「仏文学者は幻想小説のアンソロジストとしても知られた存在でしたから、選の傾向はどうしてもそちら寄りですね——でもこうなると、幻想系の有名作や定番作で何故か選ばれていないものがあって、その不在の存在感というか、それが気になって仕方ないんですわ」

「わかった。『薬草取』が選に洩れていたのかな」Kが言うと、「『夜叉ヶ池』も洩れているんですよ。信じられます?」と相手は憤然とした口調になった。「舞台化された折のパンフレットや、文庫の解説まで引き受けて書いていたのに」

『夜叉ヶ池』なら映画も有名だね。むかし封切りの映画館で観ましたよ」Kは言った。「懐かしいね。池の主である妖怪の姫が眷属を従えて、さいごは大洪水を起こすのだった。暗愚な村人たちを成敗するために」

「これが選に洩れた理由なら、実はわかっているんです」と娘は眉をひそめた。「文庫解説で、仏文学者自身が本心を述べている箇所があるので。『夜叉ヶ池』は泥臭く、完成度で劣ると」

「――それはまた、手厳しいね」

「でしょう。そうですよね」またしても力んだ顔になって、髪の花飾りを揺らしながら娘は言い募るのだった。「そして『薬草取』ですけれど。こちらについての仏文学者の生前の言及は何もなくて、選に洩れた本当の理由は誰にもわからないんです。子どもの頃の回想で、主人公は庇護者の娘とともに山賊の根城に捕らわれて、折檻を受けるのでしたね。こうした展開が泥臭いとでもいうのでしょうか――娘は髪に挿した花を子どもに与え、逃がしてくれる。のちに追っ手がかかった山賊は大槍をふるって、死美人を背中に括りつけたまま美女ヶ原へ逃げた、と。これなどは少しあとの活劇長編、『風流線』に出てくるような人物ではあるんですよね」

「それで思い出したよ」Kは口を挟んだ。「大人になって美女ヶ原へ向かう主人公は、いったい誰のために薬草を求めたのだろうね。子どものころは母のため、でも大人になった現在は誰のためともはっきりしなくて。そこが何だか不思議に思えたものだった」

「病床の尾崎紅葉に捧げるために書いた作なんですよ」相手は言った。「快癒祈願として。そういう成りたちの作なんです、『薬草取』は」

「ああ」とKは少し驚き、ようやく腑に落ちた気分になった。「門下生だったね、鏡花は」

それで、幻想がいささか理に落ちる作となった訳か。と内心で思ったものの口には出さず、そこへ隣席の客が千鳥足の上機嫌で戻ってきたが、これはドレス姿の若い娘たちの支えでやっと歩いている始末だった。

「せんせい、この娘は理屈を言うでしょう、理屈を。よく相手して下さったですな」と顔を真っ赤にした遠縁の酔客は言い、そういえば最初に名刺交換したとKは思い出した。

「いや、なかなか面白く伺っていましたよ」と反対席の客も話しかけてきて、従姉妹たちに交じった短髪娘はこちらへ向き直り、「お話、ありがとうございました」と深く頭を下げた。

国文学は畑違いながら明日の授業があるので戻らねばならず、宴のあとでKがホテルの車寄せにいると、話題のきっかけとなった加賀友禅の新婦母堂が見送りにやってきた。「下の娘が相手して頂きましたそうで。ありがとうございました」

これも深ぶかと頭を下げるのだったが、横手の電飾庭園のテラス席には華やいだ多人数の賑わいがあって、若い者たちの二次会でもあるようだった。夜気の冷たさというのに、あの花飾りの短髪娘も中に交じっているのかどうか、「ああ、お懐かしい。思うお方の御病気はきっとそれで治ります」と幻の正体を現わす花売り娘のイメージが想起された。——夜の美女ヶ原の幻想美もさることながら、とタクシーの車内でもKは考えの続きを追っていた。この「薬草取」という作から何より自然な情として伝わってくるのは、神隠しの子が戻った喜びで母の重病が治ったことではないか——いったんは本復し、数年生きてから死んだ、と。そう書き記した折の作家は、たまゆらの浄福のなかにいたと思われるのだった。

下界の夜景のなかを車は快調に走り抜け、駅舎の改札でKがチケットを取り出すとき、何かはらはらと足元へ落ちた。桜の花びらか、一瞬の目の迷いを冷たい秋の夜風が拭い去り、ここから日常の喧噪へ戻るまで行程約二時間半。

Ⅲ

# アンドロギュヌスの夢

ル・グィン

さて、ル・グィンについて何か書くとなると、これはどうしてもバルザックの『セラフィータ』のことから書き始めなくてはならない。ル・グィンの小説というと『闇の左手』一作しか読んでいないのだけれど、この本を手にするに至った動機というのが『セラフィータ』に端を発しているので、そのあたりの経緯から説明する必要がある。

とここまで書けばネタが割れたも同然だが、ひところ両性具有のイメージを核にしてしきりに妄想を膨らませていたことがあり、これはたしか、澁澤龍彥氏の「アンドロギュヌスについて」という文章を読んだのがきっかけだったように記憶している。今から考えるとどうも三島由紀夫の影響臭いが、そのころ私は〝貴種としての畸形〟ということにしきりに執着していて、悪い夢で膨張していた頭蓋の中にこの異彩を放つイメージの原型は容易に侵入してきたようだった。が、澁澤氏の文章に触発されたとは言っても、専門家ならぬ身にはエリアーデの言う〈人間学の基本的なテーマ〉など眼中にあったわけではなく、個人的な好みを嗅ぎわける触覚を働かせて両性具有伝説の広大な裾野から微細な観念の破片を拾いだし、それを玩具にして遊んでいただけのことである。わたしの妄想の中のアンドロギュヌスは貴種の象徴でなくてはならず、その化身は貴種流離の型を踏まねばならなかった。

この種の悪い夢に耽りはじめると、夢の卵の孵化作業が万事に先行するようになるのが当時の常で、そのころは下宿暮らしだったから、関連文献をあさる費用を捻出するためには毎日固ゆで卵ばかりかじってすごすことになり、体力が落ちてくるにつれて見えないもののかたちが眼の前にちらついたりするようになる。慢性的な貧血状態の中で「水と夢」や「バルザック・ビジョネール」、エリアーデにスウェーデンボルクなどを読みちらして遊んでいるうちに、興味はどうしても「セラフィータ」に向かっていくことになったが、問題はその翻訳がすべて絶版になっていたことで、これがどう捜しても見つからない。原書だけはどうやら手に入り、辞書と首っぴきで拾い読みしてみたが、もとより細かいニュアンスなど読みとれるはずもなく、こうなるとオブセッションじみてきて、思い出すとわれながらあきれるが日本語訳の『セラフィータ』を本屋で見つける夢を何度も見たものだった。

結局、昨年の夏、沢崎浩平氏の新訳が刊行されてようやく『セラフィータ』の全貌に接することができたわけだが、『闇の左手』を読んだのはそれより前のことで、広告文を見て両性具有を扱った小説であることを知り、血相を変えて書店に走った記憶がある。『セラフィータ』に関して言うと、天使が貴種と呼べるものとすれば、天使の前身である両性具有者セラフィータ・セラフィトゥスが地上での試練を経て昇天するまでの物語という筋だては典型的な貴種流離譚と言え、これはこちらの趣味に合うが、ただ肝心のアンドロギュヌスがどう見ても神がかりのただの若い女にしか見えないところが決定的に気にくわない。両性具有人の世界を訪れたひとりの異邦人（=地球人の男）、という『闇の左手』のパターンは貴種流離とはまるで正反対だが、個人的な趣味はこのさい置いておくとして、それにしてもセラフィータとゲセン人の差異はただごとではない。神秘主義小説とSFとは単純に比較できるものではないのだろうが、同じテーマを扱った他の幾つかの作品をも読み比べていくと、そのうちにどうしても、SFというものの想像力の質といったことを感じざるを得ないようだ。もっともこの『セラフィータ』、小説としてはあまり成功した作品ではないといった事情もあるのだが。

ところで、SF雑誌にモノを書くようになってしばらくしてから初めて知ったのだが、現在日本には女のSF作家の頭数が海外での比率に比べて極端に少ないという現象があるのだそうで、私のようなしろうとのモノ書きにまでこの責任追及の余波がときおり降りかかってくるところから察するに、事態は重大なものと考えられているらしい。こっちは無責任なしろうとなので、ＳＦ雑誌に両手の指で数えられる程度のつたない小説を売ったことがあると言っても、数少ない女のＳＦ小説書きとしての〈使命感〉など毫も持ちあわせてはいないし、そもそも私の書いているものはいわゆるＳＦと呼ばれる種類のものとは趣が異なっているというような事情もあって、この種の騒ぎは他人ごととしか思えない。その他人ごとにしろうとがあえて口を挟むと、日本に女のＳＦ作家がほとんど生まれなかった原因を究明することは、これはなかなか興味のあることだし、また女の作家が女の人類観なり文明観なりを追求していくことに意味を認めないわけではないが、このテの健全な目標主義は趣味にあわない。ＳＦという想像力の自由に解放された場に限定つきの条件を自ら持ちこむこともあるまいにという気もしていて、そんな時ル・グィンを読むと、そこには書き手の性別にこだわらせるような曖昧な成分がほぼ皆無で、大人の書いた小説を読んでいるという安定感があり、安心することができる。

　貴種云々にこだわり続けることにすっかり嫌気がさしたのはもうずいぶん前のことで、『闇の左手』と『セラフィータ』を読んでほぼ満足して以来、アンドロギュヌスの夢とも縁が切れて久しい。今は別の悪い夢が腐敗発酵を続けているわけで、この原稿を書いている七月半ばの現在、体力が日々に衰えていく悪い季節が今年もまた始まりつつあるようだ。

# 円盤上の虫

ジャズというものがもともと一人密室の中で聞くべきものなのか、それともジャズ喫茶かできれば生演奏の会場まで人とつれだって聞きにいくべきものなのかよくは知らない。勿論、私の小型トランジスター・ラジオや貧弱な再生装置で聞くよりは、少しはましな装置があってそれなりの雰囲気があり、ついでに味のよいコーヒーを飲ませてくれる店でも見つけて出かけていくほうがよほどいいに決まっているのだけれど、それでもどうもあのジャズ喫茶というところに入ると何となく腰が落ちつかなくて居心地が悪い。べつに、どこのジャズ喫茶の椅子も決まってやたらに固い木の椅子ばかりで十分も坐っていられない、というわけばかりではないのだけれど、妙にまわりの客たちが気になってこちらの顔の表情のおさまりが悪くなってしまうのだ。

——などと書くとはからずもこちらの音楽というものに対するコンプレックスが露呈

してしまうわけで、なるほど、確かに私は音痴で、自分が歌うところを客観的に聞いているると意図するところから数度はずれた音程をたどっていることがよく分る。藝大でピアノを専攻しました、といった相手に限らずギターをかかえて歩いている高校生と街ですれ違っただけで反射的にこちらは凹型の体勢になってしまい、でもだからと言って楽器の扱えない音痴にジャズ喫茶に入る権利がないというわけではあるまい。とは思うのだけれど、私の住んでいる街の、市に二軒だか三軒だかしかないというジャズ喫茶に入ってみると、何というかたとえば隣りのテーブルの学生がヌーヴォー・ロマンらしき本を前に伏せて腕組みしたりしていて、やっぱりうろたえて早々に逃げ出さずにはいられない。でなければ、無言で瞑目している連れの足を靴先で蹴って、つい声高に喋りだしたりしてしまう。

「何年か前、マンガ家のKō Shintarōという人が深夜放送をやっていて、その中に夢コーナーというものがあったわけでして」

「夢の話を書いた葉書が採用されたら、Tシャツとかがもらえる、というようなやつですか」

「はい。で、ムダ玉は一発もなく、送った葉書は全部採用されまして、しっかりと景品をせしめたのですが、その時たまたまYamashita Yōshukeという人がゲストに来たりしていまして」

「ほう」

「私の住所がその頃は京都の伏見桃山だったりしたものだからこの人は喜んだ様子で、これは Inagaki Taruho が変名で葉書を送ってきたのではないか、などと口走ったりしていたようで、私も一緒になって嬉しがってしまったのですが……もっとも、ラジオの電池が切れかけていて箱の中の声が非現実的に遠のいていたもので、そのあたりはよくは聞きとれなかったのですけれど」

「Taruho 氏がムーンロケットに乗って昇天する前のことですか。古い話ですねえ」

相手は、それで？ といった眼つきで冷笑を浮かべ、だって本当のことなんだから、と口の中でブツブツ言い訳しながら私は唐突に、オルガンが弾けたために組のスタアだった幼稚園時代のことなどを懐かしく思い出したりしてしまうのだ。

たとえば、ミルト・ジャクソンとスタンレイ・タレンタインの“Cherry”――血紅色の汗にくまどられた黒い皮膚と白い爪を持つ片掌が奇怪な金属楽器を支えたジャケット――をかかえて、回転する黒い音盤を覗きこんだりしていると（私は、人に何度言い聞かせられても二つのスピーカーから届く音が正しく交わる位置にじっと坐っているということができない。いつもつい不安になって、レコードの真上に首を突き出してビクターの犬の姿勢になってしまう）、虫喰いの穴だらけの円盤、というイメージが何故だかいつも頭に浮かんでくる。塩化ビニールを喰い荒らす虫が大量に発生して、衣魚(しみ)に喰われた布地のように丸い微細な穴がいちめんに生じた時の円盤。それでも針は、穴に落ちこんで引っかかることもなく溝を滑りつづける。あるいは、蠶が着実に桑の葉を齧っていくように端から喰い荒らされていく円盤。皆既日蝕のように片端から欠けていきながらも円盤は回転を続け、欠落した溝の中を針が走っていくのはこれはどうしたわけだろう。

黒い硬質な皮膚を持つ人間が金管楽器をわしづかみにしている様子が眼に浮かぶ円盤に対してだけ、このイメージは浮上してくるようで、私の虫たちが何故このような片寄った好みを持っているのかは未だによく分らない。

# 満開の桜のある光景

たとえば梶井基次郎の「桜の木の下には」では、満開の桜の根元には屍体が埋まっているのだった。坂口安吾の「桜の森の満開の下」となると、山奥の桜の森の真只中で山賊の背に負われた女は鬼に変じてしまう。山賊に人の生首を取ってこさせては興じていた都の女は、満開の桜の下で鬼になり、男に縊り殺された後は二人ともども桜の花びらの舞い散る下に風になってかき消えてしまったのだという。

一年のうちのある限られた数日の間だけ、だしぬけに出現するこの〈満開の桜のある光景〉というやつ——これにある日突然直面する時、大げさに言えば日常時間の持続の狭間にぽっかり口をあけた落とし穴みたいなものに人は落ちこんでしまうのではあるまいか。少しばかり明るすぎ晴れがましすぎるあのピンク色の花盛りの木が、ぬけぬけと町なかのあちこちに出現しはじめる時、その光景はまるで人工的な舞台装置に変貌したように見えてしまう。この舞台上に人間の姿が立ち混じって何らかの所作を演じるとすれば、それは花見の酔狂かあるいは夢幻能の鬼や狂女のたぐいに変じて踊り狂うかということになってしまうのだけれど、酒も飲めず鬼にもなれない私にとっては、今のところそのどちらの〈狂〉にも縁がない。

たとえば今思い出されるのは、高校を卒業した年の妙にとりとめなくざわついた光景だ。記憶のスクリーン上の一箇所だけ淡く内側から発光しているその光景の中には、茫々と輪郭をぼやけさせた一本の満開の桜の木があり、その下に高校の制服を脱いで私服姿になった友人たちが小さくかたまって立っている。明るい色の春の服も何となく身にそぐわない様子で、妙にちぐはぐな姿勢でたよりなげに顔を寄せあった彼らは、たぶん今姿を見せない他の友人たちの噂でもしているところなのだろう。

受験後の大混乱の中で、挨拶もかわさないで他の土地へと散っていった友人たちは、今頃はどこの桜の下に立っているのか、それとも明るすぎる満開の桜の下を避けて暗いところを背を丸めて歩いているのか。そんなことをぽつぽつと喋りあっている記憶の中の彼らの顔は、露出オーバーの光に侵蝕されて白い空白になって見えている。

桜の満開になる季節の始め、微熱が続いて躰の芯からうわずったようになり、そして妙に苛立たしくも感じられるあの春の空気のにおい。それは満開の桜の持つ〈狂〉の要素のあらわれの一部なのか、どうか。現在の私はその〈狂〉に対して鈍感なのかもしれないけれど、鬼にも等しい老婆になった時には、もしかすると初めて舞い散る花の下で踊り狂うことになるのかもしれない。

## 〈歴史劇〉のことなど

〈歴史〉というものに対しては（怠惰な門外漢の常として）およそ〈権謀術数うずまく混沌〉といったイメージしか持ちあわせていなくて、思わず逃げ腰になるのを禁じえない。これには、入試用歴史年代表の丸暗記に苦汁をなめた苦い記憶も手伝っているようだ。国や王朝の興亡、戦争に暗殺に陰謀といった小説よりはなばなしい物語群も、無味乾燥な年代数字の羅列として丸呑みさせられたのでは怠惰な学生にとっては飽食も限界で、胸やけを押さえながらこの苦痛も自分個人に対する〈歴史〉の陰謀のひとつか、と逆うらみしたくもなったものである。以来この飽食感は今だに尾を曳いていて、嬉々として歴史の密林に鼻を突っこんでいる人種などは異星人としか見えず、反対に知的好奇心の欠如をそしられても聞こえないふりをして今にいたっている。およそ謙虚な自省心などとは縁のないたちなのである。

ただ、〈歴史〉→〈権謀術数うずまく混沌〉という反射的連想回路のなりたちの出発点については、いささか個人的な理由がなくもないので、以下そのことについてやや弁解口調で記しておこうと思う。つまり、以下の記述は〈歴史〉の威圧から首尾よく無傷で逃走しようともくろむ私の防御的身ぶり、ということになるだろう。

——話は小学生時分のこと（一九六〇年代半ば）になる。私が育ったのが地方都市だったせいかどうか、その頃には小学生が下校後塾めぐりをして帰宅が毎晩真夜中になる、というような話はまだ聞かれていなかった。近所の餓鬼大将が年下の子を集めて石けりや当て鬼に駆けずりまわっていたのだから、当時の小学生にとってはまだ居心地のよい時代だった、と言えたのかもしれない。ただ、あの薄暗い教室ごとに見えない根をはった〈小さな王国〉の濃密な雰囲気——あれは、私の子供時代と今の子供の世界とともに共通するものか、どうか。

小学生のころを思いだしてみると、曇り空の下の長い陰鬱な午後から夕暮れにかけてのうっとうしい時間ばかりが長々と持続していたような気がする。〈小さな王国〉の絶対支配者であった担任教師を前にして、寒さで気力の失せた顔を並べている子供たち。長い渡り廊下は天井に罅（ひび）が入って雨が漏り、日の射さない池のある内庭には生徒が入ることを禁じられていて、ボールを拾いに二、三歩踏みこんだだけで五分後には誰かが教師に告げ口しに走っていった。やたらに数の多い便所。蜘蛛の多い講堂裏や、赤むけの人体模型の並ぶ理科準備室などは、〈王国〉の権力者たちが被支配者たちに制裁を加える（と言っても、いじめて泣かせる、といったことにすぎないが）場所として恐れられていた。要するに、私のいた小学校は戦災をまぬがれた城下町の古い一劃にあるやたらに時代がかった建物で、ほぼ迷路と呼ぶに近い複雑な構造を持ち、その中で思い出すだけで本気で気のめいる派閥争いと密告体制を持つ恐怖政治が子供たちによって行なわれていた、というわけである。

教室内での〈小さな王国〉の権力者といえば、腕力と統率力を持つ餓鬼大将タイプではなくて、〈勉強のできる子〉、教師のお気に入りの優等生たち、と相場が決まっていて、これは女の子が多かった。この女の子たちの敷いた恐怖政治の陰惨さというものは、なにしろ子供にとってはこの〈小さな王国〉こそが全世界なのだから、被害者たちの身にしてみれば切実なものだった。この陰謀うずまく〈王国〉の形態こそ〈歴史〉の一断面のヒナ型であった、などと言いたいわけではないが、実を言えばこの混沌の真只中に出現したのが学芸会の〈歴史劇〉だったのである。

日本史総ざらいで、神々と英雄と美女たちの入り乱れるこの劇は、登場人物が多いだけに配役に公正を期することがむずかしかったらしく、よい役は激しい奪いあいになった。〈勉強のできる子〉でありながら内気な子などは、よい役をもらったばかりに放課後泣かされて帰り、当日は仮病で欠席した。〈王国〉内の権謀術数がこの時ほど活発になったことはなく、権力者たちは結局ヒミコ、女装のヤマトタケル、静御前等のよい役を独占した記憶がある。私自身が何の役を仰せつかったのかは、恐怖のあまり記憶にない。

このたあいのない思い出話をもってして私の歴史観形成の出発点であるとこじつけるのは、レトリックとしても幼稚であるけれど、私にとってはただ当時の恐怖が切実であったという事実が重要なのであって、これぱかりはどうしようもない。大学受験期、さらにはその後になってもまだ、〈王国〉の権力者への恐怖が〈歴史〉への恐怖にすりかえられたままだった、などと言えるのか、どうか。

考えてみると、対象を〈歴史〉だけに限ることなく、私にとっては外界のすべてが〈王国〉の権力者の領地と見えているのかもしれない。この権力者の姿が、昔のように意地の悪い女の子たちといった限定された姿を持ってはいなくて、眼に見えないということが、困った点なのである。これでは、防御の身ぶりも何も、あったものではない。

## 『流れる女』

小松左京

コマツさん、というと、まんまるい感じがある。

もちろんこれは体型のことを言っているのではなくて（まあ、それもあるけれど）、「コマツさん」と声に出して言ってみると同時にぱっと反射的に思い浮かぶ全体的なイメージ、これがいつも決まってまん丸いかたち、球体なのだ。そういえば、コマツさんの似顔のマンガというとよく月とか地球とかのまん丸い天体に笑顔の眼鼻がついたもの（あの、眉も眼も口も、顔全体の造作が額のほうへずり上がっていくような上機嫌のニコニコ顔）を見かけることが多いから、コマツさん＝球体というイメージは、私だけでなく誰もが感じるものなのだろう。球体人間というと、超人的万能頭脳を備えていてかつ人格円満、加えてちょっと指先でつついて転げさせてみたくなるようなかわいい感じもある。本物の球体人間ならば図々しい子供がじゃれかかっていっても大人げなく怒ったりはせず、一緒になってころころ転げて遊んでくれる筈で、コマツさんはもちろんこの真性球体人間なのだろうけれど、それはさておきひとつ気になることがある。くだらないことだけれど、コマツさんの似顔の球体、あれはたしか月か地球か、それとも宇宙全体だったかな？

——ここから先は私の偏見と独断なのだけれど、あれは私の好みからいって月であってほしい。月、すなわちこの場合、これを呼んでコマツ月という。語呂もなかなか悪くないし、もう一方的に決めてしまう。で、このコマツ月をちょいと片手でつかまえて右手に刃物、一刀両断してみるとどうなるか。一説によれば刃こぼれした得物を見あげて無傷のコマツ月がにやりと笑ったとか、別の説によれば切断面には古代文字の刻まれた複雑怪奇な電子回路が覗いていた、いや切り口からはハルピュイアや件（ひとうし）が飛びだしてきて下手人をひと呑みにしたとか諸説紛々、真相はというとどうやら得物の切りこむ角度によって千差万別の切断面が出現するということらしい。そこで私もその気になり、何故か手に持っていた日本剃刀ふりかざしてやっとばかりに切りつけると、コマツ月はぱっくり割れて中からぞろりと緋縮緬。

あれ！　と驚いて見直すと一刀両断された筈のコマツ月は跡形もなく、窓を見ると狸の尻尾をひとふりして宵の空を逃走していくお月さまの後ろ姿がある。そこであわてて後を追おうとしかけて、ふと思い出したのが以前コマツ月ならぬコマツさんにお会いした時のこと。初対面で「コマツさん、ワタシ『兇暴な口』みたいなの好きです！」などと色気のないことを口走って相手を失望させたことがあった。それに待てよ、先刻かかってきた電話によれば今夜コマツさんのお座敷の口が私にかかっているとのことだし、ここはこちらもお座敷着に着がえていくのが礼儀、いや仁義というものだろう。と気を取り直してみればちょうど手元に緋縮緬の長襦袢、これをぞろりと引っかけて口には紅のひとさし、足元の用心にぼんぼりひとつかざして、十五夜のお月見に窓から出かけていくことにした。

紅い空の下には漆黒の薄の野原、なんだか八月坊主みたいな夜の景色の中をとっととと走っていきながら、はてコマツ月の行方は何処と小手をかざしてみると、件のお月さまは紅い空の地平にひっかかってなにやらぼうっと酔い心地の風情とみえた。

今夜のお座敷は「小夜時雨（たぬき）」の間とか聞いたけれど、以前このコマツ月を追っかけてきた時には、そのたびに地平がぱっくり裂けてあたりが沈没しはじめたり屑鉄を食べるけたたましい怪物たちが飛びだしてきたりしたものだった。今度もまた生きているミイラだの円盤だのが跳梁しはじめるのかしらん、とややおっかなびっくり近寄っていくと、薄の野面に小唄のひとふしが流れて、地平の月輪の中央にははらはらと褄をこぼして舞い踊る土地の名妓の影が立った。

かん、と柝が入るたびに鮮やかに景色が変わり、するすると空をかけてゆくお月さまは次々に新たな女たちの姿を照らしだしてくれる。阿波の狸の化けた美女やら、北欧からジブラルタルを渡って京に羽を休めた鷺娘、戻橋の鬼女ならぬ橋姫、古い城下町の女から月の女まで、どの女たちも現身（うつしみ）ならぬ日本の土地土地の精霊の化身とみえた。そのあざやかな差す手引く手を照らしているお月さまのほうはと見ると、眼を細めて土地の名酒を含みながら陶然と女たちの姿を愛（め）でている様子。こちらもついお座敷づとめの身を忘れて一緒に舞台に見ほれてしまい、ふと気づくと女たちの中にただ一人、きわだった姿ながらその顔がぼうっと白くかすんで眼鼻もさだかならぬ者がいる。

あれは「流れる女」の、洗い髪のお師匠さん。土地土地を流れ流れて名のない城下町に宿ったこの精霊に、めぐりあうのはやはり漂泊の末にその土地の精神に魅入られた男たちであるらしい。が、かなわぬ願望をこめた男たちそれぞれの視線によって姿を変えるこの精霊の顔は、あわれに白くかすむばかりでどの男たちの視線をあびても変容をとどめることができない。微妙に震えながら面変わりしていくその顔は、ある時は鷺娘とも見えまた橋姫とも見え、このあわれはあるいはすべての運命の女（ファム・ファタル）とやらいうものたちの持つ宿命なのかもしれなかった。

——が、まあ余計なさかしらはこの際捨てたほうがよろしかろう。ほろ酔い機嫌のコマツ月が照らしだしてくれる美神たちの、踊りの手ぶりやら所作のにおいに一緒になって見ほれ、時に掛け声のひとつも入れればそれでいいのである。

そうでしょう、コマツさん？

と呼びかけて薄野を一歩踏みだしたとたん、緋縮緬の裾が割れてなんとジーパンの脚がぬっと出た。

狸の尻尾が露見したほどにあわててしゃがみこみ、見あげてみると地平の満月はいつのまにかコマツ月ではなく本物の十五夜の月に変わっている。手前に見える後ろ姿はとっくり下げてとぼんと立ったコマツさん、その前方で月輪に吸いこまれていきつつある女の影は、記憶と共に羽衣ならぬイアリングを取り戻した無口な天女の姿とおぼしい。

コマツさんは何故あれを追いかけないんだろう、とうろたえてもう一度見直すと、天女の姿を吸いこんだ満月は再び笑顔のコマツ月に変じた。と、ついと地平から離れたお月さまは中天でくるりと一回転、と同時に呵々と哄笑が響いて野面が暗み、ざっと野分けが吹き荒れて私はそのまま眼を回してしまった。

「『兇暴な口』みたいなのだけじゃなくて、女シリーズなんかもあるんだよう」

と以前苦笑なさっていたコマツさんは、どうやら今回「小夜時雨」のお座敷で私の無粋ぶりをたしなめてくださるおつもりだったらしい。ところがせっかくのお招きながら、私は案の定狸の尻尾を出すばかりで満足にお座敷をつとめることもできなかったのだけれど、コマツ月のいつも変わらぬ笑顔を思い浮かべてみると、何とかお許しがいただけそうな気もしてくる。

本物のコマツさんのほうにお会いするたびに、私は何故かあのトレードマークのズボン吊りがひどく気になって、後ろからそっと忍び寄ってぐっと引っぱってパチン！　とやってみたくて仕方がないのだけれど、これはやっぱり思いとどまることにしておこう。

コマツ月さま、またお天気のいい晩に窓から呼んで新しい景色を見物につれていってくださいますように。

# セピアの記憶　過去(とき)のつぶやき

長崎西洋館・異人館物語

西洋館、という言葉のイメージを過去の記憶の中にさぐってみると、そこはかとなくものうい郷愁の気分とともに想いだす、一軒の家がある。

たしか、頌春館という名の家だったと思う。小さい頃に住んでいた街の、裏通りに建っていた家で、母親に手をひかれて、赤い靴なんかはいてその前を通った。前庭も門もない、通りにじかに面した家で、〃頌春館〃の名は右から左へ書くあの旧式の書き方で、玄関の壁に白ペンキの隷書体で書かれていた。正面の常夜燈は乳白色の球型の曇り硝子(ガラス)製で、埃(ほこり)と蜘蛛の巣と羽虫の死骸が積もっていた。

こんな家の記憶は、誰にもひとつはあると思う。和洋折衷で、灰色の漆喰塗りの壁、二階建ての屋根は黒灰色の瓦屋根。玄関脇の、応接間らしい出窓には、黄ばんだ天竺木綿のカーテンが年中閉ざされたままになっている。ペンキが剝げて、空色が鼠色に褪せた鎧扉のある、二階の窓。裏手には、廃園じみた雑草園がぼうぼうと灰色に烟(けぶ)って、先端の枯れた棕櫚(しゅろ)の木が二本、何となく傾いて立っていた。庭の隅の、埃だらけの硝子が半分割れた小さな温室には、それでも申し訳のように、緑色のものが植わった鉢が幾つか並んでいて……

　その街へはもう行くこともないから、あの頌春館がまだ取り壊されずに残っているかどうか、確かめることもないしその気もない。わざわざ出かけていって、跡地が駐車場やマーケットになっているのを見て幻滅するよりは、それより想い出のなかで夢を見ているほうがいい。

　うらぶれた、亡命者のもと侯爵夫人が零落した果てに棲んでいそうな、廃屋化した西洋館。手入れの充分でない、蔦(つた)だらけのそんな家の門から出入りするのは、紅玉(ルビー)の指環を嵌(は)めた白系ロシア人の老婆でもいいし、あるいは支那服を着た若い母親が、お河童(かっぱ)の女の子の手をひいて出てきそうな気もする。洋館のなかの部屋部屋では、時間が止まってしまったように音がない。そこに瀰漫する光は、白昼でさえ、粒子が荒れたように妙に色が薄くて、埃の粒をうっすら浮かせているに違いない。――止まってしまった置き時計。セピア色に変色した家族写真。逆光になった部屋の窓のあたりに、影絵のような姿で横顔を浮かばせて通りすぎていくのは、植民地帰りの士官夫婦か、それとも夢二の絵の女のような、ネルの着物を着たひよわそうな女か。

そんな洋館がもう一度見られるというのなら、たとえば長崎のような街へ行ってみるのもいい。夢二の「長崎十二景」の中の一枚の絵、櫛笄をいっぱいに挿した着物の女が、撫肩にひっそりと十字架を持って長椅子にかけ、その後ろの壁に基督磔刑図がある。そんな光景を奥に隠した家も、そこでは見つかるかもしれない。

旅に出る時、私が思ったのはそんなことだった。

＊

日暮れまでにあと一、二時間ある、といった中途半端なだるい時刻に、目的地に着く。まずは宿に荷物を置いて、身軽になったところで特に目的もなく街に出てみる、この時の気分が旅のなかではいちばん好きだ。

今夜のねぐらは確保できたし、その点気分が軽くなり、夕食はどこで何を食べようかなどと、まだそれほどお腹もすいていないから余裕を持って、思いめぐらしながら街を歩く。本格的に歩きまわるのは明日以降のことだから、今日の残りの時間はまるで自由だ。観光案内の地図なんか、ひろげるのは明日の朝でいい。今は、地図は見ないで、知らない街筋の迷路に気ままに迷ってみるのがいい。

初めての街の空気を吸って、においを感じてみる。旅の出発点だった、住みなれた街とは、においも違うし気温も違う。名前を知らない繁華街、川と橋、公園と雑踏。……そのうちに、あのなつかしい夕暮れがやってくる。溶暗していく街並の光景が、視界のなかで焦点をぼやけさせていく。そろそろ、空腹(ひだる)さが気分の全体を支配しはじめてくる感じで、雑踏は影のような姿になってあたりを行きかうように見えてくる。――

こういう旅のはじまりには、照明のキラキラしたレストランよりは〝街の洋食屋〟といった雰囲気の店に入るほうがよくて、それで「銀嶺」へ行った。タイル張りの床と高い梁(はり)、ぎやまんの杯(グラス)が硝子扉の中で光をくぐもらせているのを、ぼんやり眺めているのもよかった。


大浦天主堂の中で、すてきな祭壇を見た。

この建物は、外から見ると例の絵葉書のカラー写真風で、今さら感動も湧きかねるけれど、中に入るとそれが一変してしまう。グレゴリオ聖歌が高い天井に響きわたり、空気まで敬虔に引き締まってくる感じだ。正面は十字架像の焼絵玻璃(ステンドグラス)の祭壇で、左右にはそれぞれイエスと聖母子の小さな祭壇があり、その右側のほう、稚子(おさなご)を抱くマリア像の祭壇がよかった。

緑や赤に着色された、木彫りの聖母の貌がまずやさしげないいお顔で、天井は木枠の嵌まった弓型天井で色は薄緑、そこに点々と金色の星（放射状の光が八方に飛びだした、金紙細工風の）が散っている。壁は薄紫で、濃い小豆(あずき)色の柱にくすんだ黄金(きん)の葡萄蔓(ぶどうつる)が巻きつき、そこに鉄の吊り洋燈（ランプ）と枝付き燭台――、手前の台には、縫いのある空色の布が掛かっていた。

色の配合が夢のように綺麗で、ダイヤ格子の窓の並ぶ信者席にぽつんと座って、いつまでも見とれていたい気分だった。そこに供えられた花だけが、何故か純和風の白い水盤に活けた百合や菊の日本の花である。聖歌が底深く反響するなかでの、その取りあわせの妙が、長崎風なのかもしれなかった。

＊

ところで、長崎到着の日の夕方は、私は中島川沿いに眼鏡橋のあたりの骨董屋をひやかして歩いたのだった。夜は夜とて、浜町あたりの繁華街を、巷の灯も眼にまぶしくそぞろ歩きして過ごした。この時点では、長崎という街の全体像などまだまったく摑めてはいない。坂の街長崎の底部のあたりに、点のような姿になって紛れこんでいたわけである。

翌日、大浦天主堂にグラバー園と、まずは南山手の丘に登り、眺望がようやく展（ひら）けてきたところで、傾斜のある街という感覚がつかめかけてきた。次に、そこから大浦川を挟んだ向かい側、東山手のオランダ坂を登って、活水学院の庭に立った、その時だったと思う。眼下に、街の鳥瞰図が展けていた。

私は、あ、と思った。

長崎というのは、これはミニチュアの街である、と。

玩具の街、箱庭の街なのだ。

南山手と東山手のそれぞれの丘の傾斜面は、川を挟んでその両側に向きあっている。従ってこちらから見ると、さっき登ってきたばかりのグラバー園の異人館が、向かいの丘の中腹に、人形の家のように点々とのぞいて見えるのだ。大浦天主堂の、特徴のある真白い正面(ファサード)も見える。私などのように、平面的な街に住み慣れた人間には、これは思わずはっとする光景である。が、〃ミニチュアの街〃という印象は、それだけのことが原因ではない。

傾斜だらけのこの街の底、中心部には、川も流れて、これまた玩具のようにほどよく小ぶりの、石のアーチ橋が点々と架かっている。海峡みたいに細長い海が、湾になって喰いこんできてもいる。丘、坂道、川、橋、海、などのあらゆる地形的要素が、箱庭風にこの小さな街にそろっているわけだ。それに加えて、どの坂道を歩いていても眼につくといった風の、西洋館・異人館。洋館というものは、そもそも日本人の眼から見れば玩具じみた趣味的建物には違いなかったし、そこには日本情緒と異国情緒の混合がある。おまけに支那趣味、南蛮趣味、紅毛文化と、この狭い街にごった煮的に凝縮されて、これはますますミニチュア的だ。

そういえばこの街には、玩具のマッチ箱のような路面電車もまだ走っているのだった。

ここは、夢のなかに繰り返し現われてくるあの街なのかもしれない、とその時急に思った。名前のないすべての〝街〟のイメージが混合されたあの街、追憶の夢に見たあの原型の街なのかもしれなかった。

西洋館というものは、見る時の〝気分〟によってひどく印象が変わるものらしい。今出来の、そっけないビルやプレハブ住宅にはとても望めない深い表情があって、雰囲気が濃厚だからだろうか。曇天の、風の荒い日暮れには修道院めいて宗教的重圧感を感じさせた陰鬱な洋館が、翌朝の日光さんさんとした陽気の中で見直すと、金髪碧眼の女の子が窓から笑顔で手を振りそうな、開放的な様子だったりする。見る人の側の、気分の状態も大きく影響しそうだ。

たとえば、紅薔薇色（ローズレッド）の屋根を持つ、オランダ坂の活水学院。クローバーの連続模様が高い壁を飾り、ゴシック様式の塔も混じって、広い芝生の前庭には、樟（くす）の大木が数本ひろびろと枝を張っている。この建物を見た時、同行者のひとりは「チップス先生さようなら」の舞台を連想し、もうひとりは「嵐が丘」を、私は何故か「サスペリア」を連想した。

私の印象だけ、ひとつかけ離れているようだけれど（しかも、ちょっと幼稚ではあるまいか、これは）でも、間違った印象だとは決して思わない。確かに、大木が枝をひろげた前庭のあたりは、ヨークシャーの荒野の洋館、という感じもする。英国人の生徒に囲まれたチップス老先生が、芝生を横切っていきそうな雰囲気もある。でも、一方で夜の中庭からあのゴシック塔の壁を高く見上げたら、妖しげな屋根窓から悲鳴が聞こえてきそうな、そんな感じもしたのだ、確かに！

ことほどさように、印象はさまざまということになるらしい。

＊

その洋館が、〝生きている〟のか〝死んでいる〟のかによっても、印象の差は大きい。たとえば、グラバー園に集められている異人館の数々は、むろん今では人は住んでいないし、清潔に保存され、展示品として陳列されているといった風情である。これが〝死んでいる〟洋館ということになろうか。長崎の異人館入門編といった具合で、なるほど、洋館めぐりのとっかかりには最適だし、見て歩いて楽しくもあったけれど、正直言って、後に残る印象は薄い。

〝生きている〟洋館のほうは、今でも人が住んでいる洋館ということになるが、ただこれもさまざまで、取り壊し寸前の廃屋じみたのから、明治の輸入文化の完全な保存版まである。

高島炭礦社。

これは、グラバー園の出口、十六番館の展望室からまっすぐ海ぎわに見おろせる。埠頭の廃館！　というのが遠望した時の第一印象で、実際に岸壁ぎりぎりに建っていて、波頭の繁吹(しぶき)が木造ポーチに散りかかっているように見えた。さっそく行ってみて間近に見あげると、これは、滅びのきわみまで行きついた建物の精神、とでも言うのだろうか。潮風に晒(さら)しに晒されて、木造部分のペンキは完全に剝げ、地肌が剝き出しになっている。全体に、煤ぼけた灰色と黒の堆積、といった感じで、いっそ壮観である。ちょっと珍しいタイル張りのポーチは鳥の糞だらけで、見上げた時、驚いた。軒の、屋根廂の影になったあたりをぎっしり埋めつくして、土鳩の群がうずくまっていたのだ。

それが、一様に首を胴体に埋めこんで、啼(な)きもしなければ身動きもしない。加えて、土鳩の羽根というのがこの建物の黒ずんだ灰色と同じものだから、眼をそこへ向けるまではまったく気づかないわけである。むこうは、眼ばかりぎっしり開いてこちらを見ている。鳥の視線というものを、私は初めて感じた。

「埠頭の惨劇」とかいった題名の怪奇小説の舞台にでもなりそうで、こういうのを荒廃美というのだろう。

その対極にあるのが、占勝閣。

身投げ岬に建つ占勝閣は、三菱重工長崎造船所の迎賓館に使用されている由で、一般の見学者は入れない。三菱重工の社員でさえ、入れない。誰が入るかというと、天皇皇族である。時の閣僚である。奉名帳に、日本近代史の教科書で見た憶えのある名がずらりと並んでいるわけである。

調度はすべて、明治時代に英国へ特注したものばかり。食器は純銀。バッキンガム宮殿のものと同じという飾燈（シャンデリア）には、本物の蠟燭が点り、重厚な暖炉には本物の火が入る。ホールには孫文の書の額がかかり、部屋部屋には黒田清輝や円山応挙の絵が飾られ、そして菊の紋章入りの蒔絵手箱に銀盃が並び、また撞球室の玉突き台は大理石、玉はロンドンから取り寄せた象牙製で……

これは、つまり、アレなのだ。

三島由紀夫の、「春の雪」。

松枝（まつがえ）侯爵令息清顕（きよあき）と、綾倉伯爵令嬢聡子（さとこ）の、大悲恋の舞台。明治大正の貴族世界が、最上級の保存状態で残されているわけなのだ。

こちらも、気分を出して、椅子のひとつにそっと腰かけてみる。黄金（きん）と錆朱の錦織りのクッションは羽毛入りだそうで、なるほど、背が沈むほど柔らかい。暖炉の火はよく燃えて、煙が少しも逆流してこない。火掻き棒というものを、生まれて初めて見た。炉の前の、金網を張った衝立（ついたて）は、火の粉が外に飛びだすのを防ぐものだそうである。

壁鏡が多い。それも、ひとつひとつがとても大きい。部屋ごとの暖炉の上、階段下のホールの壁、客室のドレッサー。その鏡の群が、渋い色調の銀の壁紙や、枝付きの飾燈（シャンデリア）の姿を森閑と映しだし、静寂を増殖させている。

正確に整備された寝室の、扉の外を通りかかった時、無人の部屋の奥にちらりと動く影が見え、驚いて立ち止まると私自身の鏡像だった。細工の凝んだ、額縁のような壁鏡の縁のなかに、かっきりと室内の光景がとらえられていて、その奥に一点、私自身の上半身の像が映っている。洋風木造二階建ての、明るい色に塗られた建物の窓の外は、松の古木の並んだ日本庭園である。……

＊

街に降りて支那料理屋に入り、素馨（ジャスミン）のかおりのする支那茶を前にぼんやり頭を霞ませながら、考えた。店の内装は、螺鈿（らでん）を嵌めこんだ椅子に鳳凰と麒麟を描いた壺、支那趣味一色だけれど、こちらはまだ異世界から戻ってきた気分が抜けきらないでいる。

いま見てきた洋館は、確かにまだ〝死んで〟はいない。現役で使用中のものである。でもあれは、〝生きて〟いるのだろうか。

白面の貴公子と〝お姫（ひい）さま〟の亡霊が、どこかの鏡に姿を映しそうな洋館。でも今は、乾いた老人の皮膚のにおいが、時間（とき）の埃と一緒に沈澱しているようだ。死んではいないけれど、眠っている。眠りながら、回想に耽っている。

過ぎていった浪漫の時代の残光だけをその内に封じこめたあの洋館は、現代人どもの足が一時そこを踏み荒らして出ていった後は、鍵をかけられて、そして再び眠りの中に落ちこんでいきながら、若かった頃の夢と想い出に浸っているのだろう。

外人墓地へ、行ってみた。洋館めぐりの最終コースということになろうか。

稲佐山外人墓地で、不思議な道に出会った。山の斜面を埋めた墓地の、傾斜をほそぼそと登っていく道で、空へ続いていく道のように見える。

幅が狭い。人が二人、ようやく肩を並べて歩けるほどで、左右は赤煉瓦の塀。その塀の上に、赤錆びた槍を並べたような鉄柵が載っている。石畳の道と石段の部分とが交互に続き、その道がほんの少しずつ曲がりながら、どこまでもどこまでも上昇していく。登りながら先のほうを見上げると、煉瓦塀に左右を挟まれた、狭い空の空白だけがしらじらと明るくて、本当に空まで続いていきそうなのだ。

ほとんど等身大に近い大きさの、ひざまずいた天使像に左右を守護された、異人さんの古い墓がある。故郷に戻れないまま、この地に故郷の家々と同じ造りの洋館を建てて住みつき、ついに異国で骨を埋めることになったわけだ。

望郷、という言葉を、頭に浮かべてみる。

西洋館の窓から、空の遠いあたりへ望郷の眼を向けていただろう彼ら。彼らが死んだ後も、その望郷の眼差の気配が、無人の洋館の窓々に消え残ったとでもいうのだろうか。化粧煉瓦を積んだ窓、鎧扉のある窓、赤や緑の彩色硝子の嵌まった窓、そういったすべての洋館の窓々が、いつも奇妙に物語的な気配を籠もらせて見えるのは、そのためなのだろうか。

＊

杠葉（ゆずりは）病院の前の坂道で、ぼんやり立っていたら、洋館の二階の窓から、髪の長い女の子がにこりともしないで手を振ってくれた。

そういう窓も、ある。

＊

眼鏡橋の脇の骨董屋で、ぎやまんの電燈の笠を買って帰った。長崎硝子（ガラス）の、薄青と透明の粒や管をすだれのように垂らした飾り笠で、触るとシャラシャラと幽（かす）かないい音がする。今、私の部屋に吊るしてあって、夜になれば灯を点す。

夜の洋館、というものだけは、そこに住んでみなければ判らないものなのかもしれない。外から眺めるだけの身には、昼下がりや黄昏の洋館しか判らない。真夜中には、光の届かない隅のあたりで、羽虫ほどの声で昔の住人たちが囁きあう気配がうるさくて、そんな中での夢見は案外騒々しいものになるかもしれない。

実を言えば、そんな夢を見られないものかと期待して、旅から帰った後、ぎやまん細工の電燈の下で寝てばかりいるのだが。

# 「蔵書」のこと

汗牛充棟、というのだろうか。書架からあふれだした本が家じゅうの床を侵蝕しつくし、天井まで届く雑誌の山が時おり崩壊して本のなだれが起きる。あるいは、蔵書の保管のために書庫を建て増し、防火設備万全、図書館のごとき移動式書架まで取りつける。

そういったことにはいっさい無縁で、もともとモノが「溜まる」ということが我慢できないせいでもあるが、私の蔵書はここ数年来二百冊を越したことがない。小ぶりの本箱に一杯半の量である。数えてみると、月に十冊程度は新しく買っているようなのだが、それでも総数は断固として増えない。絶えず書架を点検しては、保存の要なしと認めた本を片はしからきびしく引き抜き、櫛の歯が抜けたような様子になったのをきちんと詰め直す。抜いた本は古本屋ゆきになるわけだが、この「きびしく引き抜いていく」作業には、私には相当な快感があって、ちょっとやめられそうにない。（この快感を最優先させている気味もあるようだ。）二百冊のうち、完全に固定してしまって一生手放さないつもりの顔ぶれは百五十冊くらいだろうか。読むものはほとんど小説本だけ、それも気に入りのひと握りの作家のものの以外は見向きもしない、といった具合いに趣味が頑迷に固定化しているせいか、いつのまにかこんなことになってしまった。この百五十冊は、平均七、八回読み返したものに限られていることになる。当人は現在進行形の個人的アンソロジーを編んでいるつもりらしい。

読書の快楽、というか幸福を、火のような逆上状態の乱読のなかに感じていた時代というのが私にもいちおうはあったようなのだが、今では年をとったというのか、けたたましい新刊書に眼をさらしているとどうも気が荒れる。おなじみの、すっかり読みなれて肌ざわりのやわらかくなってしまった少数の書物だけを繰りかえし読んでいるのが、微々とした白湯のような幸福だ。この幸福のありようの裏側に、小宇宙の異質物となるべき本を「きびしく引き抜いていく」快感が背中あわせに貼りついているのは、当然のことなのかもしれない。

それにしても、われながら少々困惑しないでもないが、この百何十冊だかの中に私自身の著書というものは入っていなくて、実をいえば「きびしく引き抜」いた本の中に含まれていたわけで、この時の快感というものはなにしろ自分でも押さえがたく、結局捨ててしまった。もしこれが自分でなく他人の著書だったとしたら捨てたかどうか。こればかりは、さすがに想像がつきかねる。

# 『花曝れ首』

赤江瀑

乱暴きわまる話ではあるが、試みに、私の好みによる赤江瀑短篇ベストファイブをここにあげてみることにする。

①「花夜叉殺し」②「花曝れ首」③「禽獣の門」④「夜の藤十郎」⑤「罪喰い」または「春喪祭」あるいは「阿修羅花伝」

(昭和五十六年六月現在)

「殺し蜜狂い蜜」はどうした。「恋怨に候て」を何故入れない。「宦官の首飾り」を、「雪華葬刺し」を忘れたか、等々、赤江ファンの抗議の声が耳に届くようだが、これはあくまで私個人の好みにすぎないので、念のため。——実際、この文章を書き始める前に、赤江ファンを自称する友人知人に電話アンケートを試みたのだが、そこに入り乱れた作品名はまさに百花繚乱、聞いているだけで私は眼の前がくらくらした。（題名(タイトル)の華麗さもまた、赤江作品の嬉しい特徴のひとつである。）

だいたい、作家のベスト作品を銘々の好みであげつらうことは読者の楽しみなのだが、その作業に饗宴の贅沢さを味わわせてくれる作家であれば、なおのこと楽しみは増す。その作家たちのひとりが、赤江瀑氏その人であることは言を俟(ま)たない。が、まあそれはそれとして、この話はいったん措(お)く。

異端、耽美、と呼ばれるような蠱惑(こわく)の美学を持つ作家がまれな存在である昨今、赤江瀑氏が貴重な存在として注目評価され、熱狂的支持層を獲得していることはもはや改めて言うまでもなかろう。表現力の豊かな、イメージ喚起力に富む文章テクニックを駆使し、かつまた〝赤江節(ぶし)〟とでも言いたくなるような独特の演劇調セリフ回しとで、官能美の陶酔的な世界がそこに築かれていく。〝出会う〟ことの幸福をしたたかに味わわせてくれる作家として、赤江氏の存在はやはり貴重だとしか言いようがない。

ニジンスキーから能、歌舞伎まで、鶴屋南北の江戸の世界から現代ニューヨークのアジプロ映画の世界まで、万能極彩のその筆が、日本古典美の世界をとらえるとき特に冴えるように私などには思われるのだが、本書でいえば「恋怨に候て」と「花曝れ首」がそれに当たる。そしてことにも後者が、氏の数多い短篇群の中でもひときわ抜きんでた傑作であることには、異論のないことと思う。

私自身も、自分の好みによるベスト作品の二番目に入れてみたりしたが、まあそんなことはどうでもいい。

本書が、「熱帯雨林の客」のタイトルで刊行されたのは五十一年八月であるから、もう五年前のことになるが、その単行本で「花曝れ首」に出会った時の興奮は今でもよく覚えている。一読して即座に、その時点での、好みのベスト作品群の上位に組み入れたものだが、そうしながらふと、おや、と思った。氏の他の作品とは少し様子の違ったところがあるな、とそう感じた。

以下、そのことについて少々、つたない解説を試みることにしたい。様子が違っているにせよいないにせよ、一篇の秀作について語ることは、その作者の魅力について語ることに通じるかもしれないからである。

――さて、私の感じたことというのは、次の二点である。ひとつはその構成方法の妙、もうひとつは、これが幻想小説であるということ。

構成のことはともかく、幻想小説、などと唐突に言うと、なにも「花曝れ首」だけが氏の幻想的作風のものではあるまいに、と思われるかもしれない。たしかに、たとえば「春喪祭」では、牡丹の寺の、夜の牡丹の満開の中に青年僧の悪霊があらわれる。「野ざらし百鬼行」のような、オカルト的（このコトバを私は好まないが、単行本の帯のコピーではそう謳(うた)われている）素材を扱った一連の作品も存在する。

もともと氏の作風は、現実を、氏独特の官能美の秩序によって再構成した小説世界をかたち造ることにある、という言い方もできると思う。その意味で言えば、氏の手に触れられた世界は、すべて現実ならざる赤江瀑小宇宙の様相を帯びると言えなくもなかろう。が、「花曝れ首」に限って言えば、これは現実と妖魔の棲む世界との交錯が肯定された世界、泉鏡花を連想するような、本格的幻想の世界である。少なくとも私は、そのように読んだ。

それにしても、音のない、小糠(こぬか)雨のけむる化野(あだしの)の竹細工屋で、秋童春之助ふたりの魔が庭先から座敷へと上がってくる場面は、比類なく美しい。秋成、鏡花等、霊魂、精霊、魔族の跳梁する世界を描いた作品と比べてみても、決して遜色はない、と言うより、これほど色彩感にあふれた、印象的な魔の出現をとらえたシーンは他に見当たらないほどである。名場面と言うべきだろう。——秋成、鏡花の時代はいざ知らず、今の現代小説の時代においてこのような、単なる怪談などではない、怪奇美、怪奇ロマンの世界を出現させることが、ただならぬ困難をともなう力業であることは想像にかたくない。それを、赤江氏はここでやり遂げている。それが感激である。

しかし単に〝力業〟とだけで片付けてはならないだろう。すべての幻想小説が、強靱な文体の力なくして成立しないことはよく耳にするが、それに加えて、周到な構成上の仕掛けもそこには必要である。秋童春之助のふたりは、野郎歌舞伎の世界にかかわりを持っていた人物であり、従ってふたりのセリフは流麗で豪奢な歌舞伎調である。しかし少し読み進めば、この作品が謡曲、殊に夢幻能の構成を利用していることはすぐに判る。——現実界の住人であるワキ（篠子）が、通りすがりの土地（化野）で、その因縁の地に棲みついた霊（秋童と春之助、ふたりで一組のシテと見ようか）に出会う。シテは、ワキに向かっておのれの修羅の身の上話を語る。ふたつのしゃれこうべを、幹に抱えこんだ木の因縁を語る竹細工屋の女あるじ（アイの里人）もいる。

　こうした仔細な分析は、作品の享楽にとってはどうでもいいことのようでもある。が、それでもこうして赤江氏の仕掛けた周到な目くばりには、感嘆せずにはいられない。夢幻能という、シテの語りに身をまかせた構成をとったため、この作品はまたこころよい抑制を保つことにもなった。ふたりの霊の身の上話が進んでいき、化野での華麗な破局に至るシーンを読んでほしい。

　そこに現われる具体的な事物は、実際には陰惨な情痴であり、嫉妬の争いであり、血の修羅場である。常の赤江氏であれば、この場面をどのような厚塗りにでも容易に仕立てあげられただろう。強靱自在な文章テクニックにまかせて、登場人物は叫びあい、罵りあい、秋童の〝花曝れ首〟は無数の修辞に鎧われて出現することになっただろう。しかしここでは赤江氏はそれをせず、語りの彼方に立ち現われるイメージへと昇華させる道をとった。

この作品には、意外なことに夜のシーンがほとんどない。小糠雨の午後の場面を別にすれば、すべて夏の白昼であり、まばゆい光に満ちている。そのこともまた、〝抑制〟にかかわりを持っているような気もする。

ここでのシテたちは、夢幻能に多い恨み、怨念の化身ではなく、〝悲しみ〟だけを帯びている。そして同じ悲しみを持つワキ（篠子）の前に、彼女への一種の救済をもたらすために出現するのである。その救済とは、好きな男のためにならぬ修羅に堕ちてみよ、という辛いひと言ではあるのだが。そして語りの終局——能の序破急の急調子の舞いが、一瞬にして〝動〟の姿のまま断ち切られるように、霊たちはかき消える。消えたあと、篠子と読者の前に残されるのは、美の顕現を目撃したあとの強烈な印象である。そして、語りののちのカタルシスと。

最後の一行、

「化野（あだしの）は、もう答えてはくれなかった。」

この一行に、万感の思いが籠もると見るのは私だけではあるまい。

ところで（以下に書くことは、この作品の核心、いわば〝落ち〟に類することなので、解説から先に読んでいる読者にはあまり読むことをおすすめできないのだが）——、花の顔容に、みずから引き裂き傷の血を噴かせるというイメージは、赤江美学のひとつの象徴であるような気がしてならないのだが、どうだろうか。

花の美貌に傷、というと、メリメの短篇、あの貴重な、小粒の、正円の白真珠のような掌篇「トレドの真珠」を思い出したりもするが、それとはまるで違う。

赤江美学によって統べられる作中人物は、あくまでもおのれの意志で、おのれの官能に殉じて、花の顔にみずからノミをふるう。そのことが、甘美で残酷な美と官能の陶酔をさそい、またあえて修羅の道を選んだ男たちの、辛さや哀切をもにじませる。

「花曝れ首」。――「花」の「曝れ首（髑髏）」、あるいは「花」を「曝らした首」だろうか。

赤江氏は、「花」の一文字をことのほかお好みであるように見受けられる。

王朝の花、中世の世阿弥の花、あるいは歌舞伎の肉体の華、現代堕地獄の狂い咲きの華。

そのいずれの花であれ、赤江氏の作中に咲く花は、大輪の、肉厚の、闇に緋のいろの花弁を八重に戦がせた、得がたい花であるには違いない。

赤江作品の作中人物は、いずれも何かに憑かれた人間たちである。

「花曝れ首」であれば、禁色の官能と、花の顔に噴く血とに。「恋怨に候て」であれば

（この作品の魅力について語る、紙数も能力もないのが実に残念であるが）、鶴屋南北の怪奇狂言に追求される、恋の恨みと執念とに。

「ホルンフェルスの断崖」では、その名を持つ崖の美、そして闘争運動にかかわるうちに殺人に麻痺し、憑かれてしまう人間があらわれる。「影の風神」では、一個のジャワの影絵人形が持つ狂気の秘密に憑かれ——「熱帯雨林の客」では、華麗な熱帯魚の世界の背後に、左ききの天才的な笛吹きの執念が秘められている。

平和な、弛緩した現代においては、何かに憑かれ、しゃにむに生き急ぐ人間だけが輝く光芒の魅力を持ち得る。この原則は、そのまま赤江作品の特徴になっているとも言えよう。

最後に、「ニジンスキーの手」での小説現代新人賞の受賞の際に、赤江氏が受賞の言葉で引用されたというジャン・コクトオの言葉をここに掲げて、この小文の締めくくりとしたい。


一度阿片を喫んだものは、また喫む筈だ。阿片は待つことを知っている。

いかにも氏の小説観をよく言いあらわした言葉ではあるまいか。

# 祖谷渓の月

午前十一時十九分。高松行土佐4号を降りると、山気が身に迫るよう、白昼の山深い大歩危（おおぼけ）駅は閑散として、何とも人気（ひとけ）がありませんでした。平家の落人伝説と、かずら橋で有名な祖谷渓（いやだに）に近く、吉野川の渓流が岩を噛む景勝地ですが、〝花も紅葉（もみじ）もなかりけり〟の季節はずれで、降り立つ観光客もありません。幸いここ四、五日は、十二月中旬とも思えない暖かさの上天気。電車が出ていったあと、静けさのままにしばらく放心していますと、こころの空白に沁み入る、という感じの燦々とした稀薄な明るさです。そして、川音。四方は、思いきり高みから間近に迫る山稜ばかりで、花も紅葉も観光客も、余分なもののすべて消えた、山景の生（き）のままのすがたが洗い出されているようでした。

前夜は、足の速い夕闇の中でここを通過したのでした。高松から琴電に乗り、金刀比羅宮の参道を見てから、自動車で大歩危に寄って、一気に高知へ。大歩危には五時頃に着いたのですが、さすがは山峡、日が落ちると間を置かずに、黒闇の山塊が迫力を帯びはじめます。もはや景色などわからず、夜の山中の、原始的圧倒的な無気味さがあるばかり。大歩危駅はその懐、谷間にひっそりうずくまって、人恋しい燈を守っているように見えました。夜汽車が停車しても、降りる人影もなく、後には裸電球の点(とも)った木のベンチが残るばかりです。

その土讃本線のレールを、左手に見ながらの夜のドライブで、同行のカメラマン氏の体験談を聞きました。以前、ちょうどここへ電車の撮影に来た時の帰り、夜も更けて、駅と間違えてトンネルで長時間電車が来るのを待ったことがあるそうです。完全なトンネルではなく、山の斜面を浅く削り、横腹に柱を立て並べて天井を支えているので、無人駅に似ていた由。薄暗い照明はあったそうなのですが、多分あのあたり、と指さす方角を見ると、闇一色の奥深さ。吉野川を挟んだ対岸の山麓に、絵のように蒼白くミニチュアのトンネルが浮いて、そのはるか頭上に、凄い満月です！　一同、思わず沈黙しました。

後で調べると月齢十三・五、満月には紙ひとえ足りなかったのですが、〝晈々(こうこう)〟という月の冴えの形容を素直に実感したのは、それが久しぶりのような気がしたものです。わずかに灰色を帯びた、淡色の真珠。生牡蠣(なまがき)いろの、銅鑼(どら)の月。——人臭(くさ)い者たちの、声を失わしめるだけの凄さ、というものが確かにあったようです。

この月を見ただけでも、四国まで来た甲斐はあった。と、ローカル線取材旅行の本分は一旦忘れることにして、納得満足すると、何故かにわかに元気が出たようでした。
　その勢いで、旅館の食事を楽しみに、一路高知へ。ちょうど大相撲地方巡行の幟（のぼり）がはためく高知では、カツオのたたきと皿鉢（さわち）料理を堪能しました。ただし、夜行動物なみに元気が出すぎたせいか、翌朝は私一人が寝ぼうして、高知市内は見物できず。宿舎から駅までの道筋で、はりまや橋を渡っただけでした。ワシントン椰子（やし）の並木が印象的な高知市を後に、再び今度は列車で大歩危へ戻ったことは前記のとおりです。ところでこのワシントン椰子という名称、万一間違っていたとしても私のせいではないことを強調しておきます。駅舎の喫茶店で、時間待ちにコーヒーを飲みながら訊ねてみると、そこのおばさん、やおら店員一同を集めて鳩首凝議を始め、たぶんそうだと思うが、と教えてくれたのでした。

　後で思い返してみると、琴電――高松琴平電鉄は、典型的な地方（ローカル）の郊外電車であると同時に、学生時代の通学電車の雰囲気を思い出させるところがあったようです。窓外の光景は、日本全国共通の、さして特徴もない郊外住宅地、やがて田園風景。車内は四人掛ではなく、左右ふた並びのシートで、朽葉色。暖房の暖かさが、腰の下から徐々に泌みて心地よくうたた寝を誘います。週日の昼下がりでしたから、途中からセーラー服、学生服がどっと乗り込んで、車内はひとしきりの姦しさ。それもじきに減ってしまうと、師走中旬とは思えない馬鹿陽気の、このうららかさをどうしようか……点々としか埋まっていない客席の、左隣りの女性がしきりに凭れかかってきます。鮮やかな黄と焦茶の、素敵なブレザーのこの女性、うたた寝を我慢しようとはするのですが、やっぱり凭れかかってしまう。ガラス窓いっぱいの上天気と、讃岐平野いっぱいの上天気。平和な田園地帯に点在する、このあたりの山は何故かどれもおむすび型、可愛らしい三角形です。

琴平で降りると、同行三人、顔を合わせるなり異口同音に、「高校生は苦労がなくていいねえ」

寝ているように見えたのに、三人とも、吊皮いっぱいの女子高校生の会話をずっと聞いていたのでした。

高知は初めてですが、金刀比羅宮、こんぴらさんならば、岡山の小学校の遠足が最初という、充分なお馴染です。どことなく、鄙びた銭湯のペンキ絵を思わせる（失礼）琴電琴平駅から、そのお馴染の参道へ。公称徒歩四十分という、七八五段の石段の辛さは有名ですが、その少し手前の、門前町の風情がなかなか素敵です。備前屋、敷島館、石段屋、桜屋、虎屋等々、これらが江戸時代風の、そば屋や宿屋の屋号。時代劇のロケ現場に使えそう、などと言ってはいけない、本物の古風な重厚さです。磨きこんで、黝んだ飴色に光る旧家の廊下、とでも言えばわかるかどうか。とにかく正面を見ていくだけでも、軒に欄干(てすり)に欄間(らんま)に、一軒一軒趣向を凝らしたおもしろさがあり、建築やアンティックに興味のある人ならばなおのこと、仔細に眺めるほどに新しい発見があるというふうで、飽きることがありません。

いざ参道の石段に差しかかると、荷物を預かりますよ、と左右のみやげ物屋からしきりに声がかかります。民芸品に、極彩色の子供の玩具(おもちゃ)が半々、というこういった繁やかな店先を覗いて歩くのは、修学旅行のときめきなど思い出して大好きなのですが、残念ながら時間切れ。あかあかと眩(まぶ)しい斜陽に背を向けて、途中で引き返しました。

さて、再び白昼の大歩危です。山ひとつ越えた祖谷渓まで行き、こちらはさすが観光名所。自家用車の列と人声の中で、かずら橋も渡ってみて、また山を越えて昼さがりの駅舎まで戻ってきたところです。うららうららとした上天気です。

貝になるよりは、私は山奥の町の、陽だまりの犬になりたい。と、ふと思ってみたりします。素朴な木の駅舎には、相変らず駅員さんの姿が二、三人見えるだけ。駅前の小さな坂には、雑貨屋に、タバコ屋を兼ねた電気屋、暖簾を下げた大衆食堂など。そこがメインストリートになった、昼寝中の小さな集落を、帰りの電車の時間待ちにうろうろしてみます。背景には、吉野川をまたぐ二車線道路の橋。——食堂の一軒では、呼べど叫べど誰も現われず、タバコ屋も同じでした。陽なたぼっこの退屈した犬が、人語を喋りそうな山奥の白昼です。

旅の二日目、高知からここまでの車中は、ブルーのシートの四人掛。土佐山田をすぎたあたりから、平野を離れて山中に入っていったのでした。枯れきった、白銀の薄原が陽を透かして輝くのを眺めます。また、まだ紅葉の色の残る起伏が、迫ったり遠のいたり。高原列車の眺めに喜んでいるうちに、再びにわかに迫った斜面が、右の窓を塞いでしまいました。枝が窓に触れんばかり、ガラスに頰を寄せても、車窓の上部十センチほどしか空が見えません。と思ったら、左側にすでに、吉野川の渓谷の眺望が展けていたのでした。空席の目立つ車内なので、景色のいい側をあちこち移動できます。V字型渓谷の、岩の白っぽさによく映えて、流れはまさに翠！　です。トンネルの多さは大変なもので、一秒ほどで通過してしまう短いものが多いのですが、結局全部で五、六十もあったでしょうか。……

帰りのあしずり6号が到着するまで、それでもあと三十分。一人で歩いていき、橋を渡ってみました。峡谷を見おろす、高い橋げたの途中で頰杖をついていたのですが、そこでふと想像してみました。この大歩危の集落の住人は全員、観光客の来ない季節には、家の奥で犬に化けているのかも知れません。確かに、縄飛び少女が路地から駆けだすのも見たし、たった一台の客待ちタクシーもありました。二軒目の大衆食堂では、灯油ストーブを囲んで丼ものをあつらえもできたのですが、でもどことなく、山中の猫町ならぬ、犬町を訪れた印象です。頰杖をついて背中を丸くしていると、足元には深い谷底からの冷気がまつわるようですが、でも陽の当たる背中はぽかぽか暖かです。ふと、遠景の連山を眺めようとして、目の焦点がうまく合わないことに気づきました。距離感が、どうも妙です。——近視の兆候を、初めて自覚したのでした。街のビルの中では気づかなかったのに、この山奥の大景の中で、初めて気づいたのです。

宇高連絡船を降り、岡山へ向かう夜の宇野線の中で、月を見ました。満月まであと一晩、濁りのある橙黄の月でした。二日続けて見る曇りのない月の、しかしこの色彩の差は印象的です。四国山地に比べて、それだけ下界の空気は汚れているのでしょう。——時に赤い満月を見るという東京、そこへ帰っていく同行者たちとは、岡山駅で別れました。さようなら、お休みなさい。

# 作るか造るか創るか

## 処女作「夢の棲む街」について

実になんとも個人的なことしか書けないし書きようもないので恥ずかしくてたまらないのだが仕方がない、何とか書いてみることにする。

昨年の九月、三一書房から私のつましい本を一冊出していただいた。「夢の棲む街／遠近法」のタイトルで、これは以前昭和五十三年に早川書房から文庫本として出版してもらったもの（その時のタイトルは「夢の棲む街」）の判型を変えての再刊のつもりで、新刊とは言いにくい。何しろ表題作は私の実質的な処女作で、書いたのは七年も前なのである。それから七年間、いったい何をやっていたのかと考えてみればさすがにうたた感慨にたえないが、さてそれはそれとして、私が今まで不器用に試みてきたことを人に説明するには、この処女作を例に取るのが一番都合がいいようなので、そうさせていただくことにする。

思い出してみれば当時は――何しろ若かった――小説というものに対して、ずいぶん頭でっかちな考え方をしていたらしい。生齧りの乱読の影響をもろにかぶったまま混乱していたのだとも思うが、と前置きでもしておかなければ恥ずかしくてとても書けないのだが、とにかく、その当時私が考えていたのは、全くの架空の、現実から独立した、言葉による小宇宙空間を構築してみたいということで、どうせならせめてそれを徹底したいものだと思っていた。或る高名な詩人の一篇（それはまさしく一個の言語宇宙だった！）に出あってショックを受けていたこととか、原因はいろいろ考えられるが、その考えにとりつかれたことの土壌には、もともとSF風・幻想小説風の人が考えつかないようなことを空想するのが好きだという、救いがたい気質が存在したことも確かなのである。

で、私は書いた。ひとつの奇妙な小説を。書いた、と言うより、つくった、という手応えだった。作るか造るか創るか分らないが。

人工的な小説には人工的な文体が必要だという理由で、〝硬質な〟文章をつくり出すことから出発したあたり、我ながら少なくとも何事かを徹底しているという満足感はあったようである。一篇の小説を〝徹底した〟独立宇宙とするにはSFの手法を利用するのが好都合なので、まず架空の天体をつくり、その天体の下の海と土地をつくり、土地の中心にひとつの街を設定した。街とその住人の設定はお伽噺風である。侏儒人魚天使娼婦その他が入り混じり、街の中心には劇場があって、その建物はこの架空宇宙全体の構造をそのまま縮小した結構を持っている。――こうした設計図は、人工的な文章の力（真面目な話が、私はこの力というものを案外信仰しているのだ）を抜きに要約してみたところで、ほとんど無意味なのだが。

街とその住人には、最初から不安な影が射していることになっている。漠然と暗示されるだけだが、この人工宇宙の創造者と見えなくもないある存在が全体に影を落としているからで（これはどうでもいいことだが）、そして話は終局へと向かっていく。街の住人として設定されたすべての存在は、最後の夜、無名の存在の招待によって劇場に集結し、劇場および全宇宙は崩壊する。時間（とき）もそこで停止する。で、当然のことながら、このささやかな短篇は、最後のこの崩壊の時に行きつくためだけに書かれたわけであり、言い換えるならば、最後に破壊するために〝創造〟したわけである。天体も海も街も、小説世界の設定全部を。

「さて、こうして丹念に構築された夢の宮殿を、作者は、なぜ無残に破壊するのであろうか。思うに、破壊もまた彼にとっては、ひとつの創造にひとしい営為なのであろう。」――澁澤龍彥『崩壊の画家モンス・デシデリオ』――その当時に読み、つよい印象を受けた文章の一節で、影響を受けたといえなくもないと思う。要するに、自己完結性ということを後生大事に考えていたらしい当時の私にとって、小説宇宙なるものはこうして初めて完成・完結するものだとしか考えられなかったらしく、また気質の問題も関わっていたのだろうが。

自作解説などという、あられもないことを長々とやってしまった。どうも、実物に当たってもらう以外に人に説明・理解してもらうのが大変むずかしい、妙なものばかり書いてきたむくいだろう。ただ、徹頭徹尾アタマで書いたようなこの他愛ない小品「夢の棲む街」にしても、実のところ、親として愛着が持てるのはそこにうっすらとうたごころの気配が認められるからで、などと言いだせば人は失笑するだろうか、私としては頑固にそう思っている。唐突なようだが、詩歌のそれでは無論なくて、つくるよりはうたうように流れだすもの、それを自分なりに言ってみただけのことなのだが。

それに耳を傾けて、さて、せめてもっと高い声でうたがうたえないものかどうか、考えている。

# 思い出の一曲　レクイエム・ニ短調

完全な「視覚人間」なので、聴覚にまつわる記憶・思い出の類はわりあい少ない。五歳から親に強制されてピアノを習ったが、これも十年たたないうちにソナタ止まりで挫折した。挫折というより、ある雨の日、稽古に出かける時刻にふと外出するのが面倒になり、それでやめてしまったというもので、われながらこのあっけなさには気がひける。この十年間の記憶にしてみても、やはり聴覚よりは視覚にかかわるもののほうが先行していて、たとえば発表会のあったホールの奈落の光景などを一番に思い出してしまうようだ。

まさかそんな筈がないとは思うのだが、舞台裏からピアノの真下へ通じる地下道は岩をえぐった洞窟のようだった記憶があって、その途中に一箇所だけ、裸電球がわびしく下がっていた。子供でも背をかがめなければ通れない狭さで、友人たちと行きつ戻りつ遊ぶうちに、ふとその裸電球のむこうから一人の大人が背をかがめて現われた。作業員か何かだったのだろう。この光景を何故よく覚えているかというと、子供心にもその人が驚くほど美男だったからである。

こうした視覚人間が、今までにただ一度、大げさに言えば全身全霊をあげてある曲に聴き入ったことがある。一年ほど前になるが、結婚直前の二箇月間ばかり、狂乱のスケジュールに追いたてられる日々の少しの暇をとらえては毎日そのレコードに聴き入った。この曲名を言うと、あなた、そんなに結婚するのが嫌だったんですかと笑う人もいるのだが（違いますよ！）——ただ、「人生の大変化」が刻々と迫ってくる秒針の音、それにせきたてられる心を最もよく鎮めてくれたのがこの曲だったということらしい。

モーツァルト「レクイエム　ニ短調」、これほど心に沁みて聴いた曲はない。

# シュオブに関する断片

新約ヨハネ黙示録中の圧巻、第八章より始まる世界滅亡のくだりならば、即座に暗唱できる人も多いだろう。

『第一の御使ラッパを吹きしに、血の混りたる雹（へう）と火とありて、地にふりくだり、地の三分の一焼け失せ、樹の三分の一焼け失せ、もろもろの青草焼け失せたり。第二の御使ラッパを吹きしに、火にて燃ゆる大なる山の如きもの海に投げ入れられ、海の三分の一血に変じ、海の中の造られたる生命あるものの三分の一死に、船の三分の一滅びたり。第三の御使ラッパを吹きしに、燈火のごとく燃ゆる大なる星天より隕ちきたり、川の三分の一と水の源泉（みなもと）との上におちたり。この星の名は苦艾（にがよもぎ）といふ。水の三分の一は苦艾となり、水の苦くなりしに因りて多くの人死にたり。』

そして太陽と月と星の三分の一が撃たれ、怒れる蝗の群が地の穴からあらわれるというこの世界終末図も、ひとたびシュオブの筆にかかればこんなにも美しい。たとえばその色彩——腐った赤い海星（ひとで）や死魚を浮かべて沸騰する、海の緑と青、遠い大炎上の薔薇いろの光背、その果てのわずかに明るむ一点の紺碧——これは、ギュスターヴ・モローだろうか？

あるひとは『架空伝記集』の塩の結晶のような知性を、あるひとは『小児十字軍』の端正なポエジイを愛で、またもろもろの珠玉の短篇群を愛するだろうが、でも私はこの『地上の大火』を特に好む。いつとも知れぬ時代の人類全滅図に惹かれるとは、うがった好みかもしれないが、しかしシュオブといえばまず『眠った都』に『地上の大火』と思い定めている読者もけっして少なくないのではあるまいか。ほとんど銅版の細密画を思わせるような重厚な発端部といい、また舞台が死の海へと移ってからのただならぬ光輝と色彩といい、この戦慄的な恐怖美はいくら讃歎し溺愛しても足りない。が、凡百の幻想家とシュオブとの決定的な差は、その〝恐怖〟にもまさる〝憐憫〟の情にあるらしいのだ。

短篇集『二重の心』の序文によれば、シュオブは恐怖と憐憫という要素を自作のモチーフとして挙げているそうだが、『地上の大火』などはまさしくその見本のひとつと言えそうで、作者がかれの小さなちいさな登場人物たちに向けた視線は——意外にも——やさしい陽ざしほどにあたたかい。その仄かな照りかえしが、私たち読み手の顔をも照らすから、だからこそ私たちは忘れられないのだろう。華麗な幻想よりも洗練された文章よりも、小舟の上の、地上最後の人類としてひととき抱きあったあの少年少女のことを。

*

黄金仮面の王のように、かれには眼に見える顔がない。『眠った都』や『モフレーヌの魔宴（サバト）』を前にした読み手に、作者のしたりげな・鬱陶しい・肉の顔など透き見できるだろうか？（考えてみると、M・シュオブなるひとの肖像——絵、写真、カリカチュア等を、私はまだ見たことがない。今回の叢書の刊行で、どのみち対面できるのだろうが、でも——）

三十七で若死にした小説家。作品の大部分を書いたのは二十代の青年時代らしくて、稀代の読書家・博識家にしてベッドの中でだけの旅行家、珠玉の短篇作家。かれ自身に関しての蒐集（コレクション）は、この程度の断片・破片でじゅうぶんで、〃顔〃など結構、代わりに色彩豊かな作品群の場面でも思い浮かべておけばいい。どれもが硬い宝石ほどの価値を持つことは、すでに少数だがよりすぐりの人びとの保証付きだ。

たとえば——

深夜の赤い霧から出現した列車、その明るい客室に見たコレラ患者の屍体と二人の気絶した支那女（『〇八一号列車』）。

〃泡だつ紺青の大洋〃に取り巻かれ、永遠に静止した雑踏を往来にひしめかせる沈黙の市街図（『眠った都』）。

丸屋根の窓から長い指のような赤い光線を曳らす、幻覚的な石の街（『ミイラ造りの女』）も好きだし、またあの陰鬱に歩く黄金仮面の癩王も忘れてはなるまい。でも、それら極度に人工的な作品群のどれもに、不思議な〃憐憫〃の淡い光線はいつも投影しているようだ。装飾的な黄金（きん）の仮面といえども、両目の穴から慈悲のまなざしはこぼれ出してしまうように。

——だから、本当は、あの少女たちが好きだ。ポオの影響が露骨にすぎるせいか、どことなく板につかない感のある屍体愛好症（ネクロフィラス）的な美女たちよりも、青い国を捜しに行ってしまった小さなマイが、クリュシェットが、バルジェットが。

黄金仮面が、いつも癩の顔だけを隠すとは限らない。シュオブがかれの肉の顔に翳（かざ）した黄金仮面は、シャイな黄金の心（ゴールデン・ハート）を隠していたのだ。

＊

矢野目源一といい多田智満子といい、種村季弘・澁澤龍彦といいいつも極上の翻訳家諸氏に恵まれながら手に入りにくかったシュオブが、このたび一巻に纏まって普及することは〝隠れた愛読者〟のひとりとしてたいへん嬉しい。——などと言っても、実を言えばこの大部分は今回初めて読んだもので、シュオブに関しては『眠った都』ほぼ一作のみで強烈な印象を受けていたというい加減なファンではあるが。

幸い『眠った都』以上に好む作品にも出あうことができ、現在美味に舌なめずりする読者の幸福に浸っている。願わくは貴方にも同じ幸福の頒ち与えられんことを。

アアメン。

# 十年目の薔薇

中井英夫

思い出は、たとえば京都。

今では美容院か何かに変身しているらしいが、京都書院イシズミ店というのは当時、不意の陥穽といった具合に河原町通りに口を開けていた地下の店で、そのころ走っていた路面電車とともに、今はない。舗道から大理石ふうの階段を降り、踊り場を折れた先に展けるそのスペースは確かに記憶に灼きついた場所のひとつで、一瞬の火花といった出逢いかたをした何冊もの本が、そこにあった。

新刊書の平台ではじめてその著者の名を知った本、たとえば赤江瀑『罪喰い』。あるいは、寺町通りの三月書房。大学の図書館。——

中井作品との最初の出逢いについて、と言われて当時の記憶を手繰ろうとしてみると、時を前後して出逢ったそれらもろもろの書物の記憶がほとんど雪なだれ式に押しよせてくる。黒い箱に、緑の題字スペースというたたずまいがいかにも重厚で妖しげだった澁澤龍彥集成なども特に鮮やかな記憶のひとつで、そういえば、この全七冊を一冊ずつ万引きして読んだが、一冊読み終えては次の一冊を万引きしに行った、その間の充実感といってはなかったという友人がいて、この話はひどく実感があると思ったものだ。——私のほうは凡庸に大学の図書館で借り出したのだけれど、一見さりげないベージュの装丁だった『中井英夫作品集』と出逢ったのもその前後だったと思う。

ドッペルゲンガーや双生児や天使や両性具有、バルザックにスウェーデンボルグに玩具としての宇宙に世界終末図、などでいちどきに頭を混乱させていた初心な読み手にとって、『虚無への供物』の巨きさははなから理解できる筈もなく、『黒鳥譚』はなんだかよく解らず、三島由紀夫の短編ふうという印象を受けた『青髯公の城』はずっと好もしく、しかしいちばん引っかかったのは『麤皮』だった。なにしろ当時邦訳の手に入りにくかったSéraphîtaを、図書館の原書借りっぱなしで翻訳——などと言える代物ではなかったが——している最中だったのだから、どうも仕方がない。

当時そろそろ小説を書くという方向へ頭が向かいはじめており、セラフィータ（の紹介は『夢の宇宙誌』か、『幻想と怪奇』巻末の世界幻想文学作家名鑑で読んだのだろうか？）をなかなか読み進めないもどかしさに、神秘の書から人間喜劇全体へと手をひろげて読み漁っていた折でもあり、このバルザックという奴じしんこそ、作中人物と化して暗躍・跳梁しそうなものを位のことは考えていたので、中井英夫というのはまあ何者だろう、というより、この見知らぬ作者から秘密の合図を送られたような気がした――などと言えば、思いこみも激しいと冷笑されるだろうか。

考えてみればその当時というのは、たいていの本読みの一生に一度訪れる全き幸福の時期で、右を見れば塚本邦雄、左を見れば久生十蘭等々、毎日何を読んでもただ面白く、精神活動が充実するぶん躰のほうはがりがり痩せた。後で思えば拒食症というやつで、一日に固ゆで卵を三個だけ食べ、それを別段苦にもせずに通学しては倒れたりしていたが、何をまたああも苛々していたんだろうという気がしなくもない。

セラフィータの〝翻訳〟のほうは、そのうち幻想文学大系の新訳のおかげで中断したが（京都書院河原町店の階段をかけあがり、棚に平積みされたその真紅の表紙を見つけた時の、あの一瞬のショックに似た歓喜……）、でも、こうしたいきさつのおかげで、その後『光のアダム』の野性時代連載が開始されたときにはずいぶんと悲しかったものだ。何も、私こそが現代版セラフィータをと秘かに思い定めていたわけではない、わけではないけれど、でも、森の廃屋の描写から悠然と紡ぎはじめられるその物語は、私など手の届かない光輝に歴然と、包まれていたから……。

さて、中井英夫様。

一九八三年十一月、おや、もう十年たったのか、などと呟きながら顔の筋が攣るほど緊張してお宅にお招きいただだいた日、本当はこうしたことをお話ししてみたかったのでした。レオノール・フィニイの〝緑の少女〟とでもいうような絵に飾られたお部屋で、薔薇のひと束をお渡しできたのは嬉しい思い出ですが、でもクレタ島帰りのKさんやらビリティス少女やらが居ならぶなかで、私はますます固くなるばかり。山尾さんとは二度めですよね、などと光栄にも錯覚して声をかけて下さったほどですのに、とても残念です。

どうぞ、お身体御大切に。

あのつましい花束は、私がやっとそこまで辿りつけた十年目の薔薇だったのですから。

# ピラネージとわれわれの……脳髄

――労働なんて面倒だし、生活なんてまっぴらだ。周期的にそうした気分がやってくると、決まって理想の生活というテーマが頭の中で蒸しかえされる。生活のない生活。

このところ、多少なりともその理想に近い状況がつづいているので、私はとても幸福だ。引越し後一箇月以上がたった今も新居は未完成のままで、壁の大穴にはビニールシートがはためき、ガスレンジには火がつかない。引越し荷物は屋根裏部屋に積みあげられたままで、それにこの状態がいつまで続くのか、誰にも判らないらしいのだ。思いもかけなかった、何という幸運！

大工も左官も郵便配達人も誰も来ない家へ、ただ昼寝をしに通っているわけだが（留守番という名目があるので、誰も私が労働しないことを責めない）、たとえばこうした日々に似つかわしい読書として、ユルスナール『ピラネージの黒い脳髄』（多田智満子訳・白水社）などが悪くない。――もし誰かに一つの新しい宇宙の計画を命じられたら、ぼくはそれに取りかかるくらい気ちがいじみたところがあるんだよ、と『牢獄』シリーズの原版を彫った当時二十二歳の青年ピラネージは言ったそうだが、この発言はよく理解できるし、いっそ親近感を覚えるほどだ。

ところで水晶宮型（タイプ）の幻想者あるいは幻視者という命名が以前から頭のなかにあって、水晶宮というイメージの原型が何処にあるのか不勉強で知らないのだが、たとえば個人的にこう定義してみることもできるかと思う。――すべてが透明であるがゆえに明晰な構造意識を持ち、それ自体完結した人工の作品宇宙。〃新しい宇宙の計画〃の設計図と言いかえてもいいわけで、幾何学と透視図法をその骨格とする『牢獄』シリーズなどは、この典型的なサンプルのひとつと言えるように思う。そしてその幻想性を支える、魅力的で堅牢な細部――ローマの古代遺跡シリーズから学んだものとユルスナルが指摘する、戦争（いくさ）道具や機械（からくり）、車輪、太綱、滑車、無限の階段や格天井、自己増殖していく歩廊に穹窿……それらのすべてをひっくるめて、〃牢獄としての宇宙〃という基本設定のシンプルさが私には好ましい。その完成度の高さが。

私が、このピラネージの有名な連作を――それもヴィクトル・ユーゴーやウォルポールその他多くの作家・思想家に影響を与えたという問題作をあまりに遊戯的に見すぎている、〃ピラネージの黒い脳髄〃とさえユーゴーが呼んだというその精神の暗黒面を無視していると、人は言うだろうか？　囚人たちの宇宙というヴィジョンの普遍性を――あるいは現代性を――または〃夢〃の不安な深層心理の読解を怠っているとも？

〃水晶宮〃の定義にはもうひとつの重要な但し書きがあって、それは当然、水晶もしくはガラスで構築されているがために脆い、という一条であるには違いない。そしてまた何より、役立たずであること。

『牢獄』に対して、一生に一度、自らの気質にもっとも忠実な仕事に熱中している作家の幸福を見てとることだって、あながち間違いでもないだろうと思うことがある。実際、ずいぶん楽しんで描いたのではあるまいか、この二十二歳の男の子は。

労働なんて面倒だし、まして生活なんてまっぴらだ。できるならいつまでも時の狭間に寝そべって、役立たずの夢を、その分だけきらびやかな夢を見ていられたら……

## 煌けるコトバの城

桃山湯にももう墜ちてこない星の王さま　稲垣足穂

『稲垣足穂大全』収録のエッセイ『桃山ものがたり』の中に、京都は伏見桃山の御香宮から参道の大鳥居を経て、大手筋「桃山湯」へと日課の足をはこぶタルホを発見して一驚したことがある。学生時代の下宿のつい近所じゃあないか、と個人的におどろいたわけで、なにしろ下宿の隣りの銭湯が休みの日には、歩いて三分のその「桃山湯」まで行っていたのだから救われない。この風呂屋の名は他のエッセイにも見られるほどのタルホの行きつけであった由で、何とまあ、そうと知っていれば心して湯気のひとしずくほどでもオーラにあやかったものを、と地団太ふんだものだ。ちなみに、私の学生時代というのはぎりぎりでタルホ生前のことである。

神戸回教寺院のミナレットを飾る新月を初めて見た瞬間、あ、黄漠奇聞だ、タルホはこれを見て書いたななどと確信した経験もそれ以前にあったりはしたが、それとこれとはちょっと違って、でも、桃山湯のタルホというのも考えてみればコメットの墜落みたいなイメージで（タルホは極端な烏の行水だったそうだ）——、その通過後には、さぞやカルシュウムめく湯気が立ち籠めたことだろう。

星の王さまの入浴と退場。

あの『一千一秒物語』が足穂十九歳の作、と知った時の軽いショックというのはたとえば『牢獄』がピラネージ二十二歳の作とはじめて知った時のおどろきかたと質が似ているような気がする。双方とも作家の風貌として、晩年に近いそれを見慣れていたこともあるだろうが、それにしても妙に腑に落ちて納得される事実ではあるようだ。

このあたりで白状しておかねばならないだろうが、私の足穂の読みかたというのはひどく偏していて、エッセイ風・論述風のものはいっさい厭、『一千一秒』に代表されるような完全に独立・完結した掌に乗るほどの小説宇宙でなければ愛玩する気がおきないので、この条件にあてはまるものといえば初期作品のおとぎばなしに集中してしまうことになる。先に名をあげた『黄漠奇聞』、あまりに細部まで美しくてほとんど涙ぐましくなる『夜の好きな王の話』、『月光騎手』『星澄む郷』のような掌篇。もう少し拡大して『星を売る店』『天体嗜好症』『星を造る人』あたり。——しかし最終的には『一千一秒』に尽きるが。

足穂じしん言うように、処女作『一千一秒』以降の作品はすべてその膨大な註釈であるとするならばこの偏向も許されていい筈で、とはいうもののそのすべては何と美しいコトバの群であることだろう！

　足穂の愛好した飛行機は必ず飛ばないヒコーキ、落ちるヒコーキという観念あるいはオブジェであったらしいが、落ちるヒコーキなるきらきらしたイメージは、すなわち足穂のあやつるコトバのきらきらした硬度にも似ている気がする。彗星もガス燈もモーターサイクルもコンペイ糖も赤い雄鶏も、幾何学も活動写真もお月様もすべて落っこちれば砕け散る硬度を持つコトバと化していて、そういえば作品の題名（タイトル）というものがこれほどオブジェ化している作家というのは他に類がないのではあるまいか。煌きの題名（タイトル）を冠されたコトバの城たち。

　――まるきり話は飛ぶが、ピラネージについて考える時、コトバの城・言葉の伽藍という観念がついいつも頭に取り憑いてしまうのは私だけだろうか。無論あの『牢獄』シリーズについてなのだが、多くの文学者が註釈を寄せたことで盛名を増したと言えなくもないらしいあの銅版画シリーズは、架空の人工世界の細密画であると同時にコトバの構築物――無限の階段と自己増殖する回廊、穹窿と車輪と滑車と機械（からくり）、太綱といった言葉による壮麗な伽藍――であるように思われてならない。この印象は決して作品の価値を損ねるものではなくて、ふと足穂十九歳、ピラネージ二十二歳という処女作時の年齢を見くらべた時に連想した事がらにすぎないのだが。

それよりも『一千一秒』の十九歳、『牢獄』の二十二歳に驚いたというのは、その若さであの作をなどとはしたなく嫉妬したわけでは決してない。その年齢だからこそ、作家一生に一度の処女作として、最も気質に忠実なかたちで創作に耽ることのできた少年たちの、その幸福をおもって遥かに微笑しただけのことなのだから。

神戸回教寺院の尖塔にも、桃山湯にももう星の王さまは墜ちてはこない。カルシュウムめく靄がそこに立ち籠めることもなく、白じらと平板なひかりがあるばかり。

夜の好きな王が最後にこうつぶやいたのだから。

「とうとう夜明けになった！」

# 幻想小説としての

澁澤龍彦

澁澤龍彦の幻想の特質は、自らが明快に言明するようにその幾何学的精神にある。幾何学的幻想。と言っても、タルホやマンディアルグのそれのような文字どおりの幾何学好みを指すのでなく、幻想を領する精神の幾何学的明晰さを言うのだが。幻想というコトバから一般に連想される夢のような輪郭の曖昧さ、とりとめのなさといったものと幾何学的明晰さとでは一見矛盾するはずだが、澁澤龍彦の幻想世界において両者——幻想と明晰——は栄光ある合体を遂げている。まるでそれこそが唯一の輝かしい王道であるといったふうに。

*

たとえば、「マドンナの真珠」から始めてみよう。

このいかにも美しい題名(タイトル)をもつ作品が「犬狼都市」「陽物神譚」と並んで昭和三十年代に書かれた初期作品であることは衆知の如くで、最近三篇をまとめて瀟洒な造本で文庫化された折の惹句によれば〈澁澤文学不朽の名作〉ということになっている。が、「犬狼都市」がマンディアルグのパスティーシュとしての（言ってみれば）試作品、「陽物神譚」が作家・澁澤龍彦としてより博物誌家・澁澤龍彦としての色彩が濃いものとすれば、もっとも小説らしい小説、処女作を代表するものとして「マドンナの真珠」をあげてもさほど誤りではなかろうと思う。

さまよえるオランダ人ばりに苦悩する幽霊船の亡者たち、その（船に紛れこんだ三人の若い女たちの肉体を前にしての！）形而上的議論、また澁澤氏好みの生きたオブジェ・ヨロイガニの描写など、それだけでもこれは一級の幻想小説としての魅力を十分に備えた作品ではある。が、しかし何といっても一読忘れがたい秀作として本篇を成立させているのが結末の〈赤道〉の出現であることは事実で、この印象的な場面を長ながと引用する誘惑を私は押さえることができない。

> 近くで見ても、それはやはり一本の巨大な帯という以外に何ともいいようのないものであった。幅は十五六メートルもあろうか、しかしその帯の両端を目で追ってゆくと、水平線と交わるところは針のように細く、空と水の間(あわい)にぼうと煙るようにかき消えるまで、蜿蜒として途絶えない。ほとんど水面と同じ高さで、たえず激浪

に洗われ、ふちには貝殻や、海藻や、エボシ貝のたぐいなど、得体の知れない水棲動物や下等生物がびっしり付着している。さらに、何ともいえず奇怪なのは、その色である。遠望したところでは、単に代赭石のような赤茶けた色であったのに、そば近く見ると、あたかも永い時の腐蝕に錆び爛れた鉄橋か何ぞの地肌を思わせるような、まぎれもないそれは金属の色なのだ。

そして若い女・ユリ子と少年が亡者の追放を受けてこの〈赤道〉に降り立ち、それが「やはり固い鉄の感じ」で、「あくまで澄み切った南海の水が、ひやひやと、新来の客を迎えるように、素足を舐(ねぶ)りに」くる時、我々もまた同時に潮風とはげしい陽光とを皮膚に感じずにはいられない。

小説の〈魔〉が立ちあがる瞬間、というのはこういう時をいうので、多く幻想的な作風の作家たちに捧げられてきた桂冠、〈言葉の錬金術師〉の称号をここで再び捧げたくなるほどだ。——澁澤龍彦の著作によって文体とか語彙といった観念を教えられた世代に属する私たち（私は昭和三十年生れである）にとって意外なことに、氏は近年に至って今度は円熟した大人の語り口を身につけた〈語り口の錬金術師〉として私たちの前に姿をあらわした。が、作風の変換はたとえどのようであっても、高度に理知的で観念的であると同時にみずみずしい抒情性をあわせ持つ（この両者の結合が、湿っぽい日本の風土でどれだけ貴重であるか！）という点において、「マドンナの真珠」の昔も現在も事情は同じであると思う。

小説の〈魔〉、幻想の〈魔〉は、今も読者にそれと気づかせないほどの巧妙さでうっそりと立ちあがりつづけている。

＊

対象が言葉であれ語り口であれ、かつてコトバの力だけで鉄製の〈赤道〉を出現せしめた実績をもつ澁澤氏の錬金術師ぶりは近年に入ってますます只事ならず、ねむり姫は永遠の少女のままで眠りつづけ、夜の琵琶湖には魔族が飛来し、男女の首は肩をはなれて鞠投げあそびの鞠と化す。綺想ひしめくばかりの百花繚乱ぶりであり、これほど幻想気質が前面に押しだされた作家、という点で系譜をわが国に求めるならば、やはりどうしても泉鏡花の名を外すわけにはいくまいと思う。

鏡花と澁澤龍彥、などと並べると相似よりは落差の大きさばかりが目だってしまいそうだが——ただ、『偏愛的作家論』や『思考の紋章学』中の「ランプの廻転」で、氏の鏡花への愛着が語られてはいるが——、たとえば「生れてから一度として、幽霊もおばけも見たことがな」く、「メリメのように、鷗外のように、怪異譚や幻想譚を冷静な目で見ることを好」む（「都心ノ病院ニテ幻覚ヲ見タルコト」）という澁澤氏と鏡花との気質の違いを、試みに作品中の水のイメージにおいて比較してみることにしたい。

澁澤龍彦と水、というと、ちょっと考えると少々唐突でそぐわない観がなくもない。何故ならば、氏の生来のオブジェ愛好はよく知られたところであり、オブジェといえば硬いもの、石や貝殻のように乾いた手触りを持つものと相場が決まっていよう。が、『唐草物語』以降の三冊の作品集中、捜してみると水のイメージを重要なポイントとするものが「ねむり姫」「ぼろんじ」「うつろ舟」「菊燈台」等けっこう見つかるのは意外というべきかどうか。灼けた鉄を踏む素足を「舐(ねぶ)りに」きた南海の水以来、水辺にかかわる描写となると氏のペンの運動がひときわ流麗をきわめるように思うのは私だけだろうか。

茫々漠々たる水の旅であり、ついには小舟そのものも水の一部と化してしまうかと思われるほどの、水また水の旅であった。舟のなかの姫にもし意識があったとすれば、煙波模糊たる無限の水のなかに分け入ったのかと錯覚されたことでもあろう。

「ねむり姫」

ところで、鏡花が水のモチーフを多用した作家であることはすでに多くの識者の指摘するところで、この場合の水は多くのカタストロフを呼びこむ天変地異のそれであり、根の国妣の国をめざす昏い水流であるという。感情の昂揚とともに奔流しまた沈下する情念の水、あるいは浄められるためのイニシエーションの水。対する澁澤氏のそれはどういう性格を持つものだろうか。

「ねむり姫」において、仮死状態で眠りこんだまま数十年間めざめず齢もとらない珠名姫が、小舟にのせられ宇治川を流れていく前掲の美しいシーンのあと、舟はやがて水想観によって体ごと水の世界と化した天竺冠者の意識のなかにあらわれるという意外な展開をみせる。ここで引っかかるとすれば、それは水想観という仏教にかかわる用語だろう。が、この場合のそれが仏道の修行としてではなく、技術としての修行によって得られた観法であることは作者自身の註するところであり、従ってこの〈水〉は意味のまつわらない純粋なイメージとしての水、奔放な幻想を呼びこむためのみに機能する言わば観念的な水であることは明らかだろう。

「ぼろんじ」でも、これは要するに男女交換のヘルマフロディット幻想を描いた作品と覚しいが、その幻想を成立せしめる触媒として機能する水がやはりあらわれている。「うつろ舟」となると事態はさらに徹底して――ここでは〈水〉でなく、正確には〈水音〉があつかわれているわけだが――、まず妖しいうつろ舟に乗って漂着した女が筥にはなつ小水の音、次は現代ジェット旅客機上での水洗トイレの水音、最後は天竺の魔族の王子が宇治川までたずね来た比叡山高僧の厠の水音、このそれぞれの尿(いばり)の水音が法文をとなえるという綺想が作品の中心となっている。遂には水でさえ〈法文をとなえる水音〉という綺想のオブジェとしてあつかわれているわけで、また「菊燈台」などでも、「わたしは水の中が好き。」「わたしは火の中が好き。」という二人の女のセリフによって水と火のイメージが等価交換される様が描かれている。

「曖昧さや不正確さは、幻想とは何の関係もない」（マンディアルグ『大理石』解説）と断言する澁澤氏のマイダス王の手に触れれば、水のような輪郭のない存在でさえ、鉱物質の結晶めくイメージに転移してしまうらしい。日本の古典的素材と、この潔癖なまでの幾何学的精神との絶妙なドッキングの様相にこそ、氏の幻想小説の画期的な新しさがあるとここでは言っておけばいいだろうか。

そしてマイダス王の手は融通無礙の運動をつづけ、大納言は空を飛び、美女の首はすげ換えられ、気がかりな夢から醒めた蟹がそこにいる。

*

「夢ちがえ」は、夢という幻想文学の基本的テーマが澁澤龍彦の手にかかればいかに明晰な幻想と化すかという見本であると同時に、ロマネスクの香気に満ちた美しい作品である。少々余談になるが、目と目を見かわすのみで言葉も交わさず手も触れない男女の純愛をあつかっているという点、また高楼の姫という設定などから、これは久生十蘭の「春雪」「うすゆき抄」を念頭に置いて書かれたものではないかという気がするのだが、間違っているだろうか。

如来の眼睛（がんせい）や吉備大臣の故事などの夢に関するペダントリーを鏤めつつ、夢ちがえの儀式とその失敗、夢と現実との逆転、と夢を織り糸として複雑に計算されぬいた構成は精緻な唐草模様でも眺めるようなみごとさで、また特に夜の琵琶湖での魔族飛来シーンには、エネルギッシュな幻想の躍動が感じられて印象的である。「ホーヴァークラフトのごとき勢いで飛来した」などといった一見ラフな修辞が、意外にも作品の風通しをよくする風穴の役目を果たしているのも興味深い。

『唐草物語』の時点では未だ胡桃の殻のごとき〈澁澤龍彦の世界〉の内部でのみ活動していた氏の幻想が、「ねむり姫」で一歩進んで古典的な物語の世界へ、「うつろ舟」ではさらに贅肉を削ぎ落とした無名の〈譚〉へと進化（という言い方も妙だが）していく様はほとんどスリリングでさえある。その「うつろ舟」の掉尾を飾る「ダイダロス」は、言ってみるならば知性が飄逸な稚気にまで昇華したような観のある異色作で、将軍実朝のために大船を建造した陳和卿が蟹に変身し、廃物と化した船内で画中の美人と会話をかわすというこのメルヘンには、作者と読み手とのあいだに鳴り響く幸福な共感といったものをすら感じる。作者によって愛された幻想は、決して孤立したものではないのだ。

はるか南海の赤道を発しておよそ三十年後、鎌倉の海岸にまで打ち寄せてきた幻想の水脈がこのあといずこの大海の沖をめざすものであるか、コント・ファンタスティークの行方や如何に。

# ラヴクラフトとその偽作集団

たとえば、このような悪夢。

街は世界の中心にあり、その世界はすでに終わっている。四方の地平線上に、世界の没落を告げる赤いどよめきが反映しているからだ。深夜であるらしい。

街は――その沈黙の恐怖は限りもないが――蒼ざめた石畳の街路を、夢遊病的にえがいたデルヴォーの絵の街のようでもあり、どの通りにも人気がない。そこで幾つかの建物を私は見たのだったが、たとえば陰翳の濃い月下の城館や、びっしりと彫刻に覆われた教会の正面（ファサード）、崩れた廃屋の光景などが思い出される。木蔦の絡む塔もあったようだ。それらが思い思いの方向に影を曳いてたたずむ光景は、巨大な沈黙のモニュメント群といった感じで、そして私は明瞭に理解しているのだが、これらはすべて忌まわしい建物――地球上のあちこちに存在する、忌まわしいものが棲む建物ばかりが一堂に会した有様なのだ。幽霊屋敷、怪物の潜む館、呪われた家などが、そして、今から私はそのひとつを選択しなければならないところであるらしい。自分で運命を選択し、中に入っていかねばならないのだ。

奥の知れない恐怖を示す城や館よりはと、私は手近なひとつの塔を選んだ。それは高い塔の尖端部分だけが切り取られてきたものらしく、扉も壁もないかわりに、崩れかけた石の列柱が基部の周囲にならんでドーム型の丸屋根を支えている。ここならば何かが来ても、すぐに外へ逃げ出せると私は考えたらしい。

――視覚としてとらえられた夢の部分は以上で終わり、あとは漠然としたイメージだけが残っている。それはたとえば背後の気配、太い息、躰を引きずるような音、触手などのイメージで、それらは敷石や石段の罅割れからぶつぶつと湧き出してくる地下水のように、夢の全体を覆って濃く広がりだしているようだった。

(そして数年前の某月某日の日付けと、ラヴクラフト風の悪夢という注記とで以上の記述は終わっている。触手とは!)

＊

偽書と聞けば即「ネクロノミコン」を思い浮かべてしまう反射神経が、果たしてその筋の人間だけのものなのか、それとも今やかなり一般化しつつあるのか、ラヴクラフトの全集・選集とり混ぜて数種類がにぎやかに刊行されている昨今であるとは言え、にわかには判断しがたい。西暦七三〇年頃狂えるアラブ人アブドゥル・アルハズレットによって著わされ、原題「アル・アジフ」、のちに「死霊秘法(ネクロノミコン)」としてギリシア語訳、ラテン語訳されるが何度も焚書・発禁の処置を受けた稀覯本中の稀覯本というこの架空の書物が、H・P・ラヴクラフトの短篇「『死霊秘法』釈義」によって初めて世に顕われたことは言うまでもない。が、その由来とは別に、今やこの偽書の存在がほとんど共有物的なジョークといった具合に——一部の間で——浸透していることは確かだろう。ネクロノミコンの書名が、あるいはそれとワンセットになったクトゥルー神話中の固有名詞のあれこれが、たとえば一見ラヴクラフティアンとは無縁そうな日本の現代作家の作品中に出現することも今では珍しくも何ともない。

　架空の書物という魅惑的なイメージの存在が、これほど知名度を獲得した例を私は他に知らないが——嫌いだ嫌いだと言いながらラヴクラフトにこだわったボルヘスは、彼はポオのパロディストだと言っているが、HPLには確かにボルヘスを思わせるところがある——、実のところ、私の興味はネクロノミコンよりもクトゥルー神話よりも、ラヴクラフトと彼を取り囲む空前の偽作集団との関係に向かいがちだ。架空の書物としての偽書と、偽(に)せてつくった偽書あるいは偽作という両者の定義がここで混乱しているようだが、かまうことはない、この世の書物など悉皆偽書と了見しておけばいいのだから。

――それはともかく、たとえば物故した探偵小説作家の名探偵を借りて後世の作家が新作を書く、といった単純なタイプの偽作ではなく、ラヴクラフトを特集した雑誌で偽作家集団のインデックスが十数ページにも及ぶというこの状態を、どう言いあらわせばいいのだろうか？

　生前のＨＰＬが、かれの創出したクトゥルー神話を文通仲間の素人作家たちと共有し、かれらの原稿を添削するかたちで多くの合作を創りだしたという経緯は、当然のことながら死後に残された草稿の集団的な補作という結果を産んだ。この延長線上に、さらに多くの作家たちの新たな参入という事態が生じたのはこれまた当然の如くだが、ここで問題になるのは、この病気（エイズ）の蔓延じみた感染経路上の発病者たちの体質ということになろう。悪夢と恐怖とに親しむ、昏（くら）い半球の住人たち。

　ところでラヴクラフトの作品群にも幾つかの傾向があり、クトゥルー神話大系に属さないものとしてランドルフ・カーター物や、独立した恐怖小説群、またポオの影響の濃い小品なども幾つか見受けられる。膨大な書簡中に散見される悪夢の記述部分なども邦訳されており、これがまたあの悪文家で鳴らしたラヴクラフトにしては簡潔にして達意の文章で（と私は思う）、個人的に大変愛好するものである。特に、プロヴィデンスの河が干上がり空が裂けて群衆が逃げまどう光景を記述した世界終末的な夢には熱っぽい迫力があり、私が冒頭に記したささやかな悪夢など、まるで顔色なしといったところだ。

夢の登場人物にぞっとした顔つきで「おまえは誰だ?」と尋ねられ、自分はH・P・ラヴクラフトだと答えたそうだが、これなどやはり、恐い。

さて。

ここでやはり、個人的な事情を書いておかねばならないだろうか?

私は、ラヴクラフトは嫌いである。まず病気に感染する体質ではなかろうと思う。特に駄目なのがクトゥルー物で、言葉の限界を超えた恐怖に名前をつけてしまうという感覚が体質に合わないらしい。とりわけあのホッテントットの乱舞を連想してしまいそうな呪文など、強調符つきで連呼されるともう勘弁と言いたくなる方で——、ただ、嫌いだ嫌いだと言いながらこだわるというこだわりかたならば、体質に合わなくもないのだが。

以上の弁明を記しておいた上で、以下にラヴクラフトのささやかなパロディを掲げることにする。彼の初期の掌篇「アウトサイダー」は傑作の定評があり、コリン・ウィルソンがポオの未発表作品として世に出しても通用しそうだと折り紙をつけたそうだが、個人的にもこれは好きな作品である。そのパロディを試みるなど無謀なしわざではあるが、HPLを取り囲む群小作家のひとりの(特に無名なひとりの)未訳作品とでも思って眺めてもらえればいいと思う。ずいぶん以前に書き散らしておいた断片に手を入れたもので、タイトルをつけるならば、あのライダー・ハガードの長編のそれを借りて

「She」とでもしておけばいいだろうか。

＊

彼女のことは彼女に尋ねるしかあるまい。年経りた塔の頂上に幾年久しく住み侘び、長いひとり居の折りふしや不眠の床に非運の夢を紡ぎつづけた彼女のことを尋ねるならば。孤独は彼女をなぐさめ癒やしたが、ときに失意の怒りにふるえつつ目醒める夜明けがあり、また茫々と忘れ草の眠りに打ち沈む夜々があった。数の知れぬ階段を意味なくさまよい歩き、不意の希望にかられて頂上の室へと駈けもどっては、再びむなしい時を費した。この長い不毛の歳月の果てに安息のときはいつ訪れるのか、それとも悲願かなわず運命の神々は彼女を見捨ててしまったのか？ それは彼女に尋ねるしかあるまい。

塔の立つ土地はこの地上のいかなる場所であったのか？ あるいは地図にない国々のつらなるこの世の果てか、また人びとに忘れられた災厄の地か？ それも彼女に尋ねるしかあるまい。もはや飽き果てるほど見慣れた塔の頂上の窓からは、ただ目路の限りの無情な荒野が眺められた。鳥も通わぬ空の果てには、常にひと筋の地平線が幻めいてふるえていた。それ以外の光景というものを記憶の中に彼女は持たず、この呪われた地には、目をなごませる四季も風爽やかな雨も決して訪れぬかの如くであった――今日は昨日の複製であり、昨日は一昨日の複製であった。蒼穹を押し渡ってゆく、これぱかりは豪華な雲の群でさえ、よく見れば昨日見たそれと寸分たがわぬかたちであると知れるのだった。

　彼女は——そして彼女は、果たして美しかっただろうか？　気位たかく不機嫌に、壁の鼠のように怯えて弱々しく、はや永の佗び住まいに倦み果てて久しい、その彼女は？

　昼もおんどりと薄闇のよどむ自室にごたくさと積みあげて、化粧の道具やら汚れた古着の衣裳やらを後生大切に彼女は蒐めてあった。巣籠もりの鳥がよくそうするように、あるいは子供が大人を真似るように。人が見ればそう思っただろう。それら古色蒼然たる黴くさい品々が、もとから彼女の所有（もの）でなかったことはだれの目にも明らかで、寄せあつめの支離滅裂さはさすがに彼女の心痛のたねであった。だれを見ならうこともできない化粧もまた、哀れにも彼女の心をひるませるものであったに違いない。或る日前触れなくおおぜいのにんげんたちが彼女を取り巻き、指さし嘲笑うかもしれない恐怖はつねに彼女の心に巣喰っていた。耳まで裂けた口で嗤（わら）う顔の群は、見れば彩色あざやかな祭りの仮面のようでもあり、その嘲罵の声に強いてむなしい虚勢をはりながら——そして、彼女はただ待ちに待ちつづけていた。何を、あるいは誰を？

　神も彼女を憐れむだろう、ある日彼女は次のような夢を見た。

　——白昼の荒野の沖合い遠くから、見果てのない距離を越えてある日やってくるもの。ゆらめく陽炎に包まれ、鳴りものの音（ね）を切れぎれに風に運ばせながら進んでくるそれは、やがてにぎやかに唄い踊る祭りの行列と知れた——そのように彼女は夢を見ていた。金ぴかの道化服と嘲笑の顔の仮面とで仮装し、一列に踊りながらめざすのは彼女の眠る塔の方向で、ただその塔は死霊のよく見知った塔ではない。

　雲つくばかりの巨大な円錐として、それは荒野の中央に眺められていた。基部の直径は何百メートルとも知れない。その外壁を、石組みの段々がゆるやかな勾配の螺旋となって這いのぼるのがわずかに見分けられ、浮かれ騒ぎの一団は、踊りの足どりのまま早くもそこを登りはじめているのだった。たいそうな時間をかけて、時には塔の中腹にたなびく雲間に姿を没することもあり——、そして、天に近い高みに位置する円錐の頂上には、彼女の寝台と、眠る彼女じしんとがまばゆさに包まれて認められた。ただ、その姿を一枚の白布がすっかり覆い隠しているのは、だれの慈悲ぶかい手によるしわざだったのか？

　そしてとつぜんの鉦と太鼓、罵声と嘲笑とが夢を充たした。慈悲の白布に覆われていてさえ、かれらにはそれが透けて見えたのだ。彼女の恥、彼女の醜さが。そのことを恐怖とともに彼女は理解し、てんでに指さしては嗤う顔の群をそこに見たと思った時、夢見の床に目をあいた。そして第二の段階の夢に入った。

　茫然とよろめきながら音のする方向へと段を降りていったのは、彼女の意志でなく、あらがえない定めの力によるものだったに相違ない。何故ならその時にはすっかり気がくじけて、自分が誰なのか、何者なのか、そんなことをかえりみる気力さえ彼女はなくしていたのだったから。陽気な飲めや唄えの騒ぎは扉の外までも洩れ、そして紛うことなくかれらはそこにいた。第一の夢に見たとおなじ祭りの道化服のにんげんたち、かれらの顔から、ただ嘲笑の仮面だけが消えていたことはそのまま彼女の不幸であった。扉を押した彼女が敷居をまたぐかまたがないうち、とたんに肝をつぶす騒動がそこに持ちあがったのだから。——面々みな顔をひきつらせ、声をからしての愴然な阿鼻叫喚といい、いっせいに雪崩（なだれ）を打って逃げだす狂乱の騒ぎといい、どれも彼女をすっかり錯乱させるに充分な光景ではあった。が、それよりも何よりも、彼女をぎくりとさせたのは一隅に立てかけられた鏡の存在で、そんなものがこの世にあるとは、今まで彼女の思ってもみなかったことに違いない。

彼女はこのようにつぶやいた。

あれを見てはいけない、神様、私は夢を見ているだけなのですから。

そして彼女は夢から醒めた——しかし本当に？

予感にかられて塔の頂上に駈けのぼるよりはやく、彼女はそれを知っていたのだろうか？　にわかに顔を撃つ一陣の烈風、ゆがんだ地平に湧く霊魂の彼方に、ほとんど小さな点になってそれはあった——いっさんに逃げてゆく遠い後ろ姿は。物見の塔で彼女が重層した夢のあいだをさまよううちに、待ちに待ちうけたかれは到着し、彼女を見、そして逃げだしたのだ。

彼女は叫んだか？　叫んでも烈しい向かい風に吹き散らされてそれは届かなかったろう。両の足は塔の石床を踏みしめたまま、摑みかかる腕が一刹那に百里の距離を飛びこえたのはその時であった。風を切り、目前に振りむいた恐怖の顔と肩とを、それは同時に摑みつぶしていた。百の触手に分岐した指さきは、百の裂けた口となり、肉と骨を音たてて嚙みくだいた。絡みついては血と汁を啜り、さらに鮮血をもとめて肉を裂き、そのあいだも両の足は塔の石床を踏みしめたままだったのだ――彼女は。

彼女は誰か？

それよりだれが彼女を眠らせるのか？

それは彼女に尋ねても判るまい。孤独な彼女をなぐさめ癒やすかもしれないが、二度と夢の鏡を見ずにすむためには、永の眠りこそが必要なのだ。

（「アウトサイダー」からの借用部分は、平井呈一訳による。）

# 死と真珠

澁澤龍彥

——本当はこのような文章を書くつもりはなく、編集部の意向は『高丘親王航海記』について、あるいは青春時代の澁澤体験についてということだったのだが、どうしてもそうは書けない。昨年の夏から秋にかけてはただ混乱の裡に過ぎ、八月に澁澤龍彥氏が、十月に実父が亡くなった。五十九歳と五十八歳、共に癌の闘病中の死だった。

ただの偶然、運命の巡りあわせと云ってしまえば、それまでのことではある。が、胃潰瘍と称しての大手術から一年後の再発、病名の告知と死の宣告、脳内出血を併発しての危篤状態、となだれを打って悪化していく事態のさなかに八月六日の訃報はもたらされ、それは耐えがたい衝撃だった。鎌倉の空はあまりに遠く、そのとき父は入院病棟の奥深く昏睡していたが、二箇月後、金木犀の香のなかで斎場の煙となり果てた。

遂に一度も謦咳に接する機会のないままに終わってしまったが、私のような者にさえ氏のあたたかい指先は何度か遠くから触れて下さったことがあり、それを思うと今はただ頭を垂れるしかない。わけても死の半年前、病の床にありながらわざわざ名指しの仕事を与えて下さったことが今はせつなく、自分の役立たずぶりを悔やむばかりだ。どこかで誰かが、自分に対して——分不相応にも——小さな好意を抱いていてくれる、と考えることは平板な生活の希望の拠りどころであったし、ましてそれが澁澤龍彥と名を呼ぶ天の星だったとあれば——。

だから、ここで昔の幸福な話を書きたい。

京都の街に住み、自分の大事な人は永遠に生きているものと思っていた、ひとりの幸福な幸福な学生の話を。

言葉の海に向けて勇躍泳ぎだしたばかりの、初心の泳ぎ手である彼女——その学生にとって、思えば世界の終末も天使も庭園も宇宙卵も両性具有も、幻想美術も異端の文学者の数々の名も、すべては澁澤龍彥の名のもとに贈られた新世界だった、というのはたいていのシブサワ体験を持つ人々と事情は同じだろう。さらにその学生は、それら嵩高い書物に鏤められた珍らかな事物、燦く鉱物片のようなコトバの数々をノートにコレクションすることを何よりの快楽とし、ひいては〈文体〉の観念をおぼろげながら持つに至ったらしい。

一九七六年九月のある日、大学の最終学年の半ばに達した彼女は、当時オープンしたばかりの四条阪急最上階にいた。残暑に耀く京都の街並を見渡す喫茶店の名は「まほろば」、その頃彼女はつつましい創作の幾つかを発表しはじめており、膝には掌に重い最新刊の『幻想の彼方へ』が置かれていた。その一頁――「遠近法・静物画・鏡、トロンプ・ルイユについて」の項に興奮は待ち受けていた。ジウリオ・ロマーノ描くマントゥアのテー宮殿の天井画、極端な遠近法で描かれた円筒の塔の内壁と回廊、雷を掌に咆哮する神と恐れる群衆、その鮮やかな色刷り頁から発した興奮はただちに五十枚ほどの短篇の構想と化し、タイトルは遠近法、とその場で宣言が成された。え、どうかしたの、と怪訝な顔をしたゼミの友人の表情を、彼女は今でも覚えている。

どうせなら仮想読者は『幻想の彼方へ』の著者に、と決め、『夢の宇宙誌』その他の図版等を参考に書きあげられた短篇は、翌年の春発表の機会を与えられることになった。仮想読者はあくまで仮想読者、天の星が地上のひとりに向けて瞬くことなどある筈もない、と考えていた彼女が恐懼感激するはめになったのは何年ものちのことで、参考文献の名も掲げなかった非礼をとがめるどころか、何と天の星は人づてに好意の言葉を発信して下さったのだ。

彼女の幸運はさらに続き、つたない創作は星の名を監修者として冠するアンソロジー『幻視のラビリンス』に加えられるというとてつもない僥倖を得た。が、しかし星は砕けた。幸福な子供の話はこれで終わりだ。言葉はもはや後悔のためにしか役立たない。

生き残った者たちの地上に季節はめぐり、今年の桜を澁澤龍彥のいない最初の桜として、愕然と眺めたひとは多いのではあるまいか。

余談ながら、父の本当の病名を知ってから死までの三箇月間、修羅場のなかでの唯一のなぐさめは、発病以前の父に会って危機を告げる自分の姿を一心に想像することだった。五十代の半ばになったら大きな病院で検査を受けるように、たよるならばS病院の院長よりも大学病院のO教授を、などとまだ病に冒されていない父に向かって告げる自分を幾たび恍惚として空想したか判らず、そして八月六日以降、それにもうひとつの空想が加わった。

氏には御存じないことながら、五年ほど前、鎌倉のお宅へ伺えるよう取りはからって下さるという方があった。気遅れから辞退してしまったのだが、今にして思えばあの時――五年前なら充分間にあった筈――先生、咽喉の病気に気をつけて下さい、真珠は呑むものでなく吐くものですと、そのたったひと言を申し上げるために何故お目にかかっておかなかったのか、それが悔やまれてならない。

# 時間の庭

澁澤龍彦

　澁澤氏とは、生前面識はなく、何度か人づてに伝言をいただいたことがあるに過ぎない。あの写真で拝見する鎌倉のお宅におじゃまして、お話などうかがい、その上でもしかしたら書庫のピラネージやらモンス・デシデリオの画集など見せていただいたりできたら、と夢想したことはあるし、実際に、仲介して下さるという方もいらしたのだけれど、結局は機会を見逃してしまった。でも思いがけず訃報に接したとき、お目汚しせずにすんでよかったなと思ったし、今でもそう思う。訃報から二箇月後に、同年同病の実父が逝ったという個人的事情もあって、単に敬愛する作家の早すぎる死を悼むという以上の思い入れがあるのはたしかなのだけれども。

　地上からいなくなってしまった死者を、折にふれて想い出すというのは不思議なものだ。

――たとえば、次のようなリストを見て、共感して下さる方がいるものかどうかよく判らないが――、シュオッブなら「眠れる都市」、ラヴクラフトなら「アウトサイダー」、ボルヘスなら「バベルの図書館」、バラードなら「時間の庭」、と続いていく好みのリストが頭のなかにあって、そこへ、澁澤氏も「時間の庭」がお好きだったなどと聞くと（『短篇小説の快楽』角川文庫）、つい、口元が三ミリほどほころんでしまったりする。やっぱりねえ、ふふふ、ああいうのがお好きでらっしゃるんでしょう、だろうと思った、などとひとりでうなずいてしまったりするのも、我ながら無気味なものではあるけれど。（リストの最後に、澁澤龍彥なら「○○」と付け加えるならば、さんざ迷ったあげく「マドンナの真珠」あたりにするかもしれない。「ねむり姫」以降はあまりうますぎて、個人的思い入れの入りこむ余地がないような気がするし、それにしても、氏の題名（タイトル）のつけかたのセンスというのはとても好きだ。あれがもし、「幽霊船」とかいったタイトルだったら、作品の価値そのものに響くのではないかと思う）――で、「時間の庭」なのだけれど、このアクセルの城ならぬアクセルの庭園の寓話、いかにも澁澤好みの縁を感じはしないだろうか、私だけでなく。

内容をざっとおさらいすると、このようだ――新古典様式の柱廊玄関とロココ風の階段（ステップ）をもつアクセル邸の庭園には、ガラス質の〃時間の花〃が咲く。伯爵夫人はハープシコードでモーツァルトを奏で、そして荒れた地平線上には〃ゴヤの風景画の細部のよう〃な貧民の群が押しよせてくるのが遠望される。毎夕、残り少ない〃時間の花〃を伯爵が折りとるときだけ、貧民の群は押しもどされるが、蕾はもう僅かしか残らず――、最後の夕べ、破滅を覚悟した夫妻のもとへ難民が押しよせ、踏みにじって通過していったあと、イバラの茂みには夫妻の石像と化した姿だけがのこる（「悪魔が夜来る」のラストシーンみたいだ！）というこの短篇を、あの八七年八月の訃報のあとしばらくして、たまたま再読したというと嘘のように聞こえるだろうか。そのとき、黒サングラスとパイプの鎌倉白亜邸主人の姿がふと重なって見えた、と言えばやっぱり嘘に聞こえるだろうか？　最期の日、その名もアクセル伯爵は、〃貴重な草稿にガラスケースの蓋をして書斎をあとにした、というくだりも（抜からず）あるのだ。怒号と鞭打ちの音とともに、あえぎながら押しよせてくる群衆の正体が何だったのか、は言わないにしても。

折にふれて、会ったことさえない死者を想いだすというのは不思議なものだ。それが丸っきり、こちらの一方的な思いこみに過ぎず、死者たちの関知するところではないにしても。

死後四年たって、やはり「時間の庭」をお好きだったと知ることができただけでも、私は嬉しい。――で、本当を言えば三ミリどころではなく、思わず歯を全部剝きだしてニンマリしてしまったのだった。

# 後記

本書の並びについて少しだけ補足を。

何しろ、二十代から六十代までに書いた小説以外の文を（強引にも）一冊にまとめた訳であって、途中の三十代から四十代半ばまでは休筆期間で空白。このような内容・構成のエッセイ集というのも滅多にないことと思います。

普通に年代順に並べることも考えましたが、結局、復帰以後の文を先に回すことになりました。そして若いころ、エッセイの依頼に対して小説紛いの文を渡していた時期があり、これらは纏めて真ん中に。一篇のみ、近年になって掌篇小説として書いた『薬草取』までを」をここに付け足しましたが、これは『泉鏡花セレクション』解説の補いのようなつもりで書いたので、特別に。そして最後に二十代の初期エッセイ、という並びとなっています。

活字になった自身の文をファイルするなりして保存する習慣がなく、特に若いころのものはすっかり散逸しており、ひとの助けがなければ本書の成立はとても無理なことでした。ネット上でむかしの情報をまとめて下さっていた山本和人さん、そしてステュディオ・パラボリカ『夜想　山尾悠子特集号』編纂の折、苦労して初出のコピーを揃えて下さった文藝春秋・田中光子氏に深く感謝を捧げます。国書刊行会担当者は、長いつきあいの礒崎純一氏。こちらにもご苦労おかけしました。じぶんのエッセイ集刊行など、ほんとうに実現するとは今も信じられず、不思議な気分です。お世話になりました皆様、ほんとうにありがとうございました。

我ながら風変わりな本と思いますが、読者のかたがたに少しでも楽しんで頂ければ嬉しく思います。

二〇二二年十月

山尾悠子

# 初出一覧

読書遍歴のこと　書き下ろし

I

月光・擦過傷・火傷　『山尾悠子作品集成』（内容見本・国書刊行会）二〇〇〇年五月

綺羅の海峡　「幻想文学・57号」二〇〇〇年二月

教育実習の頃　「月刊国語教育」二〇〇〇年三月

東京ステーションホテル、鎌倉山ノ内澁澤龍彥邸　〈ウェブサイトｂｋ１〉二〇〇〇年六月

ボルヘスをめぐるアンケート　『ボルヘスの世界』（国書刊行会）二〇〇〇年一〇月

人形国家の起源　『現代女性作家読本4笙野頼子』（鼎書房）二〇〇六年二月

歪み真珠の話　〈ウェブサイトｂｋ１〉二〇一〇年二月

『夢の遠近法』自作解説　『夢の遠近法』（国書刊行会）二〇一〇年一〇月

架空の土地を裸足で旅する快楽　「週刊朝日」二〇一二年二月三日

美しい犬　「文學界」二〇一二年三月

デルヴォーの絵の中の物語　「群像」二〇一二年五月

私が選ぶ国書刊行会の三冊　『国書刊行会40周年記念小冊子』（国書刊行会）二〇一二年八月

仮面の下にあるものは　「群像」二〇一三年六月

第四回ジュンク堂書店文芸担当者が選ぶ「この作家を応援します!!」フェアへのご挨拶　二〇一四年七月

『マルセル・シュオッブ全集』　『マルセル・シュオッブ全集』（推薦文・国書刊行会）二〇一五年六月

シュオッブ、コレット、その他　『マルセル・シュオッブ全集』（月報・国書刊行会）二〇一五年六月

マルセル・シュオッブ全集のこと　「日本近代文学館会報」二〇一五年七月

荒野より　『新編日本幻想文学集成』（内容見本小冊子・国書刊行会）二〇一六年五月

変貌する観念的世界　『新編日本幻想文学集成1』（国書刊行会）二〇一六年六月

同志社大学クラーク記念館に纏わる個人的覚え書き　『高柳誠詩集成Ⅱ』（付録・書肆山田）二〇一六年一一月

同志社クラーク記念館の昔　「泉鏡花研究会会報・32号」二〇一六年一二月

倉敷・蟲文庫への通い始め　「本の旅人」二〇一七年六月

マイリンク『ワルプルギスの夜』　『ワルプルギスの夜』（推薦文・国書刊行会）二〇一七年一〇月

世界の果て、世界の終わり　『ナルニア国物語7最後

の戦い』（光文社古典新訳文庫）二〇一八年三月

秘密の庭その他　「群像」二〇一八年八月

飛ぶ孔雀、その後　『飛ぶ孔雀』スペシャルペーパー」（文藝春秋）二〇一八年九月

鏡花の初期短篇　「北國新聞」二〇一八年一一月二四日

ブッツァーティ『現代の地獄への旅』『現代の地獄への旅』（推薦文・東宣出版）二〇一八年一二月

ジェフリー・フォード『言葉人形』『言葉人形』（推薦文・東京創元社）二〇一八年一二月

壊れやすく愛おしいもの　『壊れやすいもの』（角川文庫）二〇一九年六月

地誌とゴム紐　「現代詩手帖」二〇一九年七月

『龍蜂集』『龍蜂集』（国書刊行会）二〇一九年一〇月

『銀燭集』『銀燭集』（国書刊行会）二〇二〇年一月

『新柳集』『新柳集』（国書刊行会）二〇二〇年六月

『雨談集』『雨談集』（国書刊行会）二〇二〇年九月

個人的な、ひどく個人的な　「文學界」二〇二〇年一月

綺羅の海峡と青の本　『赤江瀑の世界』（河出書房新社）二〇二〇年六月

川野芽生『Lilith』『Lilith』（推薦文・書肆侃侃房）二〇二〇年九月

年譜に付け足す幾つかのこと　「夜想　山尾悠子特集号」（ステュディオ・パラボリカ）二〇二一年三月

幻想絵画六点についてのこと　『山の人魚と虚ろの王』特典ペーパー」（国書刊行会）二〇二一年五月

編著の言葉　『須永朝彦小説選』（ちくま文庫）二〇二一年九月

去年の薔薇　「ユリイカ臨時増刊号」二〇二一年九月

偏愛の一首　「文學界」二〇二二年五月

## II

虎のイメージ　「流行通信」一九七八年一一月

夢と卵　「遊」一九七九年六月

チキン嬢の家　「ふたりの部屋」一九八〇年三月

人形の棲処　『西洋人形館』（アニター・ホーキンズ、沢渡朔写真、サンリオ）一九八〇年一二月

二十五時発、塔の頂上行　「野性時代」一九八二年七月

無重力エレベーター　宇宙食夜会への招待　「Free」一九八三年七月

都市の狼少年あるいはコレクター少女の秘密　「Free」一九八三年八月

懐かしい送電塔の記憶が凶々しい悪夢として甦る　「Free」一九八三年九月

悪夢のコレクション　「Free」一九八三年一〇月

月の種族の容貌に関する雄羊座的考察　「Free」一九

八三年一一月
美女・月を迎えるためのセレモニー　「Free」一九八三年一二月
幻獣コレクションⅠ　「Free」一九八四年一月
幻獣コレクションⅡ　「Free」一九八四年二月
幻獣コレクションⅢ　「Free」一九八四年三月
幻獣コレクションⅣ　「Free」一九八四年四月
幻獣コレクションⅤ　「Free」一九八四年五月
幻獣コレクションⅥ　「Free」一九八四年六月
頌春館の話　「別冊幻想文学・3号」一九八七年一二月
「薬草取」まで　「北國新聞」二〇一九年一〇月二六日

Ⅲ

アンドロギュヌスの夢　「牧神・10号」一九七七年九月
円盤上の虫　「カイエ」一九七九年一月
満開の桜のある光景　「教育ジャーナル」一九七九年四月
〈歴史劇〉のことなど　「歴史読本」一九七九年六月
『流れる女』『流れる女』（文春文庫）一九七九年六月
セピアの記憶　過去のつぶやき　「ふたりの部屋」一九八〇年五月
「蔵書」のこと　「遊」一九八一年一月
『花曝れ首』『花曝れ首』（講談社文庫）一九八一年八月
祖谷溪の月　『ローカル線をゆく7中国・四国』（桐原書店）一九八二年三月
作るか造るか創るか　「週刊読書人」一九八三年六月六日
思い出の一曲　「小説現代」一九八四年二月
シュオブに関する断片　『黄金仮面の王』（月報・国書刊行会）一九八四年八月
十年目の薔薇　「別冊幻想文学・1号」一九八六年六月
ピラネージとわれわれの……脳髄　「現代詩手帖」一九八六年七月
煌けるコトバの城　「週刊読書人」一九八六年一二月八日
幻想小説としての　「國文學：解釈と教材の研究」一九八七年七月
ラヴクラフトとその偽作集団　「ユリイカ」一九八七年九月
死と真珠　「別冊幻想文学・4号」一九八八年一一月
時間の庭　「鳩よ！」一九九二年四月

迷宮遊覧飛行

二〇二三年一月二三日初版第一刷発行
二〇二三年二月一〇日初版第二刷発行

著　者　山尾悠子
発行者　佐藤今朝夫
発行所　株式会社国書刊行会
東京都板橋区志村一―一三―一五
電話〇三（五九七〇）七四二一
https://www.kokusho.co.jp
印　刷　三松堂株式会社
製　本　株式会社ブックアート
ISBN978-4-336-07462-1